Su Hermano Lucharás Por Lo Prohibido

I0662143

Magela Gracia

1ª edición: Agosto 2016
ISBN: 978—84—617—3996—7

Depósito Legal:

EDICIONES PERVERSA

Cuando escribí esta historia la primera vez, hace muchos años, todo el mundo me preguntaba por Víctor. Por mi hermano.

La historia cambió, los personajes cambiaron y luego me preguntaron por el hermano de mi amiga. Y si mi amiga me había perdonado. Y no. No tengo un hermano mayor, aunque me hubiera gustado. En su defecto, tengo una hermana pequeña a la que quiero con locura, que me quiere de la misma manera.

Aunque no me deje darle sino tres besos al año.

Racionados, como las cosas buenas de la vida.

Para ella es este libro, porque sin su apoyo y sin su comprensión cuando me estreso y me deprimo no sería posible que siguiera escribiendo. Cuando estoy agobiada, cuando estoy decaída. Por eso algo bueno tenía que llevarse… ya que no me acepta los besos.

Gracias, perversa. Para ti.

Te quiero.

Las Palmas de Gran Canaria
19 de Julio de 2016

AGRADECIMIENTOS

Empezar a dar las gracias en este libro va a ser un no parar, así que espero que no dejes de leerlos porque para mí es una parte fundamental del libro.

Gracias a Marcos por ser mi motor todos los días, por empujarme a seguir, por leerlo con ojo crítico en vez de ojos lujuriosos, como hacías antes. Buscándole fallos, mimando el detalle, y después maquetándolo. Siendo todo lo que necesito al lado para seguir escribiendo. El complemento perverso que toda perversa necesita.

Gracias a Kris Buendía por la maravillosa portada. Por estar ahí cuando la necesito o cuando me entró la ansiedad porque no lograba transmitirle lo que necesitaba en la tarjeta de presentación del libro. Por ser paciente y no morderme. Por ser mi gemela allá al otro lado del pequeño charco que nos separa.

Gracias a Pilar por buscarme. Por encontrarme. Por animarme a seguir escribiendo una historia que yo en principio pensaba que era flor de un día y que no llegaría a cuajar del todo. Por abrirme las puertas de mucho más de lo que imagina, por enseñarme cómo ser una escritora de hoy en día.

Gracias a Naitora por ser mi bruja de la guarda. Por estar ahí para obligarme a escribir aunque se me quiten las ganas del agotamiento, por preparar mil y una historias para sacarme una sonrisa y que este trabajo me parezca menos duro. Por querer hacerme grande cuando yo me veo pequeña.

Gracias a MIS PERVERS@S. Y sí, digo mías. Porque pasan más tiempo en mi casa, "Pervers@s con Magela Gracia" que en la suya. Porque se toman el café conmigo a primera hora, porque espían con ganas a los vecinos y porque me dan las buenas noches justo cuando me voy a la cama. Porque están siempre deseando leer todo lo que sale de mi mente perversa. Porque sin lector@s una escritora como yo no lograría llegar a nada. Porque gracias a vosotr@s es una alegría entrar en Facebook, porque nunca me siento sola.

Gracias a Víctor y a Bea por ser como son, por haberse ganado al público, por haberme dado la vara con sus ganas de que se contara su historia, por ser los mejores personajes que se puede desear. Buena gente... y perversos.

Y gracias a Oziel... Él sabe por qué.

A todos, a cada uno, mil besos perversos.

Y ahora, ¡a terminar de leer la historia de Bea y Víctor!

Que ya hay ganas.

ÍNDICE

"No hay mayor imposible
que el que no se intenta".

¡Qué no es mi hermano!

Magela Gracia

¡Que no es mi hermano!

Prólogo

Estaba a punto de pasar y me quedé como una espectadora en una atestada sala de cine, que de pronto ve como la película daba un giro argumental completamente inesperado. Con la boca abierta, dejando caer las palomitas a la butaca.

Mis padres no notaron que Víctor me daba la mano, y si lo hicieron no le dieron la importancia que debían darle. Supongo que para ellos, que habían visto a Víctor como a un hijo y a mí como a su hermana pequeña, ese gesto fue más una demostración cariñosa que una muestra de algo mucho más serio entre nosotros.

<<*¿Qué puede haber más serio que el hecho de que nos consideren familia?*>>

Ellos simplemente estaban agradecidos de que Víctor me hubiera traído a casa. Para ellos el hecho de que estuviera nuevamente allí, sin la presencia del hombre que supuestamente estaba corrompiéndome, era muy esperanzador. Víctor tenía que haberme hecho entrar en razón aquella mañana. Habían hecho bien en confiar en él y dejar que me fuera a buscar a la facultad. Delegando el hacerme ver la realidad como ellos la veían. Seguro que había hablado conmigo como un amigo —o un hermano— y me había hecho entender que Oziel no era un hombre adecuado para mí.

El rostro de mi madre reflejaba que si yo le pedía perdón daría saltos de alegría, me abrazaría con dulzura y olvidaría que me había ido a un hotel con un hombre que me sacaba bastantes años. El rostro de mi padre estaba mucho más serio, pero imagino que también continuaba enfadado conmigo por haberlo desobedecido directamente la noche anterior. Él se había llevado la peor parte. Él se había enfrentado a

Oziel y visto cómo me marchaba con él de la mano, sin encontrar un buen motivo para conseguir que me quedara.

<<*Si yo fuera hija mía también estaría enfadada conmigo misma.*>>

Oziel me había advertido sobre lo que pasaría, pero también me había tranquilizado diciéndome que mis padres me perdonarían por aquella insubordinación. Tenía que reconocer que al final no daba tan malos consejos con sus juegos y que parecía que sabía lo que hacía. No iba dando bandazos como yo, que me seguía encontrando torpe entre esos dos hombres, chocando contra el pecho de cada uno de ellos.

A veces, refugiando la cabeza contra su piel protectora. Otras veces, deseando arrancar la ropa que lo cubría y arañarlo.

Lo que no había llegado a creerme era que Víctor reaccionaría tan rápidamente a las provocaciones que había maquinado Oziel y que yo había secundado. Eso no me cuadraba. Lo de agachar la cabeza, reconocer que teníamos razón e ir a parar a casa de mis padres de su mano un día después de iniciarse mi ficticia relación con Oziel me había descuadrado.

Era mejor estratega de lo que había pensado.

Tendría que agradecerle personalmente —y no estaba segura de lo que entendería Oziel por *"agradecimiento satisfactorio"*— el haber intercedido en mi favor y meterse en aquel berenjenal para ayudarme en mi no—relación con Víctor.

<<*Miedo me da preguntarle cómo puedo compensarlo por las molestias.*>>

Y creí escucharlo en el interior de mi cabeza, con esa sonrisa ladeada tan provocativa que tenía, contestarme sin vergüenza maldita.

— Quiero seguir jugando...

Y allí estaba mi madre, deseando darme el abrazo que necesitaba ella más que yo. Y mi padre casi tenía que sujetarla para que no se abalanzara sobre mí y me dijera que me quería mucho y que estaba dispuesta a olvidarlo todo en cuanto a mí se me pasara la tontería de Oziel.

Y Víctor lo sabía.

Contaba con eso para hacerme sentir culpable. Para que no me escapara por la puerta. No confiaba en que a mí no me entrara el pánico al verlos allí. Tal vez ese era el único motivo por el que me había dado la mano.

Para que no huyera.

O para no tener una excusa para huir otra vez él…

Pero Víctor miraba a mi madre con pesar. En ese momento me di cuenta de que lo que más le preocupaba al arquitecto era hacerle daño a ella, a mi madre, y no tanto lo que pensara mi padre de él. Al final Oziel había acertado al dejar que lo tumbara de un golpe para mejorar su autoestima. Se lo veía más entero que la noche anterior. Se lo veía más resuelto que a ella. Víctor tenía que pensar que era mejor enfadar a mi padre que disgustar a mi madre, ya que sólo tenía ojos para los suyos. Lo sentí apretarme más fuertemente la mano, no sé si porque pensaba que necesitaba tranquilizarme o porque necesitaba tranquilizarse él. Buscando mi apoyo.

Creo que fue entonces cuando mi padre se dio cuenta del gesto de nuestras manos. Ese que no le habíamos ocultado. Ese que no sabía por qué había aparecido de pronto.

Ese que Víctor necesitaba, fuera por el motivo que fuese.

Miró primero nuestras manos entrelazadas, luego subió desde ellas para clavarme los ojos, y luego siguió subiendo hasta mirar a los de Víctor.

Le mantuvo la mirada.

Víctor hizo lo mismo.

Nunca había entendido bien la expresión "la tensión se podía cortar con un cuchillo" hasta ese instante. En ese momento cobró todo el significado del mundo. El aire en el salón se volvió denso y casi que lo sentí al entrar en mis pulmones al respirarlo. Dolía. Puede que por eso precisamente tanto mi padre como Víctor dejaron de respirar.

Si me llegan a salir las palabras habría tratado de suavizar el ambiente, pero en ese punto supuse que poco podía decir para que mi padre no tuviese ganas de matarnos a ninguno de los dos. Por suerte mi madre no se había dado cuenta de nada todavía y la sonrisa no se le desdibujaba de la cara.

Que hubiera regresado a casa era todo lo que necesitaba para ser feliz.

— Estoy muy interesado en saber lo que tienes que decirme — dijo mi padre, con la voz tan seria como la noche anterior, cuando me ordenó que fuera a mi alcoba y no le hice caso.

Era el momento perfecto para salir huyendo. De pronto no me apetecía para nada que Víctor pasara por aquello. Lo había empujado, precipitando algo que no quería hacer. Lo había hostigado hasta el punto de tener que arrastrarme con mentiras hasta mi casa para enfrentarse a mis padres. Había llegado hasta allí pensando en que volveríamos a compartir sudor, semen y otras esencias —junto con una gran cantidad de saliva— pero me sentía culpable de igual forma. Víctor lo hacía por mí. Víctor lo hacía para que dejara de torturarlo con Oziel.

Yo sólo quería estar con él, aunque fuera en secreto, sumergida en los silencios que se podían crear entre un beso y el siguiente. Sólo necesitaba saber que estaba dispuesto a intentarlo, a darle a lo que teníamos una oportunidad, fuera lo que fuese. Si mis padres estaban preparados para verme como a una mujer adulta que era capaz de decidir sobre sus parejas ahora era poco relevante. El pensar que Víctor estaba dispuesto a enfrentarse a mis padres por mí ya era suficiente.

Era el momento de parar todo aquello.

No quería que nadie se enterase de que estaba enamorada de Víctor. El único que necesitaba saberlo era Víctor.

<<Pues buena la he hecho. A ver cómo se puede parar esta locura.>>

No. Mi padre lo miraba y ya lo sabía. Mi madre lo sabría en cuanto se lo dijera mi padre. Y Víctor saldría de aquella casa después de ser humillado por el despotismo de mi padre. Tal vez magullado al dejarse golpear, igual que había pasado con Oziel.

Y hecho polvo por las lágrimas de mi madre.

Si al menos se pudiera suavizar el golpe...

— No salgo con Oziel, mamá. Es sólo un buen amigo. Entre él y yo no hay absolutamente nada.

Con lo que había sufrido para crear aquella mentira —el juego de Oziel— y lo había echado por tierra con un par de palabras. Si el abogado llega a escuchar la confesión, cuando entendía que todavía quedaban muchas manos de cartas por poner sobre el tapete, se habría echado las manos a la cabeza.

<<Muy mal, Bea. Nunca dejes ver que todas tus jugadas son un farol.>>

— ¿Y puede saberse por qué has mentido, Bea? —me preguntó ella, con el semblante consternado—. ¿Por qué te fuiste de casa con él?

Tragué saliva. Víctor fue a hablar por mí, pero me adelanté para que no pudiera hacer ninguna confesión.

No estaba preparada.

— Porque quería que dejarais de tratarme como a una niña. Tengo la edad suficiente para no tener que estar dando explicaciones por todo. He crecido y no necesito niñera —seguí diciendo, explicando aquella locura de la forma más plausible posible para que ninguno desconfiara. No me gustaba volver a mentirles pero lo necesitaba—. Que nadie me lleve a clase ni que nadie esté en casa, vigilándome por si hago alguna locura.

— ¿Y cuándo no he confiado yo en ti, Bea?

Me vinieron a la cabeza todas las veces que le habían pedido a Víctor que llegara temprano, que no tardara en ir a buscarme a la facultad o, que si podía, hiciera los deberes conmigo. Víctor había decidido dejarme espacio después del *"incidente"*, entendiendo que ya no era tan pequeña como ellos me veían, o tal vez porque se sentía muy incómodo, notando la efervescencia de mis hormonas a todas horas. Pero no era el momento de sacar basura a relucir. Probablemente mis padres pasaban tan poco tiempo en casa como para no darse cuenta de que había crecido. Ni de que yo había necesitado más de ellos y no lo había tenido.

No podía recriminarles eso. Entendía que para ellos era muy importante sacar la tienda adelante. Habían invertido mucho esfuerzo y dinero. De esos ingresos dependía nuestra hipoteca, mis estudios y la comida que no me comía. Y hacerlos sentir peor por no estar presentes en casa no iba a arreglar las cosas.

— ¿Y con quién sales, Bea?

La pregunta tan directa de mi padre me sacó de mis pensamientos. Era el momento de arrastrar a Víctor fuera de casa o mentir descaradamente.

<<O no mentir. En verdad no salgo con nadie.>>

Por una vez podría salir airosa no usando la falsedad entre ellos y yo.

Pero Víctor se adelantó.

— Sale conmigo.

Primera parte.
La polla a la que echaron de casa

— No. Tú te quedas.

Así de tajante había sido Víctor desde la puerta. Mi padre permanecía en silencio mientras mi madre lloraba. Y yo, con el cuerpo todavía temblando, había conseguido acompañarlo hasta la puerta.

Poco más se había dicho en ese salón después de que el hermano de Laura soltara la bomba. Mi madre lo había mirado con el rostro desencajado y acto seguido había roto a llorar. Mi padre había permanecido en silencio, midiendo mucho sus palabras hasta que por fin consiguió serenarse lo suficiente como para pronunciar la frase que quería decir en vez de escupirla.

— Fuera de esta casa —dijo, separando mucho cada palabra—. Nunca creí que fueras a faltarnos el respeto de esta manera. No sabes cómo me has decepcionado —. Cada letra sonó como si reverberara en mi cabeza, como si fuera una aguja más clavada en mi cerebro—. Ya no eres bien recibido aquí.

No hubo nada más. Ni gritos ni escenas dantescas. Nada parecido a la ira que lo había asolado todo la noche anterior, cuando era Oziel el objeto de todos sus males. Sólo mi padre enfadado, rodeando con un brazo a mi madre. Tampoco me dijo nada a mí cuando Víctor, agachando la cabeza y soltándome la mano, tras acariciarla un breve instante, se encaminó hasta la puerta.

Ni cuando salí detrás de él, dispuesta a acompañarle.

— Voy contigo.

— No. Este es tu sitio, Bea —me dijo, impidiéndome el paso. Miró a mis padres por encima de mi cabeza, con tanta seriedad que entendí que no había mucho que hacer aunque insistiera—. Tu casa, tu familia. Ya tienes lo que querías. Tus padres ya lo saben. Ahora a dormir en tu cama, que es donde tienes que estar.

<<Y no en la de Oziel, golfeando en un hotel y haciendo perder los nervios a todo el mundo, mocosa.>>

Fue tan duro al pararme los pies cuando estaba tratando de cerrar la puerta para que me quedara en mi casa que supe que cualquier cosa que pudiera contestarle en aquel momento no sonaría sino a queja infantil por mi parte. A queja de mocosa. A queja de niña mimada a la que le gustaba complicarle la vida a todo el mundo. Había asumido sus responsabilidades como un adulto delante de mis progenitores. Había confesado lo que tanto le dolía confesar, y ahora me tocaba hacer a mí mi parte.

Yo también tenía que dar muchas explicaciones a mi familia.

Pero esas frases habían dolido. Escucharle decir que ya tenía yo lo que quería había sentado como un bofetón en la cara. Algo hecho para que dejara de comportarme como la cría que él veía en mí, con mis conductas caprichosas e infantiles. Enrabietada, jugando con los sentimientos de todos para hacerlos bailar al son que habían marcado mis caderas que apenas si comenzaban a ancharse un poco. No fui capaz de contestarle aunque deseaba decirle que estaba siendo injusto conmigo.

Porque tal vez llevaba razón en todo.

Dejé que cerrara la puerta.

Cuando conseguí volverme para enfrentarme a mis padres habían pasado ya unos largos minutos. No había escuchado el llanto de mi madre mientras me recuperaba del abandono de Víctor, con la frente pegada a la madera de la puerta. Había conseguido calmarse un poco y ahora solamente lagrimeaba. Me miraba triste, con un pañuelo pegado a la nariz. Quise sentir lástima por ella pero estaba demasiado ocupada sintiéndola por mí misma. Acababa de salir por la puerta el hombre del que estaba enamorada, sin tener muy claro si se había ido enfadado o si sólo estaba triste y no podía ofrecerme consuelo después de los reproches de mi padre.

Si salíamos juntos o si jamás volvería a verlo.

Por otro lado, tenía que enfrentarme a la furia que me esperaba en aquel salón transformada en la figura de mi padre —porque sabía que, aunque sí había sido comedido con Víctor a mí me deparaba una suerte diferente— y a la incomprensión de mi madre. No me sentía con fuerzas para hacer las tres cosas a la vez, así que quise acabar con aquello de la forma más rápida posible.

— Si Víctor no es bueno para vosotros yo tampoco lo soy.

Deseaba dar más explicaciones algún día, pero no en ese instante. Lo que necesitaba era salir corriendo de mi casa, refugiarme en los brazos de mi amiga Laura y poder contarle todo lo que estaba a punto de saber por otras bocas. Aquella misma noche, tanto sus padres como ella, seguramente tendrían información de primera mano, ya fuera porque Víctor quisiera acabar con la farsa o porque mis padres los llamaran. Me dolía no haberme dado cuenta de que se podía precipitar de la forma en la que lo había hecho, y que iba a dañar a más personas de las que me gustaría.

<<Sí lo sabía. Pero no me di cuenta de lo importante que era.>

Corrí a mi cuarto, volví a meter algo más de ropa en otra mochila —de esas que usaba en el instituto para llevar los libros y que no me había atrevido a tirar a la basura porque estaba bastante nueva— y cerré la cremallera con dificultad porque había metido demasiadas cosas. No pensaba muy bien lo que hacía. No sabía cuántos días estaría fuera ni si estaba actuando bien al salir huyendo como Víctor. Pero no tenía la cabeza ni el corazón para más.

Tras un par de minutos salí de mi alcoba, miré con seriedad a mis padres y les di un beso a cada uno en la mejilla.

— Sé que me queréis y que deseáis lo mejor para mí —comencé diciendo, tomando distancia entre sus cuerpos y el mío. No sabía si mi padre trataría de sujetarme y prefería ahorrarme el disgusto de tratar de zafarme de sus manos—. Pero yo lo que quiero es estar con Víctor. No es el capricho de una niña. Como mucho, es el capricho de una mujer. Si no podéis entenderlo ahora al menos espero que podáis daros tiempo para asimilarlo. Y no ponerme más trabas de las que ya tiene todo esto. Bastante difícil es para nosotros con la diferencia de edad y con haberme criado con él en la misma casa.

A mi madre le tembló el labio y a mí me entraron ganas de abrazarla y decirle que todo iba a salir bien y que confiara en mí. Al fin y al cabo siempre iba a ser para ella "su pequeña", tuviera la edad que tuviese. Al final me estaba descubriendo como mujer, enamorada de un ideal que tal vez no durara sino unas simples semanas. Puede que se estuviera recordando en mí, en mis actos impulsivos y en mis salidas de tono extrañas.

Daba igual.

Me miraba como si me redescubriera.

— Te prohíbo que salgas por esa puerta —ordenó mi padre, con voz ronca y helada, tal y como había hecho el día anterior.

Mi madre se colgó de su brazo, tranquilizándolo. Hizo que la mirara girándole la cabeza con la otra mano. Ella negaba con el gesto de la suya, como si le estuviera reprochando su comportamiento.

<<*Esa no es la actitud.*>>

Agaché la cabeza y encaminé mis pasos hacia la puerta.

— No se te ocurra desobedecerme otra vez, Bea.
— Deja que se vaya, Eduardo. Sé que volverá cuando las aguas estén más calmadas —afirmó, confiando en que tenía que dejarme crecer y limarme las rodillas en cada caída—. Ahora

mismo ninguno tenemos la cabeza para pensar bien en lo que está pasando.

Ojalá Víctor hubiera escuchado a mi madre hablar de aquella manera. Por muy disgustada que estuviera sabía que tanto Víctor como yo éramos buenas personas. Tal vez, incluso, el hecho de que tuvieran en tan buena estima al arquitecto podía dar una luz de esperanza a sus sentimientos encontrados cuando las emociones dejaran de estar tan a flor de piel.

Abrí la puerta, miré otra vez a mis padres y me despedí en silencio. Mi madre seguía colgada del brazo de mi padre y él mantenía los puños apretados, con la impotencia del que ve marchar a una hija que no le hacía ni puñetero caso.

Otra vez...

Siempre me había imaginado que el día que abandonara mi hogar para irme a vivir a otro sitio sería con otro estado de ánimo.

Y cuando cerré la puerta y me vi sola delante del ascensor me di cuenta de que estaba realmente sola. No porque no hubiera nadie dentro, sino porque no sabía lo que tenía que hacer a continuación. Había arruinado el plan de Oziel o tal vez había logrado su objetivo y ya no tenía nada más que hacer conmigo. Víctor me había pedido que no lo acompañara, pero yo no podía, simplemente, quedarme de brazos cruzados y ver cómo él se enfrentaba solo a sus padres y a su hermana. No podía dejarlo con aquella carga.

Estaba sola.

Lo llamé al móvil en cuanto estuve en el portal. Había entrado en el ascensor de forma automática, sin darme cuenta de que había pulsado el botón que me llevaría al bajo. Víctor rechazó dos veces la llamada. A la tercera apagó el teléfono, o simplemente se quedó sin cobertura.

O sin batería.

<<*Sigue soñando.*>>

Aunque lo veía muy capaz, tan enfadado como estaba, de haber metido en agua el móvil para no seguir recibiendo llamadas mías.

Apenada, salí a la calle pensando en lo que debía hacer a continuación. Perdida. Angustiada. Viviendo una vida que parecía que no me pertenecía. Vistiendo una piel en la que no me reconocía.

Y allí estaba él.

Oziel, aparcado justo delante del portal de mi casa, con los brazos cruzados y la misma ropa con la que había salido aquella mañana del hotel. La que había temido que le manchara Víctor con su duelo pendiente. No pude reprimir una sonrisa al verlo bajarse las gafas de sol para mirarme a los ojos directamente.

Tuve unas inmensas ganas de abrazarlo.

— ¿Te llevo a alguna parte, hermosura?

Cogió mi mochila y me dio un beso tierno en la mejilla, muy cerca del oído derecho.

— ¿Cómo sabías que iba a necesitarte? —le pregunté, dejando que me abriera la puerta de su BMW y acomodándome en el asiento del acompañante. Reprimiendo las ganas de cerrar mis brazos en torno a su cintura y derrumbarme. Con él todo estaba bien. Con él me sentía mucho más yo que un instante antes.

Mi mochila acabó en el maletero y él entró con una agilidad inusitada en el coche para llevar un traje de chaqueta tan ajustado a su esbelto cuerpo.

— Un pajarito me dijo lo que había pasado en tu casa y pensé que tal vez necesitaras ayuda —comentó, arrancando el vehículo—. Estaba sopesando la idea de llamar al telefonillo o subir con las llaves que no le he devuelto a tu padre, pero aún no me había decidido por lo que me apetecía hacer.

Víctor lo habría llamado. A lo peor simplemente para mandarlo a la mierda tras lo que le habíamos empujado a hacer, pero tal vez podía ser que volviera a confiar en él para que fuera a rescatarme y prestarme la ayuda que él no se veía capaz de dar a causa de su estado emocional.

— Creo que entonces te he arruinado tu nueva estrategia bajando antes de que hubieras tomado una decisión — comenté, sonriendo. Me agradaba estar ahora mismo en su coche, sintiéndome protegida por alguien que podía ayudarme a no pasar la noche en la calle, como me había visto haciendo tras no contestar Víctor a ninguna de mis llamadas.

Oziel puso en marcha el automóvil y me tendió las gafas de sol para que se las guardara. Doblé las patillas y me quedé mirándolas, sobre mi regazo, pensando en lo que se me venía encima a partir de ese momento. Con Víctor y con mi familia. Con su familia y con mi mejor amiga.

Y de Oziel.

Que, al fin y al cabo, era el que había diseñado toda la estrategia y el que se había visto, de pronto, expulsado de ella. Víctor lo había dejado al margen para actuar a sus espaldas, adelantarse a su siguiente jugada y descolocarnos a los dos. Aunque para él no era un juego. Para el arquitecto había perdido toda la puta gracia.

Y tal vez la parte morbosa y excitante.

El deseo...

— Para nada, Bea. Me encantan las nuevas reglas del juego.

Segunda parte.
Y volví al hotel... con la polla

He de reconocerlo: lloré como una tonta cuando toda la tensión del enfrentamiento con mis padres se me vino encima. Oziel no supo si necesitaba más un beso o un guantazo, por lo que imagino que se abstuvo de decir ni hacer nada mientras descargaba mis lágrimas con grititos histéricos intercalados. Sólo cuando dejó el coche perfectamente aparcado en nuestra plaza en el sótano del hotel pudo mirarme a los ojos para enfrentarse a mi súbita reacción.

Estaba entendiendo a marchas forzadas que ningún hombre estaba preparado para las lágrimas de una mujer. Ni siquiera cuando no tenían que dolerle porque no iban con él.

— ¿Te encuentras mejor?

Quise responderle que no fuera imbécil, que estaba hecha una mierda, que Víctor había confesado obligado y se había apartado de mí enfadado con la situación. Que había vuelto a desafiar a mis padres, que iba por el camino de provocarle un infarto a mi padre y una depresión a mi madre. Que probablemente mi mejor amiga dejaría de considerarme como tal y que sus padres podrían encontrarme la culpable de provocar a su hijo y hacerlo caer.

Nada estaba bien en mi vida y tenía la sensación de que nada volvería a estarlo.

Pero no. No lo llamé tonto, aunque ganas no me faltaron.

— Sí, algo mejor —solté, con una falsa sonrisa que tuvo que quedar fatal adornando mis labios—. Me hacía falta llorar. Todo esto me está afectando mucho. Me supera. De pronto mi vida está patas arriba y no sé qué hacer para dejarla como estaba.

<<*Nada. No puedes hacer absolutamente nada. Te jodiste. Bea.*>>

Me miró con escepticismo, demostrando que él también me daba mil vueltas en experiencia. No era fácil engañar a un hombre que te sacaba unos cuantos años. Más de los que quería reconocer. ¿Cuántos años tenía ese hombre?

— Si no fuera por la hora te invitaba a una copa para quitarte ese nerviosismo...
— Nada de alcohol, por favor. Ya tengo bastante encima.
— ¿Alcohol encima? —bromeó, llevándose las manos a la cabeza. Sonreí, agradecida de ser capaz de hacerlo a pesar de las circunstancias—. Pues lo llevas muy bien...

Tampoco en esta ocasión lo llamé tonto, pero el tono de voz habría sido completamente distinto al de unos segundos antes.

— ¿Y ahora?
— Improvisamos...

Era algo que, según había comprobado, no se me daba para nada bien. Pero Oziel parecía tan seguro de que era la mejor opción que no me quedó más remedio que dejarme llevar y pensar que, al menos, a peor no podía ir la cosa.

Eso sí fui capaz de decirlo en voz alta, para disgusto del abogado.

— ¿Piensas que no hemos avanzado? —preguntó, haciéndose el ofendido—. Tus padres están ya enterados del asunto por boca de Víctor. Ha reconocido que está contigo, o al menos eso es lo que tengo entendido que hizo. ¿Es correcto? Porque no me lo imagino diciéndole a tus padres que simplemente se ha acostado un par de veces con su hija.

Me miró con ese gesto inquisitorio que imagino que aún no había tenido muchas oportunidades de usar como abogado al interrogar en un juicio, instando a decir la verdad, toda la verdad y nada más que la verdad al testigo de turno.

Una pena que el único testigo que tenía a su disposición fuera yo...

Y que no fuera a servirle de mucho para practicar. Mi resistencia daba pena.

— No recuerdo exactamente lo que dijo —y no le estaba respondiendo una mentira. Estaba hecha un lío.

Era cierto que no hizo alusión a estar acostándose conmigo, pero tampoco recordaba haberlo escuchado pronunciar la palabra novio. Así se lo hice entender a Oziel, y así volvió a la carga en cuanto hubo dejado un par de segundos de silencio entre mis últimas palabras y el inicio de su siguiente frase.

El coche estaba a oscuras. No sabía por qué no le gustaba la lucecita de cortesía cuando apagaba el motor. Le devolví las gafas y el me devolvió una perversa sonrisa.

— Imagino que a nuestra edad lo de llamar "novia" a alguien está sobrevalorado y se deja reservado para designar a la persona que va a lograr ponernos un anillo en el dedo. Todavía tenemos que conseguir que reconozca abiertamente que está enamorado de ti, así que dejemos a un lado las bodas por el momento.
— No he querido decir...

Oziel rio, mientras abría la puerta del coche y lo rodeaba para abrir la de mi lado y extenderme la mano para ayudarme a salir. Al final llegaría a acostumbrarme a ese gesto galante del abogado y lo echaría en falta en cada hombre al que acompañara en el asiento del copiloto el resto de mi vida.

<<*Ojalá fuera a ser Víctor.*>>

— Sé que no quisiste decir eso —comentó, mordiéndose el labio inferior—. Pero me gusta molestarte.

Guiñó un ojo, sonrio pícaramente y me guió hasta la salida del aparcamiento.

Ya en el ascensor fui capaz de admitir que tenía gracia que todavía le quedaran ganas de bromear. Después de la mala noche, de que lo hubiera golpeado mi padre y de que estuviera amenazado por su mejor amigo. Se tomaba la vida con una filosofía que para mí hubiera querido en ese momento.

— Improvisemos, pues. ¿Qué es lo que no tenemos planeado hacer pero que no vendría mal que hiciéramos?

La pregunta le hizo gracia y cuando se abrio la puerta en nuestro piso dejó escapar una sonora carcajada. Llegamos hasta la habitación por el suelo enmoquetado y se hizo cargo de abrir la puerta con movimientos precisos y elegantes. Me quedaba siempre prendada de sus manos. Dejó la tarjeta en el conector que encendía todas las luces y me dio paso. La habitación estaba completamente recogida y limpia, como si nuestras vidas se hubieran podido guardar en el ropero sin más problemas y por allí no hubiese pasado nadie.

Y era exactamente lo que había pasado. Todo había sido meticulosamente colocado en el ropero.

No había nada que dejara intuir que habíamos pasado allí la noche. Que me había masturbado entre esas sábanas. Que gemido su nombre en sueños.

— Cambiarme de ropa, comer algo y llamar a Víctor me parecen tres opciones muy válidas —comentó, retirándose la chaqueta y dejándola en el galán de noche que había en una esquina.
— No te cogerá el teléfono —comenté, sin ganas de añadir nada al hecho de que por la hora probablemente Oziel no habría almorzado y tuviera hambre. La idea de espiarlo mientras se despojaba de los pantalones del traje y hacía lo mismo con la camisa, y se colocaba sobre los hombros algo mucho menos formal no se me pasó por la cabeza, pero supongo que habría

sido una buena forma de conseguir quitarme algo del estrés acumulado.

A nadie le amargaba un dulce.

Y Oziel era uno de los dulces más apetitosos que conocía por el momento.

Observarlo era otra de las cosas que podíamos añadir a la lista para improvisar.

— Puede que a mí sí me lo coja... —comentó, encogiéndose de hombros—. Y siempre queda la posibilidad de presentarnos directamente en casa para decirle "hola".

Por mi cara de espanto entendió de inmediato que no me apetecía para nada enfrentarme a su familia en aquel momento. Era una actitud de cobarde, tuve que reconocerlo, ya que al final él había hecho lo propio con mis padres y no iba a ser más o menos duro que yo me enfrentara a los suyos, dándole apoyo moral en aquel trance.

<<*Víctor no quiere que le preste ayuda. Lo dejó muy claro al dejarme sola en casa con mis padres. No quiere que esté con él.*>>

— ¿Sus padres se marchaban hoy o mañana?

No pude responder a la pregunta. Me había quedado en blanco tras recordar el instante en el que Víctor me dijo que mi lugar estaba en mi casa y que no quería que me fuera con él. Mi rostro tenía que ser un poema, imagino, entre la frustración, el pánico y la ira que me embargaba. Y la última imagen que iba a conservar mía hasta que se dignara a volver a cogerme el teléfono, a ir a buscarme o a tropezarse de casualidad conmigo por la calle.

— Bueno, no importa. La habitación la podemos mantener sin problemas hasta mañana —se contestó a sí mismo, de forma resuelta—. Ya veremos lo que haremos cuando pase esta noche. Estoy empezando a dar forma a una idea que puede resultar la solución a todos nuestros problemas.

Tuve ganas de preguntarle por ella, decirle que me iluminara al haber conseguido despertar mi curiosidad, pero cuando estaba a punto de hacerlo sonó mi teléfono móvil desde dentro de la mochila que usaba de bolso para ir a la facultad. La miré con miedo, sabiendo que cualquier cosa horrible podía llegarme en ese momento desde el otro lado del hilo telefónico. Mis padres, exigiéndome que regresara o llorando para darme pena y conseguir que siguiera su voluntad. Víctor para demostrarme su enfado con el hecho de haberlo desobedecido y haber abandonado mi casa, o sus padres para preguntarme cuál era el oscuro motivo por el que había ido a poner mis ojos lascivos sobre su hijo.

Cuando tuve el teléfono en la mano descubrí que era aún mucho peor.

Miré a Oziel, que intrigado se había colocado a mi lado para ver el nombre que se reflejaba en la enorme pantalla de mi smarthphone. Me dio el pésame con la mirada y se volvió para entrar en el baño y dejarme algo de intimidad en la conversación. Mientras lo hacía dejó sobre una banqueta descalzadora la corbata y la camisa, sin importarle demasiado que cayeran sobre el tapizado de cualquier manera.

Se notaba que él no era el que planchaba su ropa.

Volví a mirar la pantalla.

Era Laura.

Tercera parte.
Hablar con Laura… de la polla

Mentiría si dijera que no me costó trabajo deslizar el dedo desde la posición neutra donde vibraba el icono de descolgar el teléfono hacia el color verde, porque más de tres veces fui a llevarlo hasta el rojo para cortar la llamada. Creí que mientras me decidía Laura se cansaría de esperar un tono tras otro y acabaría colgando ella, pero la insistencia denotó que si se cortaba, saltando el buzón de voz, volvería a intentarlo nada más haber dejado en el mensaje una enorme multitud de insultos.

Oziel cerró gentilmente la puerta del baño, e incluso creo que abrio el grifo de la ducha para que hubiera más ruido en esa estancia que en la que yo me encontraba. Hasta para eso sabía ser un caballero.

Descolgué, tragando a la vez toda la saliva que pudo quedar en mi boca tras encontrarme con la sorpresa de que Laura ya lo sabía… e iba a exigir explicaciones.

No fue mucha.

Por lo tanto, la garganta estaba demasiado seca como para que un saludo sonara de mi boca medianamente aceptable. También he de reconocer que no lo intenté demasiado, y que mi amiga fue mucho más rápida a la hora de iniciar la conversación.

O el interrogatorio…

— ¿Víctor?

Me arrojó el nombre de su hermano a la cara como quien arroja un calcetín empapado en agua sucia en el vestuario de un equipo de fútbol sala femenino. ¿Qué se suponía que se podía contestar a un nombre?

— ¿Con Víctor? —volvió a preguntar, con la voz aún más irritada que la primera vez.

Tampoco encontré que la frase estuviera demasiado completa, por lo que me imaginé rompiendo el hielo pidiéndole que fuera un poco más concreta a la hora de formular sus preguntas.

<<¿Qué quieres saber exactamente de Víctor?>>

Pero no tuve el ánimo de bromear en aquellas circunstancias. No tenía ninguna gana de escucharle preguntar lo que seguro que se moría por saber.

<<¿Sales con mi hermano? ¿Le besas en la boca? ¿Te ha metido mano? ¿Os habéis ido a la cama?>>

O, tal vez, la más temida de todas.

<<¿Por qué coño no me lo dijiste?>>

Mientras no me preguntara por su polla...

Me quedé callada, agotando los segundos que me quedaban de amistad con Laura, mientras mi mente buscaba algún resquicio legal al que agarrarse para poder alegar una defensa. En eso me habría venido muy bien tener a Oziel al lado, que siempre encontraba una buena idea para cualquier mala situación. Y aquella era la peor de todas... después de haber tenido el enfrentamiento con mis padres.

— ¿Quieres decir algo de una vez?

¿Y qué podía decirle? ¿Qué lo sentía? ¿Qué ojalá hubiera encontrado el valor para confesarle lo que estaba pasando? ¿Qué podía estar tranquila porque Víctor probablemente no querría saber nunca nada más de mí? Sentí cada vez la garganta más seca, la mente más atontada y la mano más temblorosa. Era como si de la respuesta a esa pregunta dependiera que ganara un magnífico premio en un concurso de la tele, donde millones de espectadores estuvieran deseando verme meter la pata y quedar en ridículo.

Pero estaba en juego algo más importante que el típico apartamento en la zona de veraneo de moda. Y estaba convencida de que no había respuesta adecuada a la pregunta de Laura.

— Sí, Víctor.

Silencio al otro lado de la línea.

Silencio también en el lado de la mía.

¿Qué más podíamos decirnos sin hacernos aún más daño?

— Con Víctor…

Respondí así a sus dos preguntas, o a sus dos medias preguntas. Ya lo que hubiera "con Víctor" era otra cuestión, pero eso ella no lo había preguntado. Pensé en que era un buen momento para colgar el teléfono, casi sin despedirme, y dejarla rumiando sus insultos hasta que recobrara las fuerzas.

Estuve tentada de hacerlo…

El agua de la ducha seguía corriendo con fuerza. Imaginé a Oziel envuelto en el vapor caliente mientras dejaba caer la espuma por su espalda. Cientos de veces espié a Víctor mientras se enjabonaba en el baño de nuestra casa, antes de salir hacia la facultad. Cuando abandonaba la ducha yo corría hacia la cocina para preparar el café, y mientras él salía envuelto en una toalla que le tapaba menos de la mitad del cuerpo —la que más me interesaba observar a mí, para mi desgracia— yo trataba de estar, casualmente, cerca del pasillo para poder verlo caminar hasta su alcoba.

Tenía que dejar de divagar con Víctor, y más cuando tenía a su hermana al otro lado del teléfono, poniéndose cada vez más y más colorada por el descubrimiento. O eso me imaginaba que pasaba.

Y, de pronto, Laura comenzó a reír. No con una de esas risas histéricas fruto de los nervios del momento, sino una verdadera carcajada, de esas que regocijan el alma cuando se escuchan o se experimentan. Quise reír con ella, pero todavía no sabía si era adecuado hacerlo. Tampoco supe por qué debía reír, pero era inevitable sentir ganas de acompañarla después de la tensión del momento. Estaba demasiado saturada de emociones como para entender que quisiera apropiarme de las de mi amiga.

Cuando llevaba varios segundos escuchándola reír tuve que interrumpirla antes de sentir que enloquecería por el cambio drástico de humor de la situación. Aunque habría expertos que opinarían que llegaba ya tarde para según qué diagnósticos.

— ¿De verdad te resulta gracioso?

Laura soltó un par de carcajadas más antes de dignarse a contestar. Podría haber seguido así un par de horas e imagino que la risa sincera de mi amiga —por el momento seguía siendo amiga— no habría dejado de tener el mismo tono desenfadado y alegre que me había descolocado por completo.

Las dos íbamos a ser diagnosticadas de bipolaridad, seguro.

— ¿Lo tuyo con Víctor? ¡No! Lo tuyo con Víctor es extraño, pero no gracioso—. Lo dijo con intenciones de echarse nuevamente a reír, luchando por contenerse—. Lo que me encanta es saber que Oziel está libre…

Cuarta parte.
La polla que me consoló

Hay cosas que nunca me vi haciendo.

Desear a Víctor fue una de ellas. Dos años atrás no se me habría pasado por la cabeza pensar que de pronto, una tarde, lo miraría directamente al culo en vez de a los ojos. Me habría reído a carcajadas si alguien llega a sugerirlo siquiera.

— ¿Acostarme con Víctor? ¿Y por qué me quieres tan poco? — habría preguntado, incrédula.

Tampoco me vi desafiando a mis padres, marchándome de casa antes de terminar la universidad sin un céntimo con el que poder mantener unos mínimos gastos. Mi piso era el único lugar seguro en la tierra, hasta que de pronto la polla de Víctor ocupó toda mi mente y ya no importó nada más. Ya luego se había convertido en el mismísimo infierno.

— ¿Clases de braille? ¡Me apunto! Si son los viernes mejor que mejor —habría exclamado, necesitando escaparme de lo absurdo de mi vida.

Y, por supuesto, tampoco me vi nunca confesándole a Laura que deseaba a su hermano, ni diciéndole que lo había acosado hasta que por fin, una tarde, me besó de forma salvaje tras pelearse con sus amigos.

Y de romperle la nariz a Oziel.

Lo de contarle cómo habían sido nuestros encuentros sexuales todavía me hacía temblar como una hoja, pero estaba segura de que en cuanto se le pasara la impresión inicial haría todas las preguntas que se le habían quedado en el tintero.

Y estaba segura de que iban a ser cientos de ellas.

Tras colgar el teléfono, con un suspiro profundo y sonoro, me dejé caer boca abajo sobre la gran cama que compartí con Oziel la noche anterior. Tenía los nudillos blancos de aferrar el móvil con tanta fuerza. Estaba cansada, pero definitivamente contenta por haber logrado finalizar la conversación con Laura sin que me dijera que no quería saber nunca nada más de mí.

Laura era la única persona que en verdad temía perder con toda esta historia, ya que estaba segura de que mis padres acabarían perdonándome tarde o temprano, y que si los padres de ellos no lo hacían tampoco me iba a morir por ello.

<<Bueno, también me dolería perder definitivamente a Víctor.>>

No lo quería contemplar ni como posibilidad.

— ¿Por qué no me dijiste nada?

Ahora, tras saber que no le parecía mal que estuviera liada —o no liada— con su hermano, todo parecía mucho más fácil. ¡La de noches que me habría pasado colgada al teléfono contándole la última vez que me había tropezado con él, el último comentario que me había hecho, o lo bien que le quedaba la ropa que se había puesto aquella mañana!

<<Hay cosas que no se le pueden comentar a una hermana, por muy amiga que sea.>>

— Pensé que te enfadarías si te decía que me había enamorado de tu hermano...

La conversación había fluido con tanta naturalidad que me pareció estar hablando sobre Oziel en vez de sobre Víctor. Laura estaba encantada de que su hermano se hubiera fijado en su mejor amiga, que yo hubiera hecho lo mismo al fijarme en él y, por supuesto, que Oziel estuviera libre para poder lanzarse a su yugular directamente.

Y, desde luego, era mucho más agradable decirle que estaba convencida de estar enamorada a confesarle que simplemente lo deseaba para un par de polvos bien echados mientras mis padres no estaban presentes en casa.

<<*Sí, ciertamente eso ayuda mucho. El amor lo cambia todo.*>>

— ¿Sabes si está de verdad disponible o tiene un acuerdo con la novia para meterte mano mientras fingía ser tu pareja?

Me partí de risa. Así de simple. Era genial saber que volvía a tener a una amiga con la que poder compartir confidencias, a la que nunca debí ocultarle nada. Que tenía novio, por cierto, pero que parecía que le iba a durar bastante poco. Y que se dejaría la piel para volver a visitarnos ahora que se había quedado prendada del abogado más sexy de la ciudad. Al que tenía en ese momento delante, de repente

<<*No lo había encontrado para venir a verme a mí, pero para coquetear con Oziel movería cielo y tierra.*>>

Me dieron pena sus padres. No les iba a sentar nada bien pensar que yo no salía con aquel perverso amigo de su hijo... y que sin embargo iba a intentarlo su pequeña Laura.

— ¿Cómo ha ido?

Oziel tenía el pelo mojado pero se presentó en el dormitorio completamente vestido. Había abierto un paquete de galletitas saladas a cuenta del mini bar y estaba degustándolo mientras yo mantenía la cara enterrada en el colchón.

— Muy bien —comenté contra la tela que formaba parte de la colcha. Esa que se suponía que no se lavaba y que yo tenía que haber tenido en cuenta—. Por cierto, ¿tienes novia?
— ¿Yo? —preguntó, haciendo la señal de la cruz sobre su cuerpo, como si necesitara santiguarse para alejar esos

pensamientos y posibilidad—. ¿Por qué me deseas un mal como ese?

— Ya decía yo...

— ¿No me crees capaz de tener una relación seria, jovencita? — preguntó, con un tono alegre y juguetón mientras se sentaba al borde de la cama.

— No mucho, la verdad —respondí, levantando la cabeza y sujetándola con la mano en un ángulo bien extraño. Practicando para contorsionista, vamos.

Se apoderó de un paquete de snacks y comenzó a devorarlo, y a mí me dio cierto remordimiento de conciencia el estar retrasando su almuerzo con todo aquel asunto.

— Haces bien —contestó, guiñándome un ojo—. Las mujeres no dais más que problemas. Te lo digo yo, que de esto entiendo un rato.

— ¿De mujeres?

— De problemas.

Los dos reímos a carcajada limpia y olvidé la tensión de hacía unas horas. Era asombroso lo bien que me había sentado la conversación con Laura. Me senté junto a él y traté de robarle una patata frita pero me lo impidió apartando el paquete hacia un lado y enseñándome los dientes como si fuera un perro defendiendo un suculento hueso. A punto de perder un dedo si le robaba algo de comida.

— ¿Te importa si pido algo al servicio de habitaciones mientras tú te pones más cómoda?

Y por cómoda comprendí que se refería a que me cambiara de ropa, tal vez me diera una ducha e hiciera algo con lo desmadejado de mis cabellos. En ese momento aparentaba haber pasado la noche en vela por las ojeras que lucía, y aunque era normal que después de pasar el día al que me había tocado enfrentarme tuviera mal aspecto, lo cierto era que la alegría que sentía momentáneamente en el pecho no concordaba nada con mi aspecto físico.

Le indiqué que hiciera el favor de no retrasar más su almuerzo por mí y mientras descolgaba el teléfono que reposaba en la mesilla de noche, leyendo distraídamente la carta del menú que tenía en la otra mano, me preguntó sin pronunciar ninguna palabra pero gesticulando mucho a la hora de pronunciar si deseaba que me pidiera algo para acompañarlo mientras comía. De la misma manera hice un gesto negativo y lo dejé pidiéndose un sándwiches vegetal y un trozo de empanada de carne mientras ocupaba el baño para cambiarme de ropa.

Aunque no me veía tan mal con la que llevaba puesta.

Salí al dormitorio cuando el servicio de habitaciones llamó a la puerta para entregarle a Oziel una bandeja donde, además de lo que le había escuchado pedir, había un trozo de tarta de manzana y una pequeña botella de vino.

Lo observé devorar su almuerzo mientras yo revisaba mi teléfono móvil en busca del rastro de Víctor, pero no encontré ni un mensaje ni una llamada del desvergonzado arquitecto. Frustrada, lo lancé sobre la cama y resoplé con fuerza. Encendí el televisor buscando alguna emisora de radio que me mantuviera la mente ocupada con sus canciones mientras Oziel daba buena cuenta de su comida, pero encontré más canales en alemán e inglés que otra cosa.

Y el inglés nunca había sido mi fuerte. Por no decir que de alemán no entendía nada de nada.

No había terminado de dar la vuelta completa a la rueda interminable de emisoras de televisión y radio cuando vi por el rabillo del ojo que Oziel había vuelto a apoderarse de su teléfono móvil y se lo había llevado a la oreja. Tras unos segundos esperando tono por fin se dio por vencido.

— Tienes razón. Está apagado o fuera de cobertura.

Había mantenido la esperanza de que Víctor simplemente me hubiera bloqueado a mí las llamadas —si era que eso podía hacerse verdaderamente, que yo para las nuevas tecnologías era una completa negada, al igual que para los idiomas— pero al parecer había preferido desaparecer del mapa por unas horas al menos.

— ¿Qué te dijo Laura? ¿Había pasado por casa?

Le conté lo que mi amiga me había relatado. Que Víctor había llegado como una exhalación nada más dejarme a mí en mi casa, que había soltado la bomba incendiaria reuniendo a su familia en el salón y que al momento se había disculpado y se había marchado sin esperar siquiera a que sus padres pudieran reaccionar. Acto seguido, y tras recobrarse de la impresión y conseguir algo de intimidad y tranquilidad en la casa con los gritos de sus padres, Laura me había llamado a mí para preguntarme por lo que estaba pasando.

— ¿Especificó tu amiga si dijo que se acostaba contigo o que salíais juntos? —preguntó, con perversa sonrisa, terminando la tarta de manzana y la copa de vino que se había servido—. Es sólo por curiosidad.

Por la cara que puso —regañando la nariz básicamente— entendí que la bebida no había sido de su agrado

— No, no me dijo nada de eso —respondí, molesta al pensar que lo contemplaba como posibilidad, aunque fuera sólo para hacerme rabiar—. Tampoco se lo pregunté, e imagino que teniendo a sus padres revoloteando a su alrededor en vuestro piso no le sería fácil preguntarme muchas cosas, porque es verdad que se ha dejado muchas cosas en el tintero. Estoy segura de que en cuanto pueda hablaremos con más calma.

Oziel asintió y dejó la servilleta con la que acababa de limpiarse los labios sobre la bandeja. Luego puso ésta fuera de la habitación, en el suelo enmoquetado junto a la puerta, y volvió al interior con una sonrisa perversa en los labios.

Su sempiterna sonrisa de *"sigamos jugando"*.

— La cosa se pone emocionante —soltó, frotándose las manos mientras se miraba en el espejo y comprobaba que su aspecto era lo suficientemente adecuado como para salir a la calle.

— La cosa lo que está es muy tensa —repliqué yo.

Pero sabía que Laura y él eran los únicos que se lo estaban pasando pipa con todo aquel drama familiar. En verdad se merecían el uno al otro. Por fin una mujer que fuera a ser capaz de plantarle cara al abogado y medirse en su escala de perversión y sinvergonzonería.

Sí. Había que seguir jugando.

Lo que pasaba era que no tenía muy claro a qué teníamos que jugar.

Y tampoco si él al menos lo sabía.

Quinta parte.
La polla que me consiguió una cama

— ¿Maribel?

Oziel volvía a estar sentado en el sillón que había junto a la ventana. Se había cambiado de ropa tras la ducha y en lugar del elegante traje de chaqueta vestía en ese momento uno desenfadados pantalones vaqueros y una camisa de finas rayas azules y blancas. Tenía las piernas cruzadas y balanceaba la que quedaba por encima mientras bebía pequeños sorbos de agua de una botella de plástico.

Y hablaba por teléfono, claro.

— Sí, soy yo.

Quise prestarle atención a la conversación pero no supe si era demasiado privada para hacerlo. Al fin y al cabo, Maribel podía ser su novia —poco probable, ya que me acababa de decir que las mujeres sólo daban problemas y que no tenía— o su amante, y no era adecuado que invadiera su intimidad de esa forma. Y menos después de que él me hubiera concedido a mí la mía mientras hablaba con Laura.

Me puse a revolver en la bolsa de ropa para organizar el escaso vestuario con el que contaba pero no pude evitar echar pequeños vistazos en su dirección de vez en cuando. Algunas veces sin querer... y la mayoría de ellas queriendo. Y Oziel lo sabía, porque en cada ocasión en la que lo hice me pilló observándolo.

— Me alegra haberte sorprendido —comentó él, con una sonrisa seductora asomando a sus labios. Como si la tal Maribel pudiera verlo hacerlo—. Si no hubiera pretendido usarlo no lo habría apuntado. No soy de los que guardan los números de teléfono de las mujeres atractivas simplemente por hacer colección.

<<*Perversamente adulador. Así las mujeres se lo consentimos todo.*>>

Aclarado. Era una chica con la que probablemente habría tenido algún escarceo sexual y que no se esperaba que un hombre como él fuera a llamarla para repetirlo. Al final la mayoría de las veces se intercambiaban números de teléfono simplemente por el compromiso de hacerlo, sin la verdadera intención de realizar nunca una llamada para preguntar, aunque fuera, por el estado de salud. Oziel debía de tener una agenda de lo más surtida como para ir recordando a todas las chicas con las que salía.

Aunque no era que yo entendiera mucho de intercambiar números de teléfono con nadie, debido a mi corto y escaso historial de conquistas de chicos de mi edad, o de la edad que fuera.

<<*Pero logré acostarme con Víctor. ¿Eso no vale más puntos?*>>

Por suerte el humor me había cambiado, y aunque sabía que podía ensombrecerse de nuevo a poco que me despistara —y volviera a pensar en las consecuencias de lo que habíamos hecho. Oziel y yo. No Víctor y yo. Que de eso no me iba a arrepentir en la vida.

<<*Y, sin embargo, voy a seguir jugando. Patético.*>>

— ¿Qué tal anda Pilar? ¿Y Macarena? Perdona que no recuerde el nombre de todas pero soy un desastre para algunas cosas —comentó, rascándose la cabeza con total desenfado. Sin perder la sonrisa.

Abrí los ojos con asombro. Había miles de motivos para que un hombre preguntara por más chicas a una amante pero a mí se me antojó que la noche compartida con Oziel había acabado con muchos más cuerpos en la cama de los que él o cualquiera podía recordar.

Mente sucia y perversa la mía.

<<Sí, Oziel tiene pinta de ser de los que montan una buena orgía.>>

Y yo, que había visto muchas en las películas porno de Víctor buscando alguna que se adaptara a nuestra relación —complicada relación, de chica joven e inexperta y hombre mayor y resabido— tenía constancia que a Víctor también tenían que gustarle. Porque en casi todas aparecía alguna de esas escenas. Y mucho sexo oral y anal.

¡Maldita sea! Otra vez pensando en sexo, y excitada y mojada como una rana en la orilla de una charca.

Pero de orgías entendía yo lo que pasaba en una comida copiosa con toda la familia reunida en Navidad. Si no había comida de por medio no había participado nunca en ninguna.

<<Por favor, que estos dos no sean de los que tienen por costumbre acabar todos en la misma cama.>>

No por nada algunas veces me había imaginado alguna extraña escena los viernes por la noche, cuando ya se podía considerar sábado y la cosa estaba tranquila en mi casa. Salvo mi coño mojado. Ese nunca estaba tranquilo cuando imaginaba lo que pasaba esas noches de juerga desenfadada. Y había llegado a pensar en que acababan los cuatro en la misma habitación, con igual cantidad de mujeres universitarias.

Y borrachas.

<<No, a Víctor es al que le gustan así. Oziel había dejado bien claro que prefería que luego la chica recordara cómo la había hecho gemir con cada embestida.>>

No, no había sido tan explícito, pero mi mente tenía la extraordinaria capacidad para rellenar las lagunas que me faltaban. Y seguía teniendo muchas por mi falta de experiencia.

Y ninguna película porno en la que saliera una colegiala.

<<*Víctor no es un asaltacunas, monada. Deja de pensar así. Si ni yo soy capaz de pensar bien de esas escenas, ¿cómo lo iban a hacer nuestros padres?*>>

— Eso es: Cristina, Lorena, Rocío y Andrea. ¿Me dejo alguna?

No entendí el motivo que me llevó a enfurecerme con Oziel mientras lo escuchaba recitar nombres de mujer. Me puse a revolver enérgicamente la ropa, como si no me importara que las arrugas se adueñaran de los tejidos. Imagino que me puse roja como un tomate porque Oziel hizo un gesto para preguntarme si me encontraba bien, sin palabras, mientras continuaba con su charla. Algo así como el que se usaba en buceo para preguntarse en el agua si todo marchaba bien.

Lo había visto en las películas; que yo no había buceado en la vida.

— Ajá. Betsy, Noemí, Ilene... ¿No sois muchas para un piso compartido?

¡Así que se trataba de sus vecinas! Las chicas que habían salido en tropel del ascensor y lo habían saludado con una sonrisa bobalicona en la cara. A él y a Víctor... claro. Todas aquellas chicas universitarias. Todas aquellas chicas que se querían meter en su cama. En las dos.

Me enfurecí aún más.

— Entiendo lo de compartir habitación, pero como no sea en literas no me salen las cuentas. Sólo hay cuatro habitaciones en vuestro piso, ¿cierto?

¿Y cómo demonios sabía él esas cosas?

Más nerviosa. Más furiosa. Más encendida.

<<*Calma. ¿Qué coño me importa a mí con quién se acueste Oziel?*>>

Respiré hondo pero al final acabé arrojando un par de prendas con rudeza al armario, sin preocuparme de colgarlas. Pensé que, total, la camarera de habitación de hotel seguramente se encargaría de tenerlo todo colocado al día siguiente.

— Si mi madre me escuchara pensar esas barbaridades... —me dije, susurrando para mí mientras cerraba la puerta del ropero y volvía al lado de la cama. Iba a tener que darme otra ducha.

— Ya, entendido. Y una pregunta indiscreta. ¿Os queda libre alguna cama por ahí?

Fue la frase que colmó mi paciencia. En cuanto lo escuché creo que comencé a hervir y me temblaron las manos como si de pronto hiciera demasiado frío en la habitación de hotel.

— No, mujer, para mí no —comentó, levantándose y tomándome de las manos, entendiendo que algo no iba bien en mi cabeza. Por más que le hubiera hecho un gesto para que se desentendiera de mí parecía no se lo había creído—. Tengo una amiga que necesita una cama un par de días, mientras se arreglan unos asuntillos en su casa. Me harías un enorme favor si le hicierais hueco por ahí, que me viene bien tenerla controlada.

Oziel tendría que pasarme un papel donde se explicaran las nuevas reglas de su juego, porque en el esquema mental que tenía en mi cabeza no aparecía por ninguna parte que fuera válido dormir en la casa de unas completas desconocidas.

Y que no se me consultara antes.

— Sí, te deberé un favor que puedo pagarte... ¿con una cena, por ejemplo?

Me zafé de sus manos y negué con convicción con la cabeza. Por mí no tenía que deberle nada a nadie. No pensaba ser la excusa perfecta de Oziel para meterse entre las piernas de una de sus vecinas.

— Muchas gracias, Maribel. Mañana por la tarde nos tienes ahí.

Y colgó, haciendo caso omiso a mi negativa, a mi cara de enfado y a mis manos gesticulando de un lado para otro diciéndole que ni de broma pensaba seguirle el juego. Desde luego, esa media hora tras el almuerzo en la que me había pedido que mantuviera algo de silencio para poder pensar y organizar algo la había invertido muy mal el puñetero abogado. Sentía ganas de matarlo. ¿Por qué no me había consultado nada antes de hacer esa puñetera llamada?

— ¿Estás loco? ¿Por qué tienes que decidir por mí en todo? No lo entiendo.
— No te ofusques, Bea —comentó él, parando mis manos al vuelo y haciendo que me sentara en el borde de la cama—. La opción del hotel es muy válida, pero creo que en este caso tenemos que posicionarnos más cerca del objetivo, y el objetivo sigue siendo Víctor, ¿no? Hay que enfrentarlo a la realidad.

Me solté de sus manos pero me alejé de su lado. Si me apartaba un poco tendría que ponerme a solicitar que me plancharan la ropa, que ya la había dejado fina de tanto revolverla.

— Huyó de la realidad —espeté yo, contrariada y molesta por su optimismo con referencia al resultado de sus jueguecitos.
— No. Por primera vez se enfrentó a ella. Confesó todo a tus padres. ¿No te parece un buen comienzo? Es más de lo que había hecho hasta ahora. Se ha atrevido a admitir que siente algo por ti delante de personas que son importantes para él. Que saliera corriendo y te dejara allí era casi de esperar.
— ¿Por qué? ¿Por qué piensas que es lo más normal del mundo? Tú cuando fingiste delante de mi padre me tendiste la mano y me sacaste de mi casa. ¿Por qué no era lo normal que Víctor hiciera exactamente lo mismo?

Oziel rio a carcajadas junto a la cama, mirándome como si de pronto estuviera hablando con una chica mucho más joven. Esas ocasiones en las que me hacían sentir tan insignificantes los dos me sacaban de mis casillas. Y luego se empeñaba en hacerme creer que no me consideraba una mocosa.

— Para empezar, yo no tengo ningún tipo de vínculo afectivo hacia tus padres, por lo que para mí contarles que estaba saliendo contigo no me suponía un problema. Tampoco lo tengo con los padres de Víctor. Por otro lado, el hecho de que fuera mentira hacía que todo se me antojara mucho más sencillo y que no me obcecara pensando en si tenía que dejarte allí o no. Estaba claro que mi papel en esta historia era malmeter, y no se puede actuar así si simplemente soltaba la bomba y te dejaba aguantando el chaparrón a ti sola —comentó, sentándose a mi lado y tratando de mantener contacto visual—. Víctor no actuó de la misma forma que yo porque para él esta historia no es ningún juego. Seguro que piensa que yo estoy haciendo daño en esta trama. ¿Cómo iba a seguir mis pasos? Demasiado serio, demasiado correcto, demasiado adulto.

Pues a mí me había dejado sola aguantando el chaparrón. Podía haberse quedado. Podía haberse cuadrado delante de mi padre y haber aguantado lo que tenía que llegar. Podía...

<<*Podías dejar de llorar y centrarte en lo importante. En que respeta a mis padres. En que actuó al final por impulso y tal vez se apresuró demasiado, sin tener tiempo a pensar en lo que haría después. Deja de lamentarte.*>>

Guardé silencio mientras digería el discurso de Oziel. Y el mío. Tenía muy claro que Víctor y su amigo no se parecían en nada, salvo tal vez en el pequeño detalle de que eran capaces de despertar en mí instintos que no sabía que podía tener ocultos.

— Víctor siente que ha metido la pata hasta el fondo contigo. Tiene miedo de destruir tu familia y la suya también de paso. Si llega a llevarte con él no habrías podido hablar con tus padres sobre todo lo que tenéis pendiente y eso habría entorpecido aún más las cosas.
— Tú encaraste a mi padre cuando te echó de casa.
— Yo no he sentido nunca aprecio por tu padre, Bea. Para mí no fue complicado. Imagina lo que te costó a ti hacerlo la

primera vez. Para él es como su progenitor. Víctor debe sentirse como una mierda después de decirle a tus padres que se acuesta contigo.

— No dijo exactamente eso... —murmuré, sonrojándome.

— Ya, pero tus padres seguro que fue lo que entendieron.

Suspiré y me dejé reconfortar por el abrazo del abogado. Me atrajo hacia su torso y apoyó el mentón sobre mi cabeza.

No lloré de milagro.

— Tus padres os perdonarán a ambos, él se perdonará a sí mismo y ya luego el tiempo dirá. Pero no solucionarás nada si te escondes, al igual que él. Para esto estás presentando más arrestos que Víctor. Él sólo tiene que entender que no pasa nada si de vez en cuando desilusionamos a la familia.

Hice una mueca y le di un beso en la mejilla, agradeciendo que siguiera tomándose tantas molestias por mi historia de desamor con el hermano de mi mejor amiga. Teniendo tantas cosas interesantes que hacer en sus primeros meses de trabajo y solvencia económica, libertad sin clases y sin exámenes, se había enfrascado en la tediosa tarea de sacar adelante la patética vida de una mujer patética.

— ¿Y lo de vivir siendo vuestra vecina?

— ¿No crees que puede ayudar que te vea siendo capaz de vivir por tu cuenta, afrontando las adversidades, enfrentándote a tus padres y siendo una mujer adulta?

Lo miré enarcando una ceja.

— Y si todo eso no vale para nada... siempre podrás verlo entrar y salir, acosarlo en la escalera o el ascensor o ponerlo celoso... cuando sea yo el que te lleve a la universidad todas las mañanas.

La sonrisa de Oziel era, simplemente, perfecta.

Perfectamente perversa.

Volvía a jugar, y eso le encantaba.

Sexta parte.
La polla que preparaba entradas triunfales

Vale, llamé a mi madre.

No me encontraba cómoda intuyendo que podía estar volviéndose loca en casa o en la tienda, pensando en las locuras que estaría haciendo su hija. Sin ser capaz de seguir con su vida y de atender lo que era importante para ella.

<<*Hablo como si no me considerara importante.*>>

Si quería que me trataran como a una adulta debía comportarme como tal, y eso incluía procurar no preocuparla más de la cuenta sin necesidad. Bastante tenía que estar pasando con los gritos de mi padre por haberme dejado marchar en vez de haberlo ayudado a apuntalar la puerta por dentro.

Con mi padre sí que no me entraban todavía demasiadas ganas de hablar, pero más que nada porque estaba segura de que no habría cambiado de idea y trataría de hacer que lo hiciera yo.

Y no estaba tan de humor para enfrentarme a eso.

Asombrosamente encontré a mi madre bastante serena y relajada.

— No te preocupes por mí, tesoro. Siempre has demostrado que eres una buena hija y ya era hora de que nos dieras un susto —me explicó ella—. Pero no tardes en volver a casa. Tu padre sí acusa tu cama vacía.

Me mordí la lengua para no preguntarle nada de lo que pensaba sobre Víctor. Tal vez a mí me hubiera perdonado porque al fin y al cabo era su hija y necesitaba hacerlo para reorganizar la familia —un mal necesario para que todo volviera a la normalidad— pero hacerlo con el hijo de sus amigos tal vez no resultaría tan fácil ni tan prioritario. Y, sin embargo, a mí me habría encantado saber que sentía lo mismo por él que por mí. Al fin y al cabo llevaba muchos años siendo parte de la familia y era lo que más lo atormentaba.

Decepcionar a mis padres.

Decepcionar a los suyos.

Recordé con nostalgia aquel tiempo en el que las peleas entre ambos fueron casi diarias. A su llegada a nuestra casa recién terminado el instituto era el perfecto rebelde sin causa que no tuvo más remedio que adaptarse a lo que se le vino encima.

Y lo que le cayó sobre la cabeza de golpe fui yo.

Imagino que con Laura se llevaba mejor por aquella época, y que el hecho del cambio de ambiente, la tensión de la universidad y la lejanía con su familia había acabado desbordándolo. No me agradaba recordar aquellos últimos años de colegio, en los cuales de pronto había menos espacio en casa y más malas caras por las mañanas. Que a mí me faltara al lado mi mejor amiga para jugar y disfrutar de mi infancia tampoco ayudó mucho en mi creciente mal humor. Pero aquellos años eran importantes para entender que al final Víctor se había sentido acogido a pesar de todas las dificultades, y que se había empeñado en no volver a desilusionar a mis padres con más peleas entre nosotros.

Que ahora los desilusionara de otra forma era solamente un giro extraño en el argumento de la película.

— Volveré en cuanto las cosas se calmen, mamá. Y cuando papá esté más sereno. Necesito este paréntesis para organizar mi vida. Ha ido todo cuesta abajo desde hace un par de meses.

<<Mejor no decir que desde hace más de un año para no estresarla.>>

Estaba segura de que mi madre se tenía que sentir muy culpable por no haberlo visto venir, por no estar a la altura a la hora de darme consejos o por, simplemente, no estar presente para que yo pudiera contar con ella. Pero como la cosa no tenía remedio a esas alturas no había necesidad de seguir mortificándonos ambas. Si Víctor tenía que entrarme por los ojos y revolver todo mi mundo lo habría hecho aunque mi madre hubiera estado presente en cada una de las cenas que compartimos juntos en el sofá de casa, riéndonos ante la necesidad de ir a sacar un perro del albergue municipal.

Mis amigas se habrían encargado de eso.

O yo habría acabado viéndolo sin ellas.

<<Puede que no. Sólo un año de universidad más y se habría marchado. ¿Quién sabe?>>

— Tienes las puertas abiertas para volver cuando quieras, cielo. No lo dudes ni un instante.
— Lo sé.

Reconfortaba saber que iban a estar esperándome con los brazos abiertos. Al menos, mi madre.

<<También papá. No te pongas melodramática.>>

— Venga, se acabaron las llamadas de teléfono por hoy — comentó Oziel, arrebatándome el móvil cuando lo separé de la oreja para colgar—. Tenemos que organizar los siguientes movimientos.

Lo noté exaltado y no entendí el motivo. Hacía una hora parecía de lo más relajado con la idea de volver a jugar con los sentimientos de las personas que lo rodeaban. Asaltó la nevera de la habitación y me ofreció una lata de refresco, invitándome a sentarme en el pequeño saloncito que había delante del ventanal.

— Creí que te apasionaba la improvisación —respondí, tomando la lata y asiento al mismo tiempo.

— Depende de para qué. Ahora mismo vas a tener que vivir cierto tiempo fuera de casa y hay que organizar los horarios. Y creo que necesitas algo de ropa también.

— ¿Qué horarios?

— Los tuyos y los míos. Para llevarte y recogerte de la facultad, por supuesto.

— ¿Qué manía os ha entrado a todos con el hecho de que no coja nunca un puñetero autobús?

Oziel tomó mi refresco, abrió la lata y sirvió la mitad del contenido en un pequeño vaso de cristal. De alguna parte había sacado un posavasos de cartón para dejar la lata tras servirse él el resto de la bebida gaseosa.

— ¿Sabes lo que es el efecto dramático de las entradas y salidas de escena? —me preguntó, cambiando de tema. O tratando de explicarme por qué era importante lo de organizar nuestros horarios. ¿Quién lo sabía? ¿Quién entendía a los hombres?— Vamos a jugar con eso, al menos los primeros días. Ya luego, dependiendo de cómo se comporte Víctor iremos actuando en consecuencia.

— No sé de qué me estás hablando.

— No has visto "Kun—Fu Panda 3". ¿A qué no?

— ¿Y tú sí? —le pregunté, asombrada de que se hubiera pasado por el cine a ver una película infantil.

— Tengo sobrinos…

Cierto, alguna vez me había comentado que su hermano era cocinero pero no sabía mucho más acerca de su familia. No era tan extraño que llevara a sus sobrinos al cine los fines de semana para hacer cosas normales y poco perversas. No le pegaba mucho pero probablemente era un hombre encantador con los niños, al igual que de vez en cuando era encantador conmigo.

<<Sí, lo has pensado. También eres una niña.>>

Cosas poco perversas como comerse una hamburguesa e ir a un parque de juegos.

Las perversas las dejaba para cuando estaba con Víctor y conmigo.

— ¿Entonces?
— Vamos a intentar que ese majadero te vea inaccesible y a la vez más cercana que nunca.
— Claro, todo muy lógico. Ahora entiendo a la perfección tu brillante plan.

Oziel rio con ganas mientras daba cuenta del vaso de refresco. El líquido le espumeó en la nariz, haciéndole cosquillas, y acudió a rascarse tras un par de estornudos.

— Le vas a poner la miel en los labios para luego no dejarle que la deguste.
— O sea, como cuando fingimos que estábamos saliendo juntos.
— No, para nada. Con esa táctica tratábamos de ponerlo celoso —explicó, asombrado de que no fuera capaz de ver la diferencia—. Aquí vamos a hacer que admita que te necesita a su lado.
— ¿Y si no me necesita?

Me contó que aquella tarde iríamos de compras, que Oziel se dejaría una pequeña fortuna en ropa para que yo luciera más adulta y sofisticada de lo que era y que volvería a apuntar todo lo que le debía al abogado para ponerme a pagarle en cuanto tuviera un trabajo que me lo permitiera. Supe que, probablemente, me vería completamente ridícula con una ropa que no sabría llevar y que me mataría en algún momento con los tacones que me obligaría a calzar a partir de mañana. Y supe que también iba a llevarme a la peluquería para hacerle un cambio de imagen a mi peinado y a mi forma de maquillarme.

Me había convertido en una muñeca en manos de un caprichoso estilista.

— ¿Y si no me necesita? —volví a preguntarle, mientras el abogado cogía su chaqueta, me daba la mía y abría la puerta de la habitación para pasar lo que restaba de día obrando un milagro con una muchacha que aún no había cumplido los veinte años.

La bandeja de su almuerzo todavía esperaba a un lado para que la llevaran de regreso a las cocinas.

Oziel me rodeó por la cintura mientras andábamos por el pasillo enmoquetado que conducía al ascensor. Se echó la chaqueta al hombro contrario y lo sentí sonreír mientras se guardaba la tarjeta que abría la puerta de nuestra habitación en el bolsillo del pantalón vaquero. Nos paramos para pulsar el botón de bajada y esperamos mientras la pequeña pantalla que había sobre la puerta de acero inoxidable nos decía por dónde iba parando el ascensor.

Nos sostuvimos la mirada...

Seguía preguntándole con los ojos mientras él me sonreía despreocupadamente

— Si todavía no tienes claro que te necesita no sé qué voy a hacer contigo.

<<*Encerrarme en casa y tirar la llave.*>>

Eso mismo tenía que estar pensando en hacerme mi padre.

Séptima parte.
La polla que me trató a lo Pretty Woman

He de reconocer que por la mañana, tras una ducha rápida y un desayuno aún más rápido en la cafetería del hotel, lucía mucho mejor de lo que esperaba. No creí ser capaz de mantener el look que habían elegido entre el peluquero y Oziel durante la tarde anterior, y menos lograr maquillarme de forma casi decente, utilizando los conocimientos que había adquirido casi metidos con calzador en mi torpe cabeza.

Iba a ser capaz de hacerlo.

O, al menos, iba a ser posible que lo intentara.

Cuando terminó la sesión de compras y estilismo en la peluquería el día anterior me miré en el espejo y apenas si logré reconocerme. Era yo… pero de forma diferente. Oziel sonreía, satisfecho, y el peluquero daba vueltas alrededor de mi silla giratoria, con la punta del peine apoyado en los labios, buscándome fallos.

— Pues sí, has quedado divina.

Volví a mirarme, ya sin la ridícula bata rosa sobre la ropa y puesta en pie sobre mis nuevos y flamantes zapatos negros de infinito tacón de aguja. Estaba a un paso de tener que visitar al traumatólogo que tanto cariño le tenía a la nariz de Oziel, lo presentía.

— No voy a ser capaz de mantener este peinado haciéndolo yo en casa.

Oziel le había pedido al peluquero que trabajara sobre mis cabellos un corte fácil de manejar para una novata. Algo que no llevara ni mucho secador ni demasiada espuma moldeadora, porque sabía que yo no estaba preparada para enfrentarme aún a largas sesiones de arreglo delante del espejo del baño.

Y lo había conseguido, sin duda.

Pantalones vaqueros.

Nada de faldas o vestidos muy estirados. Oziel eligió un par de pantalones vaqueros que se ajustaron a mis caderas como si los hubieran cosido para ellas, y sobre mi torso colocó blusas vaporosas, lisas y con cierto aire romántico. Alguna chaqueta, un par de vestidos de estilo retro y dos bolsos clásicos que podría combinar con todo.

Y zapatos de tacón de aguja.

Imposible decirle que no a los zapatos porque parecía que eran su pieza estrella. Una mujer no podía ser mujer si no se presentaba subida en unos altos tacones y no había discusión posible en ese aspecto.

Oziel uno, Bea cero.

Cuando terminaron conmigo aparentaba algo más de edad, pero ciertamente no los diez que me separaban de Víctor.

— No te equivoques. No vamos intentando avejentarte — comentó el peluquero, terminando de echar algo de laca sobre los flecos que de pronto cubrían mi frente. Habíamos tenido una seria discusión sobre la posibilidad de cortarlos o apartarme los cabellos de la cara y dejarla despejada, pero el estilista ganó la batalla afirmando que a la forma de mi rostro le irían bien unos flecos y metió tijera sin compasión, mientras Oziel se tapaba los ojos con ambas manos y yo cruzaba los dedos—. Estamos tratando de que no parezca que tienes menos edad de la que dices que tienes.
— ¿Digo que tengo?

— Una mujer siempre miente sobre su edad…

Me reí con su chiste y tuve que darle la razón. Sabía de sobra que esas cosas se estilaban en los dos bandos. Cuando se era demasiado pequeña para entrar en una discoteca y cuando eras demasiado mayor para conseguir ligar en una discoteca.

<<Que mamá no me oiga decir eso.>>

La laca me cayó sobre los ojos y a punto estuve de ir a restregarlos por el escozor. El peluquero me golpeó los nudillos a tiempo con el peine antes de que pudiera estropear el ligero maquillaje que me había enseñado a disponer sobre los párpados.

— ¡Ni se te ocurra! —me reprendió. Me llevé los nudillos a la boca y lamí la zona afectada como si fuera un perrillo lastimado. Al salir Oziel me diría que había tenido también ganas de lamerme un poco, por hacerme compañía—. Antes que se te caigan los ojos a tocártelos con los dedos.

Manicura perfecta con laca de uñas roja —muy a la moda— y un set completo de maquillaje que había ido a parar a una pequeña bolsa de cartón con el logotipo del salón de belleza. Allí se había acabado todo…

…O eso había pensado.

Todavía seguía estando en las garras de Oziel y era de los que no soltaban su presa por más que ofreciera resistencia. Un cocodrilo de ojos amarillos, con la diferencia de que los suyos no se parecían para nada a los de un reptil. Sangre fría y piel aún más fría.

<<No me dirás que para hacer lo que hace no debe de tener la sangre fría.>>

Y lo que hacía era manipular a todo el mundo y recibir, posteriormente, alguna que otra paliza. Y lo llevaba bien.

— ¿Lencería?

— ¿Quieres que Víctor me mate? —le pregunté, recordando la reacción que había tenido la última —y única— vez que se había enterado de que Oziel me había comprado ropa interior de encaje.

— Quiero que Víctor la disfrute, ya que parece muy poco probable que lo vaya a hacer yo —comentó, como quien no quería la cosa, el abogado—. Creo que tampoco te has traído muchas braguitas, ¿no es así?

— ¿Has estado registrando mi bolso?

<<Tampoco es que me queden demasiadas en ninguna parte. Las que me compró Oziel la última vez y poco más.>>

Y mientras yo me resistía él entró en la tienda, escogió algunas prendas sin prestar mucha atención a lo que hacía y en menos de cinco minutos se había reunido conmigo en el banco que había en el pasillo del centro comercial. Donde yo devoraba un helado de fresa y vainilla con nueces de macadamia. Un capricho que me podía permitir ya que no cogía peso ni a tiros, y los nervios me daban por comer.

— ¿Tan pronto?

— He cogido sin mirar —comentó, robándome un trozo de barquillo y llevándoselo a los labios—. Para no tener que imaginártelas puestas.

Sonreí, sabiendo que sus insinuaciones era sólo una fachada para seguir aparentando ser el perfecto conquistador. Después de llevar un par de días a su lado había comprendido que nunca le fallaría a su amigo, al menos si yo no ponía de mi parte.

<<Fíate de eso y no guardes la ropa cuando vayas a nadar...>>

— Estás realmente sensacional, Bea. Creo que Víctor está perdido. —Se regañó notando que yo me hacía la ofendida ante su comentario, como si el hecho de que llevara un poco de maquillaje y un nuevo corte de pelo fueran más eficaces parra cautivar a un hombre que una bonita sonrisa, una mente ágil y un cuerpo ardiente deseando sus atenciones—. Prácticamente. Aunque antes también lo estaba.

Reí de buena gana. Ciertamente no era de las que suelen hacer volver la cabeza a un hombre, pero habían sacado partido de la materia prima.

Que Víctor estuviera perdido. Eso mismo esperaba yo aquella mañana, tras dormir intentando que el peinado no se deformara por completo. Había caído en la cama rendida mientras Oziel se excusaba con tener algo de trabajo pendiente y se apropiaba del escritorio. No recordaba haberlo visto llevar un ordenador portátil al hotel pero tampoco era que me fuera fijando en todos los detalles esos días. Me estaba volviendo bastante descuidada desde que el abogado se hacía cargo de todo.

— ¿No vas a dormir?
— Cuando termine con este papeleo —respondió, ofreciéndome la mejor de sus sonrisas ladeadas—. Tú descansa, que mañana tienes que estar perfecta.

Me arrebujé bajo el edredón y traté de ignorar el hecho de que no se venía conmigo a la cama. Dejé libre su lado, esperando que, al menos, de madrugada fuera a ocupar su lugar, con la sensación de que trataba de poner un poco de distancia entre nosotros para evitar posibles tentaciones.

Al fin y al cabo siempre me había dejado claro que me respetaba simplemente por un motivo. Y ese motivo tenía nombre propio y un gancho de rechas que partía narices a poco que se lo propusiera.

Pero nunca llegué a saber si pasó la noche sentado en el escritorio, trabajando y observándome mientras dormía, preguntándose sobre los posibles finales para mi historia con Víctor, o si en algún momento de la madrugada se dejó vencer por el cansancio y metió su cuerpo varonil y bien formado bajo las sábanas a mi lado. Respirando el aire que yo exhalaba. Oliendo el perfume de mi cabello. Deseando besarme los labios que se entreabrían de vez en cuando buscando aire en mi sueño.

Mientras soñaba con él.

Mientras no me permitía el lujo de volver a pronunciar su nombre mientras el descanso me despojaba de la consciencia.

Cuando abrí los ojos Oziel ya estaba vestido, a falta de terminar de anudar la corbata alrededor del cuello. Con un poco de esfuerzo traté de enfocarlo sin llamar demasiado la atención para poder espiarlo sin que se notara que lo hacía, pero imagino que tuvo que darse cuenta del cambio de ritmo en mi respiración o más movimientos de los esperados en una persona dormida porque al poco se acercó al borde de la cama para mirarme directamente a los ojos entreabiertos.

— Buenos días, Bea. No remolonees, que tengo curiosidad por ver cómo te manejas con el peinado y el maquillaje.

Y no me desenvolví nada mal para ser la primera vez.

Cuando llegamos con el coche hasta la facultad Oziel se empeñó en aparcar y acompañarme hasta la entrada. Creo que fue la primera vez que no me sentí completamente fuera de lugar al lado del abogado, vistiendo con uno de los looks que me había obligado a probarme en una de las tiendas, y posteriormente comprado ante mi rostro de asombro por verlo pagar por unos vaqueros la friolera cantidad de ciento veinte euros.

— Los valen —comentó, cuando protesté.
— No, no los valen. Es una simple pieza de tela.
— Una pieza de tela que te queda perfecta.

Eso no se lo pude discutir porque era cierto que nunca me había visto tan elegantemente vestida con unos simples pantalones vaqueros. Me amenazó con quemar todas mis minifaldas si volvía a verme con alguna puesta y lo creí tras comprender que consideraba que era una pieza de adolescente que, como mucho, me podía permitir para ir a la playa.

— Soy una adolescente —me quejé, sacándole la lengua.
— Eres una mujer joven. Vamos a dejar el término adolescente de lado para que Víctor no se sienta un asaltacunas por

acostarse contigo. Y, ya de paso, que no me lo sienta yo por desearte de vez en cuando.

— ¿Sólo de vez en cuando? —le pregunté, sintiéndome perversa mientras nos parábamos delante de la escalinata que conducía al edificio donde cursaba mis estudios.

Oziel sonrió, mirándome el trasero mientras salía del coche ayudada por su mano caballerosamente tendida.

— Aprendes rápido.

Octava Parte.
La polla que me presentó a sus vecinas

Mis compañeras notaron el cambio. Mis profesores notaron el cambio. Incluso la camarera de la cafetería notó el cambio. De repente pasé a ser la alumna más sofisticada del segundo curso y las miradas fueron tantas y tan variadas que más de tres veces fui directa al cuarto de baño para mirarme en el espejo por si se me había corrido el maquillaje.

Cosas de no estar acostumbrada a ser el centro de atención.

Pero no, no llevaba ninguna marca cual "Joker" en la cara, con el lápiz de labios por fuera de las comisuras o un estropicio más grande.

Me miraban a mí. Y para mí era una maravilla.

Logré sobrevivir a los tacones, aunque no fue fácil. Cuando llegó la hora del almuerzo tenía los pies destrozados pero por lo que había escuchado decir siempre a las mujeres eso era por falta de costumbre. Me descalcé cada vez que me fue posible y aunque los zapatos eran de piel y en principio cedían me vi teniendo que colocar un par de tiritas en puntos estratégicos donde comenzaba a tener una rozadura.

— Ya estamos de camino a casa —me dijo Laura nada más descolgar el teléfono al contestarle a la llamada que me hizo cuando volví a tenerlo en cobertura. Había mucha reticencia a apagar los móviles en mi clase y como mucho los alumnos lo que hacían era ponerlo en silencio y arriesgarse a que el profesor se mosqueara con tanta vibración sobre las mesas de madera. Yo, al no tener tampoco muchas notificaciones de ninguna red social, y al estar falta de amigas que quisieran

mandarme un mensaje, lo ponía en modo vuelo y no me acordaba de él hasta que no salía por la puerta del edificio—. Tardaremos un par de horas, pero te llamaré cuando lleguemos a casa.
— ¿Has visto a Víctor esta mañana? —le pregunté, tras agradecerle que me hubiera avisado de su partida. El día anterior no era capaz de recordar cuándo tenía previsto regresar a su ciudad. Cosas de los nervios—. No he tenido noticias suyas.

Y por noticias quería decir que no me había cogido el teléfono en la veintena de ocasiones en las que lo llamé y me salió su buzón de voz. Estaba empezando a tener ganas de ponerle dos velas negras a la señorita que, con voz de autómata, me informaba de que el teléfono móvil al que llamaba estaba apagado o fuera de cobertura en aquel momento.

— Sí, nos ha llevado él hasta la estación de tren por la mañana, antes de irse a trabajar.
— ¿Y te ha dicho algo?
— Casi no me ha mirado a la cara. Se le veía bastante avergonzado.

Me dio pena que por mi culpa no hubiera podido despedirse en condiciones de su familia. Los veía sólo un par de veces al año y le había privado de una intimidad con ellos que seguramente le hacía mucha falta.

<<¿Y qué esperaba? Si me había empeñado en destapar lo nuestro tenía que haber algún maldito daño colateral.>>

— ¿Y tus padres? ¿Cómo están?
— Aquí, poniendo la oreja a lo que te voy contando.

El desparpajo de mi amiga me hizo reír de buena gana. Siempre había tenido mucha caradura a la hora de tratar a sus padres. Supongo que les parecía bien que tuviera la suficiente confianza con ellos como para no cortarse a la hora de expresarse porque la mayoría de las veces no hacían comentarios al respecto.

Menos con el tema de cambiar de universidad. Ahí sí que se habían estresado.

Lo de tener tanta confianza para hablar de todo tenía que ser una de las formas más extrañas de convivir en una casa. Que se llevaran como amigos en vez de cómo una familia no me parecía muy normal, pero a Laura parecía funcionarle muy bien.

No como yo con mis padres.

No como Víctor con los suyos.

— Están enfadados, pero eso ya lo imaginas, ¿no?
— ¿Conmigo? —pregunté, sintiendo que los latidos se agolpaban unos con otros sin dejar espacio para el silencio en mi pecho.
— No, contigo no, mujer. Mis padres piensan que eres un alma cándida que no ha tenido nada que ver en que Víctor se haya atrevido a poner los ojos de hombre lujurioso en ti —se burló ella, claramente dirigiendo las palabras más a sus padres que a mí—. Están disgustados con Víctor. No han sido capaces aún de llamar a tus padres.

Aquello era un círculo vicioso. Víctor sentía aprensión por lo que podían pensar sus padres de él y sus padres estaban angustiados por lo que estuvieran sintiendo los míos. Con lo fácil que hubiera sido que todos entendieran que Víctor y yo éramos personas adultas que merecíamos un respeto ante nuestras decisiones, acertadas o erróneas. Pero eso iba a ser mucho pedir a estas alturas.

<<Bueno, al menos mi madre me apoya.>>

Aunque no era exactamente así. Mi madre me había dicho que me comprendía y que podía volver a casa cuando quisiera, no que estuviera de acuerdo en que saliera con Víctor. Eran dos posiciones bien diferentes, y ella no se había decantado por ninguna.

Oziel estaba esperando aparcado a un par de calles de distancia. Por primera vez no había sido capaz de encontrar aparcamiento y estaba mal estacionado a la espera de que yo fuera a su encuentro. Me mandó su ubicación a través del móvil y encaminé mis pasos hacia su coche mientras daba por concluida mi conversación con Laura.

— Diles de mi parte que no sean duros con Víctor, y que a mis padres ellos no tienen que decirles nada. Los dos sabíamos lo que hacíamos y no tenemos que pedir permiso para gustarnos.
— Se lo diré, pero creo que todavía no van a entenderlo.
— Mis padres tampoco.
— ¿A que parecemos nosotras las adultas en vez de ellos?
— Ya te digo.
— Dicen que lo entenderemos cuando tengamos hijos.
— Se me están quitando las ganas de tenerlos.

Laura rio con una escandalosa carcajada y las dos nos despedimos con la promesa de que cuando tuviéramos algo más de intimidad hablaríamos con más calma. La piqué informándola de que a mí me acababa de ir a recoger Oziel a la facultad y me insultó de forma cariñosa —o tal vez sólo quise entender que era desde el cariño y no desde la acritud— con una sarta de improperios que tuvieron que dejar a sus padres sin palabras.

— ¿Con quién hablabas? —me preguntó Oziel cuando llegué hasta el coche y se apresuró a abrirme la puerta tras darme un insinuante beso en la mejilla.

<<Con tu futura novia.>>

Pero no tuve las agallas de contestarle así, aunque me habría encantado ver su reacción al saber que la hermana de su mejor amigo estaba interesada en él. Para terminar de rematar la animadversión que sentía Víctor hacia él cuando lo había visto tontear conmigo no le faltaba sino decirle que pensaba pegarse el lote con su hermana.

El traumatólogo de Oziel iba a tener que hacer horas extras, y no solamente por su nariz. Víctor podía partirle todos los huesos del cuerpo. A pesar de no tener la culpa de que fuera Laura la que estuviera interesada.

<<Pobres hombres. Siempre acosados por jovencitas.>>

Menos mal que Laura no vivía cerca, que si llegaba a ser de otra forma se barruntaba tragedia.

Con Laura.

— ¿Y cómo está?
— Partida de risa con la situación, y sus padres amargados con la posibilidad de tener que dar explicaciones a mis padres.
— ¿Y Víctor?
— Apesadumbrado.

Oziel arrancó el coche y abandonó la zona de aparcamiento para minusválidos que había estado ocupando mientras yo le hacía caso al gps para encontrarlo. Aún con ese trasto encendido en el móvil me llevó un tiempo localizar el coche. Tenía que ser más fácil preguntar a los alumnos si recordaban un elegante BMW negro aparcado por los alrededores. Habría llegado mucho más rápido a la plaza de minusválidos.

Tuve miedo de preguntar si íbamos al hotel o hacia su casa, pero un par de minutos más tarde estaba claro que nos dirigíamos hacia el piso que compartía con Víctor. Imaginé que las maletas que nos habían acompañado en nuestros escasos dos días en el hotel estarían en el maletero del coche pero tampoco quise preguntar al respecto.

Total, apenas si había ropa que no hubiera pagado Oziel entre mis pertenencias y como dueño y señor de ellas —ya que yo sólo tenía el usufructo— podía prenderle fuego, abandonarlas en la calzada o hacer trapos para limpiar el polvo.

<<Pero con este pantalón vaquero no, por favor. Que es muy caro.>>

— Eso se le va a pasar en cuanto te vea.
— O tal vez salga huyendo.
— ¿Apostamos?

Era lo que mejor se le daba al abogado. Y lo que más le gustaba. Le encantaba que lo tentaran. Que lo desafiaran.

— ¿El qué? Estoy bastante limitada en mi capacidad de apostar sin dinero.

— Ya se me ocurrirá algo.

— No pienso apostar sin saber lo que puedo perder si no gano.

— ¿Y no será porque no estás segura de ir a ganarla? No debes apostar por algo de lo que no estás convencida.

— ¿Y qué gracia tiene, si no?

— ¿Y qué gracia tiene perder?

Se me ocurrió pensar que Oziel no era tan buen jugador como se creía pero lo de no gustarle perder era algo que debía de compartir con más de la mitad de las personas a las que conocía. Sobre todo con los niños, que llevaban mal eso de no conseguir el primer puesto en algo.

Y era cierto: por muy descabellado que pareciera me resistía a no creer que existía la posibilidad de que Oziel llevara razón y Víctor corriera al encuentro de mis labios en cuanto se cruzara conmigo en la entrada de su casa. Lo deseaba como nada en ese momento.

— Dejaremos entonces la apuesta para otro momento —terminó, conduciendo el coche por la rampa del garaje que lo llevaba hasta su plaza de aparcamiento.

Se ocupó de mis dos pequeñas maletas y también de su bolso de piel, que se colocó al hombro. Tuvo que recordarme que había dejado la mochila en los asientos traseros del coche porque yo ya había encaminado mis pasos hacia la puerta que decía salida, hecha un manojo de nervios.

— ¿Preparada para conocer a tus nuevas compañeras de piso?

— Para esto no voy a estar nunca preparada.

Pero había muchas cosas en mi vida para las que no estaba lista, por lo que una más no creía que fuese a perjudicarme mucho.

Con una sonrisa ladeada llamó al ascensor y esperamos pacientemente hasta que se abrió la puerta. Oziel dejó los bolsos en el suelo y usó la llave con la que se ponía en marcha el motor, y unos instantes más tarde ya estábamos delante del piso, con un dubitativo dedo encarado contra el timbre.

— ¿Has escuchado algo de lo que te he dicho, Bea?
— ¿Perdona?

Las palabras de Oziel me llegaron lejanas pero al menos fui capaz de comprender que llevaba tiempo hablando conmigo, tal vez incluso desde el ascensor, y no me había enterado de nada. Iba a estar mucho más nerviosa de lo que quería reconocerle al abogado. O a mí misma.

Estaba claro que las relaciones sociales no eran mi fuerte, y mi terror a relacionarme con gente a la que no conocía —y que sabía que estaban deseando hincarle el diente al hombre del que estaba enamorada, como mis compañeras de universidad— había vuelto a despertarse.

Paralizada.

<<Eso me pasa por encapricharme de un hombre que está en boca de todas.>>

No, de un hombre que todas desean llevarse a la boca, más bien.

— Te decía que si prefieres pasar primero a casa antes de que te las presente —repitió él, con una paciencia infinita, después de pasarme la mano por delante de los ojos, a modo de prestidigitador comprobando si sus trucos de magia surtían efecto—. O de que te presente a Maribel, claro, que al resto las confundo todavía.
— ¿Maribel te tira los trastos?
— Tal vez...

<<¿Y quién no?>>

Le saqué la lengua y le hice una mueca. Estaba claro por la conversación que le había escuchado a medias al abogado que había algo entre ellos dos, y por el bien de Laura esperaba que fuera simplemente un historial de un par de polvos y unos cuantos cafés tomados después a la carrera.

— ¿Y tú se los tiras a ella?

— ¿No eres de las que piensan que se los tiro a todas?

<<Sí. No, A veces. ¿El comodín de la llamada?>>

— A las feas no.

Oziel estalló en una carcajada escandalosa que retumbó en toda la escalera. Seguramente los vecinos del primer piso tuvieron que escucharlo y asomarse a la puerta a ver si es que estaban matando a alguien con el método de las cosquillas.

— ¿Quieres ser menos llamativo? —le pedí, escuchando de pronto que el cerrojo de la puerta que teníamos delante se abría.

Y también la puerta que teníamos detrás.

— ¡Tú debes de ser Bea! —exclamó una muchacha no mucho mayor que yo apareciendo en el recibidor del piso compartido.
— Y tú... ¿Maribel? —pregunté, rígida, tratando de no volverme para mirar a Víctor a mi espalda, donde estaba seguro de que se había quedado esperando a que lo mirara de frente.
— No. Soy Naitora —respondió la chica, de piel muy morena y pelo rizado. Me daba en la nariz que la sonrisa que llevaba ese momento en el rostro la mostraba a todas horas—. Maribel estaba ahora mismo preparando tu cama. Acaba de llegar de la universidad.

Y mientras me preguntaba en silencio que qué coño de nombre era ese de Naitora, Oziel me rodeó los hombros con un brazo y me empujó levemente para que diera un paso hacia la puerta de la casa. No estoy segura de que fuera consciente de que Víctor —o algún ladrón que hubiera conseguido introducirse en la casa de los dos amigos— estuviera observando a nuestras espaldas, ya que se había reído con tanta fuerza que podía haberle amortiguado el sonido de la cerradura al abrirse.

Aunque que de repente tuviera prisa por hacerme pasar al interior de la casa de sus vecinos se me hizo del todo sospechoso.

Justo detrás de la primera vecina apareció el rostro risueño de una segunda, y después una tercera, que se presentaron a trompicones como Rocío y Lorena. De pronto las tres se quedaron mirando por encima de mi hombro y la vista se perdió de Oziel a la puerta que el otro vecino había dejado abierta.

— ¿Qué cojones haces aquí, Bea? —preguntó Víctor, que había llegado hasta nosotros de un par de largas zancadas y me obligó a girarme tirando de mi brazo.

Rogué para no perder el equilibrio sobre los tacones y acabar teniendo la peor entrada triunfal de la historia. Al menos, de las que había preparado Oziel en su vida. La idea de que lo de ser tan ruidoso a la hora de reírse pudiera estar totalmente meditada para conseguir que su compañero de piso se percatara de nuestra presencia en el rellano acudió a mi mente como si me la acabaran de introducir con una descarga eléctrica, provocándome un escalofrío que me recorrió la columna y me debilitó las piernas.

<<No. Eso era efecto de tener a Víctor tocándome nuevamente.>>

O sencillamente por tenerlo tan cerca.

Pero tenía sentido. Oziel estaba interesado en que el arquitecto supiera en dónde me encontraba —para que pudiera buscarme— y la mejor forma de conseguirlo sin tener que decírselo personalmente —y arriesgarse a que en ese momento de furia le rompiera la cara— era llamar su atención cuando estaba, precisamente, aposentándome en mis nuevos dominios compartidos.

Lo que llamaba, entrada triunfal

Pero no me sentía triunfadora para nada.

Por suerte no fui directa al suelo y mantuve el tipo, levantando lentamente la mirada de los botones de su camisa a su cuello expuesto, de su cuello a su mandíbula recta y tensa, de su mandíbula a los labios carnosos entreabiertos, y de sus labios al par de ojos llameantes que parecían estar a punto de hacerme arder en el más delirante de los infiernos.

Consumiéndome.

Lentamente.

— ¿Y qué demonios te has hecho en el pelo?

A él se lo llevaban los demonios.

Y yo estaba observando en ese mismo momento al mío.

Novena parte.
La polla que se quedó sin palabras

— Cortárselo. ¿No lo ves?

Respondió Oziel por mí porque tanto Víctor como yo nos habíamos quedado enganchados en las miradas a nuestros respectivos labios. Los de él, entreabiertos y jugosos; los míos, pintados con un lápiz de un sutil rosa palo que desde ayer llevaba en el bolso. Me mordí el inferior mientras sentí sus ojos clavados en ellos, deseando que no se contuviera y los besara sin reservas durante todo el tiempo que nos permitiera Oziel antes de darnos un codazo y mandarnos al dormitorio de él buscando cierta intimidad.

<<¡Iros a un hotel! ¡Ah, no! Que la cama está a diez metros escasos…>>

El abogado se estaba partiendo de risa, mirándonos alternativamente, mientras imagino que a mi espalda se iban acumulando una gran cantidad de vecinas para observarlos a los dos. Para mirarme a mí, estaba claro, no iban a estar haciendo cola delante la puerta. Probablemente mi turno llegaría cuando se cerrara a cal y canto y pasaran a interrogarme.

Sobre ellos, por supuesto. Siempre sobre ellos.

— ¿La has llevado a cortarse el pelo? —le increpó Víctor, de malos modos, observando las mechas cobrizas que ahora recorrían mi cabeza. No había cambiado de peinado desde que tenía uso de razón por lo que Víctor tenía que estar muy confundido con mi nueva imagen.

Casi tanto como lo estaba yo.

— ¿Acaso yo no sé ir sola? —pregunté, irritada de que siguiera considerándome tan niña como para no poder tomar una decisión como esa yo solita.
— No me hagas reír, Bea. En la vida te he visto elegir un par de camisetas que comprarte. Esto es obra de este impresentable.

Y al decir "esto" me señaló de arriba a abajo, refiriéndose a mi aspecto actual. Vestimenta, manicura, maquillaje y demás cambios que, unidos al peinado, me habían transformado en una mujer más sofisticada. En una mujer que aparentaba algo más de veinte años, pero tampoco me daba el aspecto de una de treinta.

Por suerte.

Pero parecía que a Víctor no le agradaba el cambio.

— El impresentable sólo ha puesto la tarjeta de crédito para que eligiera lo que le apetecía hacer con su nuevo look —comentó Oziel, de brazos cruzados, muerto de risa por la actitud de Víctor.

Tuve ganas de decirle que era un mentiroso empedernido pero no había necesidad de tirar piedras sobre nuestro propio tejado. Oziel mentía bastante bien y en los ojos de su amigo había brillando una duda bastante razonable. Yo podía estar lo suficientemente desesperada con todos los acontecimientos que habían precipitado su partida de casa como para necesitar hacer desaparecer a la antigua Bea y hacer renacer a una nueva, pero eso ni se lo había planteado antes.

Y estaba claro que mi vida anterior no me gustaba. Y para una chica de mi edad hacer unos cuantos arreglos en su aspecto era algo bastante normal.

— ¿Por qué te has hecho eso en el pelo? —me preguntó, con tono apesadumbrado, tomando de pronto un mechón entre sus dedos y acariciándolo como si fuera un sacrilegio el haberle metido algo de tijera. Y algo de luminosidad con unas cuantas mechas.

— No fue cosa mía —me excusé, empezando a arrepentirme de haberlo hecho—. El peluquero estaba convencido de que le iría bien a mi rostro, y de verdad me gusta el resultado—. O me gustaba antes de verle la decepción en la cara—. ¿A ti no te parece que me sienta bien? —le pregunté tras una pausa, mordiéndome otra vez el labio inferior.

Víctor no me quitaba el ojo de encima mientras Oziel no dejaba de mirar de un lado a otro, como si su misión en aquel lugar fuera, precisamente, asegurarse de que nadie interrumpía ese momento. Nadie... menos él, por supuesto.

— Me gustaba tu pelo tal y como estaba.

Odié al peluquero, a sus tijeras y el flequillo que adornaba mi frente. Odié a Oziel por dejarle que lo cortara tapándose los ojos y me odié a mí misma por permitirlo. Pero no iba a dejar que Víctor supiera que me afectaba tanto lo que pensara de mi nueva imagen porque eso sería darle demasiado poder y ya tenía suficiente.

Al menos iba a intentarlo, que ya se sabía que era bastante mala disimulando sentimientos.

Eso de odiar a la gente se me estaba dando muy bien cuando se me presentaba un problema.

— Pues menos mal que no tienes derecho a opinar después de dejarme sola en casa de mis padres.

<<*Después de decirme que no estamos juntos... pero a ellos decirles que sales conmigo.*>>

Víctor encajó el golpe como si en verdad lo hubiera recibido y a mis ojos se asomó la satisfacción de poder haber sido capaz de sacar toda la rabia que se me había acumulado dentro. Y era mucha. También Oziel mostró su regocijo, y aunque supe que no se había puesto a dar pasos de baile en el rellano de milagro —básicamente porque estaba tratando de esquivar una nueva fractura de nariz— en su rostro se había reflejado que se sentía muy orgulloso de mi último comentario.

Como si pensara que estaba haciendo un buen trabajo conmigo a la hora de adiestrarme.

<<*Aprendo rápido.*>>

Al mismo tiempo, a mi espalda se escuchó un murmullo de voces femeninas que parecían muy interesadas en el intercambio de pullas de la conversación. Algún "bien dicho" escuché de alguna de las chicas y me sentí extrañamente apoyada por unas desconocidas.

Víctor podía haber aprovechado para excusarse, para rebatirme los argumentos o para enfurecerse y seguir con la discusión. Incluso podía haberla zanjado apoderándose de mi boca y dejándome sin palabras mientras actuaba deprisa para robarme también el aire y la conciencia.

Pero no hizo nada. Se quedó allí, con el mechón de mi cabello entre los dedos, dudando entre aspirar su aroma para ver si también me había dado por cambiar de champú o tirar de él para acercar mi rostro al suyo y hacer que me dejara de tonterías.

Cualquiera de las dos opciones habría hecho que me derritiera entre sus brazos.

Pero no hizo nada y tenía que ser yo la que diera el siguiente paso. No me podía permitir el dejar que se diera la vuelta y verlo marchar. Oziel me había estado adoctrinando para eso, para las entradas triunfales, pero también para las salidas que dejan huella. Que se quedan en las retinas y provocan sueños eróticos o pesadillas recurrentes. Y si no iba a ser el sueño erótico de Víctor me había empeñado en convertirme en uno obsesivo, como lo era él para mí. Si yo había perdido el sueño esperaba que a él también le costara encontrarlo.

Oziel se impacientó. Era obvio que no le gustaban los silencios entre nosotros.

— ¿Me acompañas? —le pregunté por fin al abogado, llevando mis dedos a la mano de Víctor y apoderándome del mechón del que se había hecho dueño. Nuestros dedos se tocaron sin pudor y los de él buscaron cerrarse sobre los míos.

Pero volvió a contenerse.

Maldito fuera mil veces por ser capaz de imponer su voluntad en vez de dejar que sus deseos acabaran consumiendo los míos.

— Por supuesto, preciosa. Soy el encargado de tus maletas.

Y diciendo eso se las echó al hombro y se abrió paso entre las féminas que bloqueaban la entrada, y a las que se llevó piso adentro, entornando la puerta para concedernos cierta intimidad en nuestra despedida. Al final Oziel era un romántico al que le gustaba ocultarlo y había apostado fuerte por sacar adelante nuestra relación, maldita desde el principio. No podía sino estarle eternamente agradecida por ello.

— ¿A dónde tiene que acompañarte? —preguntó, sin entender todavía de qué iba la nueva jugada de su amigo. Sus ojos ardían pero su tono era contenido y formal, sin un atisbo de emoción. Cerró los puños a ambos lados de las caderas y cambió el peso de una pierna a otra, tratando de no aparentar que estaba más tenso de lo necesario.

Y yo, que por momentos olvidaba que estaba resentida por su partida, anteponiendo la sensación que había dejado en mi pecho el saber que por fin se había atrevido a enfrentarse a mis padres, sonreí con ternura. Tenía que hacer caso a Oziel y pensar en positivo. Tenía que dejar que las malas vibraciones se alejaran y reconocerle el mérito al estirado de Víctor, que había arriesgado todo para hacer lo correcto y que estaba hundiéndose en el mar embravecido de su conciencia.

Había ido hasta allí para ponerle las cosas más fáciles, para hacerle ver que no era una niña, ni su hermana, ni la chica a la que había servido de niñera hasta hacía unos meses. Había ido hasta allí para que me descubriera como la mujer adulta a la que deseaba, para que dejara de torturarse con los remordimientos por haberse enterrado entre las piernas de la mejor amiga de su hermana y para que entendiera que mis padres probablemente estaban más dolidos por el hecho de que hubiera crecido y dejar de ser su pequeña Bea que por estar liada con un hombre al que consideraban como parte de la familia.

Si lo lógico era que, llegados a esta edad, hubiéramos acabado pecando...

Mi sonrisa lo puso tenso y no pudo ocultarlo. Supe que prefería mantenerme a la defensiva que seductora y dispuesta a perdonarle todo. Era más fácil enfrentarse a mi mal humor que a mi deseo. Si viviendo conmigo no había podido resistirse a dejarse llevar por lo que mis labios podían ofrecerle sabía que no podría alejarse si me servía en bandeja, renovada, y con muchas ganas de hacer que lo nuestro pudiera funcionar.

Le di un beso que no se esperaba, suave y húmedo, aprovechando la altura extra que había ganado con los tacones. Y fui capaz de separarme de sus labios antes de que él se diera cuenta de lo que estaba pasando.

Y de la erección que le asaltó dentro del pantalón vaquero, sin esperarla.

— A dejar las cosas en mi habitación. Soy tu nueva vecina.

Décima parte.
Confesar mis secretos sobre la polla

Una, dos, tres, cuatro, cinco...

Tuve que volver a contar porque se movieron dentro del salón, entrando y saliendo de las habitaciones, y no llegué a contabilizar cuántas mujeres estaban rodeando a Oziel en la que creí su primera visita al piso compartido de sus vecinas.

De mis nuevas compañeras de penurias.

De inmediato eché de menos a Laura. Las últimas experiencias que había tenido intentando hacer nuevas amigas habían terminado en un rotundo fracaso, por lo que no me pude quitar de la cabeza que aquellas otras chicas, tan parecidas y tan distintas a mis actuales compañeras de clase, iban a buscar exactamente lo mismo al acercarse a mí.

Conseguir acceso directo a Víctor. O, en este caso, a los dos vecinos que tenían enfrente.

Por lo tanto tenía muy claro que uno de los puntos que tenía que dejar claro cuando se iniciaran las conversaciones era que quitaran sus ojos de Víctor.

Ese hombre era mío hasta que se lograra demostrar lo contrario.

E iba a intentar que no se pudiera demostrar de ninguna de las maneras.

Ocho chicas danzando alrededor del abogado. Me costó contarlas pero al fin había conseguido ser lo suficientemente rápida. Y Oziel sonreía, sintiéndose el gallo del gallinero, con las babas de sus vecinas mojando el suelo de parquet. No eran mucho mayores que yo, o mucho mayores de lo que yo aparentaba después de mi cambio de imagen, por lo que no me costó identificarme con ellas. Aunque no me había visto nunca de esa forma alrededor de ninguno de los dos.

<<*Vale, tal vez sólo un poquito.*>>

Oziel me presentó en cuanto se percató de que había entrado y cerrado la puerta detrás de mí. Enarcó una ceja, preguntándose tal vez por la forma en la que me habría despedido de Víctor, pero respetó mi silencio y celebró mi expresión abierta y sonriente a la hora de dar dos besos a cada una de mis nuevas compañeras.

Me iba a costar aprenderme sus nombres. A la que identifiqué rápidamente fue a Maribel, casi colgada del brazo de Oziel en plan de *"es de mi propiedad y lucharé por él hasta la muerte"*. Me hizo gracia el notar que Oziel no hacía mucho por tratar de deshacerse de su abrazo, tal vez porque sabía que si se la quitaba de encima siete más se lanzarían sobre sus huesos y ya tenía bastante con verse privado de su espacio vital como para encima dejar de respirar siendo sepultado bajo un aluvión de labios y manos femeninas.

Aunque, he de reconocerlo, me lo imaginé disfrutando mucho de un posible asalto donde sus ropas desaparecieran en un visto y no visto. Mente perversa la mía.

<<*Deja de pensar en orgías.*>>

— Trataré de recordarlos —me excusé, mirando a los ojos a las que tenía más cerca —pero he de admitir que me va a llevar unos cuantos días hacerlo.
— No te apures —comentó alguien, si no me equivocaba una que se llamaba Lorena—. Yo tampoco soy capaz de recordar el nombre de esa.

Y al hacerlo señaló con el dedo índice a otra chica, que le hizo una mueca y regañó la frente, aceptando la broma. Lorena le lanzó un cojín del sofá y la otra lo interceptó sin problemas.

— Muy graciosa —respondió, acercándose a mí y dándome una calurosa acogida con un nuevo abrazo—. Pero ella sí se va a acordar de mí. Me vuelvo a presentar. Soy Pilar.

Mis maletas estaban al lado de la puerta pero una de ellas ya se había hecho cargo de mi equipaje y las transportaba hacia una de las habitaciones. La que entendí que iba a ser mi pequeño refugio mientras durara aquella aventura. Mientras lo hacía presté atención a la vivienda, que supuestamente debía de ser bastante parecida a la de los chicos, comprendí de inmediato que no se le parecía en nada. Tenía que memorizar la distribución ya que iba a vivir en ella durante una temporada, más o menos larga. Todo dependía de si Víctor tardaba demasiado en dejar de comportarse como un cabezón o si yo me cansaba antes de los jueguecitos y decidía regresar a casa. Pero una vez metida en la rueda del juego de Oziel sabía que trataría de exprimir las posibilidades hasta sus últimas consecuencias.

Me hizo gracia la disposición del piso. Un gran salón central comunicando directamente la entrada de la casa y que se abría al resto de las habitaciones. La cocina formaba parte de él, con una barra americana por toda delimitación, y bastante pequeña para convivir en ella tantas personas. Allí, probablemente, se cocinaba tan poco como en mi casa, aunque esperaba que lo que saliera de los fogones tuviera mejor sabor. Luego, cuatro puertas llevaban a cuatro dormitorios amplios, algunos incluso con su propio balcón. Dos gatos y un perro pequeño correteaban por las estancias, jugando detrás de una pelota hecha con una bola de papel de periódico. La única puerta que permanecía cerrada imaginé que sería el cuarto de baño aunque no me atreví a asegurarlo, ya que podría ser que cada dormitorio tuviera el suyo propio. Como en las habitaciones del piso del abogado y el arquitecto.

Porque si no… aquella casa a la hora de levantarse tenía que ser un completo caos.

Había que coger número para una ducha por la mañana. No podía imaginar las colas si había prisa para usar el inodoro.

— ¿Te gustan los animales? —Preguntó Pilar, acariciando al perro negro, que descubrí que era hembra al escucharla llamarla Leia—. Espero que no te molesten demasiado.

Podría haber sido sincera y contestar que era alérgica, que siempre había deseado tener un perro para que se comiera todo lo que Víctor y yo no éramos capaces de tragarnos de los experimentos de mi madre con la comida o que no entendía nada de animales. Pero en vez de responder con cualquiera de esas opciones me limité a asentir como una niña buena, tratando de no estornudar antes de que se dieran cuenta de que los gatos y yo éramos incompatibles.

— Pues ya irás conociendo también a las mascotas —comentó, acariciándole la cabeza al animal. Llevaba un gracioso collar con el emblema de Batman que hacía juego con su sedoso pelaje negro. Tenía pinta de haber sido hecho a mano, porque un collar tan friki sólo me lo había visto en las películas. Me agradó rápidamente la perrita, y ella también—. No te vamos a dar más nombres que seguro que tienes la cabeza a punto de estallar.
— Cierto. Este piso siempre es una locura. Ya te informaremos de los horarios que tenemos para usar la cocina. El croquis está pegado en la nevera.

<<Por favor, que no haya uno igual para el cuarto de baño.>>

— Agradezco el detalle —respondí, devolviendo la sonrisa a la muchacha, que podría ser la que se había presentado con el nombre de Rocío, pero podía ser también Macarena. Aquello se me iba a hacer muy largo.

Oziel me dio un beso en la mejilla a modo de despedida. Aunque protesté con la mirada ante la idea de que se fuera tan pronto él me respondió, también con otra mirada, de forma severa pero correcta, que tenía cosas que hacer.

<<O recibir una importante paliza de alguien.>>

Todo podía ser, y más viniendo de Oziel.

Tal vez el abogado tenía prisa por conseguir llegar al piso antes de que se le escapara Víctor con las maletas a alguna parte. A otra ciudad, por ejemplo. Era muy capaz de volver a desaparecer durante una temporada con tal de no tener que toparse conmigo en el ascensor todos los días.

Y entonces aquello de hacerme mudar como vecina no habría tenido sentido.

Antes de irse, el abogado me entregó con disimulo un pequeño objeto, cogiéndome la mano y cerrándome los dedos sobre ella. Cuando me dejó mirar para ver qué era lo que me había entregado sólo vi una llave dorada sin llavero ni ninguna otra seña de identidad.

— Por si te hace falta entrar algún día en casa —me susurró, regalándome una dulce y perversa sonrisa—. Y no la dejes a la vista, por todos los santos. Que no quiero tener que vigilar la puerta cada vez que salgo de mi cuarto en calzoncillos, por si a alguna de estas mujeres se les ocurre hacer de acosadora fortuita.

Me hizo gracia pensar en Oziel siendo sorprendido en plena noche al ir a beber agua en la cocina y encontrándose con unas cuantas mujeres en lencería dispuestas a lanzarse sobre él como gatas en celo. Y, por más que me venían esas imágenes a la mente, sospechaba que el abogado era más de otro estilo en la cama. Más obsceno si cabía, menos predecible.

— Ponles una demanda...
— ¿Antes o después de que me aten a la cama?
— Lo dejo a tu elección —le respondí, devolviéndole el beso.

Si no hubiera estado tan locamente enamorada del otro hombre que habitaba en la casa habría usado la llave para descubrir el color de la ropa interior de Oziel. Por suerte, aunque sentía curiosidad, no estaba tan predispuesta como hacía unos días a caer en las redes extendidas del abogado. El haberme convencido de que mis sentimientos por Víctor traspasaban el mero deseo sexual me había ayudado mucho a hacerme ver a Oziel de otra forma.

Eso, y también entender que Oziel no iba a traicionar a Víctor mientras hubiera un atisbo de posibilidad de que estuviera enamorado de igual forma de mí. Y el abogado estaba convencido de que así era.

Por lo tanto, tras jugar conmigo para descubrirme precisamente eso, que estaba enamorada y no encoñada, dudaba que fuera a intentar hacerme perder otra vez los papeles.

Me llevaron casi en volandas a mi nueva habitación y me concedieron media hora de intimidad para guardar mis cosas en un gran ropero que ocupaba toda una pared, y en el que habían hecho algo de hueco para que pudiera colgar las blusas. Me quedé asombrada al observar la cantidad de ropa que contenía el armario pero a primera vista tampoco podía afirmar que fuera toda de mi compañera de alcoba o de las demás chicas que habitaban la casa.

Un solo ropero en el piso. Un solo baño.

Y me dio vergüenza preguntar...

— Y en cuanto termines nos cuentas por qué Oziel estaba tan interesado en que te encontráramos un hueco —me dijo la tal Maribel, cerrando la puerta y tratando de llevarse a mi compañera, que se había presentado como Fina. ¿O se llamaba Ilene? Iba a tener que tomar nota de los nombres.

<<Postit en la frente, o mejor un tatuaje. Que no me fío de que no se los intercambien.>>

— Siento las molestias. Espero que mi visita no se prolongue demasiado.
— No es molestia para nada, mujer —respondió, quitándole importancia a mi comentario—. Pero todas nos morimos de curiosidad. Algunas han dejado las clases de la tarde en la U para estar en casa cuando llegaras.

Por U entendí universidad, y me pareció una locura que los estudiantes se siguieran saltando clases por motivos tan banales como aquellos. Pero, claro, yo era la chica tonta y anodina que no se perdía una. Me tomé todo el tiempo que pude pero tuve que reconocer que no había forma de alargarlo más ya que estaba claro que no se tardaba tanto en guardar cinco blusas, cuatros pares de zapatos y unos pantalones vaqueros. En lo que más me detuve fue en la ropa interior, ya que hasta ese momento no había gozado de intimidad para poder mirarlas y tocarlas a placer. Me encantaron los encajes que Oziel había elegido para contener mis curvas, aunque los hubiese comprado a la carrera y sin prestarles demasiada atención. Tuve que reconocer que tenía muy buen gusto para la lencería.

— ¿Qué queréis saber, exactamente? —pregunté, ofreciéndome en bandeja de esa forma tan directa al tropel de mujeres que me esperaban repartidas por el salón.
— ¿Con cuál de los dos te acuestas? —preguntó una, provocando la risa del resto de las presentes. Incluso la mía.

Aunque la mía era más bien nerviosa.

— Define acostar, porque podría ser que tuviera que responderte que con los dos.

Pararon las risas y las caras se pusieron serias. Yo también pensé a destiempo que la broma no había llegado en el mejor momento pero ya estaba hecha y no me quedaba más remedio que aguantar el chaparrón. Mal empezaba.

— ¿Juntos? ¿Los tres?
— No, tonta. Creo que se refiere a dormir.
— A ver. Sexo. Sexo. Hablamos de sexo.

Las preguntas se fueron atropellando unas a otras mientras; se revolvían inquietas pensando que una chica tan anodina como yo pudiera estar compartiendo la cama de sus vecinos a la vez. Con los dos al tiempo. O con los dos por separado. Me miraron preguntándose qué coño tenía yo de especial para que hubiera logrado semejante hazaña, pero esa pregunta no llegaron a formularla.

No eran tan maleducadas.

Por suerte… porque tampoco habría sabido responderla.

> — ¿Sales con Víctor o con Oziel? —preguntó Maribel, poniéndose en pie para lograr que el resto guardara algo de silencio.

Me dio la sensación de que si respondía con Oziel se me tiraría directamente a la yugular. O me lanzaría por la ventana. Lo primero que le dejaran hacer sus compañeras de piso.

> — Salir, lo que se dice salir…
> — ¡Por todos los santos! —exclamó otra, poniéndose en pie de un salto, ansiosa ante tantas vacilaciones por mi parte—. ¿Qué tienes con uno de ellos? ¿Y con cuál?

Por sus rostros de inquietud supe que algún corazón iba a quedar dañado en cuanto diera el nombre de Víctor, aunque la más peligrosa me seguía pareciendo Maribel, que con sus ganas de liarse con Oziel podría haber resultado una asesina en serie. Por suerte no tenía que responder que me follaba al abogado. O, al menos, no en el sentido estricto de la palabra. Que me hubiera masturbado con sus palabras, ¿se consideraba sexo?

Mejor no preguntar… por si acaso.

Iba a ser una tarde muy larga.

Décimo primera parte.
La polla que me esquivó durante días.

Habría pensado que se había mudado de piso si no llega a ser porque Oziel me aseguraba que seguía durmiendo allí por las noches. Lo que pasaba era que conocía perfectamente los horarios de Oziel, al igual que los míos, y se había propuesto no coincidir en ningún momento. Bueno, con Oziel era imposible no coincidir en casa, pero conmigo lo estaba haciendo a la perfección.

Y comenzaba a ser frustrante.

Y como por las mañanas estudiaba sin descanso —tratando de mantener mi mente alejada de las necesidades de mi cuerpo— y por las noches trataba de conciliar el sueño entre tanta cháchara de amigas en plan fiesta de pijamas en el salón, decidí que había llegado la hora de ir a la tienda de mis padres a hacerles una visita.

Por el rostro de mi madre y el brillo en los ojos de mi padre los dos se alegraron mucho de verme aparecer. Lo que pasaba era que mi madre se permitió esa efusividad que sólo se le puede permitir a una madre mientras que mi padre fue mucho más comedido a la hora de saludarme y demostrarme que estaba contento de verme. Después de todo, para él la opción de encerrarme en mi habitación hasta que llegara a los treinta seguía siendo tan válida como la de meter a Víctor en el primer tren de camino a la ciudad de sus padres para que no volviera a coincidir conmigo hasta que llevara dentadura postiza y bastón y yo ya le hubiera dado un par de nietos.

O sea, mucho tiempo.

O eso, al menos, me parecía que estaba pensando al mirarme.

<<*En verdad me da la impresión de que desea atarlo a una piedra y lanzarlo al mar, pero prefiero no pensar en su vena asesina.*>>

— ¿Cómo van las clases, pequeñaja? —me preguntó, tratando de obviar que llevaba días sin descansar bien por las noches, y no precisamente porque hubiera tenido que quedarse, como de costumbre, en la tienda.

Les había robado el sueño y las ganas de comer.

Me acerqué a él lo más que pude, esperando su abrazo. No me gustaba estar enfadada con él pero necesitaba que fuera mi padre el que diera ese primer paso. Al fin y al cabo yo sólo había defendido lo que creía justo, a un hombre que siempre se había comportado como un hermano para mí. Y que de pronto, por el mero hecho de haberse desatado nuestras pasiones y haber dejado que mandaran los instintos fueran a no considerarlo miembro grato de la familia no me parecía nada justo.

Si mi padre no estaba dispuesto a aceptarlo tampoco podría aceptarme a mí. En ese momento éramos un pack, aunque ni siquiera Víctor lo supiese.

— Aburridas y largas. Nada nuevo —respondí, a escasos centímetros de él.

Me miró con ganas en los ojos pero no llegó a abrazarme. Creo que hizo muestra de la misma clase de voluntad sobrehumana que usó también Víctor para no besarme cuando me descubrió a punto de convertirme en su vecina. Ese tipo de superpoderes se tenían que enseñar sólo en alguna clase impartida exclusivamente para los hombres, tal vez de forma nocturna y clandestina.

No le guardé tanto rencor a mi padre por contenerse, de todos modos. Había odiado mucho más a Víctor por no besarme y había logrado sobrevivir a la experiencia, así que lo mejor iba a ser dejarlo pasar y sonreír hasta que ambos estuvieran dispuestos a admitir que me necesitaban en sus vidas.

Aunque con mi padre sabía que lo tenía bastante más fácil.

Por suerte, mi madre sí me demostró lo mucho que me estaba echando de menos, aunque tampoco era que en el par de días que llevaba fuera hubiera tenido demasiado tiempo para notarlo. Probablemente mi ausencia se haría más patente el domingo. Pero entre semana, con el ajetreo de la tienda y mis clases, apenas si coincidíamos mientras compartíamos techo para dormir en alguna ocasión.

— ¡Me encanta lo que te has hecho en el pelo! —exclamó mi madre, besándome con fuerza las dos mejillas.
— ¿Eso que llevas ahí es maquillaje? —preguntó mi padre, que de rímel y lápiz labial entendía sólo lo que tenía que cobrar cuando alguna chica los cogía del expositor que tenía a la derecha.
— ¡Déjala tranquila, Eduardo! Le queda muy bien. Estás muy guapa.

Agradecí los halagos de mi madre y traté de no prestar atención a las miradas hoscas de mi padre tras darse cuenta de que había empezado a usar maquillaje. Había muchas cosas a las que iba a tener que acostumbrarse y no le venía nada bien que las peleas constantes entre nosotros fueran una de ellas.

Ni a mí tampoco.

— ¿Cómo va todo? ¿Te gusta ese piso de chicas?
— Es ruidoso y desordenado, pero el ambiente es bueno. Es una experiencia.
— Sabes que puedes volver a casa cuando quieras, ¿cierto? —me preguntó mi madre, más por hacer que mi padre lo escuchara que por no estar segura de que yo no me había enterado la última vez que me lo había comentado. Imaginaba que las peleas entre ellos estaban siendo bastante habituales y que esa era la forma de mi madre de decirle que ella también intentaba que yo regresara a casa...

... Pero a su modo.

Sin cuerdas atándome a la cama ni miles de cerraduras impidiendo que abriera la puerta y volviera a desaparecer.

Mi madre me apartó y me llevó hasta la trastienda para invitarme a un vaso de agua.

— ¿O prefieres café? —me preguntó de pronto, levantando la cabeza con aire confundido. Parecía estar dándose cuenta a marchas forzadas que tenía que comenzar a hablarme como a una adulta y a ofrecerme cosas de adulta—. ¿Te gusta el café o lo bebes sólo por necesidad por las mañanas?

Rio de forma nerviosa y traté de tranquilizarla con una sonrisa mía.

— No me gusta mucho pero me lo tomo. Y sí, sólo por necesidad —respondí, obviando las veces que me lo estaba tomando a deshora, invitada por Oziel.
— Entonces mejor agua —sentenció ella, sirviendo dos vasos y entregándome uno—. ¿Qué tal con…?

Creo que el nombre de Víctor se le atragantó de pronto, de tan natural que quiso hacer la conversación. Miró al suelo y luego a las estanterías que abarrotaban el pequeño espacio. Por suerte para todos la tienda estaba funcionando y en unos cuantos meses más tenían planeado poner a una persona que se encargara de mantenerla abierta también por las noches y poder ellos regresar a casa. El primer crédito que habían pedido estaba casi pagado y, a falta de un par de mensualidades, iban a ser un poco más libres. E iban a poder dormir algo más, comer lo que cocinaban —o quemaban— e incluso ayudarme con los deberes.

— Mamá, dudo que me puedas ayudar a estudiar a estas alturas —le dije, riendo por el comentario que acababa de hacerme.
— Llego tarde, ¿verdad? —preguntó, compungida.
— No para todo —le respondí, al cabo de unos segundos, girando la cabeza y regalándole una nueva sonrisa.
— También se me escapó la oportunidad de hablarte del sexo…

Por la cara que puso entendí que aquella se habría convertido en una conversación demasiado violenta para ella. Y que su intento de explicarme algunas cosas cuando Oziel se vino a quedar unos cuantos días en casa había sido una de las experiencias más horribles a las que tuvo que hacer frente. Yo había crecido y ella no se había enterado de cómo había sucedido.

— No te creas. Aún entiendo más bien poco. Pero lo básico lo tengo controlado, tranquila. Los métodos anticonceptivos no son un problema si es lo que te preocupa —respondí, tratando de hacerle el trago más sencillo aunque estuvieran a punto de arderme las orejas por la vergüenza. Si quería avanzar con mis padres iba a tener que levantar la cabeza más veces de las que la agachaba por la timidez.

— Me alegra saberlo —contestó ella, con el mismo tono enrojecido empezando a apoderarse de sus mejillas.

Tal vez debí decirle que también Víctor tenía todo eso la mar de sujeto, pero que mi madre pensara en la polla de Víctor con un preservativo no me parecía una buena forma de conseguir que lo volvieran a considerar un miembro de la familia.

<<*Puede que no tenga sentido tratar de hacer que ellos lo vuelvan a ver como a un hijo. Tal vez lo que hay que lograr es que lo vean como a un hombre... como lo veo yo.*>>

Esa revelación me hizo estremecer. ¿Por qué demonios no se me había ocurrido antes? Mis padres estaban encontrando los mismos obstáculos que había tenido yo cuando mis amigas empezaron a nombrarme a Víctor. ¡Me había resultado asqueroso porque lo consideraba mi hermano! Mis padres tenían que encontrar nuestra relación repulsiva por el mismo motivo que la había considerado yo.

Y él...

Quería que todo volviera a ser como antes cuando estaba claro que no tenía que ocurrir así de ninguna de las maneras. Ni Víctor tenía que ver a mis padres como a sus padres, ni ellos tenían que considerarlo un hijo.

Ni yo un hermano…

— ¿Sabes, mamá? Debieras de estar muy contenta de que un hombre como Víctor se haya fijado en mí, y de que a mí no me haya entrado por los ojos un cafre sin futuro, enganchado a alguna cosa rara, y que sólo me quisiera para dos días.

Supuse que pintarle la cosa con la peor posibilidad que me vino a la mente sería la mejor forma de desequilibrar la balanza a favor de Víctor, aunque tampoco tenía mucho sentido que mi madre me imaginara saliendo con un tipo como el que le acababa de describir. Mucho se tenía que haber despistado mi madre conmigo para que yo de pronto tuviera esos antojos y no se hubiera dado cuenta.

Pero, claro, habían creído que Oziel salía conmigo. Y se había comportado de la forma más odiosa posible, dando a entender todo tipo de barbaridades.

<<El sexo no es ninguna barbaridad…>>

No dijo nada. Se limitó a tocarme el flequillo y a tirar el vaso de plástico a la gran papelera que tenía al lado de la entrada a la trastienda. Tenía una sonrisa plácida después de haber sorteado el escollo de comentar mis escarceos con las relaciones sexuales. Con suerte yo no le daría ningún disgusto en ese campo —sobre todo con lo de quedarme embarazada— y mi madre no me volvería loca preguntándome. Tal vez, en unos años, seríamos nuevamente tan amigas como para poder tener confidencias de ese tipo, pero a mí la adolescencia se me había atrasado hasta límites insospechados y se me estaba juntando con la madurez, y necesitaba estar asentada para poder siquiera pensar en hablar de sexo tranquilamente con mi madre.

— ¿Mamá? —la llamé, tratando de que dijera algo al respecto de mi última frase.
— No te creo capaz de enamorarte de un tipo como ese —me confesó, apoyándose en una de las estanterías. Había bajado la voz para que mi padre no pudiera escucharla mientras nos

contábamos aquellas intimidades—. Así que no uses esos juegos conmigo.

Ese tipo de cosas que siempre decían las madres. Cuando tú vas…

— Pues trata de entender entonces que Víctor es un buen hombre, y un buen novio.

Lo de calificarlo como novio estaba de más, pero a mi madre seguro que le gustaba más esa palabra que usar la de amante.

— No consigo verlo como a un hombre, Bea —respondió, al cabo de un eterno y tenso minuto—. Yo le cambié los pañales, le di el biberón y lo ayudé con sus primeros pasos cuando su madre trabajaba y lo dejaba en nuestra casa, cuando vosotras dos aún no erais ni un proyecto.

Tragué saliva para tratar de hacer que las palabras que necesitaba pronunciar salieran de mi garganta con más fuerza. Porque me había costado mucho encontrar justamente esas palabras y las ganas de decirlas como para que fuera a fallarme la voz precisamente ahora.

— Yo también lo consideré siempre un hermano, mamá —le confesé, tirando el vaso de agua que también me había acabado—. Pero por suerte… no lo es.

Y, por suerte… Víctor también lo sabía.

Décimo segunda parte.
La polla que no había vuelto a hablar con Laura

— ¿De verdad?

— ¿Por qué iba a estar mintiéndote?

— No sé, porque pensaba que vosotros dos hablabais mucho — respondí, azorada.

Laura me llamó por teléfono al poco rato de salir de la tienda de mis padres. Según afirmaba —y aunque le hubiera preguntado con incredulidad no tenía ningún motivo para dudar de su palabra— Víctor no había vuelto a hablar con ella ni con sus padres desde que los dejara en la estación de tren.

Y eso era muy extraño.

Víctor tenía que perdonarse a sí mismo para lograr recuperarlo. No podía sino imaginarme el dolor moral que estaba soportando para haber cortado durante unos días las comunicaciones con las que mantenía sus lazos familiares. Se había alejado también de mis padres, y por supuesto lo había hecho también de mí. O tomaba pronto cartas en el asunto o iba a acabar estallando por alguna parte.

Él o yo...

Que yo también tenía muchas ganas de estallar.

De una forma en particular por encima de las otras, básicamente.

Me sonrojé mientras andaba por la acera de camino a nuestro piso, donde quería recoger un par de cosas aprovechando que mis padres no estaban en casa y no tratarían de dejarme encerrada dentro. Pensar en tener otro orgasmo mientras follaba con Víctor me tenía enardecida esos últimos días. Saber que estaba tan cerca de mí, un par de paredes a lo sumo —aunque no sabía contarlas— y que se alejaba de mí a posta me estaba volviendo loca.

Por eso, y a riesgo de ir en contra de mis ideales, había decidido que al día siguiente no iría a la universidad y esperaría detrás de la puerta con el ojo puesto en la mirilla hasta que Víctor se dignara a salir por la suya.

<<*Una vez al año no hace daño.*>>

— Mis padres lo han llamado pero no coge el teléfono.
— Yo ya me di por vencida —le dije, entendiendo la frustración que tenían que sentir sus padres.
— Pero, ¡venga! Cuéntame de qué va todo eso de haberte ido a vivir con unas desconocidas y tener a Oziel tan cerquita.
— Entenderás que no tenga mucho que decirte acerca de Oziel —le respondí, llevándome la mano a la cabeza para apartarme los cabellos que se empeñaban en taparme la cara—. Básicamente porque tengo miedo de que si te digo que esta mañana estaba especialmente guapo vestido de gris y negro corro el riesgo de que me arranques los ojos.
— ¡Y tanto!

Laura rio al otro lado del teléfono y yo preferí no comentarle que la mitad de las mujeres que me habían acogido bajo su techo le tenían un ojo echado —por no decir los dos— a Oziel. La otra mitad había extendido sus redes de pesca bajo los pasos de Víctor, pero ya les había dejado claro que, hasta nuevo aviso, el arquitecto era mío y que no iba a tolerar que nadie le pusiera sus zarpas encima.

Bueno, tal vez no lo había expresado exactamente así, pero estaba segura de que se había entendido el concepto.

Laura había dejado a su novio nada más llegar a su casa de aquel corto viaje. El pobre muchacho no había entendido muy bien el motivo según me contó Laura, y probablemente el motivo era porque ella no se habría extendido mucho a la hora de dar según qué tipo de explicaciones.

<<Lo dejamos. No me busques. No me interesas. Siento que esto acabe así pero es mejor para los dos. Hasta otra.>>

— ¿Y cuándo le digo a Oziel que me lleve a verte? —le pregunté, bromeando con ella con la posibilidad de servirle al abogado en bandeja antes de que acabara en la cama con alguna de sus vecinas.

— En cuanto resuelvas lo tuyo con Víctor —respondió. La imaginé retorciéndose un bucle de su cabello en un dedo mientras buscaba la forma de hacer que su hermano volviera a hacerme caso—. ¿De verdad que te esquiva?

— De verdad —le respondí, llegando al portal de mi casa y abriendo la puerta con mis llaves. Siempre las llevaba conmigo, y suponía que siempre lo haría, aunque tardara en volver a dormir en mi cama. Incluso si no volvía a deshacerla nunca más—. Porque Oziel me asegura que sigue en el piso y veo su coche aparcado en el garaje, que si no, no daría crédito.

Avisé a Laura de que subía en el ascensor y que probablemente perdería cobertura, pero por arte de magia fue la primera vez que no se cortó una llamada tras cerrarse la puerta y ponerse en marcha.

Ya no tenía una buena excusa para cambiar de teléfono móvil. ¿Habría mejorado la cobertura mi compañía?

— ¿Y dices que te llevó a hacerte un cambio de imagen? ¡Quiero foto!

Con la poca destreza que me caracterizaba me saqué la mejor instantánea que pude contra el espejo del ascensor antes de llegar a mi piso. No quedé nada mal para no haber quitado el flash de la cámara y salir la luz brillante reflejada en un lateral.

Tenía que aprender a sacarme fotos.

Se la envié en cuanto se abrieron otra vez las puertas y mi móvil se conectó a la wifi de mi casa.

— ¡Estás genial! Me tienes que enseñar a maquillarme así.

— Sí, cuando yo lo domine, que tardo media hora en hacerme estas rayas y no quiero tener que explicarte que el tiempo del baño se cotiza como a precio de oro en un piso compartido por nueve chicas.

Al final, la puerta cerrada conducía al único baño de mi nuevo hogar.

Y sí, había una lista en la que se iba rotando el orden de prioridad para que no siempre fuera la misma la que empezara la ronda de duchas. La última nunca tenía agua caliente.

Mi casa estaba como la había dejado. Lo mismo pasaba con mi dormitorio. Mis padres apenas si habían pasado por allí en aquellos días, por lo que pocos cambios podía haber de todas maneras. No había nada de comida preparada en la nevera ni cesta en la ropa sucia esperando a la siguiente colada. Tenía conocimiento de que esas tareas eran horribles y tediosas para mi madre pero probablemente era más espeluznante todavía que yo hubiera abandonado el nido sin darse cuenta de que había crecido.

Y sin tener apenas dinero para mantenerme.

Era una de las cosas que me había ofrecido mi padre cuando estaba a punto de salir de la tienda. Se había acercado con paso firme y me había extendido un sobre sin casi mediar palabra. Mi madre me había preguntado si alguien estaba costeando mis gastos y le había respondido que Oziel estaba ocupándose de todo. Imagino que a mi padre no le tuvo que sentar nada bien porque vació todo el interior de la caja registradora para ofrecérmelo y que no me viera con necesidad de dinero. Aunque protesté, fue en vano. Era mejor que mi padre no se enfadara más conmigo por ser la mantenida de un tío al que había derribado de un puñetazo.

O que se había dejado derribar de un puñetazo.

Con el sobre que me había proporcionado mi padre podría devolverme la mitad de lo que le debía al abogado, aunque no estaba muy segura de que me fuera a dejar pagar parte de la deuda. Siempre podía decirle que si no aceptaba mi dinero tendría que buscar otra forma de pagarle y... claro, así se lo estaba poniendo muy fácil.

<<*Siempre puede decirme que se lo piensa cobrar en carne.*>>

Y, por supuesto, me estremecí al pensar que tratara de hacerlo de esa forma.

O al imaginar si yo lograría oponerme si me lo proponía...

Tal vez lo de decirle que abandonaba el juego surtiera más efecto, aunque probablemente no me vería capaz, no teniendo ningún plan alternativo ni perspectivas halagüeñas de un final feliz.

— ¿Y qué es lo que piensas hacer?

La pregunta de Laura me devolvió a la realidad y me hizo apartar el escalofrío que había sentido al pensar en las posibilidades que tenía con Oziel. También me hizo sonreír ante la idea de encontrarme a Laura saliendo del baño con un enorme cuchillo cebollero para hacerme olvidar a golpe de acero mis posibles intenciones perversas para con el actual amor de su vida.

Aunque acabara de romper con su novio y no le fuera a guardar ningún tipo de duelo. Y ya no fuera capaz de recordar cómo se llamaba.

— Tomar la iniciativa.

Décimo tercera parte.
La polla a la que volví a espiar como una niña

— ¿Qué estás haciendo? —me preguntó una de mis compañeras de piso mientras tenía el ojo pegado a la mirilla de la puerta.

Si no me equivoco la que me había preguntado era Macarena. Lo de empezar a distinguirlas sólo por la voz era una auténtica maravilla. Nunca lo habría imaginado posible.

— ¡Cómo si tú no hubieras hecho exactamente eso antes que ella! —le gritó Pilar desde el otro lado del salón, metiéndose con su amiga.

Tenían la suerte de llevarse muy bien entre ellas y encajar las bromas sin ningún tipo de vergüenza. A mí todavía me quedaba mucho que aprender de esa forma tan descarada que tenían de comunicarse. O, al menos, tendría que conseguir no sonrojarme cada vez que se referían a mí para hacerme cualquier comentario relacionado con los vecinos.

Los vecinos. ¡Sonaba tan extraño!

— ¿Tú no tenías que estar en clase? —me preguntó Betsy, mirando su reloj, extrañada por la hora.

Siempre era muy puntual y todas habían echado en falta la llamada al timbre de la casa ese día a las siete y cuarto de mañana. Oziel, de lo más pintado, aparecía en cada ocasión tras la puerta, después de una interminable pelea entre ellas para ver quién era la que tenía la fortuna de abrirle la puerta en esa ocasión. Las últimas dos veces lo habían tenido que echar a "piedra, papel o tijera".

— Parece que hoy no va —comentó Naitora, comenzando a dibujar una perversa sonrisa de bruja en la comisura de los labios—. Está en modo espía.

— No sale hasta las ocho menos diez —comentó Pilar, que en ese momento abandonaba el cuarto de baño, secándose el pelo usando fuertes sacudidas con una toalla blanca. Leia la seguía de cerca, esquivando sus piernas.

— ¿Y tú cómo lo sabes? —se metió con ella Fina, empezando a servir la ronda de cafés que yo siempre me perdía por tener que salir mucho antes del piso.

— ¡Cómo si tú no te hubieras dado cuenta de sus cambios de horario! —le respondió la otra, dejando la toalla y cogiendo la taza de café—. ¿Quieres uno, Bea?

Le acepté la bebida porque la noche se me había hecho eterna y apenas había dormido nada. El estar dándole vueltas a la cabeza a la idea de empezar a provocar encuentros con Víctor me tenía muy nerviosa, pero debía de asumir que había ido hasta allí para poner toda la carne en el asador y no valía acobardarme. Si hubiera querido que las cosas se quedaran como estaban más me habría servido seguir durmiendo en mi cama.

— ¿Azúcar? —me preguntó Cristina, revolviendo su taza de café con una cucharilla que iban rotando de una a otra, pasando al mismo tiempo el azucarero—. Para quitarte el amargor de la boca. No tienes buena cara.

— ¿Se me nota?

Todas contestaron al unísono que sí, con palabras o con gestos, y con el tono de voz bastante alto. Se lo estaban pasando de lo lindo mis queridas compañeras de piso.

Eran unas perversas.

— Y una sugerencia —me susurró Cristina, pasándome la cucharilla—. Creo que te resultará más excitante que este encuentro que andas planeando se produzca en el aparcamiento… Por tener cierta intimidad, más que nada.

— ¡Aguafiestas! —exclamó Maribel—. ¿Acaso eres la única que no pensaba vigilarlos por la mirilla mientras ellos dos hablaban?

— ¿O se besaban?

— ¿O se liaban?

Hablaron todas al tiempo y me hizo gracia no enterarme de cuál de ellas había sido la que había hipotetizado sobre que Víctor y yo acabáramos desnudándonos en el rellano.

- Hemos hecho hasta un sorteo para el orden de uso de la mirilla. A Ilene le ha tocado la última.

- ¡Pues como al final se líen frente a la puerta el mejor momento para mirar es el del final, listillas! —reprochó Ilene, que se acercó para enseñarme el papel que había sacado de la bolsa del sorteo, cual bingo, donde aparecía el número ocho escrito a bolígrafo azul con purpurina.

Tomé algo de café y miré el reloj de pared. Faltaban cinco minutos para que señalara la hora en la que se suponía que Víctor salía por la puerta.

— No tengo llave para llegar hasta el garaje.

— ¡Coge la mía! —exclamó Cristina, corriendo hacia su bolso para sacar su llavero y desprender una de ellas para entregármela directamente en la mano—. Y date prisa o compartiréis ascensor.

Le agradecí el detalle, me disculpé por no terminarme el café y salí corriendo cerrando con mucho cuidado la puerta de la casa para no alertar del movimiento a Víctor. No me imaginaba al arquitecto agazapado también detrás de la mirilla de su casa, vigilando la puerta de enfrente para confirmar que era seguro salir del piso.

El ascensor tardó lo indecible en llegar a buscarme y luego una eternidad en cerrar las puertas. Cuando por fin me vi protegida dentro de su armazón y con destino al garaje me asaltó la idea de que las chicas podían estar gastándome una broma —o no tan broma— para deshacerse de mí y ser ellas las que interceptaran a Víctor al sentirlo abrir la puerta.

<<No. No pueden ser tan malas>>

Las puertas se abrieron y salí al sótano. El coche de Víctor seguía allí, en el aparcamiento donde siempre lo veía y por el que cada vez que pasaba se me escapaba un suspiro. El coche de Oziel ocupaba normalmente un par de plazas más a la izquierda pero a esas horas hacía ya un buen rato que el abogado había salido rumbo al bufete, deseándome por mensaje mucha suerte.

"Me alegra que vayas a tomar la iniciativa. ¡Esa es mi chica! Víctor es tuyo, no tiene escapatoria".

El mensaje me había hecho mucha gracia. Era genial saber que alguien como él podía confiar tanto en mis posibilidades.

"Pero, si cambias de opinión o necesitas algo... ya sabes. Dame un silbidito".

Adjuntó a este último mensaje un emoticono de una cara ictericica y sonriente guiñando un ojo. Le escribí que se quedara tranquilo, que iba a salir todo bien y que si necesitaba llegar a la facultad porque me agobiara la idea de saltarme un par de clases sabía coger el metro o el autobús para llegar.

Y él respondió mandándome un dibujo de la conciencia de Pinocho, que en la película de Disney era un insecto verde elegantemente vestido. Con chistera y todo. Y Oziel no la llevaba.

Precisamente, de Pepito Grillo no era de lo que tenía pinta Oziel. Más que al angelito a modo de conciencia se parecía al diablillo que se pasaba el día tentando y susurrando obscenidades al oído. Ese perro con cuernos y cola, y sonrisa perversa, que se usaba como emote en el Messenger de Facebook. A ese sí que se parecía.

Ensayé la postura cinco veces, de forma apresurada, buscando cómo colocarme para esperarle. Ninguna me convencía por encontrarla forzada, suponiéndome que si me descubría Víctor en aquella pose lo que haría sería partirse de risa en vez de ir a arrebatarme el aliento.

Y quedarme sin aire era exactamente lo que quería.

Decidí plantarme en la puerta de su lado del coche, con los brazos cruzados bajo el pecho, marcando lo más posible el escote de mi camisa, algo más desabrochado de lo normal.

Y esperé.

Las ondas de mi cabello cayeron por mis hombros y me imaginé en una postura de lo más sensual a la espera del encuentro con mi adorado Víctor.

Y por suerte esta fue corta. Salió al garaje breves instantes después de que me hubiera quedado petrificada, apoyada contra el coche, mirándolo directamente a los ojos cuando abrió la puerta contraincendios. Se quedó clavado en el mismo lugar en el que me vio, con la boca entreabierta y las manos ocupadas con un portafolio de piel y una chaqueta de cuero.

No supe si debía decirle hola o esperar a que él dijera la primera palabra.

Pero no fue hola.

— ¿No tenías que estar en la universidad?
— Hoy me he dado un respiro. No he dormido muy bien — respondí, manteniéndole la mirada frente a su reprimenda. Sabía que el recto y serio de Víctor no encontraría nada adecuado que me hubiera saltado el día de clases.
— Venga, que te llevo.

Dio un par de pasos pero al ver que yo no hacía intención de moverme volvió a detenerse a un metro de distancia. Se puso el portafolios bajo el brazo y la chaqueta al hombro para tener las manos libres. Buscó en el bolsillo de su pantalón las llaves del coche y lo abrió sin acercarse más. Los intermitentes se iluminaron acompañando el sonido que indicaba que se habían desbloqueado las puertas.

Y no se movió.

Tan cerca y tan exageradamente lejos...

— No creo ser capaz de concentrarme hoy en la facultad. Prefiero quedarme.
— No voy a permitir que pierdas clases por mi culpa, Bea.
— ¿Y quién dice que es por tu culpa?

Descrucé las manos y las dejé apoyadas en las caderas, en jarras. Lo miré, desafiante y él aceptó el desafío con un brillo en los ojos que me recordó mucho a Oziel cuando entraba en juego. Avanzó un paso, puso el portafolios sobre el techo del coche y apoyó las manos a ambos lados de mis hombros, contra la estructura metálica y fría.

Mi cuerpo estaba mucho más caliente en ese momento.

Su rostro quedó a menos de quince centímetros del mío.

Aspiré su colonia y se me entornaron los ojos, pensando en sus labios. Acabé mordiendo el mío sin darme cuenta de que lo incitaba con ello a besarme. Tal vez, si lo hubiera sabido, habría empezado a morderlos mucho antes. Pasó un dedo sobre ese mismo labio y me obligó a soltarlo de entre los dientes.

Creí que me besaría...

Quise apresar sus dedos con mi boca, pasarles la lengua y degustar la piel que tan experta se había demostrado en contacto con la mía. Quise hacer que me acariciara las mejillas con ellos, rozarme contra su mano como un perrillo buscando cariño de su dueño al encontrarle el brazo colgando en el sofá mientras dormitaba. Quise que se olvidara de todas las sensaciones desagradables que le llenaban la cabeza y recordara lo que sentía cuando tenía la lengua entre mis labios y me saboreaba.

Creí que me besaría...

Dejé de ser capaz de contar los latidos que mi corazón se empeñaba en amontonar en mi pecho, y la respiración se volvió rápida y superficial, como si la blusa de pronto apretara y no me permitiera coger aire. No me permití el lujo de desviar la mirada de sus labios, hechizada por la electricidad que sentía que los unía a los míos sin llegar a tocarme.

Creí que me besaría...

Pero no lo hizo.

— Lo digo yo —susurró contra mi boca, como si quisiera que probara sus palabras en vez de sus labios—. Y sé que es exactamente lo que has hecho porque es precisamente lo mismo que habría hecho yo. Dejar de ir a clases para encontrarte...

Décimo cuarta parte.
La polla que no me besó...

Lo lógico habría sido que el perverso de Víctor, en ese preciso momento, me diera un beso que me dejara casi moribunda. Pero no. Las cosas con los hombres nunca eran así de sencillas. Al menos para mí. Y la historia con él estaba destinada al sufrimiento, a la sensación de vacío y a las noches en vela.

Dramática que me había puesto en un momento.

Cosa de la ausencia de sus labios sobre los míos.

No había bajado al garaje preparada para ir a la facultad, por lo que no tenía sentido aceptar el hecho de que me llevara. Mis libros, mis apuntes y demás enseres estaban en mi mochila, sobre la cama que ocupaba provisionalmente. Pero tras las palpitaciones que se habían apoderado de mi pecho y la repentina interrupción de mis latidos cuando el maldito Víctor se apartó de mi rostro dejando mis labios huérfanos de su saliva... la cabeza dejó de funcionarme.

Tal vez la única excusa que necesitaba darme para dejar que me guiara hasta la puerta del coche era, simplemente, las ganas de seguir un poco más cerca de él, aunque el espejismo durara lo que duraba el trayecto hasta la facultad.

Pero yo me empeñaba en buscar otras. Para poder explicarle a Oziel que al final había accedido a ir a la facultad.

> — Ya, que te lo ordenó y tú agachaste la cabeza, como si lo viera —me lo imaginé diciendo, de forma sarcástica, mientras se reía a carcajadas.

Para hablar con el abogado no me hacía falta pensar en dar excusas, por suerte.

¡Mierda!

Creo que Víctor abrió la puerta de mi lado y me ayudó a meterme dentro del coche sólo para que no saliera corriendo hacia la entrada del garaje, pero tal vez me vio en ese momento tan vulnerable y manejable que pensó que no sabría hacerlo sola. Me abrochó el cinturón de seguridad como si se estuviera forzando a verme como a una niña pequeña que necesitara asistencia en todo. ¿Por qué? Me había provocado hasta el extremo, apoyados contra el coche, deseando mi boca tanto como yo había deseado la suya. Y de pronto se había apartado; había recuperado la compostura y había vuelto a ser el Víctor correcto y distante que se interponía entre nuestros instintos más bajos.

Pero al pasar la mano para abrochar el cinturón sus ojos se quedaron prendados de mi escote, de mi cuello donde brillaba algo del sudor que me había producido su cercanía y de mis labios entreabiertos.

No se atrevió a mirarme a los ojos tan de cerca.

Corrió a ocupar su asiento, dejando las cosas en la parte de atrás. Tal vez también corrió para alejarse del olor cercano de mi piel, pero se me antojaba que de lo que tenía ganas era de deshacerse de mí lo más pronto posible en la facultad.

En mi bolso llevaba la cartera y las llaves del piso, por lo que podría regresar a casa en cuanto Víctor doblara la siguiente calle al dejarme delante del edificio. Con lo que no contaba era con que me dijera que pasaría también a recogerme a la salida de clase para asegurarse de que asistía a todas.

<<*Cuando tú vas...*>>

— De eso se encargará Oziel, seguro. En cuanto le diga que al final me has llevado organizará su agenda.
— No hace falta que organice su agenda. Puedo hacerlo yo.

Habría sido tan sencillo agradecérselo y listo...

Pero Víctor me quería lejos. Tenía que hacer que admitiera que me quería lejos para que después reconociera que me necesitaba cerca.

Sí, un plan de la hostia. Como los de Oziel.

— No soy tu responsabilidad, Víctor —le dije, como si no me importara—. Si te vas a mantener tan distante conmigo prefiero tenerte lejos. Me duele menos.

Ya lo había dicho.

No sé cuándo había llegado a esa conclusión... pero lo había dicho.

— Pues elegiste un mal sitio para hacer la mudanza —comentó, al cabo de un minuto, digiriendo la tristeza que había mostrado en mis palabras—. No es lo que se puede decir lejos...
— No pensé que fueras a estar tan distante.

Suspiró y se revolvió en el asiento, incómodo.

— Yo tampoco...

Quise ponerle una mano en el muslo para que sintiera mi presencia aunque se empeñara en interponer un universo entre nosotros dos. Quise consolarle, preguntarle por todo lo que le rondaba por la cabeza y que seguramente le estaría robando el sueño. Quise hablarle de sus padres y de los míos, asegurarle que al menos mi madre estaba bien y que mi padre lo estaba encajando sin tratarme como una mocosa.

Que sus padres estaban preocupados por él...

Quise decirle que su hermana estaba feliz por nosotros... pero me di cuenta de que él no pensaba en un nosotros.

— Siento haberte obligado...

Me percaté de que no habíamos tenido ninguna conversación seria los dos desde que me dejó en casa, más que nada porque se había empeñado en no cogerme el teléfono. Y las cosas había que iniciarlas por algún sitio. Sentía que le debía esa disculpa. Al menos quería que supiera que me encontraba agradecida por haber dado el paso. Que no me arrepentía de nada y que esperaba que él tampoco lo hiciera.

— Y gracias...

Víctor comenzó a sudar y ante su silencio comencé a pensar que tal vez no había sido buena idea el haber iniciado la conversación. De pronto tenía el rostro contraído y aún más disgustado que cuando me abrochó el cinturón. No había quién entendiera a Víctor o al final iba a ser verdad que era demasiado pequeña para tratar de manejar las emociones de un hombre como él.

> — No tienes que darme las gracias —respondió él, cuando yo llevaba ya un buen rato retorciéndome las manos de puro nerviosismo ante su silencio—. Tuve que haberlo confesado mucho antes.

<<O no haberlo hecho>>

Probablemente su pensamiento se acercaba más a esta opción que a la que pronunciaron sus labios.

Dolió verlo tan abatido. No fui capaz de decir nada más y él tampoco inició ninguna conversación mientras circulamos a toda velocidad —mucha más de la permitida en ciudad— por las calles hasta la facultad. Cuando detuvo el coche en la parada de autobuses que había justo enfrente del edificio dejó las dos manos sobre el volante, aferrándolo con fuerza, como si necesitara mantenerlas ancladas a algo para que no acudieran a mi rostro. Porque sus ojos se habían clavado en los míos, con el mayor de los deseos, y volvía a ser el hombre que me había acorralado en el garaje momentos antes.

> — Tal vez sea cierto que es mejor idea que venga Oziel a buscarte...

<<*Tal vez vaya siendo hora de que te pegue una paliza*>>

¡Y los hombres se quejaban de que las mujeres no sabíamos decidirnos! Víctor había sido en todas sus vidas anteriores una mujer, estaba segura. Era imposible seguirle el ritmo a sus emociones; bastante tenía con dominar las mías.

Enfadada, frustrada y dolorida en cuerpo y alma, cogí mi bolso del suelo y me lo eché al hombro dispuesta a abrir la puerta cuando una de sus manos dejó de machacar el volante. Aferró mi brazo por encima del codo y me detuvo antes de que pusiera un pie en la acera. Cuando volví la cabeza para mirarlo la otra mano fue directa a mi pómulo derecho, apartando los mechones de cabello que habían ido a taparme el ojo con el brusco movimiento.

Sentí sus dedos acariciar la piel, necesitada de atenciones.

Sus atenciones...

— Era mentira —susurró, inclinándose un poco más para tenerme más cerca.
— ¿El qué?

Sus ojos se engancharon en mis labios y los entreabrí para coger aire. Tenerlo tan cerca me hacía sentir asfixiada y su olor me había saturado el cerebro con los recuerdos que me despertaba. Dejé de oler respirando por la boca, pero también se me llenó de él cuando mi saliva acudió a ella, regocijada por su proximidad.

Tanto se me podía secar la boca como tenerla encharcada, al igual que la entrepierna.

Ciertamente: ¿quién nos entendía a ambos?

Menos mal que yo sabía que no había sido nunca hombre en una vida anterior.

— Que no me gustaba lo que te habías hecho en el pelo. Es imposible que no me guste cualquier cosa que te hagas.

Sonreí, recordando que se había enfadado el primer día por mi cambio de imagen. Había odiado aquellos flecos como si fueran los culpables de mantenernos a ambos separados. Los responsables de las peores guerras que asolaban el planeta. Pero sólo había sido una excusa más para no besarme, para matar el tiempo y deshacerse de las ganas que nos teníamos.

Y eran muchas…

— Dile a tus padres que lo siento mucho…
— Yo no lo siento en absoluto —respondí, volviendo a rozarme contra su mano. Si me la hubiera puesto en otros lugares del cuerpo habría hecho exactamente lo mismo.

Sonrió, con una sonrisa extraña que intentaba parecer perversa pero que se cortaba a la hora de serlo por el presente recuerdo del daño que había creado. Una sonrisa que ojalá hubiera aflorado más en sus labios…

… Y que ojalá se hubiera quedado.

— Hay cosas que no lamento —comentó, poniéndose muy serio. Se había dado cuenta de que yo me lo había llevado al terreno personal y hacerme también daño a mí no entraba en sus planes—. Pero tampoco puedo estar completamente orgulloso de ello. No de todo.

Sentí nuevamente el roce de sus dedos sobre mis labios, como si quisiera recordar su tacto a través de la piel de las yemas cuando no era capaz de cubrir mi boca con la suya. Los acarició con lentitud, torturando mis nervios con cada movimiento. Los deseó mientras guardábamos silencio y mientras traté de decirle algo… y mientras me acallaba con ellos.

— Sí… será mejor que venga a recogerte Oziel —dijo, abandonándose a la necesidad de comerme la boca.

Me besó como si hiciera una eternidad que no me probaba. Como si una guerra, una catástrofe climatológica y una hecatombe nuclear nos hubieran mantenido apartados el uno del otro. Me lamió, degustó y mordió como si fuera lo último que se iba a llevar a la boca antes de morir, o lo primero que tuviera que comer tras una angustiosa abstinencia. Su lengua me hizo entender que aunque se empeñaba en mantenerme apartada necesitaba de la mía para sentirse completa. Y mientras supiera dónde encontrarme siempre volvería a buscarme, aunque con ello se fueran a caer las estrellas.

Víctor era mío... y le dolía darse cuenta.

Casi me arrojó fuera del coche cuando se dio cuenta de que sus manos habían comenzado a desnudarme a plena luz del día, en la calle, en su coche, donde cualquiera podía vernos y mandarnos a ir a ocupar una habitación de hotel. O llamar a la policía. Trastabillé mientras trataba de dominar los malditos tacones, mientras él interponía la puerta del coche entre su necesidad y la mía, entre mi entrepierna encharcada y su enervada virilidad.

Y dejó de mirarme mientras yo recordaba que no se sentía orgulloso de lo que hacía, y que me había pedido que fuera otro el que se ocupara de mí esa tarde a la salida de clase.

<<*Pues deberías sentirte orgulloso de lo que me haces sentir*>>

Pero claro... cuando pensé la frase ya estaba fuera del coche, y se alejaba a toda velocidad calle arriba.

Décimo quinta parte.
Sin piedad con la polla

Plan Y. Las letras anteriores ya las había agotado e iba siendo hora de que alguno fuera a dar resultado. Por lo tanto, y mientras no me quedaba más remedio que permanecer en la facultad para que Víctor no se enterara y Oziel no me reprobara mi comportamiento tan manejable, cogí un folio y empecé a escribir lo primero que se me pasaba por la cabeza.

Cuando llevaba diez ideas tachadas tuve necesidad de tomarme un café.

Plan Y. Usar la llave que Oziel me había dejado. Hora, más o menos la una de la mañana. Destino, directamente la cama de Víctor.

Sí, no me había funcionado lo de ir a su encuentro del todo bien, pero había logrado convencerme de que Víctor me deseaba y de que le resultaba casi imposible mantener sus manos alejadas de mi cuerpo cuando me ponía delante.

Era obvio cuando me había dicho que era mejor idea no ir a buscarme él.

No había sido capaz de decirle lo que de verdad sentía por él. No creí que un "te quiero" fuera a solucionar las cosas, más que nada porque los sentimientos normalmente lo que lograban era complicarlo todo mucho más.

Y él ya sabía que lo amaba. No hacía falta que se lo recordara, para torturarlo más.

Nunca había estado enamorada antes y decírselo en voz alta a la persona destinataria de mis emociones se me hacía tremendamente difícil. Tampoco sabía si él me correspondería o si lo haría sentir aún más culpable. Y que no me respondiera nada al ser tan directa podría hacerme llorar como lo haría una niña a la que le han prohibido comerse el postre.

<<*O dejo de hacer símiles con niños o me pego un tiro.*>>

— No tuve bastante con follarte sino que encima te enamoro y te destrozo la vida —me lo imaginé diciendo, con los ojos a punto de estallar en llanto.

Nunca había visto llorar de verdad a Víctor.

Tampoco me apetecía verlo.

Me tenía que agarrar a lo que sí sabía que despertaba en él. Deseo.

Inexplicable. Prohibido. Excitante.

El deseo que Víctor sentía por mí derribaba todas sus barreras cuando lo tenía cerca, haciéndome ser poderosa y mucho más segura en los pequeños instantes en los que me lo demostraba. No necesitaba que me amara de momento. Lo que me mataba era que se cerrara en banda a esa posibilidad, y si no dejaba de culparse por desearme nunca llegaría a hacerse posible ese paso. Así que, decidida a quemar todos los cartuchos, avisé a Oziel para que pasara a buscarme a la misma hora de siempre.

Decirle "te quiero" era el Plan Z. Antes de eso tenía que estar ya completamente desesperada. Y absolutamente segura de que, al decírselo, no le iba a hacer más daño. Que ya bastante mal se nos estaba poniendo el asunto como para seguir enredando la madeja.

Tenía que poner a Oziel en antecedentes sobre mis planes para que no se asustara si se despertaba en mitad de la noche con el ruido de la puerta al abrirse. Estaba segura de que le parecería bien que fuera a irrumpir de madrugada, pero le parecería mejor si cerraba la puerta y no se enteraba de nada.

Y por nada me refería a lo que pudiera pasar en la habitación de al lado.

Aunque sospechaba que era de los que disfrutaban mirando. Si no... ¿qué sentido tenía estar en medio de los dos de aquella manera tan extraña? No podía ser por el mero hecho de jugar. Le gustaba estar entre dos fuegos... y quemarse con las brasas.

Tenía muchas ideas de lo que podía pasar en ese cuarto. Incluso, se me ocurría que Víctor podía echarme a patadas, aunque esperaba que no fuera a darse el caso. Si lo cogía lo suficientemente dormido podría llegar hasta la cama sin que se enterara de nada, y luego rezaba para poder apelar a su deseo recién desatado y a su estado de somnolencia para quedarme.

— ¿Qué te parece? —le pregunté al abogado cuando estuvimos dentro de su coche. Le acababa de detallar mi Plan Y y se había desternillante de la risa con el nombre.
— Que estabas tardando en usar la llave.

Nos comimos unos bocadillos en medio de un parque, tirados sobre el césped cubierto por una manta de viaje que había sacado del maletero del coche. Tenía el estómago revuelto tras el encuentro de la mañana y mis maquinaciones sobre el asalto de la noche, por lo que no logró que aceptara que me llevara a un restaurante. Al menos consiguió convencerme de aprovechar el buen tiempo para comer algo rápido al aire libre, y mientras yo extendía la manta bajo un árbol —tras asegurarme de que no había un hormiguero cerca— se dirigió al kiosco de helados y volvió con unos cuantos sándwich, un par de paquetes de patatas y unos refrescos de limón.

— Entonces, ¿el muy capullo te dijo que mejor que viniera yo a por ti? —me preguntó, tendiéndome una lata y abriendo la suya.

Asentí con la cabeza antes de encontrar la voz para explicarle mejor lo que había pasado. Cuando pensaba en cómo me había casi arrojado de su coche se me quebraba.

— Primero que no y luego que sí. Cambió de opinión después de besarme.
— En mis tiempos se hacía al revés. Si había perspectivas de mojar se iba a buscar a la chica al fin del mundo si hacía falta. Y si ella no nos dejaba ni besarla la mandábamos un poco a freír espárragos.
— ¿Qué es eso de mandarla un poco?
— Es la forma suave de decirlo…

Le saqué la lengua, dándole a entender que sabía que estaba bromeando.

— ¿Y a Víctor tampoco le han ido nunca las estrechas? — pregunté tratando de darle a entender que yo nunca había sido una de ellas.

<<Creo que para eso llego tarde. Me conoció en mis horas bajas>>

— Dudo mucho que Víctor sepa que existen…

Recordar lo fácil que había sido todo para ellos a la hora de elegir ligue me puso de mal humor. Yo había sido otra de las muchas mujeres que se lo había puesto todo demasiado fácil. Tanto, que había sido la que me había echado encima más veces de las que me apetecía recordar. Sólo cuando fingía salir con Oziel me había apartado un poco de él, y ni así había logrado que se creyera que no caería en sus brazos a la mínima en la que se lo propusiera.

Tonta que era una…

Pero, por el contrario, los hombres nunca habían babeado por mí. Ninguno había hecho cola delante de la puerta para llevarme a cenar o al cine, para tratar de robarme un beso o para meter las manos debajo de mi falda. Nada de nada. Chicos cero, salvo aquel energúmeno que lo único que quiso fue meterme mano para enterarse de qué iba un coño.

Oziel había hipotetizado con la posibilidad de que ningún alma cándida se hubiera atrevido a acercarse a mí por culpa de Víctor. Al igual que los había amenazado a ellos para que ni se les ocurriera ponerme el ojo encima podía haber ido uno por uno a todos mis compañeros de instituto, y después de la universidad, para dejar bien claro que no quería ver a ninguno merodeando por mi casa, o tan siquiera pidiéndome la hora.

— Tendría sentido, porque tan fea no eres —me había soltado el muy capullo, estallando luego en una carcajada.
— Muy gracioso. Pero dudo que a Víctor le importara yo un pimiento hasta que yo...

Ahí interrumpí mi relato. No estaba dispuesta a decirle todo lo que había acabado haciendo y por lo que Víctor me había descubierto. Eran cosas tan vergonzosas que ya tenía suficiente con saber que el arquitecto las había presenciado.

— ¿Hasta que tú...?
— Hasta que se dio cuenta de que lo deseaba —terminé, dando el tema por zanjado. Tal vez, algún día muy lejano, en una galaxia muy muy lejana también, encontrara la forma de decírselo.

Pero no. Que Víctor podía haber puesto nerviosos a mis compañeros de clase podía haber sido una realidad. Pero que los hubiera ido amenazando con partirles las piernas si al final se les ocurría meterme mano era una cosa bien distinta.

— ¿Y quién te dice a ti que él no te deseaba antes de que te dieras cuenta de que tenía polla?

Se me desencajó la mandíbula.

Prestamos atención a la comida durante un rato, sin decirnos nada.

— Sí por una de esas alineaciones cósmicas mi compañero de piso te rechazara esta noche —comenzó diciendo, ayudándome a ponerme en pie tras terminar el almuerzo ligero— que sepas que mi habitación empieza en la puerta que queda justo al otro lado de la suya. Y siempre duermo desnudo.

Habría asentido si los músculos me lo hubieran permitido, pero el imaginar a Oziel con toda la piel expuesta bajo las sábanas de su cama —o sobre ellas, más insinuante todavía— me había dejado paralizada. Por más que pensara que el abogado no se atrevería a lanzarse en plan acoso y derribo sobre mí mientras Víctor pudiera seguir interesado en mis curvas —las pocas que tenía— siempre acababa desvelándome una realidad de la que me apetecía olvidarme conscientemente. Y no era otra que reconocer que Oziel era un cazador. Uno que de momento me respetaba, pero que tal vez no tuviera tanta consideración en unas semanas, si no conseguía que Víctor reaccionara.

— ¿Cuántas veces os habéis disputado las chicas?
— Define disputar.
— ¿Cuántas veces has tratado de acostarte con las chicas con las que se acostaba Víctor? —le pregunté, reformulando la cuestión, eligiendo cuidadosamente las palabras en mi cabeza de la forma más explícita posible antes de volver a pronunciarlas.

Oziel terminó de doblar la manta con toda la lentitud del mundo antes de contestarme. No apartó la mirada de mis ojos mientras lo hacía, sopesando si debía contestar la verdad o si era una de esas mentiras que se tenían que considerar piadosas. Lo vi dudar, buscando en mi rostro la capacidad para asimilar su respuesta.

— ¿Te molestaría saber que siempre?

Eso aclaraba muchas cosas.

— Entonces, lo de tratar de seducirme surge más bien de la costumbre —comenté, algo molesta.

<<*Sí no me interesa lo más mínimo este hombre no entiendo que me irrite su respuesta*>>

— Tal vez…

La cara de niño travieso que llevaba Oziel dibujada habría hecho las delicias de cualquier chica que no hubiera estado en las mismas circunstancias que yo. Pero a mí no me hacía ni pizca de gracia. Algo me decía que si de momento el abogado me respetaba era porque aún no estaba claro que no fuera más divertido jugar a emparejarnos que jugar a separarnos.

O jugar a emparejarnos para luego jugar a separarnos.

— ¿Por eso nunca le ha durado una novia?
— Ni a él ni a mí… Víctor no es ningún santo.

<<*Eso lo tengo claro*>>

— ¿Y qué harás si consigo que se quede a mi lado? —me atreví a preguntarle, llegando casi al coche que estaba aparcado delante de la entrada del parque. Los pasos se me habían ido volando mientras trataba de reunir el valor para formular la pregunta.

Oziel abrio mi puerta y me hizo sentarme en el envolvente asiento de cuero negro. Se arrodilló a mi lado, inclinando el cuerpo hasta quedar a escasos veinte centímetros de mi rostro. Seguía siendo el niño travieso de mirada perversa, ese que se preparaba antes de que su madre se diera la vuelta en la cocina para asaltar el bote de galletas que tenía escondido en la alacena.

— Me asombra que necesites hacerme esa pregunta…

Décimo sexta parte.
La polla que creí dormida

Mis compañeras de piso dormían, o eso al menos me parecía. El reloj despertador de mi mesilla de noche había marcado las dos de la mañana, una hora más de la que había fijado en mi mente al diseñar el plan de asalto a la casa de Víctor.

O, más bien, a su habitación.

<<Exactamente... a su cama>>

Pero a la una no había podido levantarme. Ni a la una y diez, ni a la una y veinte. Me había quedado anclada en la cama, mirando fijamente el reloj digital y sus números de un intenso azul, que me recordaban lo cobarde que estaba siendo a cada minuto que dejaba pasar. Un ruido de muelle, un ronquido perdido en alguna de las habitaciones, una tos seca o una palabra dicha en sueños. Cada uno de ellos me hacía pensar que si me levantaba en ese momento me descubrirían y se burlarían de mis posibilidades de que Víctor fuera a recibirme con un sólido abrazo y un intenso beso nada más acercarme a su cama.

<<O me animarían a que siguiera adelante>>

Al fin y al cabo el mundo era de los que lo intentaban, ¿no? Pero allí estaba el reloj, marcando las dos y cinco de la mañana, y yo seguía buscando indicios de que todas en el piso dormían.

¡Y qué más daba, si yo lo que quería era pillar dormido a Víctor!

— Venga, Bea. Deja de hacer el idiota.

Me había acostado con uno de los conjuntos de lencería que Oziel había elegido para mí en la última compra, uno que Víctor no pudiera relacionar con él para que no entrara en cólera como la última vez. Había dejado una bata a los pies de la cama para poder cruzar el rellano que separaba las dos puertas. Unos siete pasos mal contados.

<<Mentira. Los he contado más de diez veces. Son siete pasos y medio>>

— Sal de la cama de una puñetera vez...

Me levanté en parte enfadada y en parte muerta de miedo. No me gustaba volver a sentirme como una cría de quince años ante la perspectiva de su primer beso, pero tenía que aceptar la idea. Estaba temblando como un flan y si no me daba prisa me desmoronaría en el suelo. Me puse la bata, me aseguré de que la llave del piso vecino estaba en el bolsillo derecho y salí corriendo al baño. Me había hecho una trenza antes de acostarme para no lucir despeinada de madrugada y, aunque se habían soltado unos cuantos mechones por la de vueltas que había dado en aquellas horas, se veía lo suficientemente natural y sexy como para no tener que estar retocando nada. Le di algo de brillo a los labios y un poco de rímel a las pestañas, pero de resto no quise hacer nada más para no parecer una buscona a las dos de la mañana.

<<Pues si quiero aparentar otra cosa yendo a su cama a estas horas...>>

Me burlé de mí misma y salí del baño. Con todo el cuidado del mundo abrí la puerta del piso, pisé el rellano y cerré tan despacio que temí que se fuera a quedar abierta. Pasé nuevamente la llave y avancé de puntillas los pasos que me separaban de la otra pared, de la otra puerta. De Víctor.

Por suerte la llave entró en la cerradura con toda suavidad, sin hacer ruido alguno. Contuve el aliento mientras la giraba, descubriendo con grata sorpresa que sólo hizo falta una vuelta para que cediera. Oziel tenía que haberlo dejado todo preparado para que no me resultara complicado abrirla. La moví con lentitud, asegurándome de que no

hacía ningún ruido —¿Oziel poniendo grasa también en las bisagras?—
, y tras comprobar que las luces en el interior permanecían apagadas y
que nadie alzaba una voz advirtiendo a algún maleante de que tenía
un bate de béisbol en la mano y lo estamparía en la cabeza de quién
estuviera intentando entrar a robarles, puse mis pies descalzos en el
interior de la casa y cerré con sumo cuidado.

<<Bien. Dentro. Ahora a intentar no tropezar con nada>>

Salté por el salón de camino al pasillo que conducía a las dos
habitaciones. La de Oziel permanecía sospechosamente cerrada
mientras que la de Víctor estaba solamente entornada. Me imaginé al
abogado acudiendo a última hora al dormitorio de su compañero de
piso, con la excusa de decirle cualquier tontería que no pudiera
esperara al día siguiente, y dejando al marcharse la puerta de esa
forma.

Tenía que reconocerle a Oziel la ayuda que me estaba prestando,
aunque desconfiara de sus intenciones finales. Ya habría tiempo de
preocuparme por ellas cuando llegara el momento.

La alcoba de Víctor estaba en completa oscuridad. La ventana no
dejaba entrar ni un atisbo de luz y la única forma de ubicar la cama fue
gracias a las luces amarillas que marcaban las dos y dieciocho en el
despertador de la mesilla de noche. Contuve nuevamente la
respiración mientras avanzaba hasta ese lado de la cama, entendiendo
que Víctor tendría tendencia a dormir cerca de él. La luz sólo
iluminaba un pequeño borde de la almohada, donde no se notaba su
presencia. Pisé sus zapatillas de estar por casa, mullidas y suaves, y las
dejé atrás mientras me paraba justo al lado de la mesilla de noche.
Tardé casi un minuto en arrodillarme a su lado y en adaptar la vista a
la oscuridad, buscando su rostro. Cuando por fin logré que mis ojos
encontraran el ángulo de su barbilla corrí a buscar sus ojos...

Y los encontré clavados en los míos, mirándome todo lo atentamente
que le permitía la oscuridad.

Mi corazón se permitió el lujo de no latir, a la vez que dejaba
conscientemente de respirar.

— Ya veo que no me vas a poner las cosas fáciles —dijo, con voz ronca y sensual.

Atrapó mis labios antes de que fuera capaz de recobrar el aliento. Creo que apoyé las manos sobre sus clavículas cuando me tomó de la cintura y me colocó sobre él, pero todo sucedió tan deprisa que cuando quise darme cuenta tenía sus caderas encajadas entre mis muslos abiertos, con la colcha entre ambos. Aun así, la tela que se interponía entre los dos no evitó que notara la excitante erección que se había instalado allí donde mi cuerpo tomaba contacto con el suyo.

Donde lo necesitaba embistiendo con fuerza.

— ¿Esto es lo que venías buscando? —me preguntó, apartando el encaje de uno de mis pechos y llevándose el pezón a la boca—. ¿O tal vez esto? —volvió a preguntar, dejando al aire el otro pezón y pellizcándolo con fuerza entre la yema de los dedos.

Gemí a la oscuridad de su alcoba, tratando de no hacer demasiado ruido para que de pronto no fuera a aparecer por allí Oziel y nos mandara a un hotel a los dos, con su sonrisa burlona en la cara. Aún recordaba la vez que nos había encontrado en mi dormitorio a medio vestir y no quería que esos dos volvieran a enzarzarse en otra disputa por mi culpa.

<<Podíais haber avisado para mirar...>>

Me recorrió los pechos dejando un reguero de saliva que sentí caliente contra la piel sedienta de sus caricias. Parecía que habían pasado siglos desde la última vez que tuve su boca causando estragos en mi cuerpo y sólo hacía un par de horas desde nuestro último beso.

Pero no había sido como aquel...

Mi piel necesitaba de sus labios tanto como mi boca y no paraba de demostrárselo con cada nuevo estremecimiento. Mis caderas se dispusieron a brindarme el excitante placer de frotarse contra la pelvis envarada, aprovechando que la erección de Víctor parecía disfrutar del roce de mi entrepierna.

— No… va a ser esto lo que estás buscando —sentenció, elevando el cuerpo para que pudiera deleitarme de la plenitud que se escondía bajo las capas de tela.

Me mordió el labio mientras gemía, y yo hice lo propio, estremecida por su movimiento. La polla de Víctor pugnaba por clavarse entre mis carnes húmedas pero él no se dignaba a liberarla para que lo hiciera. Le gustaba torturarme con ese quiero y no puedo tan excitante.

— Lo quiero todo —le respondí, amparada en la oscuridad que evitaba que viera mis ojos y notara mi vergüenza al hablar—. No me gusta reconocerlo pero no pienso en otra cosa.

Gruñó contra mi cuello y se lanzó sobre mí, dándome la vuelta. De pronto mi espalda reposaba sobre la cama y mis piernas se habían hecho un lío entre las sábanas. Sentí su respiración agitada contra la barbilla.

— No debieras desearme. Me lo pones más difícil.
— No pienso ponerte las cosas fáciles, ya lo sabes…

Me acalló con un beso profundo y exigente y la cabeza me dio vueltas. Consiguió deshacerse de las sábanas y de pronto sólo estuvo la tela de mis braguitas interponiéndose entre su carne y la mía, entre su necesidad de entrar y mi necesidad de sentirme empalada.

— Lo sé —comentó, apartándose para coger aire y volviendo al asalto de mis labios con más fuerza. La cabeza dejó de pensar y sólo pude tratar de deshacerme del encaje empapado que rodeaba aún mis caderas y cubría mi sexo encharcado—. Pero no debemos…
— Sí debemos —respondí, aferrándome a su cuello y atrayendo su boca cuando empezó a retirarse, entrando en razón—. Nos lo debemos. Lo necesitas tanto como yo.

Gané tiempo mientras volvía a besarlo, mientras él reaccionaba aferrando las braguitas y se planteaba si era mejor opción apartarlas o desgarrarlas. Creo que se decidió por lo primero porque de pronto los dos rodamos y quedé nuevamente sobre él, liberada del peso para que sus manos las deslizaran caderas abajo y me permitieran a mí terminar de bajarlas con los movimientos más torpes que recordaba haber tenido. Su polla ardió contra mi pubis, dura como una barra que acabaran de sacar de una fragua. No le permití que interrumpiera el beso porque temía que si lo hacía se rompería el perverso hechizo que nos mantenía allí, entrelazados y desnudos, deseosos de compartir gemidos, sudor y saliva a partes iguales.

Un momento después tampoco estaba su calzoncillo.

Pero buscó fuerza de voluntad donde no pensaba que la hubiera y salió de debajo de mí, con la respiración más agitada que le había escuchado en la vida. Encendió la luz de la mesilla de noche y me miró desde el cabecero de la cama, de rodillas, con una deliciosa erección clamando al cielo por la testarudez del arquitecto.

Me miraba con el deseo más primitivo ardiendo en sus ojos.

Lo miré de la forma más desafiante que fui capaz de sacar a los míos, pero mi necesidad era demasiado intensa como para que no ocupara casi todo el espacio en ellos.

— Si no paro ahora no seré capaz de hacerlo —gimió, como queriendo darme una última oportunidad que yo no quería ni plantearme.
— Si paras te mato —le confesé, arrojándome contra su pelvis y llevándome la polla a la boca.

El movimiento lo pilló por sorpresa y por fin logré derribar sus barreras. Mientras conseguía tragarla casi toda escuché su ronco jadeo y sus manos corrieron a mi cabeza para ampararla en el movimiento de envolver su polla con los labios.

— Joder, Bea…

Me atraganté con ella, con sus palabras, con su necesidad de mí y con mis ansias de hacerle perder la cabeza. Pronto ya no existió nada más importante en mi universo fuera de ese contacto obsceno con la polla de Víctor, esa que deseaba tanto que no podía explicar simplemente con palabras. Cayó hacia atrás, apoyándose en los talones, y me recoloqué para no perder el contacto con su carne latente. Lo aferré de las caderas y subí y bajé con torpeza, amoldándome a las dimensiones de la tremenda polla de Víctor.

— Para, Bea, para —me susurró apurado, apartándome mientras comenzaba a temblar—. Necesito follarte y no vas a dejarme si sigues haciendo eso.

Para mí aquello también era follar pero Víctor parecía tener otra idea en mente. Y con el rostro enrojecido de deseo y sus manos aferrándome de los hombros me dejé manejar hasta que mi cuerpo estuvo nuevamente tendido en la cama, pero esta vez con mi pecho contra el colchón y él deleitándose con la visión de mis nalgas.

Me acarició la espalda con los dedos de forma lenta y seductora, desde el cuello hasta llegar al inicio de los muslos, y se reclinó sobre mí dejando que su peso me robara el aire de los pulmones. Su rostro buscó el mío y su lengua se apoderó de la propiedad de mis labios.

— No sabes lo que me excita saberte tan mía...

Su erección presionaba contra mis nalgas mientras sus manos me elevaban las caderas para colarse debajo y acariciarme dónde sólo él sabía hacerlo para convertirme en gelatina. Me separó las piernas y jugó con mis pliegues buscando mis gemidos contra su boca, contra la sábana o contra el aire que se había vuelto denso y caluroso en la habitación.

— Me encanta que gimas para mí. No soy capaz de olvidar la primera vez que te vi correrte...

A mí me habría gustado que la olvidara, porque la ocasión a la que se refería Víctor era aquella en la que me había pillado masturbándome en su dormitorio, lamiendo las sábanas de su cama. Allí donde verdaderamente había comenzado todo, y no con el primer beso que le había tratado de robar el día de mi décimo octavo cumpleaños, cuando lo que sentía era más curiosidad por lo que me comentaban mis compañeras de instituto que otra cosa. En aquella ocasión, en la que Víctor había sujetado mi mano y observado mis dedos mojados por mis líquidos tras tener un intenso orgasmo, no había logrado que el hermano de Laura se quedara a mi lado. Me echó de su dormitorio, me robó las braguitas al poco tiempo y pasó lo que a mí se me antojó una eternidad hasta que sus labios quisieron jugar con los míos la tarde que le rompió la nariz a Oziel.

Hacía tanto tiempo de todo eso...

Me dejé llevar por los dedos expertos de mi amante y las sensaciones se fueron sucediendo una tras otras, recorriendo mi cuerpo en oleadas de un placer salvaje e intenso que me dejaba con la garganta seca de tanto jadear. Varias veces el orgasmo estuvo a punto de ser inminente pero Víctor paró en cada una de ellas, se elevó apoyando las manos sobre la cama y comenzó a restregar la verga dura contra mis nalgas, haciéndome sufrir.

No quería que me abandonara al orgasmo tan pronto. Necesitaba mucho más de mí.

— Así me has tenido cada vez que te veía con él —me confesó, con voz enfebrecida. Se refería, por supuesto, a las veces que nos había visto a Oziel y a mí juntos, maquinando para que se decidiera—. Duro y excitado, con unas ganas enormes de levantarte la falda y hacerte entender que la única polla que necesitabas era la mía.

Me habría encantado que me salieran las palabras para replicarle, para decirle que siempre había sido la única que había anhelado y por la que se había montado todo aquel circo. Pero la cabeza no me funcionaba lo más mínimo y las explicaciones no salían de mi boca.

Sólo podía gemir mientras me tocaba y suspirar cuando paraba.

Sólo podía sentir ganas de matarlo y morirme mientras hacía cada uno de sus movimientos. O cuando dejaba de hacerlos.

— La de veces que te he imaginado separando las piernas para que él hiciera esto mismo —susurró a mí oreja, volviendo a la carga con la tortura de sus dedos.— Con la polla lista para follarte hasta que no fueras capaz de recibir un solo envite más…

No tenía sentido decirle que todo eso se lo había imaginado sin una base, porque de primeras si era el juego al que solían entregarse los dos amigos, disputándose a las chicas con las que se acostaban, iba a ser complicado hacerle ver que de momento las intenciones de Oziel habían sido otras.

De momento… la palabra justa era esa.

Víctor lo había pasado mal y había sido por culpa de nuestros juegos. Nadie lo había mandado a ejercer de mero espectador cuando estábamos ansiosos porque despertara y reaccionara, pero tenía que asumir que tal vez merecía que fuera él quien iniciara los juegos y quien me vapuleara con sus deseos.

— Me he masturbado todas las noches desde que te mudaste, pensando en ti… Y también todas las putas mañanas.

<<*Con lo fácil que habría sido que me arrastraras a tu cama…*>>

— No me gusta lo que soy cuando no te tengo cerca, Bea… No me gusta desearte y no tenerte. No me gusta querer hacer esto y que lo haga otro.

Y diciendo esta última frase se separó de mí, apoyó las manos en mis hombros y me penetró tan fuerte que creí que me rompía. Tenía la cabeza llena de sus últimas confesiones, el coño pleno por su polla y la boca a rebosar de gemidos. Me presionó sin retirarse, con sus caderas fuertemente ancladas entre las mías y sus dedos amenazando con partirme algún hueso de la espalda.

Me reclamaba como suya.

Me hacía sentir triunfadora de una batalla en la que siempre había sido la presa de dos hombres que el único final que tenían previsto para mí era romperme en mil pedazos con los orgasmo prometidos para después repartirse mis partes y devorarlas a su antojo. Probablemente se lo había puesto demasiado fácil a ambos en ese aspecto, pero ahora sólo me restaba aguantar el tipo y rezar para que las insinuaciones que había creído entender de los labios de Víctor indicaran lo que me imaginaba.

Que no quería volver a estar sin mí...

El orgasmo me atravesó de parte a parte, sin que él tuviese que hacer nada más que seguir adueñándose de un espacio que palpitaba por sentirlo dentro. Me recorrió la espalda y me hizo gritar sin reservas, importándome un carajo si Oziel se enteraba de que al final había logrado mi objetivo y Víctor se había dejado hacer. Lo sentí estremecerse a mi espalda, mantener la postura con todo el esfuerzo del mundo, dejando que a mí me llevaran los demonios mientras tanto. Quiso disfrutar de mis espasmos mientras se replicaban contra su miembro, mientras gemía nuevamente su nombre, blasfemando, como la primera vez.

La cabeza me cayó sobre la sábana y mi espalda dejó de estar arqueada. Fue entonces cuando Víctor quitó las manos de mis escápulas y las puso a ambos lados de mis hombros, sobre la cama, y bajó al encuentro de mi oreja.

— Tú lo has querido —me susurró, besando dulcemente la sien que le quedó más a mano—. Ahora vamos a ver cómo cojones solucionamos esto.

Y yo, que la palabra solucionar me sonó a problemón de narices, me olvidé de sus últimas declaraciones mientras Víctor le imprimía a sus caderas una cadencia tan agónica y lenta que creí que moriría con cada milímetro de piel rozada a destiempo. Me torturó durante largos minutos, conteniendo el aliento y los gemidos, tratando de robarme la razón a la vez que unos nuevos jadeos. Entró y salió tantas veces que sería imposible haber llevado la cuenta. Lo hizo tan endemoniadamente lento que lo maldije mil veces, susurrando después que por favor me follara más rápido.

Pero Víctor no tenía ninguna prisa.

Él se había masturbado todos los días pensando en mí y podía esperar unos minutos más para abrasarme con su leche las entrañas. Sin embargo, yo casi no podía recordar la última vez que me había corrido gracias a su polla.

<<Mentira. Sí lo recuerdo. Pero no sé si la última vez que me corrí fue porque me masturbé con Oziel o cuando follamos la última vez.>>

No podía ser cierto que me hubiera anulado de esa forma los sentidos.

— Para desear tanto mi polla no sabes disfrutarla...
— Creo que no me has enseñado a hacerlo —gemí, contra las sábanas de la cama cuando llegó otra vez hasta el fondo. Me aferré a ellas cerrando el puño y supe que había arrancado la bajera del colchón.
— Tendremos que practicar más.

Y empezó a bombear con fuerza, haciéndome gritar con cada una de sus embestidas.

Cuando por fin se enterró por última vez, abandonándose en mí, pensé que necesitaba muchos encuentros como aquel para que mi cuerpo no me odiara por privarlo de las atenciones que sólo Víctor podía prodigarle.

Nos debíamos tanto...

La promesa de practicar más se había instalado en mi cabeza, desmadejada tras el orgasmo.

<<Te debo demasiados "te quiero">>

Pero, claro... eran palabras que quedaban reservadas para el Plan Z, y de momento el Plan Y estaba funcionando.

— Tú lo has querido —me repitió, tras regar la piel de mis nalgas con su orgasmo y dejarse caer sobre mi cuerpo, adormilado—. A ver cómo se lo hacemos entender a nuestros padres.

Décimo séptima parte.
La polla a la que dormí abrazada

No tuve que hacer el ademán de ir a marcharme a mi piso al separar su cuerpo del mío, ni él pensaba permitírmelo tampoco. Cuando recuperó el habla tras el orgasmo, y algo de la noción de lo que había pasado entre ambos, me miró azorado, tumbándose a mi lado. Parecía confuso por lo que había ocurrido, como si para él se tratara de una fantasía pecaminosa que lo había hecho despertarse al notar la humedad de una corrida en las sábanas de la cama.

Entre su cuerpo y el mío, embadurnándolo todo.

Pero poco después dibujó una escueta sonrisa y me besó tiernamente en los labios, acunándome contra su pecho.

Volvía a ser el Víctor responsable que conocía desde hacía años, con una carga tan pesada como una losa sobre sus hombros. Volvía a ser el joven desorientado que necesitaba algo de respiro para levantar la carga.

— No va a ser fácil, Bea —me susurró, apartando mechones de pelo de mi rostro. También hizo a un lado mi flequillo de un soplido, jugando con la idea de que no le gustaba verme el cabello tan corto delante de la frente—. Todavía estás a tiempo de elegir el camino menos complicado. Una vez me meta en esto puede que llegues a odiarme por lo cabezota que me vuelva.
— ¿En esto? —le pregunté, apartando el sueño que me había asaltado tras pringarlo todo. También quise preguntarle si podía mostrarse aún más testarudo de lo que lo había conocido esos meses atrás, pero preferí no mezclar preguntas

para que respondiera a la que me parecía más importante de todas.

Contuve la respiración.

— Lo nuestro...

Imagino que su rostro se iluminó después de iluminarse el mío tras ver que eran esas palabras exactamente las que quería escuchar yo y no sólo en lo que pensaba decirme él. Observándome desde arriba, mecida entre sus brazos de forma casi infantil, me di cuenta de que estaba tan necesitado de respuestas como yo, de que tal vez a él se le atragantaba también el "te quiero" por miedo a que yo le dijera que lo que sentía era otra cosa. Pero, aun siendo así, preferí dejar pasar la ocasión hasta que Víctor siguiera demostrándome que no estaba en un error.

No era el momento de pasar al Plan Z.

<<*Tiempo al tiempo. Si fuerzo las cosas puede salir huyendo*>>

Y ya había huido demasiado como para permitirle hacerlo de nuevo.

— Sabía que te morías por formalizarlo —le comenté, burlándome de él, llevándole un dedo al pecho para señalarlo. Quería quitarle seriedad al asunto para que dejara de tener esa cara de angustia—. Menos mal que he dejado de hacerme la dura.
— No sabes lo que te lo agradezco —me respondió, cambiando de expresión, con una sonrisa de bobalicón que me gritaba que estaba completamente enamorado de mí. Ojalá fuera verdad—. Menos mal que por fin has sucumbido a mis encantos. Me estaba quedando sin trucos bajo la capa de mago.

Me llevó hasta la almohada y dejó mi cabeza sobre una de ellas, la que no había ocupado él hacía un rato cuando irrumpí en su alcoba. Me estaba cediendo un lado de la cama. De su cama. De su vida.

Me tapó hasta las orejas y se acurrucó a mi espalda, metiéndose bajo las sábanas y rodeando mi torso con ambos brazos. De pronto el sueño me vencía y era lógico tras recordar que cuando había entrado en aquella casa el reloj ya marcaba más de las dos de la mañana. No tenía intención de levantar la cabeza para mirar la hora que era en ese momento pero suponía que por mí no iba a empezar a correr en sentido contrario, retrocediendo el tiempo, para que pudiera dormir las horas que necesitaba.

— Gracias por ser tan terca —me susurró, con los labios cobijados entre mis cabellos.
— No me quedaba otra enfrentándome al terco mayor — respondí, regocijada en su cambio de actitud.

El resto de las frases que debíamos compartir podrían esperar al día siguiente porque de pronto los párpados se me cerraron y no recuerdo si él siguió hablando, agradeciéndome mi temperamento desvergonzado de los últimos meses, o se dejó también vencer por el sueño.

Cuando sonó el despertador tuve la sensación de que acababa de dormirme. Maldije por lo bajo, cansada y con dolor de cabeza, hasta que recordé que no estaba en mi cama sino en la de Víctor. Abrí los ojos todo lo que pude y me giré para encontrarme con su cuerpo extendiéndose hasta la mesilla de noche para apagar de un golpe la maldita alarma. No logré ver la hora que era, pero imaginé que no debía de ser demasiado tarde para que me diera tiempo de organizarme e ir a la facultad.

Víctor no había sido nunca de dormir hasta última hora, apurando la cama antes de ir a trabajar.

<<Bueno, al menos no lo había sido nunca para ir a clase>>

— Sigues aquí…
— ¿A dónde querías que fuera? —me preguntó, bostezando. Era la primera vez que compartíamos colchón para otra cosa que no fuera seducirlo o dejarme seducir y la sensación me resultó tan placentera que habría dejado correr las horas sin

mover un solo músculo—. No me parecía buen plan irme a dormir a la cama con Oziel. Ronca...

— Eso es mentira —comenté yo, depositando un liviano beso sobre sus labios—. No ronca.

Se separó un ápice de mí para mostrarme un rostro serio y dolido.

— No me apetece que me recuerdes que lo sabes...

Los celos de Víctor me enternecieron y me irritaron a partes iguales. Volví a buscar sus labios y volvió a dejarse besar, como si aquel fuera el único antídoto que conociera para alejar aquellos fúnebres pensamientos de su confundida cabeza. Por lo menos me había funcionado antes y esperaba que no fuera a fallarme ahora que lo seguía necesitando.

— Si no me crees a mí pregúntale a él. No ha pasado nada entre nosotros.

Meneó la cabeza como si la idea de hacerle ese tipo de preguntas a su amigo fuera aún peor opción.

— Si lo hago, me responderá que sí por el mero hecho de molestarme...
— Pues fíate de mí —contesté, tratando de mostrarme seria—. Conozco tus juegos con él y puedo asegurarte que a Oziel le apetecía más tratar de levantarte la novia cuando hubieras decidido que de verdad lo era.

Se me escapó la palabra novia con toda naturalidad. Tal vez tendría que haber rectificado y renombrarme como amiga con derecho a roce, follamiga, chica con la que salía... Pero mientras mi cabeza trataba de buscar la opción más adecuada, sin un café que le diera algo de lucidez, Víctor pasó por alto que me había catalogado en el apartado de "su novia" y siguió hablando.

— Mataré a ese capullo como se le ocurra acercarse a ti.
— Deja lo de matarle para otro día —respondí, con una inmensa sonrisa en los labios ante tales pruebas de su posesividad.

Aunque la amenaza sonaba real era cierto que el insulto no lo profirió de forma despectiva. Le tenía aprecio al tal "capullo"—. Gracias a él estoy aquí, y te recuerdo que fuiste tú el que lo puso en mi camino.

Lo señalé con un dedo reprobatorio y me lo sujetó para llevárselo a la boca, obviando mi recriminación. Lo chupó con perversa lentitud mientras no apartaba los ojos de los míos.

Volví a encenderme como un ascua sobre la que hubieran soplado.

— Cuando lo hice no vi una forma mejor de apartarme de ti ni hacer que te olvidaras de mí— se excusó, sabiendo que en aquella ocasión había metido la pata hasta el fondo.— Pensé que lo tuyo era un capricho y que a mí se me pasaría en cuanto dejara de verte todos los días. Por suerte no funcionó.

<<Por suerte me había empeñado en que no funcionara>>

Me besó como si mis labios fueran el primer café de la mañana, y los suyos surtieron el mismo efecto que el oscuro brebaje para hacerme despertar del todo. No me podía creer que pudiera ser verdad que de pronto Víctor fuera a ser todo lo que me había imaginado en ese último año.

Y más...

— ¿Y ahora? —le pregunté, centrándome en las horas siguientes en vez de hacerlo en el resto de mi vida. Tenía tendencia a dejar volar demasiado pronto la imaginación cuando se trataba de Víctor y sabía que era preciso que volviera a mi estado normal de realismo—. ¿Cuáles son los planes?
— ¿Un café? —me preguntó, llegándose al baño de tres zancadas. Me hizo gracia que no cerrara la puerta.

Recuperé mi ropa interior y la ligera bata y me personé en el cuarto de baño para que se enfrentara también a la realidad.

Mi falta de ropa.

Sólo me había llevado la bata. Y no creía que le resultara agradable verme salir al salón con ella. Porque también la había elegido Oziel.

— ¿Así?
— ¡Ah, no! Así no —respondió, dibujándose una mueca celosa al pensar en los ojos de Oziel recorriendo mi cuerpo. Me introdujo en la ducha casi a empujones, se deshizo de la poca ropa que me había traído de madrugada y abrió el chorro de agua para que fuera dándome un baño—. Voy a recuperar algo de tu vestuario, o a hacer que lo haga Oziel, que conoce mucho mejor que yo a las vecinas.

Me dejé mimar por sus manos acariciando mis nalgas justo antes de que saliera por la puerta, se pusiera un pantalón vaquero y una camiseta a la carrera y la cerrara detrás de él al abandonar la alcoba, evitando que las miradas indiscretas de Oziel pudieran descubrirme dándome un baño. Estaba secándome tras la ducha rápida con la única toalla que había a la vista cuando Víctor regresó a la habitación, portando toda la ropa que había sido capaz de cargar entre los brazos.

— Tenías unas compañeras de piso muy peculiares —comentó, dejando todo sobre la cama deshecha.
— ¿Tenía? ¿Te las has cargado a ellas en vez de matar a Oziel? —pregunté, haciéndome la escandalizada, llevándome las manos a la cara y abriendo lo más que pude la boca. Al hacerlo dejé caer premeditadamente la toalla al suelo y mi cuerpo quedó desnudo delante de él, a medio secar.
— Muy graciosa —ronroneó, acercándose a mí y apresando mis nalgas entre sus manos—. Digo tenía porque a partir de ahora ya no vas a dormir más en esa casa.

Contuve la respiración, rogando para que no me fuera a obligar nuevamente a ir directa a casa de mis padres tan pronto, cuando apenas si me estaba acostumbrando a la idea de que todo iba a salir bien entre los dos. La idea de regresar a mi cama y echarlo de menos por las noches se me hizo insoportable.

— ¿Y dónde dices que voy a dormir a partir de ahora? — pregunté, con miedo.

Me empujó contra la cama y caí en ella de espaldas, rebotando mientras él se me echaba encima, cubriendo todo mi cuerpo con un certero salto y me besaba con lujuria.

— ¿Qué tiene de malo la mía?

Décimo octava parte.
La polla que me convirtió en su novia

— Buenos días, Bea.

La voz del abogado me llegó desde la cocina, donde el olor a café fuerte y recién preparado lo inundaba todo. Ya estaba elegantemente vestido, con el nudo de la corbata impecable como siempre y una reluciente sonrisa dibujada en la cara.

Como si no se hubiera pasado toda la noche esperando escuchar algún tipo de sonido proveniente de la habitación de al lado, como me imaginaba que había hecho.

La sonrisa era sincera. Se alegraba de verdad por mí.

— Buenos días, Oziel.

Víctor se interpuso entre la mano de su amigo, que me tendía una taza de café humeante, y la mía, que trató en vano de hacerse con ella.

— Gracias por el detalle, Oziel —le dijo él, entregándome la taza después de olfatearla, como si pudiera detectar de esa forma alguna droga disuelta en el café que pudiera sentarme mal, o tener efectos adversos acordes a sus intenciones ocultas y malvadas—. Creo que vamos a tener que poner unas cuantas normas por aquí.

Oziel se partió de risa viéndome olfatear de igual forma el café, por si mi experta nariz pudiera detectar algo que la de Víctor hubiera pasado por alto. En verdad no entendí el motivo del escrutinio de mi taza pero con tal de seguir el buen humor de la mañana estaba dispuesta a hacer un poco el ridículo.

— ¿Algo en plan "no envenenarás a la chica de tu compañero de piso"? —preguntó, burlándose de ambos a carcajada limpia.

— Más bien algo en plan de "ni se me ocurrirá poner los ojos en la chica de mi compañero de piso".

— ¡Pero, Víctor! ¿Cómo se te ocurre pensar una cosa tan horrible de mí? —le preguntó, haciéndose el ofendido. Era tan hipnotizador mirar a los dos amigos lanzarse miradas cómplices como si no hubiera nadie más presente que traté de pasar completamente desapercibida.

Pero me había estremecido de la emoción al escucharme nombrar por los dos como "la chica de mi compañero de piso" y los dos me habían visto hacerlo. Creo que Oziel fue mucho más consciente que Víctor de ese hecho, y volvió a sonreír, como felicitándome por mi nuevo ascenso.

— Lo digo en serio, capullo —le contestó—. Olvida lo que ha sido la norma de aquí para atrás. En esta ocasión no vale.

Oziel siguió tomando su café como si de verdad encontrara algún tipo de seriedad en el tema que trataban, aunque en sus ojos chispeaba el inicio de una réplica morbosa y la perspectiva de un juego mucho más excitante de lo que había conocido hasta ahora.

— ¿Y quién dice que se pueden cambiar las reglas así como así? —preguntó, sin perder la sonrisa serena.

Víctor aceptó el desafío y dejó la taza de café a un lado, quitándole también la de Oziel de las manos.

— Con Bea no. Dejo el juego. Tú ganas si es lo que te apetece que diga. Me retiro.

— Así no es divertido —comentó, apoyando el codo en la encimera y poniendo la barbilla sobre la mano, como si estuviera escuchando una charla muy aburrida de un profesor del todo asfixiante. Cruzó los pies uno por encima del otro, apoyando la puntera del derecho en el suelo. Y así se quedó, con una postura incomodísima, guiñándome un ojo cada vez que tenía ocasión—. Tenía las expectativas muy altas.

En cierto modo me dio algo de pena de Oziel. Se comportaba como un niño grande que no estaba acostumbrado a tener que pedir las cosas por favor. El abogado era de los que exigían y la gente cedía, y parecía que Víctor también lo tenía acostumbrado a eso.

— No sabes lo que te agradezco que hayas cuidado tan bien de ella, pero si tengo que preocuparme por vigilar tus pasos ahora mismo, además de centrarme en mi familia y en la suya, creo que me va a explotar la cabeza.

Oziel torció el gesto y le extendió la mano a su amigo, sin volver a mirarme. Lo de ir a pactar o ir a aceptar la retirada no parecía nada propio de él. Pero allí estaba. Tendiendo la mano. Esperando la de Víctor.

— Juro que no te importunaré con mis juegos mientras estés liado con cosas más importantes —dijo, con tono serio. Habría podido llevarse la otra mano al pecho para parecer aún más solemne pero por suerte no lo hizo. No habría conseguido mantener la risa alejada de mi boca—. Pero en cuanto todo haya finalizado no tendré piedad. Tendrás que ponerle un anillo en el dedo para demostrarme que Bea es intocable. Todavía recuerdo lo que me hiciste pasar con Valentina.
— Se llamaba Verónica —lo corrigió él, algo irritado.
— Como se llamara —espetó, retirando la mano que Víctor no había llegado a estrecharle en el trato—. Te la follaste por el mero hecho de arrebatármela cuando sabías que había algo especial entre ella y yo.
— ¡No me hagas reír! —respondió Víctor, mirándome de soslayo, deseando que esa conversación no se estuviera dando conmigo presente, pero sabiendo que quedaría horriblemente mal pedirme que me marchara—. Habías salido con ella sólo un par de veces y hasta quisiste saber cómo me la tiré después de eso.
— Porque soy un pervertido y me gusta mirar mientras otros se follan a mis novias —sentenció él, riéndose de nosotros—. ¿Qué querías que hiciera? ¿Que me mostrara ofendido? ¿Que

te demostrara que me había dolido? Esa te la debo. Desde ese día no has vuelto a acostarte con nadie más salvo con Bea—. Y luego, mirándome por fin a mí, trató de saltarse la barrera física que Víctor representaba entre nosotros dos—. No es algo personal, Bea. Es simplemente que no puedo dejar que este sinvergüenza gane la partida.

— ¡Si me acosté con tu chica la última vez fue porque de verdad necesitaba desahogarme con alguien! —exclamó, bastante molesto—. Y ella no puso muchos impedimentos que digamos. Seamos serios. No tenías nada estable con ella, estabas delante cuando le tiré los trastos y cuando ella cedió. Tú esa noche te acostaste con otra y no la has vuelto a nombrar desde entonces. ¿Por qué esa fijación por ella?

— Porque ni te lo pensaste. Llevábamos un par de semanas juntos y ni te diste cuenta.

— Tenía algunas cosas en la cabeza que me impedían pensar con claridad —comentó él, refiriéndose a mí casi con toda seguridad. Yo había acaparado toda su atención durante esas semanas, con mi acoso y derribo torpe y hormonal. Era una suerte que hubiera logrado concentrarse para los exámenes de final de carrera. Se lo había puesto tremendamente difícil—. Esa noche necesitaba algo fácil y sin complicaciones. Lo necesitaba —terminó, marcando cada sílaba como si estuviera enseñando a alguien a leer—. Te repito que ella no me puso ninguna traba y tú tampoco. Yo no sabía que era especial para ti.

Oziel puso cara de querer decir "pues lo era y nunca sabremos si hubiera llegado lejos con ella", pero no quiso hacer ningún comentario más sobre la tal Verónica o Valentina. Tal vez era cierto que le dolía bastante y recordar la forma en la que había sido traicionado por su rollo y su mejor amigo no le gustaba ni un pelo.

— ¿Quieres que me olvide de todo? —preguntó, presentándose cuan largo era a escasos centímetros de él—. Demuéstramelo. Si me convences no haré ningún intento en cuanto pase la prórroga que te he dado. Pero si no lo haces

Bea estará tan disponible para mí como Valeria lo estuvo para ti.

Pensé que para eso tendría que ser yo la que me sintiera dispuesta, y no que me encontraran dispuesta, pero no hice ningún comentario por miedo a interrumpir la discusión de los dos amigos. Me había quedado prendada de los juegos que habían mantenido desde hacía años y que yo sólo estaba empezando a descubrir.

— ¡Que se llamaba Verónica!
— Parece que tú te la follaste mejor que yo, que se te ha quedado grabado el nombre —comentó, sin darle importancia—. Bueno, ¿te paso a buscar a la salida de clase?

Oziel avanzó hacia la puerta de la cocina mirando hacia mi dirección, pero Víctor lo interceptó tomándolo con fuerza del brazo. Lo hizo pararse otra vez y se miraron con una sonrisa desafiante, midiendo fuerzas, como si valoraran si de verdad eran capaces de hacerse daño el uno al otro a sabiendas.

Como si la siguiente vez que fueran a golpearse pudieran de verdad mandarse al hospital.

— Yo me encargo de Bea. No tienes que ofrecerle más tus servicios de chófer, de acompañante o simplemente para ser la tarjeta de crédito que pague sus compras.
— Bea y yo somos amigos. ¿Quieres romper la bonita amistad que tengo con ella? —se burló, con un tono sarcástico que envenenó el rostro de Víctor.
— No me hagas repetírtelo dos veces...

Oziel se soltó de la mano de su amigo con una carcajada en la boca y se despidió de ambos sin perder la sonrisa.

— Ya me buscarás cuando te cuadre una reunión con los promotores a las tres de la tarde y temas que un niñato vaya a ofrecerse a traerla hasta casa en su moto —le contestó, metiendo el dedo en la llaga—. Para eso sí que vas a pedirme que la vaya a buscar a la carrera. Por favor, Oziel —lo imitó, juntando las manos a modo de plegaria—. Es que no quiero que nadie pueda estar cerca de ella, que pueda rodear la cintura de otro tío o que la pueda llevar demasiado cerca de una cama.

Víctor torció el gesto pero no dijo "esta boca es mía".

— ¿Por qué nadie entiende que soy perfectamente capaz de moverme por la ciudad solita? —repliqué yo, bastante cansada de que se me tratara como a una niña pequeña en materia de transporte. Nadie en la familia o fuera de ella creía que fuera a desenvolverme bien usando un bono de autobús. Aunque sabía que no tenía perfectamente desarrollado el sentido de la orientación.

Pero ninguno de los dos me contestó. Fue como si no me hubieran escuchado abrir la boca. Oziel hizo un saludo muy teatral con una reverencia y salió por la puerta, cerrándola con cuidado para no llamar la atención de sus vecinas acosadoras.

Dejándome con un malhumorado Víctor a solas en la entrada de la cocina.

— ¿De verdad le levantaste la novia a tu amigo? —le pregunté, al cabo de un minuto, cuando el malestar de haber sido ignorada en mi respuesta se fue pasando.
— No sabía que la consideraba su novia —respondió él, revolviéndose el cabello. Parecía estar francamente arrepentido de que ese suceso fuera a quedar reflejado como la peor metida de pata que había tenido en la época de universidad.

Después de acostarse conmigo, claramente. Ese puesto no me lo iba a poder arrebatar nadie.

Cogí mi mochila del sofá, donde imagino que la había dejado Víctor tras su breve visita a mis queridas compañeras de piso, y poniéndomela al hombro di por supuesto que ya nos íbamos detrás de él.

O, tal vez, había sido Oziel el que había ido a enfrentarse con las fieras. Pero no había regresado con la ropa hecha girones, por lo que cualquiera sabía lo que había pasado.

— ¿De qué me suena el nombre de la tal Verónica? —pregunté, tratando de hacer memoria. Había algo que empezaba a cuadrar en mi cabeza pero todavía tenía demasiadas partes del cerebro dormidas como para conseguir pensar con claridad.

Víctor se puso rojo como un tomate. Miró al suelo sin ser capaz de devolverme la mirada, ni darme una respuesta que me orientara un poco en lo que trataba de encajar con un solo café y casi toda una noche en vela.

— ¡Oh! ¡Por Dios! —exclamé, abriendo los ojos de golpe y recordando de pronto. Se me había puesto la cara completamente roja, igual que a él, porque de pronto me ardieron hasta las orejas. Se me erizó toda la piel al instante. Víctor trató de mirarme pero el intento quedó más bien patético. Le dio una vergüenza enorme hacerlo—. La chica del vídeo, mis bragas y la corrida...

Décimo novena parte.
La polla que empezaba a comprender

Así que de esa forma estaban las cosas. Oziel y Víctor habían mantenido el juego de ir levantándose las amantes durante gran parte de los años de carrera. Cuando Oziel se acostaba con una chica Víctor se planteaba hacer lo mismo. Cuando lo hacía el arquitecto allá que iba el abogado a meterse entre las piernas de la muchacha.

Hasta que aparecí en escena.

Yo era la única chica con la que Víctor podía tener un verdadero problema. Bastante difícil le resultaba ya haberme seducido —¿quién se lo creía?— traicionando la confianza de mis padres como para que de pronto también fuera a dejar que Oziel jugara conmigo y pretendiera seguir con la dinámica establecida entre los dos canallas.

Y entonces yo lo tenté.

Y entonces él necesitó desahogo rápido, pero añadiendo el detalle morboso de usar mis braguitas para ello, y eligiendo a la peor amante posible para aquella noche de pura necesidad.

Verónica.

Una chica que había salido unas cuantas veces con Oziel y que parecía que al abogado le hacía algo de tilín. Pero Víctor, como estaba demasiado ocupado tratando de que yo no lo acorralara, desnudara y me montara sobre él en cualquiera de las habitaciones de nuestra casa —o en el coche de camino a la universidad— no se había dado cuenta de la forma en la que su amigo miraba a la muchacha.

Y allí que fue Víctor a insinuarse.

Y allí que cayó Verónica.

El resto, como trató de explicarme el arquitecto en el coche, fue producto de sus malas decisiones, hostigado por el remordimiento de conciencia de haber sido capaz de acostarse conmigo. Pensar en hacer que Oziel me obligara a olvidarlo a base de buen sexo fue la primera de todas. Había tenido claro que su amigo sentiría curiosidad por mí, más que nada porque siempre le había dado cocotazos cada vez que lo descubría mirándome a la llegada a nuestro piso los viernes. Había sido la "chica prohibida" que todos habían tratado de respetar para mantener la unidad de la pandilla, pero había sido precisamente el que había tratado de poner orden en la casa el primero en caer en mis redes maquiavélicamente dispuestas.

Que habían sido muchas...

Oziel había sentido tanta curiosidad que se había involucrado al máximo. No tenía muy claro al principio el tipo de relación que había entre nosotros pero estaba dispuesto a llegar hasta el final de aquel asunto. Cuando por fin entendió que Víctor tenía algo conmigo supo que era la forma de vengarse de lo de Verónica. Pero no le hacía gracia acostarse conmigo mientras sentía que era precisamente él quien quería que lo hiciera. La idea de su juego, ese que se empeñaba en cambiar de reglas constantemente cada vez que tenía la necesidad, consistía en conseguir que Víctor reconociera que no quería que Oziel acabara enterrado entre mis piernas, para luego hacer exactamente eso.

¿Complicado?

A mí durante aquellas semanas todo me había parecido muy confuso. No entendía las ganas de Oziel por juntarnos para luego demostrar abiertamente que tenía ganas de enseñarme a gemir más alto que Víctor. No había entendido tampoco las ganas que tenía el hermano de Laura por conseguir que yo lo olvidara en brazos del abogado, para luego pensárselo mejor e irritarse cada vez que se imaginaba que Oziel y yo compartíamos mucho más que confidencias y juegos para sacarlo de quicio.

Pero aquella conversación entre ambos me había abierto los ojos.

Los dos eran unos capullos, pero de uno estaba enamorada y al otro le debía sus esfuerzos hasta haber conseguido que me trasladara a vivir a aquella casa. Y, aunque tenía ganas de soltar sendos bofetones por haberme tenido ignorante en el juego y utilizada para sus fines maquiavélicos, tenía que reconocer que no podía enfadarme.

Entendía perfectamente por lo que había pasado Víctor. Sabía que yo le importaba y que al fin estaba poniendo toda la carne en el asador para que aquello funcionara, fuera lo que fuese. Y Oziel podía haberme hecho caer en cualquier momento de aquellas largas semanas pero se había contenido, y aunque hubiera sido sólo por el mero hecho de juntarnos para después separarnos, sabía que le debía ese respeto que me había demostrado hasta el momento.

Y ahora jugaba limpio.

Ahora conocía las reglas, los secretos y entresijos de aquellas palabras que me susurró días antes.

<<¿Confías en mí? Vamos a jugar...>>

Por suerte, después de todo aquello, yo confiaba mucho más en mi capacidad para rechazarlo que en su capacidad para seducirme. Si Víctor llega a seguir siendo esquivo conmigo probablemente habría acabado cayendo exactamente como había vaticinado Oziel, pero el amor era el motor más poderoso para la fuerza de voluntad, y mientras escuchaba al abogado hablar sobre hacerme caer no sentía sino un poco de lástima por el rechazo al que iba a ser sometido cuando llegara ese día.

<<Menos lobos, que tal vez soy menos fuerte de lo que me creo>>

U Oziel más hábil de lo que me parecía...

— No pretendía meterte en este lío, Bea —comentó Víctor, aparcando el coche delante de la facultad, tras contarme la historia completa. O, al menos, la parte de la historia que él conocía, porque estaba claro que no podía tener todos los datos de lo que había pasado entre Oziel y yo sin haberme puesto una cámara en el bolso para seguir todos nuestros movimientos—. La cosa se ha ido complicando por momentos desde que...

— ¿Desde que nos acostamos? —terminé la frase por él, ya que había dejado de hablar y miraba el volante de cuero como si en él fuera a encontrar respuestas, a modo de una lectora de posos de café en una taza.

— Desde antes. Desde que te convertiste en mujer, imagino.

Me resultó grato saber que había notado la diferencia de edad mientras yo iba creciendo, pero que la había obviado al convertirme en mayor de edad. ¿O no era eso lo que había dicho?

— ¿Con dieciocho años?

— No, Bea. Tú siempre has sido muy madura. Lo que eras y sigues siendo es inexperta.

— Pues no parabas de llamarme mocosa... —le recordé, irónica.

— Porque era más fácil tratarte como tal que pensar en que ya te merecías que te considerara una mujer. Todos mis amigos notaron tu cambio. Fue complicado mantenerlos apartados de ti.

— ¿Y para ti?

— Lo más duro que he tenido que hacer en esta vida...

Me sonrojé y le eché las manos al cuello, buscando sus labios para regalarle todos los besos de los que se había privado por tozudo y cabezota. Estaba convencida de que Víctor sentía algo muy intenso por mí y podía ser ese momento el mejor para descubrir qué era exactamente.

Decirle "te quiero"...

Pero también en esa ocasión se me atragantó la declaración y me vi apoderándome de su boca y dejando que fuera luego Víctor el que marcara el ritmo del beso. Estaba tan contenta de lo que acababa de pasar entre nosotros, de su confesión y de sus ganas de apartar al depredador más peligroso que conocía de mí, que no me importaba lo que hubiera tenido que sufrir en las semanas anteriores. El esfuerzo había merecido la pena y me sentía inmensamente feliz ante las ganas que había demostrado Víctor de plantarle cara a mi familia y a la suya para que nos aceptaran como pareja.

Ya habría algún momento para decirle que lo quería.

— Pues debiste dejar de resistirte antes —le dije, contra sus labios, acariciándolos con la lengua.

— Tuve la esperanza de que te olvidaras de mí, pero he de reconocer que me volví loco de celos al imaginarte en brazos de Oziel.

— Si es que te gusta sufrir —le susurré, volviendo a dejarme devorar por su lengua, ávida de mi sabor. Se nos estaba haciendo tarde a ambos para llegar a cumplir con los compromisos de la mañana pero no parecía importarnos demasiado—. Pues debiste llevarte a tus amigos a otra parte los viernes para que no me miraran. También habría sido más fácil.

Víctor gruñó contra la piel de mi mejilla y tiró de mis cabellos para alejar un poco mi cabeza de él. Necesitaba mirarme a los ojos para seguir hablando, pero yo necesitaba de sus labios para poder seguir respirando.

— Se dice muy fácil, mocosa —se burló él, usando nuevamente ese trato infantil conmigo—. Pero cuando me apartaba de ti me ponía de mucho peor humor. No debiste nunca darme aquel primer beso el día de tu cumpleaños. No logré olvidarlo…

Y yo, que lo había intentado cientos de veces pero tampoco lo había conseguido, me dije que había sido muy tonta al dejar pasar tanto tiempo entre el primer intento y el segundo.

— ¿Lo recuerdas así? —le pregunté, asombrada—. Si no logré dártelo…

Era cierto. Víctor me había parado los pies y yo había salido huyendo a mi cuarto. Con el mareo que tenía por culpa del ron y la ansiedad que me había provocado el hecho de que me hubiera reprendido al intentar besarlo me había tumbado en mi cama, boca abajo, a llorar como una magdalena.

— ¿Estás bien, Bea? —me llegó a preguntar Víctor, sentándose al borde de la cama.

— Sí, claro. Estupendamente —le respondí, con la cabeza contra la almohada, evitando mirarlo—. Sólo me estoy comportando como una estúpida el día que se supone que soy mucho más adulta.

— Un día más no hace que seas menos alocada —respondió él, poniéndome la mano en la espalda—. Pero la bebida sí que hace que parezcas más joven.

— Pues no quiero más alcohol en mi vida si va a hacer que vuelva a intentar besarte —grité contra la almohada.

— Hacemos una cosa —me pidió, dándome la vuelta y sujetándome las muñecas para que no me tapara con las manos la cara—. Yo no vuelvo a emborracharte y tú no vuelves a intentar besarme...

Pero a mí no me valía la excusa del alcohol. Yo había querido besarlo antes de probar el maldito ron. Puede que simplemente porque no había besado nunca a ningún chico o porque mis amigas me decían que era el hombre más guapo del mundo y me tenían envidia. Ya apenas si lo recordaba a estas alturas.

— ¿Y si me entra ganas sin alcohol de por medio?

— Pues si llegas a los cuarenta sin besar a nadie te prometo que te robaré ese primer beso —me respondió, guiñándome un ojo y revolviéndome el cabello.

— Muy gracioso.

Pero nada había vuelto a ser lo mismo. Ni su comportamiento hacia a mí ni mi comportamiento hacia él. Ese beso que no existió levantó un muro entre nosotros. A él lo obligó a apartarse y a mí me obligó a verme como lo que era para él, una mocosa que no tenía edad suficiente para alcanzar a despertar el interés de Víctor.

Y ahora resultaba que no había logrado olvidarlo...

¿De verdad lo recordaba de esa forma?

— Pues te costó dar el siguiente paso...
— Si no hubieras sido casi como una hermana te aseguro que de aquella primera copa de ron no te hubieras escapado.

Me estremecí al recordar la tarde de mi cumpleaños, con Víctor invitándome a probar mi primer vaso de alcohol en condiciones, si conseguía obviar que había vomitado el vino en aquella ocasión en el restaurante. Yo por aquel entonces no estaba preparada aún para Víctor, para acosarlo o para el sexo. Simplemente sentía curiosidad por lo que me comentaban mis compañeras de instituto sobre él, y había sido tan infantil como para creer que era una buena idea tratar de comprobarlo de primera mano.

Por suerte —o por desgracia— no había podido ignorar luego a mis compañeras de facultad, y en vez de ver al hermano de mi mejor amiga como a unos labios muy besables había acabado viéndolo como la polla que estaba loca por sacar de la bragueta de sus estrechos pantalones vaqueros.

Y luego había madurado... y descubierto que no era una mera atracción sexual y cosas de chica inexperta.

— ¿Y qué vamos a hacer ahora?
— Pues tengo que hablar cara a cara con tus padres, y también supongo que les debo una explicación de la misma manera a los míos.

Entendí que en breve Víctor buscaría la manera de escaparse a hacerles una visita a sus padres, y que tal vez podría insinuarle que me apetecía acompañarle para ver a Laura. Pero ya lo dejaría caer cuando llegara el momento.

— ¿Y... con Oziel?

Víctor volvió a acariciarme el pómulo y a apartarme un mechón de pelo. Sabía que me ponía nerviosa cuando hablaba de él porque me conocía demasiado. Y Oziel podía poner nerviosa a cualquiera. Y más tras entender de qué iba su juego.

— Si veo a Oziel acercarse mucho a ti tendrá que buscarse otro sitio dónde vivir.

Fue una confesión maravillosa entender que, de momento, no entraba en sus planes hacerme regresar con mis padres.

Vigésima parte.
La polla que estaba dejando de ver como polla

— Quiero tu secreto. ¡Ya!

Mis compañeras de piso estaban asombradas con mi pronto abandono de la habitación que había ocupado junto a ellas. ¡Era imposible conseguir que un hombre como Víctor cediera tan rápidamente!

— Víctor fue acogido por mis padres hace diez años. No se puede decir que haya ningún secreto. Simplemente ha ido surgiendo.
— Pero estaba huyendo de ti, ¿no? —preguntó Pilar, que no se creía que fuera a ser tan sencillo—. Si huyó de tu casa fue porque no quería seguir la relación.
— Se fue de casa porque ya tiene un trabajo y no quería estar inutilizando más nuestro cuarto de la plancha —bromeé yo—. Sabe perfectamente que mi madre adora planchar y que no lo ha hecho durante años para no hacerlo sentir incómodo.

Mis compañeras rieron con gusto, aceptando mi extraño sentido del humor.

Lorena me pasó unos zapatos de tacón que me había dejado olvidados y acto seguido los metí en la maleta. Por suerte, si se me quedaba algo atrás, sólo tenía que tocar a la puerta justo de enfrente para recuperarlo. Y sabía que con ocho chicas viviendo en aquel caótico piso siempre habría alguna que estuviera de guardia, espiando a los vecinos.

<<A Oziel. Que Víctor ahora sí que es mío.>>

Pobre Laura...

— Me alegro mucho por ti y me lamento mucho por nosotras —comentó Naitora, con una sonrisa sincera en la boca—. Ahora somos más a pelearnos por Oziel y eso puede llevarnos a una lucha encarnizada. Espero que nos apoyes desde dentro, ya que te tenemos de infiltrada en ese piso.

— Cuenta con ello —respondí, divertida—. Si he de dejar la puerta abierta por la noche para que lo asaltéis de madrugada mientras duerme estoy dispuesta a sacrificarme por la causa.

Volvieron a reír y me encantó sentirme una más del grupo. Por fin una integrante y no una chica con un montón de rémoras buscando datos sobre Víctor.

<<Puede que hasta me venga bien que lo mantengan ocupado para que no piense en seguir con el juego. Lo siento por Laura>>

Recogí mis cosas, me despedí de cada una con un abrazo y dos besos que me supieron a promesa de reencuentro y abandoné el piso que me había hecho sentir por primera vez parte de un grupo. Víctor me esperaba casi al otro lado de la puerta, presto a tomar mis bolsos y cargarlos hasta nuestro dormitorio.

<<Nuestro. No me lo creo>>

Me había hecho un buen hueco en su armario. Supongo que pensó que Oziel se había dejado el total de un par de sueldos en mi ropa con la cantidad de perchas y cajones libres que me encontré a mi regreso al piso. Lo miré, interrogándolo mientras colgaba un par de blusas.

— Sabes de sobra que no tengo tanta ropa.

— Oziel siempre ha sido un exagerado para todo. No tenía ni idea de cuántas cosas podía haberte comprado. Creo que le debo mucho dinero.

— Se lo debo yo —repliqué, molesta porque de pronto todo el mundo se quisiera hacer cargo de mis facturas. Incluso mis padres—. Todo esto me parece un exceso. No me hacía falta tanta ropa.

Víctor me rodeó por la cintura desde atrás y pegó los labios a mi cabello. Depositó un par de besos cerca de mi oreja y restregó la pelvis contra mis nalgas, demostrándome que empezaba a brotar una erección dispuesta toda para mí.

— No seré yo quien diga que me parece que te prefiero con menos ropa... Aunque he de reconocer que estos pantalones te quedan francamente bien.
— Confiesa. Me quieres sólo por mi vestuario nuevo —bromeé, dándome la vuelta y buscando sus labios. La ropa podría esperar a más tarde. Nunca me había importado ir arrugada a ninguna parte, y no iba a empezar a tener problemas por eso.

Recordé la broma de la plancha a mis ex compañeras de piso. No cambiaría ninguna arruga de mi vestuario por un día menos de Víctor compartiendo casa.

— Confieso. Me gusta más la idea de despojarte de ella.

Y para demostrarme que era verdad comenzó a desabrochar los pequeños botones de la blusa blanca que cubría mi torso.

El teléfono móvil me salvó de una sesión de sexo antes de ponerme a estudiar para los exámenes de las siguientes semanas. No tenía muy claro dónde podría desplegar mis libros sin molestar a nadie —o sin ser molestada— pero la opción que menos le tentaba y la que más fácil me lo ponía era la mesa del comedor. ¿Podría llegar a centrarme sentada a ella, recordando a Víctor fulminando con la mirada a Oziel mientras el abogado recogía los granos de arroz de mi falda y me los llevaba directamente a la boca con los dedos?

Había escenas que no ayudaban a concentrarse...

Comenzó a sonar y a vibrar en el bolsillo trasero de mis pantalones en el momento en el que Víctor empezaba a retirar el encaje del sujetador que escondía mis pechos, con la intención de llevárselos a la boca. Traté de ignorar la llamada pero no había mucha gente que tuviera mi número y podía ser importante. Con dificultad me hice con el móvil, que casi se me cayó de las manos al recibir un mordisco de protesta de Víctor. Resignado cuando le dije que era mi madre, se apartó y me permitió enderezarme antes de contestar a la llamada.

— Gracias —le susurré, mientras descolgaba.

Se recolocó un poco los pantalones, donde el bulto de la erección era más que evidente. Hizo un gesto para hacerme entender que se marchaba y me dejaba un poco de intimidad para atender la llamada. Le lancé un beso mientras lo vi alejarse y cerró la puerta del dormitorio a la vez que volvía a la tediosa tarea de colgar mis blusas sujetando el teléfono entre el hombro y la cabeza.

— ¡Hola, mamá! —contesté, contenta de que llamara aunque no tanto por el momento en el que lo había hecho—. ¿Cómo va todo?
— Eso mismo iba a preguntarte a ti. ¿Qué tal vas? Tu padre está preocupado y quiere saber si te hace falta más dinero.

Escuché a mi padre protestar por detrás de mi madre, diciendo que ya podía haberse ahorrado decirme que estaba preocupado. Me hizo gracia saber que seguía ansioso por algo como el dinero, pero imaginé que la practicidad de mi padre hacía que fuera para él lo más importante del mundo. Y que eso lo ayudaba a distraerse de problemas mayores. Como el hecho de no haber conseguido que regresara a casa.

— Estoy bien, mamá. Muchas gracias. Dile a papá que no hay ningún problema. ¿Cómo está? ¿Más tranquilo?

Mi madre relató con la ambigüedad necesaria que mi padre seguía más o menos igual, que trataba de adaptarse pero que de vez en cuando le daba un brote y se ponía a despotricar en voz alta. Imagino que hablarme de esos temas teniéndolo tan cerca no le resultaba nada fácil, pero logró decir las cosas de tal modo que al menos no volví a escuchar protestar a mi padre.

O tal vez había conseguido la suficiente intimidad como para que mi padre no la escuchara.

> — Hemos decidido contratar a alguien para trabajar por las noches, pequeña —comentó mi madre, con la voz tan risueña que entendí que ese era el motivo último de su llamada—. Tu padre y yo hemos pensado que ya es hora de volver a ser una familia y que la mejor forma de hacerlo es empezar a trabajar menos horas.

Lo que yo entendí con esa frase fue que ellos pensaban que si no hubieran pasado tantas horas fuera de casa mi relación con Víctor nunca habría tenido lugar, por lo que estaban arrepentidos de haberme dejado a su cargo. Tal vez mi madre no se había dado cuenta de que por más que hubiera pasado más tiempo a mi lado Víctor habría seguido siendo Víctor, y mis amigas las mayores pervertidas sobre la faz de la tierra.

<<Y yo que lo digo, que lamí sus sábanas y me masturbé con el mango de un cepillo>>

> — Me alegro mucho, mamá. Seguro que os viene genial descansar en casa por las noches. Os va a costar acostumbraros a tanto tiempo libre, seguro —bromeé, realmente contenta de que fueran a empezar a vivir un poco mejor, fuera por el motivo que fuese. A poder tener un poco de sexo por las noches sin tener que esconderse en la trastienda del Veinticuatro Horas para hacerlo. A aprender a cocinar y a tratar de hacer que yo me comiera cualquiera de sus experimentos.

Si por mi culpa iban a dejar de trabajar de noche bienvenida fuera la culpa. Nadie se merecía el horario que habían tenido que soportar durante años.

— Gracias, Bea. La verdad es que creo que nos hace falta. Por lo menos tu padre está muy convencido, y se ha puesto esta misma mañana a buscar a alguien. Creo que si no localiza a nadie antes de las ocho de la noche pondrá un anuncio en una página de ofertas de empleo.

Las prisas eran un signo inequívoco del estrés de mi padre por el sentimiento de culpa. Me dio mucha pena, pero desde luego era mejor que lo dejaran todo atado antes de que se le pasaran las ganas y decidieran seguir con la misma rutina. Era una gran noticia. Era una de las mejores que podían darme junto con la de que se alegraban de que Víctor y yo estuviéramos juntos.

— Si me entero de alguien que quiera el puesto, aviso. Pero seguro que está buscando a un hombre, ¿cierto?

El turno de noche en una tienda abierta las veinticuatro horas del día no era apropiado para una chica joven, y ellos lo sabían. Mi padre se había negado durante años a dejar sola a mi madre y mi madre había hecho lo mismo con mi padre. Habían escuchado demasiadas historias de asaltos a tiendas a mano armada en la madrugada como para que les resultara agradable la idea de quedarse sin un apoyo para poder llamar a la policía si entraban a robarles.

— Sí, Bea. Un hombre, preferiblemente fuerte y joven.

Pensé que a los dos hombres jóvenes y fuertes que conocía no les iba a interesar demasiado el puesto en la tienda, ya que eran más de invertir las horas de la madrugada en otro tipo de actividades.

Aunque no precisamente en dormir…

También era cierto que los dos habían conseguido trabajo y no iban a complicarse la vida haciendo horas extra, y menos Oziel viniendo de una familia acomodada que podía costearse el regalarle un BMW al terminar la carrera.

Pero si Víctor llegaba a enterarse de que a mis padres les hacía falta ayuda en la tienda tal vez quisiera ofrecerse, y eso me dejaba a mí a solas en su piso, a merced de las intenciones obscenas y vengativas del abogado.

<<Ni de coña me dejaría aquí sola. Antes me hace volver a mi casa con mis padres>>

Así que pensé que no merecía la pena que se lo nombrara a Víctor, por si se le pasaba por la cabeza el mismo razonamiento que a mí y acababa regresando a casa obligada. Eso de cambiar tantas veces mi ropa de ropero me tenía demasiado mareada. Hotel, vecinas, Víctor... Si regresaban las prendas a mi casa preferiría quemarlas.

Sobre todo la lencería. MI madre no podría con ella.

— Pues ya te diré algo si alguno de mis compañeros de facultad quieren sacarse un dinero extra —respondí, pensando en que podía haber unos cuantos candidatos en mi clase.
— Gracias, tesoro. ¿Estás segura de que no te hace falta dinero?
— No te preocupes, mamá. Ya no tengo que vivir con las compañeras de piso ni pagarme mis gastos —le dije, tratando de tranquilizarla en ese sentido. Pensé que sería bueno mantener a mi madre al corriente y que no fuera la última en enterarse de que me había mudado—. Víctor y yo estamos juntos y me ha pedido que viva con ellos. Y Víctor costea de momento mis gastos.

No se me ocurrió pensar que confesarme con mi madre fuera a ser la bomba que terminaría por hacer explotar el ánimo de mis dos progenitores.

— ¿Repite eso?

Vigésimo primera parte.
La polla que estaba a punto de mirarme mal

Estaba claro que había metido la pata hasta el fondo.

Entre los gritos de mi madre y las blasfemias de mi padre dejé de entender nada desde el otro lado del hilo telefónico. Yo sólo pretendía que no se preocuparan por mí y había cometido el mayor de los errores. ¿Cómo no se me había ocurrido pensar antes de decir nada?

— ¿Que está conviviendo con los dos? ¿Esa niña está loca? — gritaba mi padre, mientras que mi madre trataba de hablarme también a gritos, sin mucho éxito.

— Mamá, mejor lo hablamos cara a cara. Luego me paso por ahí...

— ¡Te vas ahora mismo a casa, Bea! ¡Qué van a decir tus profesores! ¡Y los vecinos! ¡Con dos hombres tú sola! ¿Estás mal de la cabeza?

Mi padre le pedía a gritos a mi madre el teléfono para hablar conmigo —o más bien para poder gritarme directamente y no a través de las palabras de mi madre— mientras ella le decía que se valía solita para poner en su sitio a la malcriada y desvergonzada de su hija.

Nunca se me había ocurrido pensar que tendrían tantos problemas a la hora de verme viviendo por mi cuenta, pero al parecer el estrés de mis padres venía ocasionado por el qué dirían de nuestros círculos de conocidos en relación con mis "malas compañías". ¡Cómo si a mí me importara mucho lo que dijeran los vecinos! ¡Si ni siquiera sabía cómo se llamaban!

— Mamá, lo discutimos luego.

— Bea, esto ha ido demasiado lejos ya. ¡Deja de comportarte como una niña malcriada y de crear problemas! ¡A tu padre le va a dar un ataque!

Traté de disculparme y de hacerme entender, pero los gritos fueron cada vez más fuertes y a mí se me fueron quitando las ganas de hablar, siendo mi voz casi inaudible para ella, por lo que acabé colgando y arrojando el teléfono encima de la cama. Lo acompañé instantes después, tratando de amortiguar el ruido de mi llanto contra el colchón, ya que me resultó imposible evitar empezar a llorar como una histérica.

No tardó ni un minuto en aparecer Víctor por la puerta. Imagino que estaba haciendo el suficiente ruido como para alertar incluso a mis antiguas compañeras de piso. Cuando me ponía a llorar era incapaz de ser silenciosa, y al igual que con los orgasmos no era posible que pasara desapercibida.

— ¿Qué ha ocurrido, Bea? —me preguntó, arrodillándose junto a la cama y tratando de apartarme el pelo de delante de la cara.

Sabía que estaba manchando la cama con rímel pero me esforcé por mantener la cara escondida y pegada a la colcha ya que aún no estaba preparada para explicarle a Víctor lo que acababa de ocurrir. Tenía miedo de que fuera a enfadarse nuevamente conmigo por haberme precipitado otra vez. Él me había prometido que hablaría con mis padres y ahora tendría nuevamente que sopesar las cosas, adaptándose a lo que estaba por llegar en vez de dejar que decidiera el mejor momento para hacerlo.

<<Me va a mandar derecha a mi casa. Se va a enfadar conmigo por idiota>>

Y me lo tenía merecido.

Víctor me hizo levantar el torso y me apoyó contra el suyo. Mantuvo silencio mientras yo me calmaba porque había comprendido que en esas circunstancias no era capaz de hablar y valía más la pena esperar hasta que pudiera hacerlo. El calor de su pecho me reconfortó mientras le mojaba la camisa y me aferraba a la tela con los dedos, con miedo de que en unos instantes todo volviera a escapárseme de las manos.

No podía creer que fuera a perderlo otra vez.

— Lo siento —le dije, entre hipidos y estertores, tratando de contener las últimas lágrima.
— ¿Qué sientes? —me preguntó, levantándome la cabeza para observar mi rostro descompuesto y con el maquillaje corrido—. No puedo perdonarte si no sé lo que has hecho —bromeó él, tratando de quitarle importancia a mi angustia.
— Tampoco cuando lo sepas…

Víctor regañó el gesto, escrutando mis ojos a ver si encontraba en ellos alguna pista.

— ¿Has vuelto a discutir con tus padres? —se aventuró, sacando la conjetura más lógica ya que me había dejado hablando con mi madre.

Asentí con la cabeza, mordiéndome el labio inferior por el remordimiento. Estaba convencida de que le iba a cambiar el rostro en cuanto supiera lo que había hecho. No estaba en condiciones de inventarme una excusa ni Víctor se la merecía, por lo que sólo me restaba encontrar valor para contárselo, aunque mi corazón me pedía que esperara. Sólo unos instantes más antes de volver a sentir su rechazo, sólo unos segundos para seguir observando su rostro preocupado y atento.

— ¿Por mí? —continuó preguntando, entendiendo que me costaba llevar la iniciativa a la hora de explicarme.

<<No quiero decírtelo>>

— ¿A que sí?

Volví a asentir y traté de esconder nuevamente la mirada, pero Víctor atrapó mi mentón y me besó suavemente en los labios. Era demasiado maravilloso para que fuera a esfumarse todo en un segundo y me empeñé con todas mis fuerzas en resistir a la necesidad de seguir respondiéndole.

Pero me duraron poco las fuerzas.

— Lo siento —repetí, con voz temblorosa y hasta con algún que otro tartamudeo por culpa de los nervios—. No pensé que fueran a ponerse así. Creí que estarían más tranquilos sabiendo que estaba viviendo contigo en vez de con unas desconocidas pero se han puesto hechos una furia y no me han dejado hablar...

Escupí todas las palabras del tirón, mirándolo a los ojos para buscar ese gesto desaprobatorio que sabía que aparecería tarde o temprano. Seguían brillándome los ojos, con las lágrimas prestas a correr otra vez, pero las mantuve alejadas mientras esperaba.

— Así que ya lo saben —comentó Víctor, sin cambiar el gesto.

Asentí con pesar. Me mareé al hacerlo. Y me entraron otra vez tantas ganas de llorar que no pude contenerlas hasta un largo rato más tarde. Mientras, Víctor seguía abrazándome y su me aferraba a él, tratando de que no me abandonara.

No hasta que al menos se me pasara la llantina y volviera a ser persona.

— De verdad que lo siento mucho. Mi padre lleva una semana preocupado por mis gastos y ha empezado a pasarme dinero para que me mantuviera —le expliqué, para ponerlo al tanto de todo lo que me había ido sucediendo y de lo que él no tenía ni idea—. Le había dicho que no era necesario porque Oziel se estaba encargando de pagar todo pero eso no les hacía ni pizca de gracia. Y ahora, que van a contratar a alguien para el turno de noche, no creo que lo de pasarme dinero para que viva por mi cuenta les venga nada bien. Pensé que si sabían que estaba contigo se quedarían más tranquilos con ese tema pero se han puesto a despotricar sobre el qué dirá la gente y los vecinos y...

Me puso un dedo sobre los labios para que dejara de hablar tan rápido y me tranquilizara un poco. Estaba segura de que mi discurso no estaba sonando demasiado coherente por culpa de mi necesidad de confesarme con rapidez para volver a esconder la cabeza en su brazo hasta que decidiera alejarse.

— ¿Van a contratar más personal en la tienda? —preguntó, interrumpiéndome. Parecía asombrado de que pudiera ocurrir y fue lo único que consiguió que le cambiara un poco el gesto.
— ¿Me estás escuchando? —le pregunté, confundida, entendiendo que al final era verdad que no me estaba haciendo entender de lo deprisa que hablaba y de lo nerviosa que estaba. Tal vez las palabras en mi cabeza sonaban mucho más coherentes que al salir de mi boca.
— Claro que te he escuchado, Bea —respondió, sacando a sus labios una sutil sonrisa.
— ¿Y dónde está tu enfado?

Me tembló el labio al decir la última frase y Víctor lo calmó acariciándolo con la yema de dos dedos. Seguía sonriendo.

— Esta vez no me voy a ninguna parte, Bea. Y tú... tampoco.

Vigésimo segunda parte.
La polla que se quedaba

Según me fue explicando mientras me preparaba una tila en la cocina, Víctor se alegraba de que hubiera sido sincera con mis padres. No se merecían que los siguiéramos engañando y aquel era tan buen momento como cualquier otro para enfrentarse a ellos y dejarles las cosas claras.

— Entiendo perfectamente que lo hicieras así. Yo habría hecho lo mismo.

Me pasó la tila y se sentó en la mesa con una taza de café para él. Miró el reloj y comentó que aún era un poco temprano para que mis padres decidieran cerrar la tienda y venir a buscarme pero que estuviera preparada por si el instinto paternal los obligaba a comportarse de forma inesperada.

Aquello me sonaba demasiado a lo que me había dicho Oziel la primera vez que mis padres supieron que me interesaban los hombres algo mayores.

<<Algo, por decirlo de forma suave.>>

— Estaban muy enfadados los dos... —dije, suspirando—. No van a venir de forma amigable.
— No los esperaba con buena cara.

Puso una mano sobre la mía y la aferró para infundirme ánimo. Verlo tan tranquilo me tranquilizó lo suficiente como para poder tragar la tila de un par de sorbos y dejar que fuera haciendo su efecto. Tenía ganas de creerme que todo podía salir bien.

Aunque no podía engañarme. Nada iba a salir bien.

La puerta del piso se abrió y apareció Oziel con el maletín debajo del brazo. Nos miró a ambos con una perversa sonrisa, pensando en las palabras exactas que podía pronunciar para irritar más a su amigo y ruborizarme a mí.

— ¿Me hacéis un hueco o tengo que sentarme alejado de la mesa?
— Yo te recomendaría que te sentaras en otra casa hoy. Los padres de Bea llegarán de un momento a otro.

Aquello era demasiado suponer pero era una buena estrategia para tratar de quitarse de en medio al irritante abogado. Con lo que no contaba Víctor era con la cara de ilusión que puso su amigo al comprender las implicaciones de que mis padres fueran a meter follón aquella tarde. Quería ser espectador de primera fila. Le encantaba el morbo de verlos discutir y no había ningún otro plan que le apeteciera más que quedarse y disfrutar del espectáculo.

<<*También debe estar interesado en saber cuándo finaliza la tregua que le ha dado a Víctor*>>

Y que Víctor no había aceptado.

Lo imaginé relamiéndose los labios pensando que de pronto tenía vía libre para volver a saltarme a la yugular. Oziel podía ser un grano en el culo para su amigo si no cejaba en el empeño de seguir con su plan de venganza. No me apetecía lo más mínimos que se me llevara por delante en su juego entre los dos.

— ¿Hay palomitas? Esto puede ser todo un espectáculo — comentó, soltando el maletín en el sofá y acercándose para darme dos besos muy húmedos en las mejillas bajo la atenta mirada de Víctor.

Me temblaron las manos mientras lo hacía. Creo que Víctor se dio cuneta.

— No, no tenemos palomitas —replicó el otro, apartándolo de mí cuando el roce de los labios de Oziel se prolongó más de lo necesario—. Me harías un gran favor si nos dejaras algo de intimidad.

El abogado se deshizo el nudo de la corbata, y la chaqueta y esa prenda fueron a parar junto al maletín. Empezó a desabrocharse la camisa y se arrojó en el sofá, cruzando las piernas cuan largo era y dejando los brazos extendidos sobre el respaldo, ocupando todo el espacio disponible.

— No me dejas ligarme a tu chica, no me dejas ver cómo el padre de tu chica te pega una paliza... ¡Me estás privando de las cosas divertidas de la vida! —La broma me arrancó una sonrisa pero a Víctor no le hizo ni pizca de gracia—. A mí me tiró al suelo de un sólo golpe. Tengo curiosidad por ver cuántos le aguantas...

— Te dejaste caer, mentiroso —respondí, mirándolos alternativamente. Por la cara que puso el hermano de Laura no estaba del todo al tanto de lo que había ocurrido entre mi padre y el abogado. Había llegado cuando ya Oziel estaba en el suelo y no le había preguntado a nadie por lo sucedido—. Seguro que has recibido golpes más fuertes...

— O estás a punto de recibir uno —me interrumpió Víctor, cuando me disponía a recordarle que la otra vez había tenido que sacar guisantes congelados en casa para ponerle sobre la nariz y no sabía si en el congelador de este piso guardaban algo que nos hiciera el apaño—. Vete al piso de las vecinas y espía desde la puerta, si quieres. Seguro que a ellas les va a encantar tenerte de invitado mirando por la mirilla mientras ellas te miran el culo.

Oziel torció la sonrisa y enseñó una perfecta hilera de dientes. Ortodoncia en la infancia. Blanqueamientos dentales. Un dineral para que fueran tan perfectos.

— Tampoco es mal plan...

Pensé que les debía a las chicas el mandarles a Oziel durante unas horas pero sabía que cómo se emparejara con alguna por mi culpa Laura no me lo perdonaría, y no me podía permitir que me guardara rencor por otro motivo más. Así que no hice ningún comentario.

— Y preferiría que no te encontraran aquí tampoco, Bea —me dijo Víctor, dando dos palmaditas sobre el dorso de la mano que hasta hacía poco acariciaba—. Es mejor que si tu padre viene muy enfadado se desahogue sólo conmigo.

Abrí los ojos todo lo que cedieron mis párpados y negué con brusquedad con la cabeza.

— No me voy. De veras que no me voy.
— No quisiera que tuvieras que ponerte de parte de uno u otro si nos enzarzamos en una fuerte discusión. Es tu padre y no te va a sentar nada bien.
— No me voy a poner de parte de mi padre, Víctor.
— No debieras ponerte de parte de ninguno en esto. Es un problema que tiene él conmigo y tenemos que resolverlo entre los dos. Tenerte a ti asustada y dando gritos no va a ayudarnos a ninguno en este asunto.

No podía creer que fuera a intentar dejarme fuera cuando estaba claro que era la más interesada.

— ¿Un problema entre tú y él? ¿Y mío no? Te recuerdo que mis padres están enfadados conmigo...
— Por mi culpa, no por otra cosa. Si no fuera por mí no tendrías este dilema.

Era tan simple que quisiera resumirlo de esa forma que me dieron ganas de abofetearlo. Irritada, busqué en Oziel el apoyo que siempre me había ofrecido —no desinteresadamente, pero apoyo al fin y al cabo— y se encogió de hombros con una sonrisa burlona.

— ¡A mí no me mires! Me ha echado antes que a ti. ¿Pretendes hacer un frente común?

— Oziel, por favor, lleva a Bea contigo —le pidió, levantándose y tirando de mí para que me pusiera en pie.

Oziel se acercó a nosotros con paso recto y sensual, como quien desfila por una pasarela de moda y sabe que todo el mundo lo está mirando. Y deseando. Me impresionó verlo mantenerle la mirada a Víctor con tanta resolución. Cuando estuvo a mi lado me guiñó un ojo y me puso una mano en el hombro.

<<Podía haber sido peor. Habría perdido la mano si la hubiese puesto en la cintura en vez de en ese sitio>>

— Por una vez, y sin que sirva de precedente, te voy a decir que no me llevo a Bea conmigo —respondió, con tono muy serio. Me miró tras mirarlo a él, alternando los de captar nuestros gestos un par de veces—. Creo que es importante que se quede a tu lado. Estoy seguro de que el padre de Bea fue mucho más comedido conmigo por tenerla a ella delante.

Víctor negó con la cabeza. Parecía muy contrariado por no conseguir aliados en aquella petición. Para él era demasiado simple. No quería que nadie interfiriera. Y para nosotros también lo era. No lo íbamos a dejar solo.

— Conmigo no se va a cortar ni un pelo —comentó, revolviéndose el cabello, pensando en lo que se le venía encima—. Está deseando ponerme las manos encima. La otra vez no lo hizo por alguno de los dos motivos que ya te comenté. O no quería que Bea lo viera pegarme o no estaba convencido de que con eso fuera arreglar algo, cuando al pegarte a ti ella se marchó contigo. No quería el mismo resultado. Pero ahora viene ya con todo perdido. No quiero que Bea sufra más de lo necesario

Lo dijo como si yo no estuviera delante y eso volvió a irritarme. Era asombroso cómo se olvidaban de m presencia cuando se ponían a hablar los dos sobre temas que me concernían.

— Al menos a ti te quiere como a un hijo —comentó Oziel, tocándose la barbilla, recordando el golpe que le había propinado mi padre—. A mí me golpeó con la rabia de saber que era el tío que se beneficiaba a su pequeña.

Víctor alzó un puño, con muy mala cara.

Yo le puse una mano encima de él, para bajársela.

— Si no quieres que sea yo el que te deje sin conocimiento de un golpe no vuelvas siquiera a sugerir que lo has hecho.

Oziel se jugó el pellejo y me acarició la piel del rostro con el dorso de la mano. También me estremecí con ese contacto. Y también Víctor volvió a notarlo.

— Lo tengo en "tareas pendientes".

Vigésimo tercera parte.
La polla que miró a los ojos a mi padre

Sí, Oziel salió sangrando del piso. Sí, Víctor le pegó un puñetazo en la nariz. Sí, acabé buscando guisantes en el congelador, aunque no los encontré.

Pero hizo la misma función el hielo que conservaban para los Gin Tonics.

> — No aguantas una broma —se quejó el abogado, con media sonrisa, tocándose la nariz para asegurarse de que el hueso seguía en su sitio. Por suerte parecía que no iba a tener que ir al hospital como la primera vez, en busca de su traumatólogo preferido—. ¿Al menos te has desahogado un poco? ¿Menos tenso?

Víctor asintió, extendiéndole la mano para recogerlo del suelo.

> — Sí, lo necesitaba. Gracias por provocarme.
> — Para eso estamos.

Y a eso se resumía todo. Oziel había entendido que su amigo estaba de los nervios aunque no lo aparentara y entre ellos funcionaba muy bien lo de liarse a porrazos para descargar adrenalina. O al menos había empezado a funcionar después de que el arquitecto se había fijado en que yo lamía sus sábanas. No lo había entendido la primera vez que se pelearon por mí en casa, y casi que tampoco en la segunda. Pero me quedó claro tras verlos reírse después de que Víctor dejara a su amigo sangrando. Se dieron un par de palmaditas en la espalda y le restaron importancia a que yo hubiera salido corriendo en busca de algo frío con lo que calmar el dolor.

Se querían de una forma mucho más profunda de la que yo podía comprender, aunque estuvieran todo el tiempo picándose el uno al otro.

— Bea se queda contigo, hazme caso. La cosa se puede poner muy violenta si no hay al menos alguien aquí para poner algo de cordura entre vosotros dos. Yo estaré ahí, detrás de la puerta, por si me necesitas para algo.

Cogió su chaqueta del sofá cuando consiguió que se parará la pequeña hemorragia, y haciéndose cargo del hielo abrió la puerta y avanzó un par de pasos en el rellano. Se quedó paralizado entre la puerta de las vecinas y la nuestra cuando se abrió la del ascensor y por ella salió mi padre echando chispas.

¿Cómo había entrado en el portal sin llamar al telefonillo?

— Parece que no me equivocaba con respecto a sus ganas de salir corriendo de la tienda para partirme la cara —me comentó por lo bajo, cuadrándose de forma seria debajo del marco de la puerta.

Oziel se apartó un poco para esperar instrucciones de Víctor, que con una señal de la mano le indicó que siguiera su camino. Al mismo tiempo me tomó de la mano y me puso detrás de él, interponiéndose entre mi padre y yo. Como había hecho la primera vez, cuando creímos que nos había pillado desnudos en nuestra casa. Y resultó que tuvimos que enfrentarnos a las burlas de Oziel en vez de a la furia de mi padre.

Me la apretó varias veces con fuerza para hacerme sentir allí aunque fuera a desaparecer de su mente en unos instantes.

— No apartes a mi hija de mi vista, malnacido —le rugió mi padre—. Ni se te ocurra. Me llevo a Bea ahora mismo a casa.

Oziel consiguió que le abrieran la puerta y le dejaran pasar justo cuando se encaraban los dos en la entrada del piso. Mi padre ni siquiera lo miró. No tenía ojos sino para el hombre al que había llamado hijo durante casi toda su vida. Víctor me soltó la mano para tenerlas disponibles y las avanzó de forma pacificadora para frenar el avance de mi padre, que se había parado a escasos centímetros de su rostro. Con las palmas al frente.

— Comprendo que estés disgustado, Eduardo. Puedes enfadarte todo lo que quieras pero eso no va a cambiar las cosas. Sería más productivo que me dejaras hablar en vez de…

Víctor esquivó el primer golpe con bastante facilidad, más que nada porque se lo veía venir y no había perdido de vista los puños cerrados de mi padre. Me aparté para dejarles espacio y que no llegarán a tropezar conmigo. Mi padre se olvidó de mí por un instante y lo persiguió entrando en casa, mientras trataba de recuperar el equilibrio.

— ¿Cómo se te ocurre hacerle una cosa así a Bea? —le preguntó, con tanta rabia que pensé que en nada se pondría a echar espuma por la boca.

Entendí en ese momento a qué se refería Víctor cuando dijo que era mejor que no estuviera presente. Fue tremendamente duro verlo así, sufriendo como sufría, enfadado por la pérdida de confianza en el hombre al que había criado como a un hijo...

… Y por la pérdida de mi virtud.

Lo sentí mucho por mi padre pero no podía dejar que le echara la culpa a Víctor, precisamente porque no la tenía. Había sido yo la que lo había acosado hasta conseguir que cayera en mis redes —si es que tenía alguna con la poca experiencia de la que disponía— y no al revés. No me gustaba que ninguno de los dos dejara ese punto claro. Mi padre nunca iba a reconocer que su pequeña podía haber sido la causante de todo aquel embrollo, y Víctor era demasiado correcto como para sacar al otro del engaño.

Así que la única que podía hacer algo al respecto era yo.

Miré hacia la puerta abierta y vi a Oziel al otro lado del rellano, tratando de no llamar la atención en exceso mientras desobedecía las órdenes directas de Víctor. Detrás de él se arremolinaban unas cuantas chicas, que curiosas trataban de mirar por encima de sus hombros o por cualquier hueco disponible. Oziel se había arremangado los puños de la camisa hasta los codos, como si tuviera claro que tendría que intervenir en la disputa y separar a los dos hombres que se perseguían ahora por el salón de casa.

Más bien, el único hombre que perseguía era mi padre, y el que esquivaba los golpes era mi chico.

Mi chico...

Ojalá hubiera tenido tiempo para regocijarme en ese pensamiento pero los nervios por verlos a los dos danzando en el salón no me lo permitieron. Mi padre lanzó otro golpe que Víctor paró con la palma de la mano, e intentó aferrarle el puño para que le permitiera algo de tregua.

— Lo siento, Eduardo. No puedo decirte otra cosa. Siento muchísimo haberos hecho eso a los dos, pero no puedo evitar sentir lo que siento por Bea.

<<Lo que siente por mí...>>

— ¡Cabrón! ¡Casi le doblas la edad! ¿No te da vergüenza? Se ha criado contigo en la misma casa. ¡Es una niña!

Mi padre volvió a lanzar otro golpe que volvió a perderse en el vacío. Esta vez Víctor no trató de detenerlo, ya que tenía todavía el puño aferrando el otro y con la mano libre se apoyaba en la pared para no perder el equilibrio.

— No, Eduardo. Ya no es una niña —trató de explicarse Víctor, soltando a mi padre, que seguía forcejeando con la mesa del salón entre ambos, con el riesgo de que tropezaran y fueran directos al suelo. O rebotaran sobre el sofá, cada uno en uno distinto—. Y tampoco lo era cuando me fijé en ella. Si lo que te preocupa es lo que pudiera haber pasado antes de que cumpliera los dieciocho puedes estar tranquilo...

Víctor perdió pie con el último giro de muñeca de mi padre pero al final no fue al suelo. Noté a Oziel removerse, inquieto, sin saber si era el momento en el que se encendía la luz verde de su semáforo para permitirle entrar y apaciguar las cosas.

O tratar de evitar que mi padre matara a Víctor a golpes.

— ¿Tranquilo? — lo interrumpió él—. ¿Te crees que el hecho de que te la beneficiaras meses antes o meses después de que el Estado la considerara mayor de edad es un problema? Que tenga edad para votar no la convierte en adulta, ¡maldita sea! Y tú lo sabías...

Víctor rodeó la mesa en dirección contraria, volviendo a interponer el mueble entre ellos. No perdía de vista los puños cerrados de mi padre, tratando de salvarse de su ira sin tener que ser él quien diera algún golpe. Por muy enfurecido que estuviera mi progenitor no era ningún crío, y recibir un puñetazo de un hombre mucho más joven podía dejarlo en un momento fuera de combate. Me giré un instante para asegurarme de que Oziel seguía la pelea en la distancia y pude comprobar que se había acercado un par de pasos para tener mejor vista del salón, aunque mantenía unos cuantos metros.

Me hizo un gesto con el dedo en los labios para que guardara silencio.

Y yo, que tenía que haber dicho algo desde hacía bastante tiempo pero que no había logrado desobedecer a Víctor tomando partido, supe que tampoco sería capaz de delatar a Oziel porque se me habían escapado todas las palabras de la boca.

— Eres un hijo de puta, Víctor. Y encima vas y te la traes aquí, para que todo el mundo se entere y para que ese amigo tuyo pueda seguir fardando de que se folla a mi hija...

Tragué saliva. La tortura mental de mi padre era mucho peor de lo que imaginaba. Y de la mayoría de las cosas tenía la culpa directamente.

No había sido nunca una niña que diera problemas pero con aquellas últimas semanas había colmado la paciencia de mis padres y dado los disgustos necesarios que podían soportar durante toda una vida.

— Oziel no le ha puesto un solo dedo encima a Bea. Aquello que te dijeron…

— ¡Me da igual lo que digas! —gritó él—. Sois dos bastardos que presumen de meterse debajo de las faldas de mi hija delante de todo el mundo. ¡Y ahora encima la metes en tu casa para seguir marcándola con la palabra "puta"!.

— ¡Papá! —lo llamé, ofendida por lo que sugería. Fue lo único que me salió, enfurecida tras escucharlo despotricar con las ideas que le habían ido llenando la cabeza a lo largo de esos días.

— Lo siento, Eduardo, pero no te consiento que trates así a Bea. Tu hija no es ninguna puta ni va por ahí tonteando con nadie. Sale conmigo, llevamos meses tratando de no llamar la atención pero no había más remedio que sacarlo a la luz —se explicó, sabiendo que no iban a servir de nada sus palabras. Estaba claro que mi padre no iba a entrar a razones—. Ojalá hubiera tenido el valor de decíroslo antes pero no puedo cambiar las cosas. Y si se ha venido a casa es para que pueda cuidar mejor de ella. Lo hice desde que fui a vivir a vuestro hogar y no he dejado de hacerlo ni un solo momento.

El siguiente golpe sí acertó a Víctor en la barbilla, aunque no fue lo suficientemente fuerte como para derribarlo. Se llevó la mano al mentón, como sorprendido de haberse dejado pillar mientras hablaba, y comprobó que no había sangre a la vista.

Había bajado la guardia al dar demasiadas explicaciones que no iban a conducir a nada.

— ¿Cuidar? ¿A eso lo llamas cuidar? ¿A follártela siendo como tu hermana?

Por la cara que puso Víctor me di cuenta de que pensaba que mi padre tenía razón, que era un desgraciado que no había tenido la entereza de resistirse y que merecía todas y cada una de las palabras que le estaba echando en cara mi padre. Pero por suerte también había más cosas en su mirada, y una de ellas era la determinación de defenderme. Mi padre no estaba siendo justo con él, pero tampoco lo estaba siendo conmigo, y eso lo irritaba por encima de todo.

— No es mi hermana… Ella no se ha enamorado de un hermano. No comete ningún delito. Y no pienso hablarle de las intimidades de su hija —respondió, dejando de tutearle y adoptando un tono mucho más distante con él—. Bea tiene todo el derecho del mundo a que se la respete, incluso por su padre, y no le pienso permitir que pierda las formas cuando hable de ella.

— ¡Serás cabrón! Encima voy a ser yo el problema —gritó él, levantando por un lateral la mesa y haciéndola volar sobre el sofá.— ¡Tú eres el culpable! Ella jamás se habría fijado en ti de no haber utilizado tus mañas. Mi pequeña estaba a tu merced y te aprovechaste…

Cuando comencé a llorar mi padre detuvo su perorata. Me estaba doliendo tanto verlos pelearse de esa forma que había tenido ganas en varias ocasiones de salir corriendo e ir a refugiarme en los brazos de Oziel, que desde que había visto que Víctor aguantaba el tipo tras el puñetazo que había recibido estaba mucho más relajado. No había dado ni un solo paso más en dirección al piso y eso, imaginaba, era buena señal.

Por suerte no había huido para caer en las redes del otro libertino y que mi padre pudiera tener una argumentación más sólida para sus palabras.

<<Puta. Me ha llamado puta.>>

Tampoco habría sido bueno que Víctor me viera hacerlo, con los celos que estaba demostrando. Eso no lo habría ayudado para nada a mantener la concentración y conseguir tener a mi padre a raya sin utilizar sus puños para noquearlo ni hacía falta.

— Nunca me he aprovechado de su hija…

— Vete a mentirle a tu puta madre.

— Papá, se acabó. Ya basta. Quiero que te vayas de aquí ahora mismo y que pienses mucho la próxima frase que vayas a decir, porque con estas que has soltado aquí te has lucido — sentencié yo, cansada de permanecer al margen y dejar que hiciera y dijera lo que le viniera en gana.

Se volvió hacia mí como si no recordara que tuviera una hija.

— Tú te vienes conmigo, jovencita.

— Yo me quedo —respondí, elevando el mentón y dejando de sollozar—. Hasta que no entiendas que el hecho de que Víctor y yo estemos juntos no es nada malo ni pecaminoso no pienso regresar a casa.

— ¡Te he dicho…!

— ¿No la ha escuchado? —lo interrumpió Víctor, cuadrándose nuevamente delante de mi padre. La mesa había caído nuevamente al suelo y la apartó para que pudiera tener mejor acceso si necesitaba seguir golpeándolo—. Bea es una mujer adulta y responsable y usted lo sabe. Está saliendo conmigo y que viva aquí no es ningún delito ni moralmente reprochable. Si ella dice que se queda… se queda.

Mi padre nos miró alternativamente a uno y al otro, e incluso creo que también lanzó alguna mirada furtiva a Oziel, localizándolo de pronto al lado de la puerta. Supe que tenía ganas de golpearme exactamente de la misma manera en la que lo había hecho con Víctor pero de esa forma no conseguiría que yo me moviera antes de aquella casa.

— Bea, tu madre está tan alterada que no ha sido capaz de subir en el ascensor conmigo —comentó, apelando al amor que sabía que sentía por ella—. Se ha quedado abajo en el coche. No le des otro disgusto y vuelve a casa con nosotros.

Negué con la cabeza de forma rotunda.

— Hasta que no aprendáis a vernos de la forma en la que tenéis que hacerlo no voy a regresar a casa. Y si va a ser así toda la vida… tendremos un problema.

Mi padre esbozó una sonrisa sarcástica.

— ¿De verdad te piensas que esto va a durar para siempre? ¡Eres su último juguete! En cuanto se aburra de ti te dejará tirada como ha hecho con tantas otras mientras vivía en casa.

Recordé al par de chicas que habían cenado con nosotros. O mal cenado.

— Estoy dispuesta a correr el riesgo —terminé yo, cuadrándome igual que Víctor delante de él.

— Lamento que tenga ese concepto de mí —soltó, con los puños cerrados, sin bajar la guardia—. No creí que pensara eso mientras estaba en vuestra casa y cuidaba de ella.

Mi padre volvió a alzar el puño y Víctor ni se inmutó. Si no se movía el golpe le daría de lleno y le veía lo suficientemente enojado como para hacerle bastante daño. Tal vez a Víctor le doliera mucho menos lo físico que las palabras que le estaba dedicando mi padre, y probablemente se había convencido de que necesitaba zanjar aquella escalada de violencia de alguna forma. Como lo había creído Oziel, dejando que lo golpeara.

Y ya que el hermano de Laura no parecía querer dar su brazo a torcer en relación al discurso que defendía podía ser que llegar a las manos fuera una solución.

<<No, pegarle a mi padre no puede ser una solución>>

¿En qué estaba pensando? ¿Víctor y mi padre llegando de verdad a las manos? ¿A revolcarse por el suelo, enzarzados? ¿Rompiéndose la ropa y desgarrándose la piel por mi culpa? ¿Sangrando? No podía ser que esa fuera a ser la única opción que les quedaba.

— ¿Cuidar de ella? ¡No me hagas reír! ¿Así cuidas de una niña?

Pues sí, al parecer fue la forma que veían de terminar con aquel bucle en el que se había convertido la discusión. Mi padre asestó el golpe a Víctor en pleno rostro, y éste, con bastante esfuerzo, logró mantenerse de pie. Se tambaleó pero apenas si apartó la mirada de sus ojos durante un breve instante, mientras se le recomponía el rostro.

— Así cuidé de ella mientras usted no lo hacía...

Vale. Esa sí que fue la peor forma de terminarla, peor que cualquier golpe o que cualquier herida abierta a base de nudillos contra la carne. Mi padre se sentía tan culpable por haberme dejado sola en casa con él que no pudo replicar nada más. Y ambos, dolidos por las palabras que se habían dedicado, respiraron agitadamente. Oziel aprovechó para comprobar que los dos estaban bien para retroceder hacia la otra puerta, y yo me apoyé en la pared que tenía a mi espalda, con unas inmensas ganas de llorar.

Había ido terriblemente mal...

— Bea, vamos a casa —me dijo mi padre, moviéndose en mi dirección y señalándome con rudeza la puerta para que saliera por ella.
— No, yo me quedo.
— No voy a repetirlo dos veces, Bea.

Busqué la mirada de Víctor y no me indicó nada con ella. Ni un "obedece y ve" o un "quédate a mi lado". Me estaba dando libre albedrío para que fuera yo la que tomara la decisión. Ciertamente las cosas habían cambiado mucho desde que Víctor se encarara por vez primera a mis padres en mi casa y me dejara allí con ellos.

Me estaba dando la opción de elegir porque sí me consideraba una mujer adulta que era capaz de hacerlo.

— No hace falta que lo repitas más veces, papá. Mientras no vayas a hacerte cargo de que no soy una niña y de que quiero estar con Víctor de la forma en la que lo estoy no tenemos nada más que decirnos.

Ofendido por mi rechazo y sabiendo que no podía cogerme de los pelos, arrastrarme hasta el ascensor y llevarme a casa en contra de mi voluntad —básicamente porque estaba allí Víctor para impedirlo y Oziel para apoyarlo si hacía falta— se tragó su orgullo y salió de casa precipitadamente, cerrando de un portazo la puerta.

Dejándonos a ambos heridos por las palabras tan duras que habían intercambiado, a modo de puñales envenenados. Él también tenía que marcharse con el alma bastante destartalada.

Miré a Víctor y me la devolvió con intensidad.

Y acto seguido se abalanzó sobre mí, apresando mi cuerpo entre el suyo y la pared con tanta agilidad que apenas si lo vi venir. Sus manos apresaron mis mejillas justo antes de que sus labios se estamparan contra los míos. Fue un beso apremiante, devorador y necesitado. Sentí el labio hinchado y el sabor de la sangre allí donde mi padre le había golpeado. Imaginé que le tenía que estar doliendo cada movimiento que hacía contra mis labios pero era mayor el deseo de agradecerme que me hubiera quedado a su lado.

Era mayor el dolor de las palabras que a ambos nos retumbaban en la cabeza.

Pero estábamos juntos. No me había marchado.

Alegría de haberme conservado y que no estuviera en el suelo, llorando de angustia...

Me alzó contra sus caderas y me sujetó de las nalgas, sin soltar mis labios. Noté su erección apremiante tras la descarga de adrenalina, pugnando por abrirse paso a través de la bragueta del pantalón, queriendo incrustarme y deshacerse de la rabia que no podía hacer explotar de otra forma sin golpearse los nudillos contra la pared del piso. Vibré con su necesidad y él con mi entrega.

— No eres ninguna niña, ¡joder! —gimió, contra mis labios—. No eres ninguna niña.

Vigésimo cuarta parte.
La polla que me hizo mujer

No crecí porque cumpliera años. No crecí porque me encontrara más madura. No crecí porque me mirara en el espejo y viera a una nueva Bea que deseaba pasar página y disfrutar de la vida tal y como me apetecía disfrutarla.

Crecí porque me miró y me vio mujer, y era todo lo que me hacía falta.

Tonterías de necesitar su aprobación, ya lo sé, pero así me sentí.

Me desnudó allí mismo, al lado de la puerta de entrada, apoyada contra la pared donde mis labios habían recogido sus besos y donde mi entrepierna se había encendido en el acto sin pedirme permiso. Era impensable que después de una situación tan violenta se pudieran calentar los cuerpo de esa forma, pero Víctor me había buscado y yo sólo quería que me encontrara. Era impensable pero lo necesitábamos ambos.

De verdad que lo sentía mucho por mi padre pero no podía olvidarme de cómo me había tratado ni de las faltas de respeto que había tenido hacia Víctor. Esperaba que recapacitara, que se diera cuenta de su error y que pasara página lo antes posible. Con suerte se calmaría tras romperle el labio a Víctor, tras insultarlo y tras escucharme a mí decirle que tendría que aceptarnos a los dos si quería mantener las relaciones. No me imaginaba toda la vida disgustada con mi padre y no me gustaría que aquello se prolongara demasiado. Ni ellos ni nosotros nos merecíamos ese enfrentamiento tan ridículo.

Pero iba a costar que olvidara sus palabras.

<<*Puta. Me ha llamado puta.*>>

Por suerte no tenía ganas de llorar.

Por suerte entendía la rabia de mi padre, la impotencia de mi madre y la imperiosidad de la búsqueda de consuelo de Víctor.

La necesidad de considerarme adulta y afirmarse en que aquello no estaba tan mal como nos lo querían vender. Como lo habíamos visto nosotros también... hasta que dejamos atrás los prejuicios y nos dimos la oportunidad de simplemente sentirnos. Y allí estaba yo, sintiendo a Víctor en su rabia y en su deseo, en sus ganas y en las mías y en la pasión que nos consumía.

Por suerte, aunque tenía destrozado el cuerpo por las palabras de mi padre, no había desaparecido la humedad de la entrepierna encendida y provocada con el beso y la afirmación de Víctor.

<<*No eres ninguna niña*>>

Y no lo era, ni iba a empezar a comportarme como tal.

Antes de despegarme de la pared pude recordar que era buena idea pasar el fechillo por la puerta para que no nos interrumpiera Oziel. Víctor gruñó cuando separé las manos de su espalda para hacerlo, pero amortigüe su queja con otro beso, y acto seguido me estaba desplazando en esa misma postura hasta el sofá, con mis piernas rodeando su cintura y mis manos a su cuello, mientras que las suyas aferraban mis nalgas sobre el pantalón vaquero y me cargaba sobre sus caderas. Se dejó caer de espaldas contra el respaldo y se encajonó entre mis piernas, sin soltarme el culo con sus dedos en garra ni los labios con sus dientes.

Ojalá no dolieran tanto las palabras de mi padre, pero Víctor iba a hacer que las olvidara todas.

> — No, no soy ninguna niña... En todo caso soy tu niña — murmuré contra su boca, jugando con el botón de su bragueta. Me había encantado que lo reconociera y estaba tan feliz con ello que podían hacer explotar algo fuera del edificio que no me enteraría. Tenía todos mis sentidos

puestos en una cosa, y era el hombre que tenía justo debajo—. Tu mocosa.

Al poco los dos habíamos conseguido quitarnos los pantalones y compartíamos el calor de nuestras pieles entregados al frenético ritmo de los movimientos de nuestras caderas. Y el placer de restregarme sobre él era delicioso.

— Mi niña no… —susurró, sacando su polla de los calzoncillos y dejándola bien expuesta entre los pliegues húmedos que la aguardaban, cubiertos por el encaje blanco de las bragas—. Mi chica…

Mi beso le contestó, pletórico y radiante, mientras me deshacía de la tela de la ropa interior que se interponía entre ambos sexos. Fui ansiosa a la hora de aferrar con ambas manos su miembro lleno y duro para recorrerlo como había hecho en otras ocasiones con la boca, y le arranqué a Víctor un par de gemidos que lanzó al techo echando la cabeza hacia atrás. Sonreí, complacida del resultado de mi experimento y decidida a seguir investigando cómo podía hacer que me regalara más jadeos como aquellos.

— Ahora no puedo permitirte que juegues conmigo. Te necesito…
— Nunca me dejas jugar contigo —respondí, protestando, recordando cada vez que me había interrumpido alegando que no aguantaría demasiado tiempo sin correrse si seguía haciendo lo que quiera que estuviera haciendo en esas ocasiones. Y yo necesitaba sentir que también podía dominar y ser grande en el sexo, al igual que lo era él cada vez que me quitaba las bragas y su polla lucía espléndida y brillante—. Tienes la fea costumbre de pararme en el momento más divertido.

Sabía que no era divertido necesitarnos tanto, y menos por el motivo por el que lo hacíamos. Pero si no lograba reírme tenía miedo de ir a echarme a llorar. Y no quería que acabara así.

— Te prometo que esta noche me tumbaré en la cama boca arriba y dejaré que hagas lo que quieras conmigo —juró él, mirándome a los ojos mientras me apartaba las manos de su polla—. Pero ahora necesito hacerte mía ya.

No pude decir que la idea de tenerlo de esa manera me disgustara en absoluto, y cedí a las pretensiones de Víctor en pos de una promesa que no quedaba lejos en el tiempo. Aquella noche lo obligaría a extenderse cuan largo era, desnudo y empalmado, en el colchón de su cama, y recorrería su polla de todas las formas que se me ocurrieran hasta hacerlo correrse.

— Trato hecho —respondí, sellándolo con un beso húmedo y travieso sobre sus labios.
— ¿Por qué me da en la nariz que voy a arrepentirme de ello? — bromeó, respondiendo con el mismo baile de lenguas ensalivando los míos.

Cogió mis manos y las pasó por encima de mi cabeza, sujetándolas con una de las suyas. Con la otra direccionó la punta de la verga entre mis labios menores y cuando cedieron para dejarle paso me sujetó de ambas axilas para mantenerme en alto, evitando que me dejara caer sobre sus muslos. Empujó con su pelvis hasta que la introdujo por completo, muy despacio, sin dejar que yo me moviera de la postura en la que me había colocado.

— Así...

Yo me permití el lujo de gemir mientras continuaba suspendida entre sus brazos, con la polla bien dentro y sus caderas presionando contra mi entrepierna. No me quitaba los ojos de encima, con la mirada más ardiente que podía asomar a esos profundos ojos. Con la mirada que siempre me regalaba cuando me deseaba de aquella forma tan básica y primitiva.

A su chica...

Fue bajando poco a poco hasta sentir el anhelo de su ausencia, para luego volver a dejarme plenamente ensartada, lentamente, jadeando con cada centímetro conquistado y con cada milímetro con el que se batía en retirada.

No sé cuántas veces me torturó con aquella parsimonia. Para haberme declarado que me necesitaba con apremio no se estaba dando ninguna prisa...

Y yo siempre tenía mucha.

— ¿Lo de jugar no lo ibas a dejar para esta noche? —le pregunté, cuando aquel vaivén de caderas se me hizo casi insoportable.
— ¿Esto te parece un juego? —preguntó a su vez, sonriendo con malicia—. Tendremos que hacer algo al respecto...

Me sonrió con la mandíbula separada y la boca muy abierta, casi dibujando una O con ella, y rodeó mi torso con sus brazos, acercándome a su boca. Sus palmas envolvieron mi espalda como si de una soga se tratase. Apresó uno de mis pezones al mismo tiempo que su primera embestida me dejaba la garganta seca por el gemido que se me escapó sin esperarlo. Sus caderas cambiaron de ritmo, subiendo y bajando a tal velocidad que hubo momentos en los que no fui capaz de distinguir si su polla estaba dentro o fuera de mi coño. Resoplaba contra mi pecho por el esfuerzo y yo lo hacía contra su cabeza, a la que me había aferrado porque necesitaba algún asidero para no sentir que caería con aquel enloquecedor movimiento de un momento a otro.

Aunque estaba segura de que Víctor no me dejaría caer.

— ¿Así deja de ser un juego? —me preguntó, sin parar de perforarme el coño como si estuviera poseído—. ¿Así la señorita está más satisfecha?

No podía concentrarme en las dos cosas, en el sexo y en sus palabras al mismo tiempo, y menos si añadíamos que cuando dejaba de hablar volvía a chuparme los pezones como si fuera a consumirlos. Así que no encontré forma de responderle algo que fuera lo suficientemente coherente y no me dejara como a una estúpida a la que una polla había licuado el cerebro.

Lo que era, claro estaba…

El calor comenzó a subirme por el abdomen y supe que estaba a punto de tener mi orgasmo. Estaba sorprendida de que Víctor no hubiera llevado ni una sola vez sus dedos a mis pliegues y que sin embargo fuera tan inminente. Apenas si me había frotado contra su erección unas cuantas veces, pero el roce de su polla contra las paredes de mi coño empapado tenía que tener algo que ver seguramente.

No entendía nada de sexo pero con él estaba dispuesta a comprenderlo todo. Y lo que comprendía en ese momento era que me gustaba demasiado lo que me hacía.

Me mordí el labio y contuve la respiración mientras Víctor continuaba con sus movimientos enloquecedores. El temblor más delicioso de pronto surgió de mi entrepierna, irradiándome por entera. Cuando estallé alrededor de su polla, vibrando al compás de sus envites, el hermano de Laura bajó un poco el ritmo para permitir que me recuperara y no gritara demasiado. Soltó mis pezones y elevó la cabeza, buscando mis ojos y mis labios.

No conseguí entregarle ninguno de ellos. La respiración agitada no me lo permitía.

Sabía que cuando tenía un orgasmo me convertía en una sirena andante, y prefería que Oziel no empezara a aporrear la puerta pidiendo permiso para no perderse el espectáculo. Así que se apoderó sin permiso de mi boca y ahogó mis gemidos con sus labios y su lengua, ocupando un espacio que me hacía falta para hacer tanto ruido.

— Te gusta que se enteren las vecinas —susurró, cuando me hube calmado, bajando nuevamente hasta mi pecho y bordeando mi pezón con la lengua, succionando cada poco—. Eres una escandalosa. Voy a tener que buscarme la forma de que no llames tanto la atención en un piso compartido —se burló él.

— O echamos a Oziel de casa o mientras me corro me metes la polla en la boca para silenciarme.

Víctor empujó con fuerza un par de veces más contra mis carnes antes de sacar la polla para que quedara entre nuestros cuerpos, enarbolada y tiesa, para luego gemir un par de instantes antes de que se derramara y nos pringara a ambos con su leche. Me quedé mirando la escena, extasiada, mientras su polla seguía escupiendo y me marcaba con ella. Y nos embadurnábamos ambos con los churretones que resbalaron hasta los muslos, y luego al sofá.

Pensé en el limpiatapicerías.

Sonreí.

Y me besó de forma obscena, dejando por fin que mi cuerpo cayera sobre sus muslos y que nos frotáramos con la prueba de su corrida.

Luego sonrió, seductor.

— ¿Y tengo que elegir sólo una de las dos opciones?

Vigésimo quinta parte.
La polla que se quiso librar la Oziel

Oziel aporreó la puerta un rato después, al tratar de entrar en casa pero encontrarse que le habíamos bloqueado el acceso. Empezó primero imitando a uno de los protagonistas de "*The Big Bang Theory*", con golpecitos cortos contra la madera, a la vez que pronunciaba el nombre de su compañero.

— Víctor—. Un golpe—. Víctor—. Un golpe—. Víctor—. Un golpe.

Nos reímos durante unos segundos desde el sofá, sin dignarnos a hacerle caso.

— ¡Todavía vivo aquí! —gritó desde el pasillo, con voz fingidamente ofendida, ya que no nos movimos a abrirle—. Puedo demostrarlo. Tengo un montón de camisas a mi medida en el armario de ese cuarto. Y una ropa interior mucho más sexy que la sosa que usas tú.

Víctor y yo nos habíamos dado una ducha apresurada y cambiado de ropa. Nos estábamos bebiendo un vaso de agua en el sofá cuando el abogado interrumpió el silencio que queríamos compartir, cada uno con sus propios pensamientos, e imagino que mi padre en el de los dos. Era imposible que no nos volviera a la cabeza tras una discusión como la que habíamos tenido, por más que el sexo nos hubiese reconfortado a los dos.

Por muchos jadeos compartidos y por muchos orgasmos que tuviéramos, hasta que la cosa con nuestras familias no estuviera resuelta —o fuera medianamente aceptada— no podríamos disfrutar de paz mental para centrarnos en otros placeres sin interrupciones.

— ¿Seguro que no son de mi talla? —preguntó Víctor, quitando la cadena y abriendo la puerta para dejar pasar a Oziel—. Yo creo que usamos la misma. Y en lo de la ropa interior... discrepo. Tengo calzoncillos rosa muy sexys.

— Más quisieras tener mi espalda —replicó el otro, palmeándosela, entrando por la puerta y fijando la vista en el estropicio del salón. Luego me miró, algo preocupado, pero tras notar que no había estado llorando se relajó y me dedicó una sutil sonrisa. Nada perversa—. Y sobre esos calzoncillos no quiero información, por favor. ¿Y bien? ¿Cómo estás?

Víctor se encogió de hombros y se limitó a guardar silencio. Oziel había observado de lejos toda la discusión y no necesitaba que se la narrase, por lo que asintió con la cabeza entendiendo el estado de ánimo de los dos. Lo que necesitaba saber era cómo nos encontrábamos después del disgusto y de que desapareciera la amenaza.

Pero era obvio que muy bien no podíamos estar.

Le dio la vuelta a la mesa y la colocó en su sitio con ayuda de Víctor.

— Los hombres siempre tratando de defender a las mujeres. Con lo fácil que sería que pudieran valerse por sí mismas — soltó de pronto, burlándose de mí, sacándome la lengua para que entendiera que se trataba de una broma.

No me sentí ofendida. Comenzaba a cogerle cariño al sentido del humor de Oziel.

— Con lo fácil que sería... —comenté yo, pensando en que el problema no era que una mujer necesitara a un hombre para eso sino considerar a las mujeres demasiado niñas para hacerlo.

Asintió, acercándose a mi lado y sentándose en el sofá, sin perder de vista a su amigo, que tampoco le quitaba ojo de encima. Me dio una palmadita en la rodilla y se inclinó hacia atrás para apoyar la espalda en el respaldo que casi había servido para que Víctor no se desplomara tras uno de los golpes de mi padre.

— ¿Ya está todo solucionado? ¿Ya puedo llevarte al huerto? — preguntó, pasándome un brazo por los hombros y acercándome a su torso.

A Oziel le estaban durando demasiado los brazos pegados a mi cuerpo, o pegados al suyo, viendo las ganas que tenía Víctor de arrancárselos. Nunca había conocido a nadie que disfrutara tanto de jugarse el tipo.

— A no ser que a ti el hecho de que mi padre se haya marchado con los ojos inyectados en sangre te parezca indicativo de que todo está solucionado imagino que la respuesta es no — comenté, tratando de resultar cómica ante una cosa que no tenía ni puñetera gracia.
— La respuesta es no en cualquier caso —concluyó Víctor, llamándome la atención con la mirada—. Aunque tu padre no se hubiera marchado de esa forma tampoco podría llevarte al huerto —me corrigió, apartándome de Oziel de un tirón, levantándome del sofá.
— ¡Cuánto egoísmo hay en este mundo! —exclamó Oziel, llevándose el dorso de la mano derecha a la frente—. Juro que no voy a romperte a tu chica.

Lo dijo sacándole la lengua a su amigo, a lo que el arquitecto respondió alzando un puño cerrado con gesto amenazante. Esos dos no tenían que ganar suficiente dinero como para pagar el seguro privado del servicio de traumatología. O las clases de boxeo a las que, seguro, se habían apuntado los dos para descargar toda esa energía.

— Juro que no vas a romperla porque no vas a acercarte a ella —sentenció él, con gesto rudo.
— Mira cómo lo hago —lo picó, avanzando dos pasos y volviendo a ponerse a mi lado, tratando de rodearme nuevamente con el brazo.
— Serás…

Yo estallé en carcajadas y Víctor lo empujó contra el sofá, tirándolo donde sólo hacía media hora habíamos estado follando él y yo. Oziel también estaba muerto de risa, satisfecho por estar logrando quitarle importancia al feo asunto de la discusión con mi padre. Sabía que nos hacía falta. Sabía comportarse de la forma más desquiciante para hacer que lo importante no importara.

Era adorable.

Era insufrible.

Era un demonio.

— Ese labio tiene mal aspecto —comentó, señalando con el dedo como si pudiera haber muchos labios con mal aspecto en el salón y tuviera que especificar a cuál se refería.
— Ha tenido épocas mejores.

Saqué de la nevera un par de refrescos de cola y se los ofrecí a los dos. Yo abrí mi lata y me senté en la mesa del salón, alejada del sofá donde permanecía estirado Oziel tras su caída.

— Y ahora, ¿qué? —preguntó, sintiéndose algo desplazado en las reglas del juego que él mismo se había encargado de diseñar—. Porque la cosa parece estancada.
— No tengo ni idea.— Víctor se sentó a mi lado y comenzó a beber también directamente de la lata—. De momento no pinta bien.
— El punto débil siempre será la madre de Bea —comentó el abogado, apoyando los codos sobre las rodillas y juntando las manos debajo del mentón para apoyar la cabeza—. Ella probablemente sea mucho más receptiva a los sentimientos de su hija.
— Pues fue precisamente ella la que puso el grito en el cielo al enterarse de que estaba aquí viviendo con los dos — comenté, desarmando la teoría de Oziel.

Se llevó la manos a la cabeza, de forma teatral. Habría servido para actor el condenado abogado, aunque probablemente en su trabajo necesitaba mucho de interpretación para ganarse a los miembros de un jurado.

— Es que a ti sola se te ocurre irte a vivir con dos hombres que lo único que quieren es follarte, linda Bea —se burló el abogado, acertando de pleno en lo que había dicho mi madre sin que lo hubiera puesto en conocimiento de nada—. ¿Cómo se te ocurre estar viviendo en pecado con dos hombres a la vez, desvergonzada? ¿Qué van a pensar mis amigos?— preguntó, imitando lo más que puso la voz de madre—. ¿Y si te obligan a hacer un trío? ¿Y si te proponen que pases una noche en una cama y a la siguiente en la otra? ¿Y si…?

— Hemos captado la idea, Oziel. Muchas gracias —lo paró, al ver que me ponía roja como un tomate ante la palabra trío—. Bea no tiene por qué escucharte hablar de tus fantasías…

<<*Y de las mías…*>>

Se le iluminó la mirada de pronto y una sonrisa fue creciendo en su rostro hasta ocuparlo todo. Algo estaba planeando. Volvía a tener ganas de jugar.

— Ella se preocupó más por los vecinos, pero sí. Lo has clavado —comenté yo, tratando de olvidarme de la imagen del trío que se había formado en mi cabeza.

Víctor follándome, obligándome a permanecer a cuatro patas mientras Oziel, con la polla envarada, se masturbaba delante de mí, exigiéndome que me tocara.

<<*Venga, Bea. Quiero meterte la polla en la boca cuando te estés corriendo. Presiona más fuerte, date gusto. Y tú, flojucho, empieza a empujar con más energía o tendré que apartarte para enseñarte a hacerlo. Así, más rudo. Así, quiero escuchar cómo entra y chapotea. Venga…*>>

Me tapé la cara con las manos para que no se me notara la vergüenza que sentía tras esa imagen de los tres en la cama.

<<*Serás gilipollas…*>>

— Me acabo de dar cuenta de que tienes la solución del problema al alcance de los dedos —sentenció Oziel, muy interesado en hacernos partícipes de los nuevos planes que tenía para nosotros. Había tardado sólo un par de segundos en maquinar una nueva estrategia. Un nuevo juego.

Se levantó y metió las manos en los bolsillos de su pantalón, quedándose parado delante de los dos con las piernas separadas y una sonrisa de prepotencia en el rostro. La chulería personificada en un abogado de menos de treinta años.

— ¿Y puede saberse cuál es? —pregunté, intrigada por su cambio de humor en un instante. Y necesitando pensar en cualquier otra cosa que no fuera la polla de Oziel, masturbándose delante de mi cara, y su voz, ordenando a Víctor para que aprendiera a follarme en condiciones.

<Respira, venga. Respira.>>

— No me digas más. Ya sabía que acabarías razonando y entenderías que ahora mismo sobras —comentó Víctor, con voz socarrona—. Vas a mudarte para que los padres de Bea estén más tranquilos y no ande viviendo con dos hombres. Ni pensando en tríos y cosas de esas.

<<¿Queréis dejar de decir la palabra trío, por favor?>>

Oziel negó enérgicamente con la cabeza, sin perder la sonrisa tras enterarse de que su amigo estaba invitándolo sutilmente a dejarnos solos en el piso de alquiler.

<<De sutil nada de nada>>

Antes de echar a Oziel tendríamos que mudarnos nosotros a cualquier otra casa. Eso estaba claro. Si al final necesitábamos contar con algo de intimidad no iba a resultar fácil conseguir que se independizara el abogado. Pero ni me lo planteaba, que yo poco podía aportar a la economía familiar de la vivienda y no tenía ni puñetera idea de si Víctor ganaba lo suficiente como para mantenernos a los dos en buenas condiciones.

Aún tenía la esperanza de poder regresar a casa, y tener un noviazgo normal. Con sus salidas y sus toques de queda algo mucho más razonables, con los fines de semana durmiendo en su cama. Con mis padres allí sentados, a la mesa, almorzando mientras era yo la que cocinaba.

<<*Venga. Respira.*>>

— No, mi querido Víctor. Ya te digo que la solución está al alcance de los dedos, exactamente de este dedo... y este otro dedo.

Y al decirlo presionó con los suyos el anular de la mano derecha de Víctor y de la mía. Sonrió, muy perverso.

— No hagas que esta chica siga viviendo en pecado —le dijo, manteniendo los ojos clavados en los del arquitecto. ¡Cásate con ella!

Vigésimo sexta parte.
La polla que tenía que pedirme matrimonio

— A ti se te ha ido la olla —espetó él, apartando la mano del dedo de Oziel. Los ojos se le iban a salir de las órbitas—. ¿Me odian como novio y me van a querer como marido?

El comentario de Víctor sonó muy amargo, como si lo que más le doliera en ese momento fuera no ser considerado por mis padres un buen partido para mí. Yo, por mi parte, me había quedado sin habla ante los planes de Oziel, en los que seguía liando las cosas.

Pero a mí me había encantado escucharle pronunciar la palabra novio y no podía compartir su cara de angustia.

— ¡Es perfecto! — exclamó el abogado, entusiasmado con el nuevo giro de los acontecimientos que estaba todavía dando forma en su maléfica cabeza—. ¿No has escuchado a su padre? Piensa que vas a dejarla en cuanto te canses de ella. ¿Imaginas lo que dirá si le muestras intenciones de convertirla en tu esposa?
— ¿Cómo coño voy a casarme con Bea, Oziel? —le preguntó, atónito. Le tenía que parecer que le estaba gastando la broma más pesada de su vida—. No ha cumplido los veinte, está en la universidad y…
— ¿Quién ha dicho que tengas que hacerlo? —lo regañó el otro, divertido por la cara de susto de su amigo.

A mí también se me había hecho un nudo en el estómago ante la palabra matrimonio, ya que pensaba que todo estaba yendo demasiado deprisa como para poder controlarlo. Me sentía muy a gusto con mi nueva situación con Víctor y pensar en dar otro giro de tuerca y que sintiera que lo estaba atando no me convencía en absoluto.

<<Que soy muy joven para pensar en esas cosas, por favor. Muy bien lo de estar enamorada pero tengo dos dedos de frente todavía.>>

A mis padres les iba a dar algo al enterarse. O, con un poco de suerte, no me verían capaz de semejante estupidez. Pero sabíamos que el amor hacía cometer muchas tonterías. No sería la primera adolescente que acaba casándose de forma precipitada. Cosas de las locuras o un embarazo que nadie había planificado.

— Explícate entonces mejor —le pidió, cogiéndome de la mano para tratar de tranquilizarme a la vez que lo intentaba para obtener en él el mismo resultado—. Que va a ser que el golpe en la cabeza me ha hecho perder alguna neurona.

Y, cómo no, Oziel volvió a reír a mandíbula abierta.

— Tú sólo piensa en la cara de sus padres cuando les digas que para evitar que tengan problemas con el qué dirán y para que pierdan el miedo por el daño que puedas ocasionarle a Bea cuando te canses y la dejes has decidido pedirle que se case contigo... y ella ha aceptado.
— Lo que conseguiremos es que nos maten a los dos —respondí yo, tratando de apoyar a Víctor frente a Oziel.
— No lo tengo tan claro...

Víctor guardó silencio, con la cabeza agachada mirándose los zapatos. Había entrecruzado los dedos a modo de súplica mientras escuchaba la última disertación de su amigo y parecía una estatua de cera de lo inmóvil que se había quedado. Yo, por mi parte, estaba tan perdida en el mismo mar de dudas que me asaltaban cada vez que a Oziel se le ocurría volver a cambiar las reglas del juego, que probablemente me había quedado tan inmóvil como él.

— No me apetece seguir usando mentiras en esta historia, Oziel —terminó por decir, levantándose de la silla y dando paseos por el salón como si fuera un león enjaulado. Con sus largas piernas le bastaban cinco zancadas para cubrir la longitud de la estancia—. Los padres de Bea no se lo merecen.

— Pues no lo tomes como una mentira —le sugirió el abogado, volviendo a sentarse en el sofá con las piernas cruzadas y los brazos estirados, acaparando nuevamente todo el espacio—. Aunque trates de ocultarlo estás enamorado hasta las trancas, y no te parece a día de hoy que sea una locura tener ganas de compartir el resto de tu vida con ella—. Lo de hablar de mí como si no estuviera presente me parecía del todo subrealista otra vez, e imagino que a Víctor también, porque me miró completamente sonrojado ante la declaración de Oziel—. No tienes que decirles que la idea es pasar por la vicaría mañana mismo, pero que en cuanto la chica termine la carrera, encuentre un trabajo, compréis una casa y…

— He entendido la dinámica para plantearse un matrimonio, muchas gracias.

Apartó la mirada de mí con los ojos llenos de dudas. Tal vez era la vergüenza de que su amigo hubiera tenido que decir por él lo que él no era capaz siquiera de pensar: que estaba enamorado. O tal vez porque pensar en seguir enredando más la madeja de nuestra historia le parecía humillante. Lo cierto era que a mí se me había quedado la boca seca y no me apetecía tratar de decir nada cuando no sabía qué decir exactamente.

— No tienes nada que perder. De momento sus padres te odian, no estarías contando sino una mentira a medias y así al menos podríais dar un paso más, tratando de buscar la reacción de ellos. ¿Es mejor permanecer expectantes a ver si se les pasa? Puede ser. ¿Que con esa actitud de espera podéis pasaros meses a disgusto, sin que Bea pueda tener una relación normal con sus padres ni tú con los tuyos? También es posible. ¿Que diciendo que tienes intenciones de casarte con ella puedes llevarte otro guantazo? Tal vez lo merezcas…

Había que admitir que se le daba muy bien hacer planes descabellados en pocos segundo, y plantearlos de forma asombrosamente convincente.

— Se te dan bien los alegatos finales, ¿no? —le preguntó, molesto por su capacidad de persuasión. La misma que había tenido conmigo. Al menos así no me sentía tan manejable—. Lástima que no sea tu campo.

Oziel se pasó la lengua por los dientes superiores como si estuviera pensando en devorar algo jugoso que se le hubiera puesto delante, en plan depredador pensando en la carne jugosa de su presa.

— Hay muchas cosas que se me dan bien pero no creo que te apetezca que las enumeremos aquí y ahora...

Y, por la mirada asesina que le lanzó Víctor, estaba claro que no le apetecía para nada hablar de cierto tipo de cosas en mi presencia.

— Yo tampoco creo que sea el mejor momento para eso — comenté, logrando hacerme notar entre las chispas que estaban saltando entre los dos.

Víctor se paró delante de la silla en la que me había acabado sentando, ya que las piernas no me sostenían, y se arrodilló delante de mí. Fue uno de esos momentos en los que se te para el corazón y los ojos se van a salir de las cuencas de lo mucho que se te abren. Creo que también se me descolgó la mandíbula dejando ver la lengua, pero no estoy del todo segura de esto último.

<<¡Ay, madre!>>

— Oziel, ¿puedes permitirnos un poco de intimidad, por favor?

Y Oziel, al que se le habían quedado los ojos exactamente igual de abiertos que a mí, no se le ocurrió protestar con alguna de sus ocurrencias en plan "me privas de los placeres de la vida, con lo que me gusta mirar a mí". Se levantó con todo el temple que consiguió reunir, cogió sus cosas y se metió en su cuarto, cerrando silenciosamente la puerta detrás de él.

— ¿Qué demonios estás haciendo? —le pregunté, cuando nos vimos a solas en el salón, con Víctor aún arrodillado delante de mí, mirándome casi a la altura de los ojos mientras permanecía sentada.

— ¿El qué? —preguntó él, confuso—. ¿A qué te refieres?
— ¿Por qué te arrodillas?
— Para hablarte mirándote a los ojos de frente y no hacerte levantar...

<<*Tierra, trágame.*>>

Avergonzada de pronto por lo que había creído que iba a pasar y que estaba claro que era el producto de la conversación que acababa de tener lugar en el salón tuve ganas de salir corriendo, y en verdad lo intenté. Por suerte Víctor intuyó mis intenciones antes casi de que yo las tuviera y me puso las manos sobre los muslos para impedirme que me moviera.

— Perdona si te he...
— Perdona tú por entender mal.

Caras rojas como tomates. Estábamos para sacarnos una foto.

— Quería intimidad para preguntarte por lo que te parece el plan de Oziel. ¿Qué opinas?

Que se lo estuviera planteando siquiera ya me parecía la cosa más asombrosa que podía pasársele por la cabeza.

— ¿Te parece buena idea?

Víctor, mirándome fijamente a los ojos desde tan cerca, meditó un poco antes de abrir la boca para contestar. En sus pupilas brillaba algo que podría haber sido lascivia si no acabara de tener un orgasmo poco antes. Tal vez era que no le parecía tan descabellada la idea y el morbo de ver si una cosa así podía dar resultado lo hacía vibrar casi tanto como el sexo.

O tal vez más...

— Me parece que a estas alturas no perdemos nada con intentarlo. No me gustaría que estuvieras mucho más tiempo distanciada de tus padres, pero no voy a renunciar a ti ahora que te he traído hasta aquí.

<<*Claro, en contra de mi voluntad me has traído.*>>

Sonreí. Sonrió. Y me besó en los labios con una ternura infinita.

— Entonces... ¿nos casamos? —pregunté, divertida con la idea de ir a jugar por vez primera con Víctor en vez de con Oziel. Que Dios se apiadara de las almas de mis padres, porque el plan tenía pinta de ir a hacer arder las nuestras en el infierno.
— Creo que te debo un anillo...

Vigésimo séptima parte
La polla que entraba a jugar

— ¿Puedo salir ya?

Oziel asomó una pierna por un lateral de la puerta, como saludando con ella para hacerse ver antes de recibir malas caras por estar interrumpiendo algo. La meneó haciendo círculos con el tobillo y luego la dejó a la vista, esperando respuesta.

— No. Es mejor que no salgas de tu habitación en todo el día.

Víctor se rio con mi respuesta y la cabeza del abogado siguió al pie, con una mirada furibunda y algo hostil.

— No pienso quedarme sin cenar, que lo sepas.

Y era un hecho que se nos había venido la noche encima casi sin darnos cuenta. A mí me quedaban todavía piezas de ropa que guardar en el armario, a Víctor al parecer se le había acumulado un poco de trabajo al salir más pronto del estudio para recogerme en la facultad y Oziel no sabía si tenía o no algo pendiente para mañana.

— De acuerdo. Vosotros a terminar con lo vuestro mientras que yo hago la cena. Pero no se acostumbren, que a mí también me gusta que me mimen.

Oziel me comentó que su gusto por la cocina le venía de su hermano, chef profesional que acababa de abrir un restaurante con otros tres socios tras separarse de su esposa, con la que tenía dos hijos en común. Prometió que un día nos llevaría a almorzar con algo de tiempo y mejores caras que las que poníamos de momento cuando estábamos los tres juntos.

— Es que no me gusta sentirme amenazado cada vez que abro la boca —comentó el abogado, riéndose de las miradas asesinas que estaba acostumbrado a recibir de Víctor cuando se referían a mí como si yo no estuviera—. Pero en cuanto se os pase ese enamoramiento enfermizo que lleváis encima y podamos volver a las historias interesantes que teníamos pendientes...

— Oziel... —protestó el arquitecto, que había desplegado unos cuantos planos sobre una mesa inclinada que había sacado de no sé dónde y había colocado en medio del salón, junto con un taburete de pequeño respaldo.

— ¡Asúmelo! Me lo debes... ¿O prefieres irte esta noche de copas, traerte a la primera chica que pilles en el bar y acostarte con ella para que yo pueda levantártela?

Víctor me miró desde detrás de su mesa plegable. Yo había terminado rápidamente de colgar las blusas que me quedaban y había sacado mis apuntes para tratar de estudiar algo en la del comedor.

— ¿Esa te parece mejor opción? —le pregunté yo, torciendo el gesto y mirándolo de reojo dejando los bolígrafos sobre el libro abierto.

Creo que Víctor estaba a punto de solicitar el comodín de la llamada para buscar la respuesta cuando Oziel se partió de risa en la cocina. Desde la puerta llegaba un olor a ajo frito que me abrió de pronto un apetito voraz.

— De verdad que cuando acordamos lo de vivir juntos no pensé que fuera a ser tan divertido —le dijo Oziel a su amigo, asomándose con una sartén humeante por la puerta. Se había puesto un delantal negro sobre un pantalón vaquero y una camiseta de manga corta bastante ajustada.

— Yo no pensé que me fueran a entrar ganas de echarte a patadas tan pronto.

— ¿Echarme? Firmamos el contrato juntos. Aquí nadie puede echar a nadie.

— Pues invitarte gentilmente a que abandones la casa.

A mí esa frase me sonó a "Gran Hermano"... pero sin el gentilmente.

— Te prometo que si te casas cederé mi habitación a los hijos que tengáis en común.

Le arrojó un lápiz que a punto estuvo de caer en la sartén. Oziel se apartó un poco de su trayectoria para no verse de pronto salpicado por el aceite hirviendo que manejaba con bastante soltura.

— Desagradecido —le dijo, volviendo al interior de la cocina.

No podía evitar sonreír escuchando a aquellos dos echarse puntas todo el día. Al igual que había llegado a apreciar las bromas entre las chicas que ahora tenía de vecinas en vez de compañeras de piso estaba encantada con las de aquellos dos personajes tan peculiares que llevaban su amistad de una forma muy poco corriente.

Media hora más tarde estábamos cenando y manteniendo una conversación un poco más seria en relación a los padres de Víctor.

— ¿Los has llamado ya? —preguntó, adoptando una postura algo tensa inclinado sobre su plato de verduras salteadas.
— Esta mañana hablé con Laura —comentó, informándonos a los dos del hecho.

A mí se me quedó la cara desencajada ante la idea de que Víctor hubiera informado a mi amiga de que me había ido a vivir con ellos antes de poder ser yo la que les diera la noticia. Laura iba a retirarme la palabra seguro, y con razón. Estaba siendo una amiga pésima, y más si teníamos en cuenta que aún no le había enviado ninguna foto de Oziel en paños menores, con la de veces que lo había tenido en calzoncillos delante.

— ¿Y cómo están? —volvió a preguntar, atacando algo de pasta de otro de los platos.

La verdad era que me había sorprendido gratamente la cena que había preparado Oziel en un momento. Resultaba sumamente agradable llevarse algo comestible a la boca acompañada de Víctor, y que no hubiera sido preparado en la pizzería de la esquina. Allí la idea de adoptar un perro y ponerle su cestita al lado del sofá para que devorara las sobras no me parecía tan tentadora como en mi casa.

— Dice mi hermana que algo más tranquilos. Después del golpe inicial lo han llevado un poco mejor que los de Bea.
— Hasta que se han enterado de que tienes a tu chica viviendo aquí contigo, imagino... —supuso Oziel, tentando la respuesta de su amigo.

Víctor siguió masticando, ignorando al abogado. Yo permanecí con la mente puesta en la llamada que tenía pendiente de hacerle a Laura. Si la cena no se prolongaba mucho tal vez podría conectarme por Skype y decirle que estaba viviendo con su hermano directamente mirándola a la cara, pero si no habría que dejarlo para el día siguiente.

<<Pero nada de posponerlo más. Al final va a resultar que soy muy mala amiga.>>

— Entendido. No le has dicho nada.

Víctor siguió sin contestar y comprendimos que esa era la respuesta correcta. Sentí algo de alivio al saber que iba a poder ser yo la que informara a Laura, aunque tal vez a su hermano no le fuera a hacer mucha gracia.

— Hay cosas que no son fáciles de decir.
— Ya. Bea, creo que es tu turno de palabra. Tienes la oportunidad de hablar con ella primero y que no se acuerde de todos tus muertos cuando se lo diga Víctor.

Estuve a punto de insultarlo y preguntarle si tenía algún poder sobrenatural que permitiera leer la mente cuando tenía a las personas a menos de un metro de distancia pero al final me contuve e hice lo mismo que Víctor. Seguir comiendo. Oziel dibujó media sonrisa y atacó nuevamente las verduras.

— Pues se ha quedado una noche magnífica para guardar silencio, cenar de gorra gracias a un amigo y no decir nada a la familia...

— ¿Se lo dices tú o se lo digo yo? —me preguntó de golpe Víctor, dejando el tenedor encima de la mesa y limpiándose la boca con la servilleta de papel.

— ¡Y se rompió el silencio! —exclamó Oziel.

Entendí que se refería a lo de hablar con Laura y no a mandar a la mierda a Oziel por todas sus bromas y sus incisivas preguntas metiendo el dedo en la llaga. Para eso último se bastaba él solito.

— ¿Qué te apetece hacer?

Era normal que pensara también en él. Al fin y al cabo era su hermano y por muy buena amiga mía que fuera tal vez necesitara ser él quien le diera la noticia.

— Esta mañana pensé que tal vez no era buena idea hacer yo los honores. Pero no sé lo que opinas.

Si me permitía elegir a mí estaba clara mi respuesta. Prefería ser yo la que se lo dijera a recibir luego de madrugada una llamada de Laura preguntándome cómo había tenido la poca vergüenza de volver a ocultarle algo así. A no ser que Víctor me dijera que tenía planeado un viaje en los próximos días para ir a hablar con sus padres cara a cara y que le apetecía que lo acompañara iba a terminar de cenar pronto para encontrar cierta intimidad para hacer esa confesión.

Y Víctor lo entendió sin tener que decirle nada.

— Está claro que a mis padres se lo diré yo.
— La cuestión es cuándo —lo picó Oziel.
— La cuestión es cómo.

Y nos dejó claro sus intenciones de hacer ese viaje que tanto me estaba temiendo. Pero sin mí...

— Si todo sale bien con tus padres podríamos aprovechar para que reforzaras otra vez las relaciones con ellos. Si iban a contratar a alguien tal vez el fin de semana lo tengan libre y puedas salir a almorzar o quedarte a comer en su casa.

— Lo de almorzar fuera es mucha mejor opción —bromeó Oziel, recordando una de las cenas que había compartido en casa con mis padres y conmigo—. Eso o le regalamos entre todos la Thermomix a tu madre para que haga alguna cosa cuando vamos de visita.

Los tres reímos con ganas. Yo hasta me atraganté y tuve que beber un poco de cerveza que había permitido que me sirviera Oziel.

— ¿Y cuál es el cronograma que tienes en mente? —preguntó el abogado, adelantándose en el turno del interrogatorio.

Por mi parte necesitaba saber por qué no veía adecuado que lo acompañara en esa visita y así aprovechaba para hablar con Laura cara a cara, y así se lo hice saber antes de que Víctor tuviera tiempo de responder a la de su amigo.

— Eso, eso —volvió a picarlo el otro—. Lo normal sería que fueras con tu prometida a ver a tus padres para decirles que estáis viviendo juntos y que tenéis planes de boda.

Víctor se llevó la mano a la cara y se tapó los ojos con ella, apoyando luego el codo sobre la mesa y la cabeza sobre la palma.

— Estoy empezando a arrepentirme de todo esto —se quejó, suspirando.

— ¡Pues ni se te ocurra ir a echarte atrás! Es la primera vez que vas a hacer algo divertido en tu vida, señor serio y cascarrabias. Aparte de acostarte con Bea, claro está. Eso ha sido toda una sorpresa.

— Oziel…

— Y volvamos al asunto de lo de la Thermomix, por favor. Creo que hay que echarle una mano a Bea con las comidas de su madre…

Vigésimo octava parte.
La polla tenía un plan

Salí del piso para tener más intimidad a la hora de llamar a Laura. Al final había decidido que lo de mirarla a los ojos mientras le contaba todo a través del ordenador no era muy buena idea. No me apetecía que notara el malestar que se había instalado en mí tras el largo día. Así que cogí una cazadora y el móvil, y avisando de que salía un rato para hacer la llamada, abrí la puerta.

— ¿De verdad necesitas marcharte? —me preguntó Víctor, llegando hasta mí para bloquearme la puerta un momento antes de salir por ella.
— Creo que sí. Igual que tú piensas que no debo de estar presente cuando hables con tus padres yo creo que necesito estar sola cuando hable con Laura.

No creí estar tan resentida con él por dejarme atrás en el viaje hasta que me escuché diciéndole eso. Y, por la cara que me puso Víctor, él tampoco lo esperaba. Los dos nos habíamos quedado como petrificados mirándonos a los ojos. No me apetecía mucho discutir con él después de las desavenencias con mi padre de aquella tarde —y de las dos últimas semanas— por lo que traté de apartarlo y marcharme antes de que la bilis que sentía en la garganta llegara a la boca y se me ocurriera empezar a echar pestes por ella.

Al menos con Víctor no quería discutir, después de conocer su cronograma.

Mañana mismo pensaba ir a hablar con mis padres, para después informar a los suyos.

Por eso tenía tanta prisa por hablar con Laura. No me apetecía en absoluto que se fuera a enterar de nuestro nuevo estado escuchando a Víctor discutir con ellos a la hora de decirle que me había instalado en su piso y que habíamos acordado casarnos. Todavía no tenía muy claro si debía confesarle a mi amiga que aquello era todo un montaje para tratar de reconciliarnos con mi familia o si era mejor mantenerla también en el engaño para que no quedara ningún cabo suelto que pudiera deshilacharse con el paso de los días. No me gustaba mantenerla ignorante ni tampoco mentirle, pero si Víctor se había comprometido a llevar el plan hasta sus últimas consecuencias no me parecía leal por mi parte no apoyarlo con la misma seriedad.

Y Víctor me había pedido que no sacara a su hermana del engaño.

— Lo que no quiero es hacerte pasar por esto mismo otra vez. Ya está siendo bastante duro —se excusó, impidiendo nuevamente que diera un paso al empujar otra vez la puerta hacia su dintel—. Todavía nos queda volver a hablar con tus padres y estoy seguro de que no va a ser tampoco una conversación agradable.

— ¿Y quién te ha dicho a ti que necesito que me protejas de lo malo? —protesté, molesta. Si me tenía que considerar una mujer para acostarse conmigo también me tenía que ver como tal para poder afrontar esas situaciones—. Me metí en esto solita, y aunque es cierto que no está siendo agradable tampoco me voy a morir por estar teniendo mis primeras riñas con mis padres. Lo raro era que no hubieran aparecido antes, pero supongo que para que se dieran tenían que haber estado presentes en casa.

Me abrazó con fuerza y me dejé abrazar porque tampoco había ninguna necesidad de que me dejara llevar por la rabia cuando más lo necesitaba a mi lado. Ahora que por fin estaba a mi lado. Era mejor tratar de comprenderle en vez de acusarle, sin más, por dejarme al margen de la visita a sus padres.

— Al final has discutido más conmigo en estos años que con ellos —comentó, apoyando su mentón en mi cabeza. A mi mente volvieron un par de buenas peleas en las que no nos arrojamos zapatos de un lado al otro del salón de milagro—. No eres una chica fácil cuando te pones tan testaruda como una mula.

— Mira quién fue a hablar —comenté, apoyando a mi vez la mejilla contra su pecho—. El hombre al que hay que atosigar hasta la extenuación para que no se quede parado.

— Soy de empujar con pala.

— Eres de empujar con tractor, Víctor —me metí con él, sacándole una sonrisa y a la vez provocando una mía—. Si no quieres que vaya… no voy, pero preferiría que me explicaras de verdad los motivos para no llevarme.

El abrazo se hizo más fuerte y me faltó por un momento el aire. Tal vez estaba siendo un día demasiado largo y con demasiadas emociones para que pudiera haber explicaciones racionales para según qué comportamientos, y aunque me apetecía entenderlo no había necesidad de que fuese en ese momento.

Teníamos toda la vida para ello.

<<O lo que nos dure el amor, si en verdad es cierto que me quiere>>

— No he dicho nada —lo excusé, dando la cuestión por finalizada—. Seguro que la respuesta puede seguir ahí mañana.

— No quiero que te sientas tan rechazada por mis padres como yo me he sentido por los tuyos —me dijo, sin atreverse a mirarme—. Es muy jodido que alguien que te apreciaba hace poco se muestre tan disgustado por nuestra historia. Prefiero ahorrarte ese trago. Iría mucho más tranquilo si supiera que puedo evitarte lo mismo por lo que he pasado yo.

Entonces fui yo la que lo abrazó fuerte, entendiendo sus miedos que por fin expresaba en forma de palabras. Tenía claro que estaba afectado por la manera de besarme justo después de que mi padre se fuera, pero no me había imaginado que se encontraría dolido hasta ese punto. Mi Víctor serio y fuerte no lo era tanto cuando se trataba de afrontar los golpes verbales de las personas que lo querían.

— Si vas a encontrarte mejor no te pediré más ir contigo, pero si de algo puedo servirte en ese trance que sepas que estoy dispuesta a besarte como tú lo hiciste conmigo después de que tus padres nos hayan maldecido.

<<No eres ningún pervertidor de menores. No lo eres>>

Me vi repitiendo esa frase en mi cabeza tras recibir también el desprecio de sus padres por haberse atrevido a poner los ojos en una chica diez años menor que él, amiga de toda la vida, y nada menos que la hija de sus mejores amigos de juventud. Si iba a pasar por aquello no me apetecía quedarme al margen para luego recoger sus trozos cuando regresara a casa, pensando en qué parte casaría con cuál otra, y qué pegamento iría mejor para el delicado trabajo.

Lo besé en cuanto me puso los labios al alcance y me despedí de él con un breve movimiento de la mano.

— Y, aun así... ¿te vas?
— Sí. Sigo pensando que si no me llevas no mereces escuchar los gritos de tu hermana cuando le diga que estoy viviendo contigo—. Me paré un par de pasos más lejos, y tras dudar un instante me giré y le guiñé un ojo, sabiendo que estaba a punto de hacerlo rabiar—. No sólo contigo, sino también con Oziel. No es conmigo con quien tienes que tener cuidado si tu amigo se pone en modo cazador y va en busca de jovencitas.

Lo dije sin pensarlo demasiado, aunque algo me decía que si Víctor había empezado a confiar en mí se merecía que lo pusiera en antecedentes de lo que sentía su hermana por su amigo. Y, dadas las circunstancias y teniendo en cuenta el historial de conquistas del abogado, no era cuestión de hacer oídos sordos a un posible romance que se podía venir encima. Me parecía genial que Laura quisiera acostarse con Oziel, y que Oziel lo hiciera siempre y cuando su hermano no le rompiera las dos piernas y los dos brazos, pero que

Víctor se enterara a hecho consumado de toda la historia y que pudiera recriminarme el no haberlo avisado no me gustaba ni un pelo.

— ¿Eso qué quiere decir? —me preguntó, arrugando la nariz, perdido en alguna parte de la frase mientras su cerebro se había quedado enganchado al movimiento de mis caderas al alejarme.

— Quiere decir que a mí no me gusta Oziel... pero que hay otra chica de mi misma edad que sí suspira por él.

<<Perdona, Laura, pero creo que tal vez así Víctor se centre más en otras cosas. No me guardes rencor... que también lo hago por tu bien. No creo que Oziel sea un tipo de fiar si llegas a enamorarte. No, al menos... con la edad que tiene>>

Vigésimo novena parte.
La polla a la que busqué en la cama

— Dime que no me estás gastando una broma.

Eso fue todo lo que pudo decirme Laura después de pedirle que buscara un sitio tranquilo en su casa para poder hablar conmigo y rogarle que no le dijera nada a sus padres hasta que Víctor fuera a hablar con ellos.

— ¿Y tú no vienes?
— Está por decidir —le mentí otra vez, sintiendo la punzada del remordimiento clavarse en mi estómago; había que ser comedida a la hora de decir las cosas y aunque ese día tenía ya la sensibilidad en el culo esperaba no meter más la pata.

Así que traté de contarle todo lo que pude a Laura resultando creíble, hablándole de la experiencia que habíamos tenido con mi padre y de las intenciones de Víctor de hablar cara a cara con los suyos y cómo me sentía tras tener a su hermano por fin a mi lado.

— ¡Eres mi cuñada!

Laura daba saltos de alegría por su casa, como si lo viera.

A lo tonto llevábamos hablando más de una hora. Comenzaba a hacer frío en la calle y la falta de sueño por la actividad de la noche anterior empezó a hacer mella en mis ojos. Me miré en el reflejo del cristal de la puerta del zaguán y los intuí enrojecidos. Iba siendo hora de terminar la conversación, y más si recordaba que Víctor me había dicho que iba a estar acostado y desnudo dispuesto para soportar cualquier perrería que yo quisiera hacerle.

<<Y no era cuestión de hacer esperar a un hombre desnudo y listo para mí en su cama>>

— Seguiremos hablando. Ya te contaré lo que dicen mis padres mañana.

— Y yo te iré narrando en directo lo que dicen los míos cuando se enteren si no vienes.

Le agradecí el favor a Laura, imaginándola haciendo una llamada en plena discusión de su familia, dejando el teléfono sobre la mesa del salón y dejando que escuchara todo lo que los tres tenían que decirse. O los cuatro, si ella decidía tomar cartas en el asunto y ponerse de parte de su hermano.

Y Laura era muy capaz de ello.

— Vigila a Oziel por mí.

— A Oziel no hay quien lo vigile. Es demasiado mujeriego. Es un buen tipo pero le gusta más una falda que comer, y mira que cocina bien...

— No me quites las ilusiones. Sé que puedo cambiarlo — respondió Laura, bromeando entre bostezos. También a ella le estaba ganando la partida el sueño—. Sólo le hace falta una mujer adecuada para convertirse en serio y formal. Sólo tienes que mirar a Víctor. ¡A punto de casarse!

— Tanto como a punto...

— Comprometido. Mis padres lo estaban dando por perdido.

— Pues tal vez prefirieran dejarlo por perdido a verlo casado conmigo

— Mujer de poca fe...

— Poquísima.

Nos reímos y nos despedimos por última vez, y ya era la sexta que lo intentábamos.

— Buenas noches, Bea. Dale dos besos de mi parte a cada uno de esos hombres con los que compartes piso. Y dile a Víctor que me pienso vengar de él por no decirme nada esta mañana.

Y yo, que recordaba la cara de furia que se le había puesto al otro al enterarse de que su hermana bebía los vientos por Oziel, imaginé que no le haría mucha gracia lo de que le diera nada de parte de ella.

Pero no se lo dije...

Colgué el teléfono y entré en el portal, buscando el calor del edificio. Suspiré al guardar el teléfono en el bolsillo y llamar al ascensor. Cuando llegué a la planta de nuestro piso todo seguía en silencio. Abrí la puerta despacio, tratando de no molestar por si Víctor y Oziel se habían puesto a trabajar en el salón, pero encontré la luz apagada y la casa sumida en la tranquilidad. Extrañada, volví a mirar la hora en la pantalla del móvil y descubrí que tampoco era tan tarde como para que hubieran desaparecido todos.

Aunque no conocía los horarios de esos dos en su casa en víspera de día laborable.

Atravesé el salón y llegué hasta la puerta de la habitación que podía llamar mi alcoba, medio entornada. También estaba en silencio y a oscuras. Entré de puntillas localizando la cama, y con la luz de la linterna de mi teléfono iluminé la cama y el cuerpo de Víctor. Como me había prometido estaba tumbado boca arriba, estirado y desnudo, pero completamente dormido. Su rostro relajado indicaba que había cogido el sueño profundamente. También él había acusado el cansancio de la noche anterior y se había rendido a la comodidad que le ofrecía la cama.

Lo observé un largo instante y luego me desnudé con toda la parsimonia que pude. Dejé mi ropa a un lado, cogí el cobertor de la cama que estaba a los pies y me acosté a su lado tapándonos a los dos con él.

Víctor ni se enteró.

Me habría encantado despertarlo para obligarle a cumplir con lo prometido, pero lo vi tan feliz durmiendo que me dio pena hacerlo. Tenía que trabajar al día siguiente, enfrentarse a mis padres y emprender al otro el viaje para ver a los suyos. Habría muchas noches en las que podría hacer exactamente eso que mi mente traviesa se había empeñado en reproducir desde que me lo sugiriera en el sofá, con su polla entre las manos.

Pero era tan tentador tenerlo justo al lado, desnudo y expuesto, y no aprovecharlo...

Me giré y me acurruqué sobre su hombro, apoyando mi cabeza en él y dejando la mano sobre su pecho, que subía y bajaba a un ritmo acompasado. Cerré los ojos y traté de alejar de mi cabeza la idea de hacer descender la mano por su torso, disfrutando de la ondulación de sus abdominales, para llegar a la pelvis varonil poblada de un escaso vello rasurado recientemente. Pero por más que lo intenté no fui capaz de pensar en otra cosa, y su cercanía no mejoraba mi estado de tensión. Mojé la entrepierna imaginando que me atrevía y lo provocaba dormido, pasando la mano por su virilidad apagada hasta conseguir que reaccionara a mis caricias y se envarara con la dureza a la que me tenía acostumbrada.

Caprichosa que era con la reactividad de su polla, ¡qué le iba a hacer!

Pero no moví la mano y se me fueron cerrando los ojos rápidamente. Sin apenas planteármelo la fantasía se fue entremezclando con el sueño y mis pliegues continuaron húmedos durante toda la noche, disfrutando de las mil y una formas en las que podría entrecruzar mi sexo con el suyo a partir de entonces.

Y no solamente en sueños...

A la mañana siguiente Víctor me despertó llevándose ambas manos a la cabeza y con un quejido lastimero en los labios. Yo le había babeado a conciencia el hombro mientras dormía y seguía con la cabeza apoyada sobre él cuando me desperté. Cualquiera habría dicho que no nos habíamos movido de esa posición en toda la noche.

— ¡Dios, mi cabeza!
— ¿Estás bien?

Víctor se movió de un lado a otro tratando de que el mundo dejara de girar a su alrededor. Me llegó cierto olor a alcohol que no había apreciado cuando me metí en la cama.

— Creo que anoche bebí más de la cuenta.
— ¿Cuándo?

Yo no había estado tanto rato hablando con Laura. ¿O sí? ¿En cuánto tiempo se podía emborrachar Víctor como para tener al día siguiente una resaca como esa? No estaba segura, pero siempre había creído que era capaz de aguantar mejor el alcohol.

— Mientras hablabas con mi hermana. Me puse nervioso y Oziel lo aprovechó para emborracharme.
— Claro, que tú no querías y te metió un embudo en la boca para hacerte tragar...

Me reí mientras él volvía a llevarse las manos a la cabeza y se masajeaba las sienes calmando el dolor que le producía mi risa.

— ¿Puedes hacer eso un poquito más bajo?
— Anoche me dejaste tirada —le reproché, besándolo allí donde sus yemas daban círculos para calmar el dolor—. No te mereces que baje la voz.
— Anoche me dejaste esperando hasta que caí casi en coma —se defendió él, abrazándome sobre su pecho.

¿Pero cuánto tiempo había estado hablando yo con Laura anoche?

— Pospuesto, imagino. No tendrás intención de retirar la oferta...
— Primero he de recobrar la cabeza y ya veremos si te lo mereces o no.

Lo miré mal pero no se dio cuenta. Al poco se estaba tratando de incorporar por su lado de la cama y yo me quedé mirando como una tonta su espalda desnuda y sus nalgas enredadas en los pliegues de las sábanas.

— Necesito una ducha —me dijo, mirando el reloj—. Todavía es temprano. Descansa un poco más y te despierto para llevarte a la facultad, ¿de acuerdo?

Y yo, que tenía la sensación de haber dormido veinte minutos solamente, ya me estaba dejando vencer otra vez por el sueño cuando él me besó en la frente y entró en el cuarto de baño.

Me despertaron las voces de los dos discutiendo en el salón. Al principio creí que sólo hablaban en voz más alta de lo decorosamente acordado cuando había un tercero que todavía estaba arropado en una cama, pero mientras mi mente volvía al mundo de los vivos fui entendiendo que no se trataba sólo de un intercambio de palabras.

Corrí a ponerme algo de ropa y salí del dormitorio cuando aquellos dos todavía seguían enzarzados en la riña. Por suerte no habían llegado a las manos, pero por la cara de enfado de Víctor poco le faltaba.

— Vale, una apuesta es una apuesta. No haberme desafiado cuando estabas borracho.
— ¡No haber apostado cuando sabías que no estaba en condiciones de aceptar la apuesta!
— Ya sabes que me gusta jugar…
— Pues eso es jugar sucio, Oziel.
— Ya. Me lo dicen a menudo.

Víctor y su amigo se miraron desde una distancia de menos de un metro, aunque el buen juicio decía que tenían que alejarse más si no querían acabar rompiéndose algún que otro hueso el uno al otro. Creo que lo de la teoría de la combustión espontánea se había estado llevando a debate por situaciones como la que estaba presenciando, con dos hombres capaces de prenderse fuego a poco que se rozaran.

Y no en el buen sentido…

Pero tampoco en el malo.

— ¿Y se puede saber qué coño aposté?
— Un beso de Bea…

— Ni lo sueñes.

— No pensaba cobrarlo en sueños.

— Ni lo sueñes, Oziel. Estás a un tris de que te parta la cara.

¿Se habían jugado entre copas un beso mío mientras yo le contaba a Laura que estaba viviendo con ellos? Al final iba a tener razón mi padre y no me dejaba en buen lugar lo de compartir el piso con dos hombres así.

Oziel torció el gesto y se burló de las amenazas de su amigo.

— Si por cada vez que me has amenazado con desfigurarme el rostro yo ganara un caso en los juzgados sería uno de los abogados más prometedores de la ciudad.

— ¡No has pisado un juzgado en tu puta vida! Eres abogado de empresa…

— Un beso de Bea, Víctor. O acepta un trueque.

Víctor se retorció las manos haciendo sonar las articulaciones de los nudillos al apretarlas. Tampoco ese gesto pareció intimidar lo más mínimo a Oziel. No había ni rastro de ese dolor de cabeza que lo había sacado de la cama cuando aún las aceras de las calles no habían sido colocadas para que comenzara a circular la vida por ellas

— ¿Por qué quieres cambiarlo? —preguntó, algo confundido. El hecho de que no estuviera dispuesto a pelear con uñas y dientes lo había descolocado por completo.

— Para demostrarte lo enamorado que estás de ella.

— ¿Y cómo piensas demostrar una cosa así? —preguntó, azorado, mirando en mi dirección. Sabía perfectamente que estaba siguiendo la conversación con total atención, por lo que esa última afirmación de Oziel no me había pasado desapercibida.

Enamorado…

— Veamos tu estrategia. Según tú, ¿cómo vas a demostrar eso?

— Haciendo que las dos opciones que te ofrezca te parezcan igual de horrendas.

— ¿Y cuál es la segunda?

Oziel se pasó la lengua por el labio inferior, saboreando el momento de triunfo que estaba a punto de vivir. Vi a Víctor comenzar a sudar mientras su amigo adelantaba un paso. Desde luego no era la forma en la que pensaba comenzar la mañana, y menos sin haberme tomado tan siquiera un poco de café para despejarme.

— Yo quiero un beso... Me da igual quién de los dos me lo dé.

Se me desencajó la mandíbula y a punto estuve de romper a reír a carcajada limpia. Sólo cuando observé la cara de circunstancias de Víctor entendí que aquello iba muy en serio. Había cosas con las que Oziel no bromeaba y al parecer las apuestas no era una de ellas.

Me vi acudiendo al rescate del príncipe en apuros cual princesa curtida en un gimnasio rodeada de dragones escupefuego. Víctor se había quedado paralizado por uno de esos hechizos de bruja malvada camuflada en el aspecto desafiante de su amigo de universidad, y no parecía estar muy atento a que yo había dado un paso al frente para socorrerle.

Era de locos. ¿Los dejaba a solas un rato y acababan los dos borrachos y apostando mis labios? ¿Y qué habían hecho? ¿Probar a ver cuál de los dos era capaz de terminarse antes una botella de ron? Víctor tenía que haber estado subiéndose por las paredes mientras hablaba con su hermana para acabar apostando con Oziel uno de mis besos.

— Acabemos con esto de una vez por todas —dije, acercándome al abogado.

Pero entonces Víctor actuó como accionado por un resorte. Me miró con los ojos llameando —combustión espontánea en tres, dos, uno...— y acto seguido se abalanzó sobre Oziel, con las manos en alto y el cuerpo tenso. Pensé que era una pena que el abogado fuera a quedar tan desfigurado después de la paliza que iba a propinarle su amigo —un abogado guapo menos en la ciudad— pero cuál fue mi asombro cuando en vez de cerrarse los puños antes de golpearle la cara usó las manos para aferrarle la cabeza y atraerlo hacia su boca abierta. Me quedé pasmada viendo como su lengua salía de entre sus labios para lamerle los suyos. Las manos de Oziel buscaron entonces también su rostro, como si aquello de besarse fuera lo más natural del mundo. Ninguno de los dos tensó la mandíbula o dejó rígida la nuca. Fue más bien como si tuvieran tal confianza el uno con el otro que aquello no les significara más esfuerzo que el besar a una chica.

Como si aquello lo hubieran hecho alguna que otra vez antes.

Y, desde luego, no dieron la sensación de estar saldando una deuda horrible y desagradable.

Víctor abría y cerraba la boca jugando con la de Oziel y éste hacía lo propio, acompasando sus movimientos con los de su amigo. Ambos tenían los ojos abiertos, como si se vigilaran para no dejarse llevar demasiado por la pasión del momento, como si el recuerdo de la barba de dos días que los dos llevaban aquella mañana no fuera suficiente para mantenerlos anclados a la realidad de que no besaban a chicas.

Yo me había quedado hipnotizada ante la danza de los dos mientras pensaba en unirme y buscar las atenciones que se prodigaban el uno al otro, aunque por suerte no fui capaz de moverme del sitio. Habría sido una locura querer participar con los enormes celos de Víctor y con las enormes ganas de molestar de Oziel.

Por suerte me quedé grabando esa imagen en las retinas.

Por si les daba luego por negar que había pasado…

Pensé en que para lograr rebatir su afirmación de que todo eso lo había soñado yo —porque estaba claro que ninguno de los dos pensaba reconocerlo más tarde, cuando se les pasara la resaca— debía sacar una foto. Pero las manos tampoco me respondieron a la orden de "haced la foto ya" que sonó tan clara en mi cabeza.

Cuando al cabo de unos instantes ambos amigos decidieron que ya me habían hecho mojar lo suficiente las bragas con el espectáculo se separaron lentamente. Oziel sonrió a Víctor y le dio un último lametón a sus labios hinchados antes de dejarle marchar, como si fuera la promesa de que quería volver a probarlos.

Víctor lo miró como si ese último gesto fuera el que más le había molestado.

— ¿Más pruebas quieres de que está enamorado, Bea? —me preguntó, reafirmándose en su convicción de que el único motivo por el que Víctor podía ceder y besarlo era para evitar que lo acabara haciendo yo.
— Menos lobos, Oziel —respondió su amigo—. Me está costando mucho enseñarle a Bea a dar un buen beso como para que vayas a llegar tú con tu boca torpe y apresurada y estropees el trabajo.
— Serás...

Oziel se partió de risa ante mi cara de pasmo. Víctor me guiñó un ojo para darme a entender que era una broma. Y yo me mordí el labio inferior, tratando de recomponer la postura, mientras volvía a mi cabeza la imagen de sus lenguas entrelazadas jugando la una con la otra...

... Y no con la mía.

Trigésima parte.
La polla que hacía entradas inesperadas

Víctor me dejó en la facultad avisándome de que no podría almorzar conmigo. Ese día precisamente no tenía ninguna asignatura después del descanso de la comida, por lo que dispondría de un rato libre antes de que terminara su jornada laboral. Me pidió que no invirtiera ese tiempo en seguirle el juego a Oziel —o cualquier otro plan que se tuviera el abogado entre manos— ya que no estaba de humor para volver a besarlo.

— Nadie te manda —le dije, divertida—. Yo me habría sacrificado por la causa...
— Creo que no te conviene bromear con eso, Bea —comentó, tensando con fuerza el cinturón de seguridad contra mi pecho en vez de soltarlo. Me dejó completamente inmovilizada contra el sillón, inclinando luego su cuerpo sobre el mío—. ¿Le has seguido alguna vez el juego tanto como para que tengas algo que confesarme?

Los ojos de Víctor me gritaban que necesitaba una respuesta negativa aunque fuera mentira. Y yo no tenía ganas de contarle nada que pudiera hacerle daño. El día que me acorraló en mi zaguán, el día que hizo que me masturbara con sus fantasías, la de veces que me hizo desearlo y pensar que podía probar a ver si me hacía olvidar a Víctor con sus embestidas...

Los besos que me había robado.

Los besos que le había dejado robarme.

Ninguna de esas escenas lo beneficiaban, y mucho menos después de saber lo que estaba dispuesto a hacer por mí en el día presente y en los venideros.

Y no había nada grave que contarle, tampoco.

<<¿*De verdad?*>>

No, no lo había. Me dije a mí misma que no había pasado nunca nada tan serio entre Oziel y yo como para que Víctor tuviera que preocuparse. Todos eran pecados banales, besos y juegos sin importancia, y mis fantasías eran fruto de mi necesidad de rellenar las lagunas que la ausencia del arquitecto me habían producido.

<<¿*Seguro?*>>

Mis fantasías no eran pecado...

— Tú has tenido escenas más escabrosas que yo con Oziel — respondí, de forma piadosa. Apartando de mi cabeza todas las que recordaba para que no salieran a relucir brillando en mis ojos. Cruzando los dedos debajo de los muslos para que no me viera hacerlo, como si de verdad un acto tan pueril pudiera tener validez cuando estaba a punto de cumplir los veinte años.

Se alejó unos centímetros, observando mi rostro con perspectiva.

— ¿Y mi hermana?

La pregunta me cogió por sorpresa pero era cierto que al final no había podido hablar con él todo lo que le podía haber apetecido sobre ese tema. Sobre su hermana deseando a Oziel. Sobre Oziel deseando a su hermana. Sobre lo dispuestos que estaban los dos a seguir siempre los juegos más divertidos y excitantes. Tal vez había acabado emborrachándose con el abogado la noche anterior buscando que a su amigo se le soltará la lengua y le confesara todo lo inconfesable... pero se le había dado mejor la bebida y había ganado la partida. Después de todo, nunca había visto beber mucho a ninguno de los dos y no sabía si aceptaban la misma cantidad de alcohol en sangre. Ni tenían las mismas ganas de ganarse el uno al otro la partida.

— ¿Qué te preocuparía más? —pregunté, picándome la curiosidad de pronto. Vi pasar a varias compañeras de clase, esas que otras veces me habían visto besar a Oziel al bajarme de su coche. Todas tenían que pensar que, o era una chica facilona y que hacía grandes mamadas para que dos hombres como aquellos se disputaran mi compañía o que pagaba bien por los servicios de acompañante para parecer más interesante y madura a los ojos de posibles víctimas. O que yo era la que cobraba por los servicios de acompañamiento. Ojalá esa última no fuera el rumor más extendido en el campus. Si era así entendía que mis padres estuvieran de los nervios—. ¿Qué hubiera caído ella o que hubiera caído yo?

Me miró con tanto dolor reflejado en los ojos que me dio pena estar jugando al gato y al ratón con él. Haciendo lo que me había enseñado Oziel. A tentarlo. A buscarlo. A acorralarlo. Pero ciertamente me interesaba saber cuál de las dos era la más horrible para él, y una vez lanzada la red y puesto el cebo no pensaba retirarla sin ver a la presa retorcerse hasta caer rendida. Hasta que hubiera ganado por una vez a la hora de conseguir información.

<<*Me siento una bicha muy malvada.*>>

— ¿Me haces elegir entre una opción mala y una opción peor? —protestó, pasando un dedo por mis labios, provocándome. Deseándome.
— Tú lo has dicho...

Lo que quedaba por saber era lo que para Víctor era malo y lo que podía ser catalogado por él como peor.

Me besó con hambre, con necesidad y apremio. Como si tuviera que compensarme la respuesta, como si le doliera elegir y a mí me fuera a doler más escucharlo. O como si necesitara tiempo para decidir lo que le era más ventajoso responder, también. Que tenía muchas mejores artes que las mías. Aunque a mí se me anularan los sentidos a la hora de besar no tenía que pasarle a él lo mismo. Probablemente era capaz de estar pensando en todas las opciones mientras jugaba con su lengua en el interior de mi boca. Y estaba claro que, si sabía hacerlo, usaría esas técnicas.

<<¿*No voy a dejar de pensar mal nunca en la vida?*>>

— Si se hubiera acostado con mi hermana le partiría las piernas —respondió, con su frente apoyada en la mía y sus labios rozando mi boca, tras conseguir separarse de mis labios—. Sabe perfectamente que a mi hermana no se la toca—. Suspiró—. Pero si se hubiera metido entre las tuyas puedes considerarlo hombre muerto.

¿Cómo no derretirme cuando me decía cosas como esas?

¿Cómo no tratar de apresar nuevamente su boca para que sus palabras se perdieran entre mi saliva y mis ganas de él?

¿Cómo no dejar que se nos hiciera tarde a ambos, allí, en el interior del coche, mientras todos los alumnos pasaban a nuestro alrededor y no nos importaba absolutamente nada más que nuestros labios doloridos por el esfuerzo?

Tras las clases, llegué al piso cuando ninguno de los dos había regresado del trabajo. Me resultó extraño abrir la puerta y encontrarme la casa nuevamente en silencio, como la noche anterior, en semi penumbra. Oziel no se había enterado de que estaría libre para almorzar y Víctor se había preocupado de asegurarse de que iba directa a casa para que no me enredara en nada que pudiera desquiciarlo aún más aquella mañana. Cuando cerré la puerta con lentitud —como si no quisiera molestar a los fantasmas que la habitaban— y me derrumbé en el sofá, cansada, le mandé un mensaje para confirmarle que ya estaba sana y salva en el piso.

"La niña incauta ya ha llegado a casa sin que ningún hombre malo le haya ofrecido un caramelo".

He de reconocer que estaba nerviosa. No estaba acostumbrada a mentir deliberadamente a mis padres —salvo por las pequeñeces de estar ocultándoles mi relación con Víctor durante un par de meses— y saber que íbamos a hacerlo —y juntos— no me gustaba un pelo. Y últimamente llevaba demasiadas mentiras. O demasiadas verdades ocultadas, que lo mío ciertamente no había sido mentir. Pero por suerte mis padres nunca me habían preguntado si salía con alguien o si, directamente, bebía los vientos por Víctor, así que estaba todo en paz.

En verdad no se me ocurría ninguna forma más rápida de hacer reaccionar a mi familia, y por lo que podía entender a Víctor y a Oziel tampoco. Tal vez, dejando transcurrir los meses, mis padres se acostumbrarían a la idea y tratarían de mirarnos nuevamente como antes. Como a su hija y al hijo de sus mejores amigos. Como a dos jóvenes que tenían todo el derecho del mundo a enamorarse después de lo que habían pasado. Como a los adultos a los que no se puede tratar como a niños, y que desean darse una oportunidad.

Pero esperar no se me daba bien y parecía que tampoco era una opción aceptable para Víctor.

No digamos ya para Oziel, que necesitaba un desenlace para esta historia a fin de saber a qué nuevo juego se enfrentaría.

Que Víctor no quisiera plantearse la espera era una de las noticias que más me reconfortaban, ya que implicaba que yo le importaba lo suficiente como para no poder separarse de mí. O que sufría con mi sufrimiento, estando alejada de las únicas personas a las que llamaba familia —ya que a él había dejado de considerarlo un hermano—.

Y eso decía mucho más que su boca.

<<*O tal vez no es por mí, sino por él o por mis padres. Yo sólo estoy en medio, jodiéndolo todo. Haciendo que la cosa sea aún más complicada.*>>

Sí, siempre pensando tremendamente mal.

"Me alegra saber que no aceptas más caramelos que los míos ".

Sonreí con malicia, pensando en el sabor que quería tener en la lengua en verdad. Lo había degustado tan poco que no veía el momento de volver a llevármelo a la boca de nuevo. La carne dura, el glande brillante, el cuerpo venoso y latente… Mojada, dura, caliente. Tenía demasiadas cosas que aprender todavía sobre ese trozo de carne que apenas había empezado a degustar.

"Tú eres el hombre malvado que da de comer otra cosa".

Quién me había visto y quién me veía ahora. Hacía unos meses ni imaginaba lo que era tener una polla entre los labios y la lengua y ahora me atrevía a mandarle mensajes picantes a Víctor. Me ruboricé al escribirlo, pero no me corté ni un pelo a la hora de enviarlo.

"No me tientes, que puedo buscar la forma de retrasar lo de ir a ver a tus padres".

Pero no, no me apetecía posponer nada. Quería avanzar para que las cosas se solucionasen o terminaran de estropearse del todo. Y, entonces, ya habría tiempo de pensar en lo que se podía o no hacer, y en lo que teníamos ganas de perder y arriesgar.

Y en su polla. También podría permitirme el lujo de pensar solamente en su deliciosa polla.

Pero todos mis sentidos me decían que la cosa no iba a terminar nada bien.

<<*No puedo estar pensando de esa forma. La negatividad atrae negatividad.*>>

Me quedé medio traspuesta en el sofá, esperando a que Víctor fuera a buscarme. Cuando sentí abrirse la puerta no supe decir cuánto tiempo llevaba allí dormitando, relajada, apartando la tensión del día anterior y los nervios por ir a enfrentarme otra vez a la furia de mi padre y a las lágrimas de mi madre. Las horas que había pasado despierta, a su lado, viéndolo dormir, cuando aún no sabía que había hecho una apuesta con el más pendenciero de los abogados…

Y que la había perdido.

Y que no tenía intenciones de pagar la deuda.

— ¿Cansada? —me preguntó Oziel, entrando por la puerta y localizándome a solas, sin el perro guardián que sabía que tenía como futuro prometido de pega. Me sentaba bien lo del atrezo.

— No creí que fuera a quedarme dormida —respondí, asombrada de que la ansiedad por la prueba que teníamos que afrontar nuevamente esa tarde me hubiera permitido descansar un rato—. ¿Qué hora es?

Me recoloqué en el asiento y Oziel fue a ocupar justo el de mi lado izquierdo. Me restregué los ojos, apartando el sueño y tratando de localizar un reloj de pared en el salón.

— Las cinco y poco —respondió, sin mirarla—. Es normal que estés cansada. Al final el estrés agota.

Me miró ladeando todo el cuerpo, inclinándose hacia mí y dejando que me intimidara nuevamente la presencia de ese hombre morboso y obsceno. Que sabía que quería que cayera. Que sabía que tenía que tener un plan escondido para hacerme caer. Que sabía cómo llevarlo a cabo.

Asentí con la cabeza.

— ¿Recuerdas el método que te enseñé para relajarte cuando estabas tan tensa en el hotel la primera noche? —me preguntó, sin vergüenza maldita, con voz ronca y sensual. La misma que había utilizado aquella ocasión en la cama, mientras me contaba la forma en la que Víctor podía follarme para que me masturbara.

— La recuerdo, pero créeme que estoy tratando de olvidarla —respondí, tratando de aparentar más seguridad en mí misma de la que tenía. Era imposible que mis nervios no se alteraran cuando se les nombraba aquella escena—. Y más después de saber el juego que te traes entre manos.

— Siempre supiste que jugaba.

— Siempre, pero no el fin con el que lo hacías.

Se removió en el asiento mientras desanudaba la corbata con lentitud y desabrochaba dos botones de la camisa. Haciendo patente el gran poder de seducción que era capaz de desplegar ante una mujer tan indefensa como yo. Tan inexperta, más bien.

— No me digas que no te dejé claro desde el principio que te quería en mi cama.

Ciertamente, no podía negarle eso. Desde el primer momento había sabido que a poco que me despistara acabaría prendida de su boca y empalada por su polla. Nunca había importado mucho el momento en el que pasaría. Simplemente, por más amistad que supiera que lo unía a Víctor, temía que no fuera suficiente.

<<Mentira. He confiado en él hasta el punto de masturbarme con sus palabras para quedarme dormida.>>

Y desnudado. Para que me fotografiara.

Podía morirme de vergüenza.

Y sin embargo no me había sentido nunca tan a su merced y amenazada como hasta ahora. Sabiendo la verdad. Teniendo más datos de la historia. Entendiendo lo que unía a Víctor y a ese hombre y que me había pillado en medio.

Verónica.

La puta de Verónica.

Y nunca me había sentido tan segura de no querer lo que pudiera ofrecerme, por suerte. Estaba sumamente tranquila a ese respecto, imagino que porque Víctor por fin estaba bastante predispuesto a enfrentarse a todo por mí. Y, por algún motivo, sabía que Oziel lo sabía. Que ya hacía menos efecto en mí.

— Sí. Y también me dijiste que iba a ser la primera mujer a la que ibas a respetar aun deseándome como me deseabas —le recordé, también recordándomelo a mí misma.

— Buena memoria —comentó, inclinándose todavía más sobre mi rostro—. Pero también sabías que era sólo hasta que consiguiera que Víctor reconociera lo que sentía por ti. Ya luego se acababa mi tregua —terminó diciendo, con una maliciosa sonrisa—. Soy bueno, pero no un santo.

— No recuerdo esa parte del contrato —repliqué, cogiendo valor para encararlo y acercar mi rostro un poco más al suyo. Arriesgando más de lo que podía y recomendaba la decencia—. De todos modos Víctor no ha reconocido nada, al menos a mí. Y lo que sí me queda claro es que le prometiste a tu amigo no tratar de seducirme hasta que el tema de las peleas con nuestras familias estuviera solucionado y volviéramos a estar en calma.

— ¿Y qué te hace pensar que estoy tratando de seducirte? —me preguntó, volviendo a acercar su rostro un milímetro más al mío. Sus ojos brillaban como ascuas encendidas.

Si llega a ser Víctor ya habría entrecerrado los ojos y apresado esa boca pecaminosa.

Pero Oziel no era Víctor.

Era mucho más peligroso que el endemoniado hermano de Laura.

— Supongo que es cosa de mi inexperiencia —susurré, queriendo comprobar si de verdad era capaz de contenerse tanto como en algunas ocasiones había logrado hacer el arquitecto. O él mismo en el baño de su casa, al decirme que sabía que caería. Como delante del ascensor, cuando me dijo que no toda la comida calmaría mi hambre—. Perdona que me haya aventurado. Pensé que en verdad me deseabas aquí y ahora.

<<¿Qué coño estoy haciendo?>>

¿Coquetear con el demonio? ¿Estaba loca? Pero algo me decía que la actitud de Oziel era sólo apariencia, pura fachada, y que lo de malmeter se le daba bien hasta que una se ponía a seguirle completamente el juego. ¿Se atrevería, entonces, a hacerme caer?

<<*Me voy a quemar...*>>

Con el diablo no se jugaba.

Oziel sorbió aire como si lo estuviera tomando con una pajita. Casi me lo arrebató de mis labios de lo cerca que lo tenía de mi boca. Esos ojos ardían, clavados en los míos, sopesando las posibilidades y valorando si merecían la pena las repercusiones.

— Eres una caja de sorpresas que estoy deseando abrir...
— Cómo se te ocurra tocar el lazo para abrir nada pierdes la mano. Y los ojos...

La voz de Víctor nos sorprendió desde la puerta, amenazando a Oziel, encontrándolo a unos segundos de mi boca. Porque sólo habían faltado unos pocos para que me besara. Porque espacio ya casi ni quedaba.

Trigésimo primera parte.
La polla que pidió mi mano

— Solo está jugando. Es un niño grande.

Eso le dije a Víctor cuando se encerró en el cuarto conmigo. Cuando me fulminó con la mirada y apresó mi cuerpo contra la pared que nos separaba del cuarto de baño. Cuando los celos que otras veces tanto había echado en falta me dejaban sin aliento.

Celos. De verdad sentía celos.

— Ibas a besarlo...

No. Estaba segura de que aún no iba a hacerlo. En otro tiempo, tal vez. Incluso en una realidad paralela, podría haber pasado. En aquella, en la que Víctor estaba a punto de decirles a mis padres que iba a casarse conmigo —y yo con él, obviamente— no se me pasaba por la cabeza.

Estaba desorientada, pero no loca. Y por fin sabía que no deseaba a Oziel más que a Víctor. Y que a Víctor sí que lo quería, por lo que cualquier cosa que el abogado pudiera ofrecerme era simplemente humo en comparación con la realidad que empezaba a sentir de la mano del arquitecto.

— Estoy midiendo mis fuerzas con él —respondí, entre divertida y excitada. Me encantaba aquel Víctor posesivo y dominante—. Quiere intimidarme y no pienso concederle ese gusto.
— Quiere intimidarte y lo conseguirá —respondió él, con rostro preocupado—. Si se lo propone de verdad no sabrás cómo evitarlo. Y aprovechará esa debilidad para seguir jugando. No

le gusta perder. No le gusta ser segundo plato de nadie. Querrá más que eso luego.

— ¿Por qué no confías en él? —lo cuestioné, con la esperanza de que me contará la verdad y no se dejará nada en el tintero.

Apresó mis labios con mucha más dulzura de la que esperaba tras arrastrarme contra la pared y tenerme acorralada. Me supo a duda y a miedo, a necesidad de una seguridad que no tenía. Me supo a niño crecido perdido entre los árboles de la jungla que había plantado y regado Oziel. Y que ahora no existía forma alguna de podar.

— Porque con las mujeres es imposible ganarle. Porque es un cazador que nunca deja escapar una presa. Porque cree que merece la pena entender lo que veo en ti y para eso tiene que ponerse en mi pellejo. Porque…

— A ver, arquitecto atormentado —lo interrumpí, con voz seca—. Otras veces le has levantado las chicas. ¿Por qué me da la sensación de que lo que tienes es temor a ser peor que él a la hora de seducirme?

<<Porque lo piensa.>>

— He sido tantas veces tan capullo a la hora de jugar con él que creo que me lo merecería.

— Lo que te mereces ahora mismo era un guantazo, no que tu mejor amigo te levante a la chica.

Sonrió, agradecido. Supongo que no se esperaba que fuera capaz de soportar el embrujo de Oziel, y menos con la edad que tenía. No había podido resistirme al de él, y desde su punto de vista era peor mago.

<<Y luego yo soy la que tengo un problema de autoestima.>>

¿Qué más podía pasar?

— Sospecho que si me dejó arrebatarle aquellas mujeres fue porque le resultaba divertido. Ya sabes que le gusta jugar, y si siempre gana no tiene ningún aliciente.

Resoplé, ofuscada.

— Me dijo que no le gustaba perder…
— En lo que le interesa —respondió, tajante—. Y sospecho que se aburría muy pronto de todas ellas. Era más fácil que yo se las quitará de encima.

Regañé el gesto. Víctor no era el tipo de hombre que no hacía a una mujer volver la cabeza, y él lo sabía. Víctor era tan cazador como Oziel. Todas mis amigas lo habían deseado alguna vez, y todas las chicas de mi facultad no podían estar equivocadas.

Tal vez estábamos hablando de mujeres tan despampanantes que estuvieran por encima de esos gestos, de volverse a mirarle el trasero mientras él caminaba por la calle —al igual que, seguramente, él miraría los suyos, entallados en elegantes faldas que costarían una pequeña fortuna— y también se llevaran siempre a los tipos como él de calle.

Los guapos siempre acababan con guapas. ¿No?

Por lo que no entendía, entonces, qué coño hacía conmigo. Una chiquilla. Apenas con formas de mujer. Sin experiencia y sin conversación fluida.

— ¿Y de Verónica? ¿También se cansó?
— No la mentes, por favor. No sabes lo que me he arrepentido todos estos meses.
— ¿Se cansó? —repetí, dispuesta a conseguir que se dignara a contestar.
— Fue la excusa perfecta que ha usado para seguir el juego. Dudo que una mujer como ella hubiera llamado de verdad la atención de Oziel. Se las he conocido mucho mejores. Me las he visto con chicas mucho más interesantes que habían estado antes con Oziel. Si me dejó que se la arrebatara fue porque le aburría. Así de simple.

Entonces, llegaba la gran pregunta.

— ¿Y por qué yo?

Volvió a besarme suavemente en los labios y me dejé hacer, a costa tal vez de quedarme con los ganas de saber. Sin una respuesta, olvidada entre el buen hacer de su boca.

— Hay cosas para las que no tengo explicación.

Lo que no supe era si se refería a respuestas que podía presuponer de Oziel... o a las que él no tenía para lo nuestro. Para mí.

Encontramos a mis padres en la tienda. Esperamos hasta que los últimos adolescentes con carnet recién estrenado compraran el alcohol que se iban a llevar a los labios y salimos del coche.

— ¿Lista?
— ¿Cómo estarlo?

Me cogió de la mano y me condujo a su lado hasta la puerta. Por la cara que pusieron mis padres supe que era como si hubieran visto entrar a dos fantasmas en la tienda. Mi madre pegó un gritito agudo y mi padre se apresuró salir de detrás del mostrador y encarar a Víctor como si se tratara de un gamberro que hubiera llegado con intenciones de destrozarle el negocio.

— ¿A qué venís aquí? —preguntó, sin llegar a ponerse delante de mi madre para que ella también pudiera mirarme. Podría ser que la estrategia de mi padre fuera seguir apelando a mi estatus de buena hija y las lágrimas de ésta jugarán un papel crucial en el desenlace.

Si era que todavía conservaba ese estatus para ellos.

Jugaban sucio.

<<No más que nosotros con nuestras mentiras.>>

— A por tabaco no, obviamente.

El comentario se me escapó sin maldad, como si pensara que iniciando una conversación con una broma las cosas como aquella se pudieran digerir de mejor forma. Mis padres estaban convencidos de que no fumaba, y de que además huía siempre de las personas fumadoras, por lo que era lógico que unos cigarrillos no fueran a ser trascendentes en aquel momento.

Pero no les hizo mucha gracia.

— Ana, quiero pedirte disculpas por todos los malos momentos que te he hecho pasar —comenzó diciendo, ignorando de primeras a mi padre, que lo miraba con odio desde el momento en el que pusimos un pie en la tienda—. Sé lo que piensas de mí y sé que va a costarte aceptar mi palabra dadas las circunstancias. Pero quiero que sepas que por muy descabellados que te resulten mis sentimientos hacia Bea no hay nada pecaminoso en ellos. Nada indecente. Nada que pueda reprocharse—. Lo de pecaminoso había sonado incluso cómico, pero a mí sí que me venían unos cuantos pecados a la mente, y no precisamente relacionados con las mentiras—. La quiero.

Si no fuera porque estaba guardando silencio aquella confesión me habría dejado sin habla. Traté de procesar la información todo lo rápido que me permitió la situación, teniendo en cuenta que a mi madre se le había quedado la misma cara que a mí y que nos mirábamos alternativamente, echando furtivas ojeadas a Víctor. A mi padre sí traté de hacerle frente. Por lo que indicaban sus movimientos nerviosos no iba a ser fácil que se pusiera de nuestra parte. Por mucho que Víctor asegurara que me quería él también sabía decir esas palabras y no tenían que ser ciertas.

Todos en aquel local sabíamos mentir. Unos, con mayor acierto que otros.

Pero Víctor iba a adoptar la estrategia de Oziel, y se lo había jugado todo.

<<Lo de decir que me quiere es la mejor forma de conquistarla. No de conquistarme a mí.>>

Traté por todos los medios de pensar en eso y no en lo que me pedía el cuerpo. Traté de centrarme en la pantomima que estábamos representando y no en la declaración de intenciones que habría sido tan deseable para mí que estuviéramos llevando a cabo. Traté de repetirme diez veces que no me quería, que todo había sido pensado por la mente perversa de Oziel para que acabáramos viviendo al fin nuestro inicio de noviazgo —o lo que fuera— para luego poder intentar hacer que me quitara las bragas para él.

Pero a la octava vez se me dibujó una estúpida sonrisa en los labios.

Que a mi madre no le pasó desapercibida.

<<Me quiere.>>

No era fácil ignorar aquellas palabras, sobre todo cuando estaba tan desesperada por imaginar que podían ser verdad. Víctor no podía ser tan cruel como para soltar aquello delante de todos —delante de mí, que estaba tan loca por escucharlo decir algo mínimamente parecido— y que fuera completamente falso. ¿No?

<<Claro que me quiere. Como una puñetera hermana. Eso ya lo sabía.>>

Lo que estaba claro era que me deseaba.

Pero no. Víctor no podía estar soltando esas palabras sin que fueran ciertas. Él sabía perfectamente que a mí se me había desencajado el rostro. No estaba jugando conmigo, ni con mi madre, ni con mi padre…

<<Conmigo no juega. Me sé las reglas y por eso no puede hacerlo. Ya sé que aquella historia consiste en jugar con las apariencias y las medias verdades. Lo que pasa es que me sigo engañando.>>

¡Pero se podía insinuar nuestro proyecto de futuro sin ser tan sumamente explícito, joder! ¿Acaso lo de decir que nuestra intención era seguir juntos, fortaleciendo lo nuestro hasta que yo terminara la carrera necesitaba un "te quiero" por su parte?

<<*Sí lo necesita. Al menos mi madre lo necesita.*>>

¿Y qué contestaba yo ahora?

— Yo también lo quiero, mamá.

Vale. Ya estaba todo el pescado vendido. Con la salvedad de que mi confesión directa me habría encantado decírsela a la luz de las velas, con música de fondo, una agradable cena entre ambos y multitud de sonrisas y miradas cómplices.

¿Cuándo me había vuelto cursi sin enterarme?

En verdad lo que me habría encantado encontrar de escenario era su abrazo en la cama, su desnudez y la mía tras un orgasmo apoteósico y mis palabras saliendo de la boca que aún conservaba el sabor de su polla entre la lengua y el paladar.

Siempre su polla...

Pero no. No había podido darse así. Una pena. ¿Otra vez será?

<<*No. Para esto no hay segundas oportunidades.*>>

Me miró con una sonrisa tensa, tras escrutar el estado de ánimo de mi madre después del segundo "te quiero". Él ya lo sabía, no le descubría nada nuevo. Entonces, ¿por qué me sentía tan extraña con esa mirada?

— Así que, sintiendo mucho el disgusto que podamos haber ocasionado —continuó diciendo, echando mano al bolsillo delantero de su pantalón— quería que estuvierais presentes en el momento en el que le pusiera esto a Bea en el dedo.

Y, como no, esto era un anillo.

Trigésimo segunda parte.
La polla que tenía un anillo

Mi madre se fue contra el mostrador, perdiendo pie. Yo me ladeé hacia el lado donde el costado de Víctor me detuvo, mareada. Y mi padre hirvió a fuego intenso, hasta que la sangre dejó de circular por sus venas de pura evaporación. Salió de la tienda dándole un empujón a Víctor en el hombro, y allí me quedé yo, recibiendo el golpe de mi padre a través del cuerpo del arquitecto, que sostenía un pequeño solitario entre el pulgar y el índice de la mano derecha.

Me tembló el labio inferior.

Por mucho que supiera que era todo mentira ver aquel anillo no me lo ponía nada fácil. Por eso había llegado tarde Víctor, por eso no había podido ir a buscarme a la universidad, por eso Oziel había aprovechado para hacerme probar sus labios sin besarlo, sólo con la proximidad de su olor inundándolo todo.

Porque Víctor estaba en una joyería, eligiendo el maldito anillo con el que me haría perder el poco norte que me quedaba.

¿Por qué tenía que resultar tan jodidamente convincente?

<<*Si no llega a serlo me habría molestado igual, pensando en que no lo sentía y me habrían llevado los demonios.*>>

Algo así como "¿no puede esforzarse más, tanto le cuesta?"

¿Cómo era el dicho? Ni contigo ni sin ti, sino todo lo contrario.

<<*Eso no es aplicable a lo que siento.*>>

Pero estaba tan confundida que ni los refranes me venían a la cabeza de forma adecuada.

— Bea ya me ha dicho que sí. Yo sólo quería ser correcto en esta ocasión. Al menos por primera vez desde que comenzó esta historia.

Mi madre me miró como si pensara que no tenía mucha pinta de haber sido así con la cara de asombro que acababa de poner. Nos interrogó a ambos como si no nos reconociera.

— ¡Por el amor de Dios, Bea! —gritó mi padre desde la puerta—. Dime que estas prisas no se deben a que este hijo de perra te haya dejado embarazada.

Víctor se tensó como una tabla, dejando tan rígida la espalda que temí que fuera a dolerle un rato más tarde por una contractura o algo similar. Pero desde luego el dolor físico era mucho más difícil de encajar que el dolor emocional de seguir notando el desprecio de mi padre y la incredulidad de mi madre.

No estaba saliendo nada bien. Oziel se había equivocado, por una vez en la vida.

— Puede perder cuidado —respondió Víctor, tomándome de la mano, fijando la vista en mi madre como si le hablara a ella en vez de a mi padre, al que realmente se estaba refiriendo al dejar el tono coloquial a un lado para regresar al trato formal—. Bea no está embarazada, y si lo estuviera tendría a su lado al padre del bebé para apoyarla hasta el final.

Me estremecí pensando en un retraso de mi ciclo menstrual, en un test de embarazo positivo o en una prominente barriga abriéndose paso donde apenas si había alguna curva que indicará que podía concebir. Era demasiado irreal todo.

— Pero, ¿por qué diantres tanta prisa? —preguntó mi madre, que había tratado de no mirarme la barriga mientras hablaba mi padre y le respondía secamente Víctor. Pero no lo había logrado—. Eres sólo una niña, Bea...

Estaba claro que lo de que mi madre me fuera a ver con la edad que tenía —joven, pero no una niña— iba a ser un esfuerzo perdido de momento. Víctor me tomó de la mano y colocó el anillo en el dedo que correspondía, y para dejar constancia de sus intenciones miró a mi madre, levantó mi mentón y me besó con pasión contenida, rabia más contenida aún y ternura sutilmente dosificada. Quería que mi madre lo viera comportarse como mi novio y no como el cuidador que había sido y el hermano que todo el mundo se había empeñado en que fuera.

— ¡Por Dios! —exclamó mi madre, como si estuviera asistiendo al momento en el que se abría en canal a una gallina para ofrecerla en sacrificio a algún ser sobrenatural—. No puedo. Víctor, no puedo. Te deseo toda la suerte del mundo en la vida como se la deseo a Bea. Pero con ella no, juntos... no.

La frente de Víctor se pegó a la mía con resignación. Dolido. Muy jodido. Con una rabia que no podía expresar con palabras ni con gestos. Porque respetaba a mi madre y porque estaba delante de mí, y no podía faltarle al respeto a nadie delante de mí.

Pero tampoco quería.

Volvió a tomarme de la mano y me la aferró con fuerza, dejando claro que no se rendía. Estaba allí conmigo. Por mí. Por encima de todo. Y no iba a fallarme ni a dejarme en la estacada.

Otra vez no.

No como cuando informó que estaba conmigo. Que salía conmigo.

— Bea es una mujer adulta. Joven, pero adulta. Yo nunca he pretendido ningún mal para ella, ni tampoco para vosotros. Es una muchacha magnífica de la que tendríais que estar muy orgullosos. Pero si no es con vosotros... será sin vosotros. Sólo nos queda esperar a que os deis cuenta de ello. Sea cuando sea… nuestra puerta estará abierta. Con suerte la traspasaréis más pronto que tarde y nos haréis muy felices al hacerlo. Somos pacientes. No tenemos prisa.

— Pues para no tener prisa te la has beneficiado bien pronto, cabrón —terminó diciendo mi padre, volviendo a entrar en la tienda—. Si no había prisa no veo el motivo de ponerle un anillo en el dedo, o de no haber esperado a que saliera con chicos de su edad, que aprendiera lo que es la vida. No. Tenías que deslumbrarla tú con tu porte, tu carrera y tu independencia económica. Tú, que entrabas y salías el último año como si las chicas a las que te follabas te estuvieran manteniendo…

— Sí no tienes nada bonito que decir, papá, mejor no digas nada —le sugerí, cansada de su comportamiento ofendido—. Estoy harta de escucharte quejarte. Víctor es lo mejor que me ha pasado en la vida aparte de tener unos padres que se preocupan tanto por mí. Pero si no vais a ser compatibles… lo elijo a él.

Dolió más de lo que imaginé que sentiría nunca. Dolió como si de verdad no fuera a volver a verlos. Dolió como si los diera por perdidos tanto en mi pasado como en mi futuro. Porque estaba claro que habían faltado mucho antaño, y que se acercaban momentos de gran soledad.

Sin ellos.

Salí de la tienda antes de empezar a llorar. Víctor tardó un minuto en acompañarme. Lo que se dijo en el interior en ese tiempo no supe preguntárselo, cuando me rodeó de la cintura al lado de su coche, mientras yo me retorcía las manos, tratando de hacer frente al dolor que no quería encajar en aquel rompecabezas.

Había tenido tiempo de quitarme el anillo y mirarlo de cerca. Sí era o no un diamante lo que brillaba engarzado en el centro de la esfera me daba igual. Si era oro blanco, platino, plata o acero me era indiferente. Sólo me importaba la fecha que había grabado Víctor en el interior.

Que había hecho que grabaran.

La fecha de mi décimo octavo cumpleaños.

— Vamos a darles tiempo —me pidió, abrazándome por detrás y dejando su barbilla sobre mi cabeza.

Mis ojos bajaron al lazo que habían formado sus manos con las mías.

<<*Toda mi vida.*>>

Pero, claro... yo no era de decir las cosas en voz alta nunca.

Trigésimo tercera parte
La polla que no sabía dónde dejarme

— Sí me hicieras el favor de mudarte otra vez a la casa de las vecinas…

Víctor estaba haciendo una pequeña maleta para irse esa misma tarde. Viaje relámpago. Un día escaso para dedicarse en cuerpo y alma a dar todas las explicaciones que sus padres no tenían y que a él le hacía falta dar.

El domingo estaría de vuelta. Lo había prometido.

Conduciría día y noche, parando las horas que fueran necesarias, pero el domingo dormiría conmigo. Y el lunes me llevaría a la facultad. Y ya podían babear todas mis amigas y ya podían murmurar todos los profesores. Víctor era mi novio aunque no sabía muy bien qué significaba eso.

— Dame un buen motivo —le respondí yo, clavando mis ojos en su rostro contraído por la preocupación.
— Te voy a dar dos.

Hice un último intento en el coche para tratar de que me llevara con él ante sus padres, pero fue tan tajante a la hora de repetirme nuevamente que no que estaba claro que iba a ser una lucha perdida de antemano. No iba a poder apoyarlo cuando hablara con sus padres y tenía que respetar su decisión, aunque me muriera por acompañarlo.

— Se lo debo a tus padres —me dijo, como primer motivo—. Les he prometido que te respeto y te cuido, y dejarte a solas con alguien que no consideran ni respetable ni de cuidado no es la mejor manera de demostrarlo —me explicó, refiriéndose a Oziel—. Y la otra es que no me fío ni un pelo de ese hombre a la hora de sacarme de mis casillas. Está deseando volver a tener la oportunidad de provocarme, y no se la puedo ofrecer en bandeja.

— Pero es tu amigo —repliqué yo, a sabiendas de que Oziel era amigo y enemigo a partes iguales—. Sabes que hay cosas que probablemente sólo te diga para molestarte.

— Y me molestan —afirmó él, cerrando la maleta, donde se las había ingeniado para meter dos camisetas, unos calcetines y unos calzoncillos, junto con unos cuantos útiles de aseo, un libro y algo de comida para el viaje—. Y él lo sabe. Si no me molestara no habría problema. Estabas a salvo mientras yo no salté como si me estuvieran prendiendo fuego. Pero ahora…

— Pero ahora sigue siendo tu amigo —contesté yo interrumpiéndolo—. Por mucho que nos llevemos las manos a la cabeza es tu amigo. Estamos aquí gracias a él, sea por los motivos que sea, y vamos a seguir juntos hasta que nosotros queramos, con él o sin él al lado—. De eso último no estaba tan segura, pero era muy bonito pensar que podía ser del todo verdad—. Es un niño grande al que no le gusta perder. Pero yo soy una mujer pequeña a la que no le empieza a disgustar ganar. Sólo quiere demostrar que si quisiera… podría. Pero no implica que quiera.

— ¿Y qué sugieres? —preguntó, sujetándome por los hombros y atrayendo mi cuerpo contra el suyo—. ¿Que me muera de celos mientras estoy fuera, pensando en si se le habrá ocurrido la desfachatez de abrir la puerta del dormitorio cuando estás metida en la cama? ¿Que tenga un accidente al no poder concentrarme con las imágenes que me asalten mientras trato de llegar lo antes posible a casa?

— ¿Te refieres a abrir la puerta de este mismo cuarto como estoy haciendo ahora?—preguntó Oziel, entrando en la habitación, sin saber exactamente en qué punto de la conversación había empezado a escucharnos—. Tranquilo,

Víctor. Si después de tantos años sabes una cosa mínimamente cierta de mí es que me encanta el público para según qué actividades —soltó de pronto, haciendo que se nos quitaran las ganas de sonreír. O de respirar—. Sin que estés presente no es divertido.

Me quedé en el cuarto cuando Víctor se marchó, tras amenazar mil veces a Oziel con las más horribles torturas si se le ocurría molestarme lo más mínimo. Pero la puerta la había dejado abierta. Prefería escuchar cómo se movía el cazador a ser sorprendida de pronto y con la guardia baja. Aunque había conseguido convencer a Víctor de que no había nada que temer, de que todo estaba bien y todas esas patrañas, temblaba como una hoja.

— Por comentarios como esos son por los que no aparentas seriedad maldita —le comenté al abogado, pegando un grito, recordándole la frase estelar de que le gustaba tener público—. Es desconcertante que aún te queden huesos sanos en el cuerpo.
— Tiempo al tiempo —respondió, apareciendo en la puerta, apoyándose de lado contra la madera—. Soy muy joven para según qué cicatrices. Pero tengo en alta consideración a Víctor. Estoy convencido de que si le doy la oportunidad será capaz de quebrarme unos cuantos.
— ¿De verdad te gusta todo esto?
— Define esto.

Estaba claro que le gustaba, fuera lo que fuese.
Estaba claro que nunca iba a comprenderlo del todo.

— ¿Te gusta verlo celoso? ¿Nervioso por lo que pueda pasar? ¿Enfadado pensando en que tratarás de follarme?
— Sí. Me gusta. Lo disfruto horrores. Y más después de lo que hizo para arrebatarme a la última chica.
— Víctor me dijo que si tú no llegas a estar aburrido de ella no habría podido siquiera acercarse.
— ¿Eso opina? ¿Y desde cuándo tiene Víctor la autoestima baja? —preguntó, divertido—. ¿Ya se le pegan esas cosas de ti?

Le saqué la lengua a modo de respuesta.

— Tal vez le pasa desde que vive estresado pensando en si me habrás follado, si me estarás follado o si irás a follarme.

Soltó una carcajada.

— Ya te digo yo que sabe perfectamente que no te he follado, básicamente porque no he ido presumiendo por ahí de ello. Y porque aún no me ha matado, eso también —respondió, con ironía—. También sabe que no te estoy follado ahora mismo, porque me ha hecho prometer que permaneceremos colgados del teléfono con el manos libres del coche mientras conduce, escuchando cada una de nuestras palabras. —me dijo, levantando el móvil para que pudiera ver, horrorizada, que había una llamada en curso y que la cara de Víctor aparecía en la pantalla—. ¿Verdad, querido y confiado amigo?

— Verdad.

La voz del arquitecto sonó a través del manos libres y me llevé las manos a la cabeza. Aquello había ido demasiado lejos.

— Lo que no puede tener tan claro es que no vaya a hacerlo… pero ahí está lo divertido.

— Víctor sabe perfectamente que no vas a ponerme un dedo encima.

— ¿Y tú lo sabes?

— Yo también lo sé —respondí, tajante.

— ¿Y yo? ¿Lo sé yo?

Me fui a la cama lo más temprano que pude, tras compartir una de las cenas más raras de mi vida. Oziel cocinó para nosotros, mientras que la voz de Víctor desde el móvil nos iba comentando cualquier tontería que se le ocurría para llenar el silencioso vacío.

Y nos sentamos los tres a la mesa. El teléfono donde seguía la cara de Víctor ocupó el sitio de su plato, conectado a una batería externa para que no fuera a cortarse la llamada. Incluso, Oziel le había gastado la broma de servirle algo de comida.

— Imagino que a ti la comida no te está sabiendo tan bien como a nosotros —comentó, burlón, cuando puso el teléfono en el lugar que ocupaba siempre que se sentaba en la cena Víctor. Me recordó a esas videoconferencias de las películas, o la imagen futurista de un holograma que de pronto se personaba para darnos un mensaje importantísimo que desvelaba la verdadera trama del largometraje.

Con la diferencia de que el argumento era por todos conocido.

Chica se enamora de chico; chico está asombrado de que chica quiera sexo; chico se lamenta mil veces por caer en las redes de la chica; amigo de chico acabará en el anatómico forense tras ser descuartizado por chico tras sus bromas pesadas.

Lo típico para un viernes por la noche.

— Mi bocadillo está genial, gracias.
— ¿Y a ti, Bea? ¿Te gusta lo que te estoy dando de comer?

Se me encendieron hasta las orejas, pensando en su polla metida en mi boca hasta la campanilla.

— Buenas noches, Oziel —me despedí, cansada de los juegos infantiles de aquellos dos.

Me quité la ropa y me miré al espejo. Aparentaba de pronto mucha más edad de la que tenía, pero imaginé que era porque estaba demasiado cansada como para que mi rostro no se asemejara al de mi madre tras noches en vela trabajando en la tienda.

Mi teléfono sonó cuando ya estaba en la cama, metida bajo las sábanas.

— ¿No piensas relajarte esta noche? —le pregunté, nerviosa por sentir que era constantemente espiada por Víctor—. Ya me he venido a la cama. Ya Oziel está solo recogiendo los platos y poniendo el lavavajillas, o lo que quiera que esté haciendo ahí fuera. Y se irá solo a la cama...

— Acabo de llegar a casa.

Trigésimo cuarta parte.
La polla que durmió en el coche

— No me digas que de verdad no vas a subir a hablar con ellos ahora —le pregunté, sin creerme que fuera a ser capaz de hacer eso que me acababa de decir. Pasar la noche dentro del coche, solo—. ¿Estás tonto?

— Bea, ¿sabes la hora que es? —me preguntó, con voz tremendamente cansada.

En verdad no tenía ni puñetera idea de la hora que era pero estaba claro que Víctor no había hecho ninguna de las paradas que me había prometido y que, además, eran obligatorias para no hacer demasiadas horas o kilómetros y evitar accidentes por cansancio y distracciones.

— Ni idea —respondí, irritada. Me molestaba mucho que hubiera llegado tan pronto a su casa. Me había mentido y puesto en riesgo su seguridad por llegar antes. Por terminar el trayecto lo antes posible. Por zanjar ese asunto y regresar antes de que Oziel pudiera levantarme la falda.

<<¡Hombres!>>

No, no sabía qué hora era y no tenía ninguna gana de volverme a mirar el reloj despertador de la mesilla de noche.

— Son las dos de la mañana —respondió, con la voz algo hundida, y probablemente el cuerpo también. Sentí crujir la tapicería del asiento del coche mientras se revolvía en él. Imaginé que se estaba acoplando para pasar la noche y que por mucho que fuera a protestar no iba a servir de nada—. Si llamo al timbre a estas horas seguro que a mi padre le da un infarto y mi madre piensa que ya se le murió alguien. Ni idea de lo que pensará Laura, porque a esa lo que tengo que darle es un buen par de azotes para que simplemente deje de tener ideas.

Imagino que lo de darle un escarmiento a su hermana se debía al interés que ya le conocía por Oziel, pero a esa hora, metida en la cama, con todas las emociones vividas en el largo y escabroso día, se me antojaba que podía ser por cualquier cosa.

— ¿Y por qué no vas a un hotel? ¿Qué necesidad hay de quedarte en el coche? —pregunté, preocupada, imaginándome que cualquier cosa horrible le podía suceder si pasaba la noche con la única protección de una chapa y unos cuantos cristales.

<<Y el caucho de las ruedas, no nos olvidemos de eso.>>

— Porque es tarde. Porque de lo que tengo ganas ahora mismo es de cerrar los ojos y olvidarme del día de hoy y voy a necesitar estar lo más descansado posible para poder hablar con mis padres seriamente mañana. Y quiero hacerlo temprano. Como coja una cama no me levanto hasta las tres de la tarde.

Fue como si me quedara sin aire en los pulmones porque alguien estuviera apretándome las costillas para evitar que se expandieran. Víctor quería olvidar el día, con el anillo de compromiso, con la declaración directa que implicaba un "te quiero" y la mía en respuesta. Quería morirme y no sabía si la muerte dolería tanto.

<<¡Joder! Vaya mierda.>>

Me revolví en la cama, tratando de recordarme a mí misma que todo aquello era una farsa, que el hecho de que Víctor estuviera aceptando enfrentarse a mis padres no implicaba que estuviera interesado en mantener nuestra historia hasta el fin de los días. Prueba de ello era que quería olvidarse de todo. Hacer borrón y cuenta nueva del día.

¿Implicaba eso su "te quiero"? ¿El anillo?

<<No me dijo "te quiero", sólo mintió a mi madre.>>

— Pues entonces... —comencé, tratando de que no me temblara mucho la voz mientras volvía a hablar— espero que descanses y que todo vaya bien mañana.
— ¿Estás bien?
— Sí. Yo también estoy desesperada por terminar este día de mierda. Mañana tengo mucho que estudiar, así que espero quedarme dormida pronto.

<<Sí, claro. Que para mí no ha sido uno de los días más bonitos de mi vida. Vamos a tratar de obviar todas esas cosas románticas que no me ha dicho a mí, sino a mi madre.>>

Estaba claro que mentía, pero Víctor no se preocupó por llegar hasta el fondo, ni yo le di más explicaciones. Que hablara con sus padres, que regresara a casa cuando quisiera y que fuera lo que Dios quisiera... porque estaba claro que él no quería mucho.

<<Melodramática hasta el final.>>

Me despedí de él cuando las lágrimas estaban a punto de aflorar, no queriendo darle a entender que me pasaba algo mucho más grave que el mero cansancio del que le había hablado.

— Espera...

Guardé silencio. Esperé, como me pidió. Contuve el aliento y el corazón se me aceleró. Con un par de simples palabras podía hacerme olvidar todo, pero sabía que no iba a pronunciarlas. Él no estaba preparado para decirme lo que yo necesitaba escuchar, y tal vez no fuera a llegar nunca.

Fuera, Oziel había dejado por fin de hacer ruido en la cocina. Pensé que trataría de entrar en el dormitorio a darme las buenas noches pero lo escuché dirigir sus pasos hacia su propia habitación y cerrar la puerta, sin desviarse para hacer una parada en la mía. Respiré aliviada... y apesadumbrada. Probablemente Oziel también quería borrar ese día del calendario. El día en el que yo no había sucumbido a sus encantos.

Tal vez porque no se había empleado lo suficiente.

Tal vez porque ya no iba a poder embaucarme.

<<Tal vez porque ya no le resulto lo suficientemente interesante.>>

— Espero que Oziel no te moleste esta noche —dijo, sin más, tras una pausa que me resultó eterna.

¿Para eso me había pedido que esperara? ¿Para asegurarse de que no me liaba con Oziel, al menos esa primera noche? Tenía ganas de matarlo, pero no podía permitirme el lujo de que se notara. No a esas alturas, en las que mi corazón estaba tan en juego como mi salud mental.

Ganas me entraron de irme directa a la cama del abogado.

Pero se me quitaron de inmediato.

Por suerte, no estaba tan resentida como para dejar que la rabia me nublara el buen juicio. Algo me quedaba aún...

— Oziel no me va a molestar esta noche si no puede molestarte a ti —respondí, bastante seca y molesta, algo aburrida del discurso de ambos. Por un lado, el de Oziel, que parecía no tener otro objetivo en la vida que hacerme caer para molestar a su amigo del alma. Y, por otro, el de Víctor, que por más que supiera que estaba enamorada hasta las trancas de él seguía creyendo que no sería capaz de resistirme a los encantos del casanova del abogado.

Sí, tal vez debí de haberme marchado a casa de las vecinas. Allí seguramente me habría encontrado mucho más tranquila. Y más comprendida. Allí, al menos, habría podido distraerme con el desparpajo de las muchachas, deseosas de ser las elegidas para participar en el siguiente juego de Oziel.

Les debía algunas fotografías de aquel hombre desnudo, por cierto.

<<Pues peligroso va a ser que de pronto se quede desnudo.>>

— Ojalá tengas razón.
— ¿Sabes una cosa? —le pregunté, con ganas de colgar, aunque las lágrimas se me habían secado antes de derramarlas—. Es bastante irritante que vayas a seguir pensando en que no soy capaz de controlarme y que estoy perdida al lado de tu amigo. Si esa es la impresión que te doy tal vez no deba permanecer mucho más en este cuarto, porque está demasiado cerca de donde va a pasar él la noche. Es normal que mis padres me consideren una niña si tú también sigues pensando que lo soy. ¡Un mar de hormonas revolucionadas! ¿Por eso estoy aquí, sólo porque me vuelve loca tu polla?
— Bea, por favor…
— No quiero discutir, Víctor. Sé que estás cansado, que es tarde y que mañana te espera un día complicado. Mañana dormiré en otra parte. Mientras tanto, sólo te queda confiar en mí.
— Confío en ti…
— Lo demuestras muy mal, entonces.

Víctor guardó silencio y yo también, molesta por haber saltado al final. No era la forma más adecuada de darnos las buenas noches. No era la forma de agradecerle que se hubiera atrevido a seguirle el juego a Oziel, ni de que se hubiera pasado conduciendo más de cuatro horas seguidas para llegar y soltarle una mentira a sus padres.

No, no eran las formas.

Pero ya no tenía remedio.

<<¡Mierda!>>

— Buenas noches, Víctor.
— ¿Puedo decir algo que arregle este malentendido antes de que me cuelgues el teléfono?

<<Sí. Claro que puedes decirlo… Pero no vas a decirlo.>>

Trigésimo quinta parte.
La polla que no estaba

Dormí mal, como era de esperar. O apenas dormí, como tampoco estarían haciendo mis padres, pensando que estaba allí, en la cama de un hombre mucho mayor que yo que había tenido la desfachatez de ponerme un anillo en el dedo y apartarme de su lado.

Que me hacía estremecer como a una mujer.

Que abusaba de mí como con una niña.

Lo de crecer era una cosa muy mala. Pero cuando era una mocosa las noches no eran mejores.

Simplemente había cambiado el motivo de mis desvelos.

Antes no dormía porque deseaba la polla de Víctor. Ahora, en vez de eso, no lo hacía porque pensaba que Víctor no me quería. Y que tarde o temprano se cansaría de mí, como había vaticinado mi padre. Pero, ¿cuándo me había creído yo la mentira de que el amor era eterno? ¿Estaba loca? Había visto discutir a mis padres cientos de veces, recordaba a mi madre haciendo las maletas una noche y llevándome con ella a casa de mi abuela, donde permanecimos unos cuantos días, hasta que por fin mi padre apareció para hablar con ella y aclarar las cosas. Durante esas tristes horas recordaba a mi abuela abrazando a mi madre, repitiendo la frase de "el amor se acaba", mientras le peinaba con los dedos el cabello y la iba besando el rostro surcado de lágrimas a cada pasada.

Ellos habían seguido, pero aquel percance de mi rebeldía podía haber afectado nuevamente —y de forma mucho más grave— a su matrimonio. Tal vez tuvieran razón y fuera demasiado joven para saber lo que quería, lo que me convenía, lo que podía esperar de la vida.

Si apenas había empezado la relación con Víctor y ya se tambaleaba...

— No se tambalea —me dije, enterrando la cara en la almohada—. Se derrumba porque no me quiere.

Pero, hasta hacía nada, tampoco me deseaba. Y ahora estaba durmiendo en su cama, disfrutando de su cuerpo tanto como él del mío, y enfrentándonos a nuestros padres por seguir adelante.

— No, a sus padres se enfrenta él, que a mí no me deja.

Decidida, mandé a las cuatro de la mañana un mensaje a Laura, pidiéndole que hiciera eso que había hecho Víctor con su teléfono para mantenerse informado de lo que pasaba en el piso. Cuando su hermano entrara en su casa con la intención de informar a sus padres necesitaba saber qué era lo que se decían. Algo me empujaba a pensar que no debía fiarme y eso era horriblemente doloroso.

¿Y si les decía la verdad para no preocuparlos y les hacía prometer que no dijeran nada, para que no se descubriera el pastel?

No se atrevería...

Pero igual que dudaba él de mi capacidad para no caer en las redes de Oziel iba a dudar yo de su capacidad de seguirnos el juego y mentirle a sus padres. Después de todo, no me había dejado que lo acompañara, y eso era muy sospechoso. ¿No?

<<La excusa que me ha dado es muy buena. ¿Por qué tengo que seguir desconfiando?>>

"Por favor. Necesito la conversación de Víctor y tus padres de mañana. Entera. Por favor..."

Lo de repetir dos veces un por favor daba a entender lo angustiada que estaba. Dudaba mucho de que mi amiga me fuera a fallar si leía el mensaje a tiempo, y mucho menos si considerábamos el contexto, que si se lo pedía a las cuatro de la mañana no era lo mismo que pedírselo a las cuatro de la tarde, cuando se suponía que yo era de buen dormir —hasta donde sabía Laura— y que me quitara una conversación el sueño no se lo esperaba.

Lo que pasaba era que no sabía la conversación que me lo había quitado. Y yo no pensaba contársela.

<<Lo que me faltaba era que Laura piense que en verdad me gusta Oziel y que estoy pensando en ponerle los cuernos a su hermano con el abogado.>>

Después de enviar ese mensaje miré en el chat que tenía con Víctor a ver cuándo había sido la última vez que se había conectado, y me sorprendió enterarme de que no hacía demasiado. ÉL tampoco podía descansar, aunque tal vez sólo por la incomodidad de ir a hacerlo en el interior de su coche. O porque lo de enfrentarse a sus padres no era plato de buen gusto, fuera a decirles lo que fuera. O porque también le daba cierto de respeto lo de dormir en la calle, a la vista de posibles atracadores.

<<O asesinos en serie.>>

¿Quién iba a querer cargarse a un arquitecto? A un funcionario sí, pero a un arquitecto de una empresa privada, que apenas si había empezado a trabajar en sus primero proyectos, no tenía demasiado sentido. Aunque para intentar robar un coche y desguazarlo para venderlo por piezas no hacía falta demasiado odio hacia los arquitectos. Sólo falta de dinero, o mucho aburrimiento.

En lo que llegaba a pensar mientras no aparecía el sueño por ninguna parte.

Por fin me quedé dormida, pero no después de estar más de veinte minutos pensando en si debía de escribirle un mensaje o no. Víctor lo estaba pasando igual de mal que yo aquella noche, tal vez incluso peor, si pensábamos en que tenía que enfrentarse aún a la ira de sus padres. Si pensaba en que en verdad iba a mentirles. Si pensaba en que estaba allí para conseguir que nuestros progenitores nos trataran como adultos capaces de sentir algo el uno por el otro, y no como hasta ese momento. Como hermanos.

Como lo que no éramos.

Pero la rabia pudo conmigo y no le escribí ningún mensaje. Desde mi punto de vista, Víctor se merecía sufrir bastante. Si tenía que seguir pasando las noches en vela bienvenidas fueran. Yo necesitaba sentirme querida y apreciada, y en lo único en lo que se centraba el arquitecto era en apartarme de las garras de su amigo.

<<¿Y eso no significa que me aprecia y me quiere?>>

No estaba siendo justa, pero había veces en las que la justicia no servía de nada. Y aquella era una de esas veces.

Me desperté con dolor de cabeza y presión en los ojos. No supe decir si era temprano o tarde, ya que la persiana estaba cerrada y la habitación de Víctor permanecía a oscuras. Todo lo que sabía era que había descansado poco, que me sentía agotada y de mal humor nada más abrir los ojos y que necesitaba de Víctor más de una respuesta.

Miré el despertador de la mesilla de noche. Marcaba las once y media de la mañana.

Corrí a coger el móvil, que había dejado perdido sobre la almohada, y busqué noticias Víctor en la pantalla. Me había enviado un mensaje a las ocho de la mañana, imagino que la hora justa en la que había decidido abandonar su coche y entrar en su casa. También tenía uno de Laura, de un poco más tarde.

"Voy a subir ahora. Deséame suerte".

Y, aunque ya era tarde para decirle nada, lo susurré contra la pantalla, acariciando las palabras de su mensaje con la yema de los dedos.

Y acto seguido corrí para leer el de Laura.

Había un archivo de audio adjunto.

"Acaba de entrar por la puerta. Creo que se va a armar bien gorda. Empiezo a grabar. Luego te lo envío todo si no se dan cuenta".

Descargué el audio y marcó cuarenta y cinco minutos de grabación.

Necesitaba un café.

Trigésimo sexta parte.
La polla a la que grabó Laura

Fui corriendo hasta la cocina y me apoderé de la cafetera. Estaba caliente, por lo que entendí que Oziel no hacía mucho que había estado por allí y se había servido uno. No lo vi por ninguna parte pero era cierto que tampoco lo busqué. Había saltado de la cama como si le hubieran prendido fuego, había entrado en el baño apenas dos minutos y ya estaba con la bata sobre los hombros buscando café.

Quería poner el audio pero necesitaba intimidad y la cabeza despejada para eso, así que al menos debía establecer mis prioridades. Una taza de café, primero, y ya luego volver a la habitación con el móvil y ponerme a saborear toda la conversación entre Víctor y sus padres.

Mientras encendía el fuego y ponía la cafetera encima eché miradas furtivas al teléfono que reposaba sobre la encimera. Necesitaba saber qué les había dicho. Qué le habían contestado. Qué había comentado con malicia Laura.

Qué sentiría yo al escucharlos.

A la mierda el café.

Le di a reproducir el audio y apareció un pequeño mensaje de Laura al principio, como susurrando, mientras las voces de fondo se iban haciendo más intensas hasta ocuparlo todo.

— A ver si no me pillan —dijo, con voz queda, mi amiga—. Voy hacia el salón. Mi madre se está vistiendo pero mi padre anda ya hablando con él.

Luego un poco de ruido de fondo y el sonido del teléfono al dejarse sobre una superficie dura cerca del centro neurálgico de la casa, que en ese momento no era otro sitio que entre Víctor y sus padres. Tragué saliva, me incliné sobre mi móvil y dejé que siguiera sonando el audio mientras el agua dentro de la cafetera italiana comenzaba a hervir.

— Casi ni nos hiciste caso cuando fuimos a verte por tu cumpleaños y te presentas hoy aquí sin avisar —dijo su padre, a modo de saludo, mientras el ruido del móvil viajando por el salón se iba atenuando—. ¿Qué demonios te pasa, Víctor? ¿Cuándo dejaste de ser el hombre al que conocíamos?

— Cuando se le metió por los ojos Bea —replicó su madre, desde lejos. Siguieron unos pasos claros que se acercaban y después un sonido como si alguien se hubiera dejado caer bruscamente sobre el sofá. Tal vez Laura—. Por no mencionar otros sitios por dónde se puede haber metido ¡Dios, no puedo ni pensarlo! ¿No es así, Víctor? Antes estas cosas no pasaban.

— No. No pasaban —respondió Víctor, dejándose escuchar por vez primera—. Hay cosas de las que siempre me cuidé toda la vida, pero de pronto dejaron de ser efectivos los métodos que tenía para alejarme.

Un crudo silencio que duró apenas un instante. Un instante que me permitió apagar el fuego y apartar la cafetera. Un instante en el que pensé que me daría tiempo a servirme una taza y beber un sorbo. Pero lo dejé reposar. Tenía ya la mente bastante despierta.

De pronto el café no era para nada primordial.

— Y claro —dijo su padre— había que dejar que pasara con Bea. ¿Por qué demonios con ella, precisamente? ¿Cuándo nos lo ibas a decir?

— Os lo dije el otro día...

— ¿De qué formas, Víctor? —lo interrumpió su madre—. ¿A la carrera? ¿Sin mirarnos a los ojos? ¿Avergonzado? ¿Para luego

salir corriendo y no volver a verte hasta que nos llevaste a la estación? —le preguntó, muy molesta—. ¿Esas son formas?
— No, pero tampoco tenía otras.
— Me estoy cansando de tus excusas, Víctor —le soltó su padre, alzando la voz—. ¿No tenías bastante con todas las chicas de la universidad? ¿Con las que te topabas cuando salías de copas? ¿Con las que enredarte en la cama? ¿Por qué tuviste que hacerle eso a una niña?

Alguien resopló. Alguien lanzó un lamento. Alguien sollozó.

Y no estoy segura de que fuera la misma persona.

— Bea no es una niña —volví a escucharle decir a Víctor, como le dijera a sus padres. Como me dijera a mí—. Pero es verdad, ojalá no me hubiera fijado en ella.

Saber que lo seguía pensando lo hacía todo mucho más duro. Tuve que apartarme de la encimera para ir a buscar la taza. De pronto necesitaba ese café; beber algo amargo, sin azúcar y sin leche. Que se me cayera la boca al suelo por el mal sabor y no por el pesar después de escuchar a Víctor.

La conversación sólo podía mejorar, porque a peor ya era imposible que fuera. ¿No?

Bebí y me quemé la lengua. Maldije por la mañana de sábado tan mala que estaba teniendo, cuando se suponía que lo verdaderamente malo para mí era el viernes por la noche. Pero había que recordar que la anterior también había sido pésima.

— Y como ahora no tiene remedio vamos a tratar de centrarnos, que he venido aquí a deciros algo importante.
— No vayas a soltar por esa boca que la has dejado embarazada —soltó su madre.

Imaginé la cara de Víctor. Me volvió a dar algo de pena.

— ¿Por qué a todo el mundo le tiene que dar por pensar que soy incapaz de saber lo que me traigo entre las piernas? —preguntó Víctor, muy molesto. Era normal que lo estuviera después de que mi padre había pensado exactamente lo mismo de nosotros—. Sé usar un puto preservativo, joder. No. Bea no está embarazada, y espero que pasen muchos años antes de que llegue a estarlo.

— ¿Siendo tú el padre? —preguntó Laura, apareciendo por primera vez en la conversación. Supuse que a Víctor se le tenía que haber quedado otra vez cara de tonto al pensar que también aquella otra mocosa iba a malmeter en la conversación.

— No tengo ninguna intención de ser padre...

— ¡No puedes hacer eso! —exclamó ella, divertida—. ¡Yo quiero ser tía! Seré una tata maravillosa...

— Laura, o te callas la boca...

De pronto ya no estaba sola en la cocina.

Oziel apoyó su cuerpo contra la encimera, justo a mi lado. Llevaba puesto un pantalón de deporte y una camiseta de manga corta que se ajustaba a su cuerpo de una forma completamente obscena. Llevaba el cabello alborotado sobre la frente, y sus ojos juguetones volaron de la pantalla de mi teléfono a mi rostro varias veces.

— Esa voz me resulta familiar... —comentó, con media sonrisa, oliendo el café—. ¿A cuánta gente manda a callar ese hombre a diario?

Se rascó la cabeza como si estuviera de verdad dudando y me guiñó un ojo cuando se escuchó la siguiente frase desde la grabación. Se llevó un dedo a los labios para pedirme silencio, como si yo fuera la que estuviera montando un enorme escándalo que le impidiera entender lo que se decía.

— ¡Cómo se te ocurra amenazar a tu hermana te rompo la cara, jovencito! —replicó su madre, reprendiendo a Víctor—. Tiene la misma puta edad que Bea. ¿A ella la tratas de la misma manera?

Alguien gruñó, presumiblemente Víctor. Yo también lo habría hecho. Estaba claro que no estaban siendo justos con él en esa casa. Pulsé el botón de pausa y miré a Oziel con el ceño fruncido. Cogí el teléfono y lo metí en el bolsillo de la bata, llevándome después la taza de café amargo y asqueroso a los labios.

— Quiero un poco de intimidad, Oziel —le pedí, alejándome un metro de su tentador cuerpo—. Lo que tengan que decirse no es asunto tuyo.
— Lo que tengan que decirse tampoco es asunto tuyo —replicó él— ya que no te llevó con él. ¿No te parece?
— Tú siempre golpeando bajo...
— Por los bajos suelo hacer otra cosa, Bea.

Tragué saliva. A mi mente vino la imagen de Oziel arrodillándose delante de mí, llevando sus manos a mis muslos para separarlos y metiendo los dedos entre ellos, buscando mi respuesta.

Mi húmeda respuesta.

Me estremecí. Y, por supuesto, Oziel lo supo.

— Por favor. Quiero escuchar esta conversación a solas.
— Ya. Y por eso estás aquí parada, en la cocina, donde yo podría encontrarte en vez de haberte metido en el baño —replicó Oziel, con una sonrisa burlona—. Porque, ya puestos, hay muchos sitios donde podrías haber encontrado intimidad, y uno no es precisamente nuestra cocina.

Y al decirlo me apartó un mechón de la frente, con los ojos clavados en los míos.

— A veces eres insufrible...
— ¿Sólo a veces?

Trigésimo séptima parte.
La polla a la que volvía a espiar

— Vuelve a reproducir esa conversación otra vez si no quieres que empiece a torturarte. Y te aseguro que la tortura va a gustarte mucho —me susurró, acercando su boca a la piel sonrojada de mi mejilla—. A Víctor tal vez un poco menos. Pero a ti va a encantarte.

— No te atreverás...

Lo dije sin convicción, pero deseosa de que fuera verdad.

<<No, estúpida. De que fuera mentira.>>

Lamió unos centímetros de piel y me temblaron las piernas. Sí, podía atreverse. Y podía atreverse mucho.

Salí corriendo hacia el pequeño pasillo desde el que se abrían paso los dormitorios. Tenía la respiración agitada y no precisamente por la carrera que me había metido. No lo veía capaz... y sin embargo lo era.

Muy perverso.

Muy descarado.

Abrí la puerta y me encerré en el dormitorio. Ni cuenta me di que había dejado atrás la taza de amargo café, mi dignidad y una zapatilla de estar por casa en la carrera. Una Cenicienta nada glamurosa. Oziel se tenía que estar partiendo de risa. Me lancé sobre la cama y traté de concentrarme en lo que tenía delante. La declaración de Víctor a sus padres me estaba esperando y yo no hacía sino tontear.

— Estoy gilipollas.

<<No, lo que estoy es jodida después de lo que dijo Víctor.>>

Era cierto. No tenía ganas de escucharla entera por si seguía desengañándome, por si volvía a decir alguna lindeza como la que le acababa de oír. Me había ilusionado con la relación y de pronto volvía a hundirse todo mi mundo. Me había enfadado con mis padres, defendiendo una relación que probablemente tenía los días contados, como ellos decían. Me había ido de casa luchando por un ideal del que Víctor parecía no estar nada orgulloso, y eso no podía hacerme sentir bien de ninguna de las maneras.

<<Ya sabía lo que pensaba. Siempre se ha avergonzado de lo que hizo.>>

Era verdad. Lo sabía. Pero no había importado mientras a mí no me nublaron la vista sentimientos más complejos. Era mejor estar simplemente encaprichada de la polla de Víctor que estar desesperada por las atenciones de todo él. Era más complicado tenerle entero a sólo levantarle la polla.

Aun así no podía ser cobarde. Había visto que Laura me había enviado un par de mensajes más y como siguiera sin contestarle me llamaría. Tampoco sabía si Víctor había escrito algo más. No tenía ni idea de cómo había terminado la discusión con sus padres, pero esas cosas no solían ir nunca bien y por lo que le entendía a Víctor tampoco pensaba de forma diferente. Dejé el móvil sobre la cama y le di a reproducir nuevamente.

— Lo siento, Laura. Sólo estoy nervioso. No tienes la culpa. Sé que era sólo una broma.

Imaginé a mi amiga mordiéndose la lengua para no decirle que de broma nada, que estaba deseando acunar a nuestro hijo entre sus brazos y que en cuanto tuvieran un momento a solas sin la vigilancia de sus padres se iba a desquitar a base de bien. El tono de Víctor había sonado del todo contrito, así que nadie hizo ningún comentario más acerca de la pequeña amenaza, ya que todo el mundo tenía que estar seguro del amor que se profesaban esos dos.

— Ya me invitas luego a almorzar y se me pasa —le contestó ella, aliviando la tensión que se había instalado en el salón.

— Pues vale. Ya sabemos que estás con ella —continuó su padre, de forma muy brusca—. Ya sabemos incluso que te la has llevado a vivir contigo al piso. Ya sabemos que tienes a Ana y a Eduardo amargados con vuestra historia, y no quiero ni imaginar que si tú estás aquí Bea está a solas con ese mamarracho que tienes por amigo…

— Oziel es un tanto llamativo para algunas cosas —contestó él, defendiendo lo indefendible, ya que a ciencia cierta Oziel se había comportado como un mamarracho con sus padres— pero se ha extremado para que yo reaccionara. Llevaba mucho tiempo parado pensando en si debía continuar y hacerlo público, pero no me atrevía…

— Pues debiste dejarlo correr y ser el adulto de la relación. Decirle a Bea que buscara a un chico de su edad y no haberte aprovechado de ella.

— No me he…

— No me hagas decir en voz alta lo que has hecho…

Había durado poco el efecto de la broma de Laura. Una pena, teniendo en cuenta que todavía no había llegado la parte tensa de la conversación. Porque todo podía empeorar.

— Lo que he hecho es ver a Bea como la mujer que es. Joven, pero mujer. Si tú la vieras todos los días y trataras con ella te habrías dado cuenta de la diferencia. Al igual que ha crecido Laura…

— Laura sigue siendo una niña, también.

— Iba a contestarte que las niñas no hacen lo que yo hago, papá. Pero ya si eso lo hago otro día, cuando no estés tan de mala leche y la idea de que esté teniendo ya relaciones sexuales te ponga los pelos de punta.

El desparpajo de Laura me dejó con la boca abierta. Imaginé la misma cara en Víctor y en sus padres, a los que la visión de mi amiga retozando de forma nada infantil con su novio en la cama tuvo que asaltarlos en ese preciso instante. Tal vez, incluso, a Víctor se le pasó por la cabeza la escena de Oziel lanzándose sobre ella, aprovechando el sentimiento que parecía despertar en su hermana. Si tenía ganas de matar a su amigo antes de emprender el viaje tras imaginarlo metiéndose entre las piernas de Laura las ganas no tenían que habérsele pasado. Es más, probablemente la forma de asesinarlo se había recrudecido un tanto.

— Una palabra más y te marchas a tu cuarto, insolente —le respondió su padre, muy enojado.
— No, papá. Laura también tiene que estar presente cuando os cuente la noticia.
— Pues o la sueltas de una puñetera vez o sales ahora mismo de esta casa, que ya bastante tenemos con lo que nos has echado encima.

Mala forma de empezar. Mala forma de continuar. Y se veía que iba ser una mala forma de terminar. Con esa frase no podía esperarse que sus padres fueran a aceptarlo.

— Pues imagino, entonces, que esto no os va a alegrar.

Un silencio duro volvió a adueñarse de su salón y a la vez de nuestra alcoba. Se me hizo un nudo en el estómago y de pronto me vi meciéndome adelante y atrás en la cama, como una de esas chicas con camisa de fuerza a la que encierran en una habitación de aislamiento porque ha perdido la cabeza. Cada vez tenía más ansiedad, los instantes de ausencia de palabras se hacían más eternos y las voces en mi cabeza no me daban tregua. Estaba claro que al final sí iba a necesitar ayuda para controlar la ansiedad.

Pero esperaba que no fuera con los métodos de Oziel.

— Hijo —escuché de pronto a su madre llamarlo—. ¿A ti te hace feliz?

La pregunta del millón. Esa que a nadie se le había ocurrido formular, y a mí tampoco. La noticia no iba a alegrarles a ellos, pero por una vez alguien quería saber qué sentía Víctor.

<<Ni yo se lo he preguntado.>>

No. Me había dedicado a pensar que quería follarme y luego huir de mí sin importarme si en verdad estar conmigo lo hacía feliz. ¿Cómo iba a hacerle feliz si ni siquiera había pensado en eso? Acosarlo, perseguirlo, presionarlo... Eso no podía alegrarle la vida a nadie.

Contuve el aliento mientras, imagino, también lo contenía Víctor.

Y su familia.

— Ahora mismo me haría feliz que os pusierais de mi parte.

Muy diplomático.

<<Mierda.>>

Otro instante de silencio. Ahora entendía que la conversación que había grabado Laura fuera tan larga. Si se le quitaban todos esos incómodos instantes en los que sólo se miraban a los ojos, resoplaban y medían sus fuerzas, probablemente se podría reducir a la mitad. En la opción de avanzar imágenes en un vídeo me habría puesto a saltarme todas esas escenas que estaban de relleno, con el mando a distancia echando humo de tanto darle a la tecla.

— Me parece que siempre hemos estado a tu lado, Víctor — confesó su madre, con tono cariñoso. Por suerte la tensión había vuelto a bajar. El poder de las palabras de una mujer que lo quería había resultado balsámico—. ¿Quieres decirnos ya qué es lo que has venido a decirnos?

Laura se rio.

— ¡Ay, madre! —exclamó su padre, empezando a entender lo que pasaba.

Lo iba a decir. No les iba a dar una versión equivocada. Había desconfiado para nada de Víctor.

— Pues sí, papá —sentenció el arquitecto—. Le he pedido a Bea que se case conmigo.

Trigésimo octava parte.
La polla que se casaba

De acuerdo. Se había atrevido. Lo había hecho. Todo seguía el plan previsto por Oziel. Entonces, ¿por qué me sentía como una basura? Víctor volvía a verse acorralado, obligado a actuar, y ni se me había pasado por la cabeza preguntarle si a él todo aquello lo hacía feliz.

<<Anoche me acosté enfadada con él, porque no hacía sino incordiarme con sus celos hacia Oziel, y hoy lo único importante es lo egoísta que sigo siendo. Una mocosa.>>

Era horrible seguir tambaleándome entre una emoción y otra. Tan pronto me fastidiaba que Víctor no fuera capaz de hacerme ver que le importaba más allá de su necesidad de apartarme de las garras de Oziel como tan pronto me dolía estar atándolo demasiado, haciendo que se asfixiara. Al fin y al cabo no me había prometido amor eterno… y yo tampoco a él. No tenía sentido que no fuera capaz de mantener la mente fría durante al menos un par de horas para poder pensar con claridad.

<<¿Qué quiero aclarar? Si no me ha dicho que me quiere es que no me quiere y punto. Los hombres no son tan complicados como las mujeres.>>

Salí de la alcoba con los ojos enrojecidos y me apoderé de mi café y de mi zapatilla. Nuevamente no vi a Oziel por ninguna parte y eso me hizo sentir un poquito peor si cabía. Era muy molesto no tener a nadie a quien comentarle lo que me pasaba, lo que me corroía y lo que me hacía temblar. Y era molesto necesitar a alguien como él al lado, después de haber salido huyendo precisamente para no acabar entre sus manos, consumida por sus labios.

Iba regresando a la alcoba para ponerme algo decente con lo que salir a la calle cuando me lo tropecé saliendo de su habitación. Se había cambiado de ropa y llevaba un pantalón vaquero y una camisa que le sentaban de miedo. Iba a ser verdad que su ropa estaba hecha a medida. Comprendía perfectamente que Víctor pudiera sentirse algo intimidado cuando de competir con Oziel se trataba, pero su carácter desvergonzado y mujeriego tenía que espantar a las mujeres más serias, que tal vez habían visto en Víctor una opción más segura.

Pero ahora era mío...

<<Bueno, eso está por verse.>>

> — ¿Y en qué ha terminado la cosa? —me preguntó Oziel, llevando su mirada a mis manos buscando el teléfono móvil... sin encontrarlo. Sólo llevaba la taza de café, porque la zapatilla me la había puesto en el pie.
> — Pues en que Víctor ha hablado.
> — ¿Y no esperabas que fuera a hacerlo después de recorrer tantos kilómetros?

Oziel parecía horrorizado ante las dudas que sentía. Creo que pensaba que era un caso perdido, y yo empezaba a pensar exactamente lo mismo. Víctor había reconocido que estaba conmigo, pero no era suficiente. Víctor me había llevado a vivir con él, pero no me parecía suficiente. Víctor había besado a Oziel para que no tuviera que hacerlo yo y no me parecía suficiente. Y Víctor había mentido a mis padres y a los suyos... pero nunca iba a ser suficiente.

<<No, nunca no. Cuando me diga que me quiere lo será.>>

Pero no. Después querría un compromiso de verdad, una boda e hijos, y todo se me estaba yendo de las manos porque no iba a saber conformarme con lo que me iba dando el hermano de mi amiga. Iba a su ritmo y yo había acelerado de una forma vertiginosa. Habría sido mejor pensar en ser sólo su amante ocasional, una de sus muchas follamigas, para luego ver si ambos queríamos algo más.

— Pues perfectamente podía haber ido e inventarse otra cosa que a sus padres les doliera menos.

— ¿Y que luego hablaran con los tuyos y se dieran versiones diferentes? ¿De verdad crees que entre ellos no se dicen las cosas?

— Víctor podía haberles pedido que no dijeran nada.

— Ya. También Víctor podía bajarse la cremallera del disfraz con el que oculta su aspecto de extraterrestre y dejar a todos con la boca abierta al mostrar piel verde con escamas y algo de moco radiactivo —se burló el abogado, haciéndome enrojecer hasta las orejas—. Bea, si Víctor no hace lo correcto no es Víctor...

— Pues se acostó conmigo.

— ¿Y acaso eso está mal?

Vale, ahora mismo no tenía ganas de volver a pensar en las trabas psicológicas que habíamos tenido que superar ambos hasta entender que no estábamos saltándonos ninguna ley natural que dijera que él y yo no podíamos acabar retozando en una cama, disfrutando del ardor de nuestros cuerpos, frotando y encendiendo nuestra piel...

<<¡*Follando, joder! Follando...*>>

Me subió la temperatura de golpe.

— Pues les ha mentido a mis padres y a los suyos.

— ¿Crees que en verdad les ha mentido, o ha adelantado una posibilidad que puede darse en un futuro más o menos lejano, y que ahora mismo no le resulta para nada desagradable?

Se le daba jodidamente bien lo de defender su teoría. Y lo de desarmar las mías. Era normal que fuera abogado.

— Vale, tú ganas. Para luchar contigo me hace falta mucho más café.

Me quitó la taza de las manos y echó un trago del brebaje. Arrugó la nariz al probarlo y me la devolvió, casi haciendo que se derramara.

— Más café y más azúcar, por no decir algo de leche también. ¿Qué ha sido de nuestros cafés de por la mañana?
— Hemos compartido sólo unos pocos…
— Suficientes para saber que así no te gusta el café.
— Ahora mismo nada puede saberme bien, Oziel.

Me miró con el gesto torcido, intranquilo ante el abatimiento que dejaba entrever mi rostro. Aquellos altibajos emocionales iban a hacerme vomitar, como si estuviera montando desde hacía semanas en una montaña rusa sin fin, y sin la seguridad de que pararía algún día para recoger a nuevos pasajeros y dejar morir en tierra a los viejos.

— Tengo que llevarte a hacer algún curso de autoestima.
— No creas, me la subisteis bastante cuando dejasteis de llamarme mocosa —bromeé, sacándole la lengua y disfrutando de su rostro sorprendido por mi nueva osadía, cuando apenas un instante antes parecía estar a punto de llorar. ¿Quién podía entender a las mujeres?
— Pues no ha sido suficiente, por lo que parece —comentó, apoyándose en la pared con los brazos cruzados. Siempre que los cruzaba de esa forma me daba la sensación de que lo hacía para contener sus ganas de llevar las manos a mi cuerpo y apoderarse de él—. ¿Sabes que el sexo morboso y obsceno sube la moral?

<<Lo dicho. Siempre pensaba en lo mismo y siempre se contenía.>>

— Pues de eso no suelo tener mucho. Ya sabes que el que me folla es Víctor, y lo hace de forma seria y formal —me volví a burlar, tratando de obviar que seguía sugiriendo que el sexo podía ser la solución a todos mis males.

<<Para el insomnio, para la ansiedad, para la autoestima… Una maravilla de terapia, vamos.>>

— Menos lobos. Que he visto follar a Víctor y no lo hace tan mal.
— ¿Que has visto qué…?

Estalló en carcajadas y no supe si era una broma o iba en serio. O si quería siquiera saber si iba en serio o no. Si el dicho de que "la curiosidad mató al gato" era cierto yo andaba rondando ya mi sexta vida y recorría los tejados borracha, de canalón en canalón, a punto de romperme el rabo contra el asfalto mojado.

— Vale. Volvamos a centrarnos —consiguió decir él, apartando también de su cabeza alguna de las dos imágenes que rondaban en la mía. Por un lado, llevar sus manos a mis nalgas para acercarme a su cuerpo y que notara lo excitado que estaba, y por otro la de Víctor follando conmigo en cualquiera de las dos habitaciones de nuestra casa. Algo me decía que el sexo que había compartido allí, bajo el mismo techo que él, no le resultaba tan excitante. El otro era mucho más prohibido—. ¿Y cómo se lo han tomado sus padres?

Casi que me gustaba más tenerlo pensando en hacerme caer que en tenerlo curioseando, tratando de enterarse de lo que se habían dicho a cientos de kilómetros de distancia. Y sabía perfectamente que ninguna de las dos opciones me venía bien.

— Define tomado...

Se frotó un costado contra la pared, como haría un oso contra el tronco de un árbol para encontrar alivio a un enorme picor. A mí sus preguntas también me producían urticaria, pero no me agradaba decírselo.

— ¿Han gritado mucho?

<<*Define mucho...*>>

Bufé sonoramente y nos miramos con ganas de ser mucho más sinceros el uno con el otro, pero sabiendo que había cosas que jamás nos diríamos. Aunque las supiéramos.

<<*Tal vez de viejos, arrugados como pasas...*>>

— Pues su madre primero le dijo que quería que fuera feliz y después le dijo que estaba loco. Su padre lo echó de casa hasta que razonara. Y Laura se ha ido con él a desayunar para levantarle la moral, que parece que está un poco hecho polvo.

— Vaya. Imagino que su estado de ánimo es mucho peor que el tuyo...

Volví a bufar como un gato que se cruzara con un perro en el pasillo.

— Si os merecéis el uno al otro —me dijo, sonriendo—. Nunca le ves el lado positivo a las cosas.
— ¿Y cuál es ese puñetero lado positivo que le ves a que su padre lo haya echado de casa?
— Que se lo han creído...

Trigésimo novena parte.
La polla que quería más juegos

Y podía entender su razonamiento. Pero aún así me resultaba muy duro. Se había instalado en mí la duda y empezaba a sospechar que ni un "te quiero" de su parte arreglaría la situación.

<<*Pues la llevo buena, entonces.*>>

Oziel seguía pensando que todo marchaba sobre ruedas. Víctor se había decidido, yo estaba allí y nuestros padres nos habían creído capaces de cometer semejante locura. ¿Qué más se podía pedir?

— Dejar de tentarme, por ejemplo —le respondí, sirviendo un segundo café cuando ya estaba vestida y con menos pinta de sueño.

Aunque estaba claro que con lo poco que habíamos dormido al final, tanto uno como otro —y también podía incluir en el saco a Oziel, que se había acostado más bien tirando a muy tarde y no sabía a qué hora se había levantado— el café no iba a solucionarnos nada.

— Para eso tendría que dejar de ser divertido —me contestó él, con la cara pícara que siempre ponía cuando pensaba en sus juegos—. Y de momento no veo cómo podría dejar de serlo.
— Si me vieras llorando tal vez no lo encontraras tan divertido...

Meditó un momento su respuesta, como si de verdad las lágrimas de una mujer pudieran ser aceptables para él. Las mías. Las mías derramadas por Víctor. Las mías derramadas por Víctor pero que también eran responsabilidad suya.

— Vale. Acepto que eso no sería divertido —concluyó él, tras unos instantes de silencio, tan largos como los silencios de la grabación de Laura—. Hacemos una cosa. Yo no te hago llorar mientras sigas estando con los nervios tan a flor de piel y tú sigues jugando conmigo.

— Creí que ahora jugábamos los tres —le respondí, abriendo mucho los ojos, sin entender que fuera a dejar de pronto a su amigo lejos de su plan.

— Hay juegos que se entremezclan—. Lo dijo con su sonrisa malvada, frotándose las manos, pensando en lo que estaba a punto de conseguir si yo accedía—. Podemos mantener uno a tres, pero el que tengo contigo todavía no ha concluido, al parecer.

Bebí café y me distancié un poco de él, sentándome en el sofá. Rogué para que no fuera a ocupar otra vez el asiento justo a mi lado, haciendo que nuestras pieles se rozaran. No tenía los nervios para eso. Por suerte, Oziel se sentó en el otro, dejando un par de metros entre ambos. Lo que no pudo apartar del salón fue su envolvente presencia, consumiéndolo todo. Era imposible que Oziel dejara de ser Oziel.

— ¿Y por qué piensas que el nuestro no ha terminado?
— ¿No está claro?

<<No, no lo está. Si lo estuviera no estaría haciendo el imbécil preguntándote.>>

Me encogí de hombros a modo de respuesta. Era obvio que yo pensaba que el juego había terminado en cuanto Víctor reconoció que estaba conmigo. Ahora sólo me daba cuenta de que nunca iba a pensar con la mente de Oziel. Siempre iba veinte pasos por delante.

<<U ocho años más de edad.>>

— Pues porque tú no te ves como la chica de Víctor.
— ¡Sí que me...!
— ¡No! ¡No te ves! —me interrumpió, burlón—. Si estuvieras convencida de que Víctor quiere estar contigo no habrías dudado ni por un momento de que fuera a decirles la verdad

a sus padres. Llevas un anillo en el dedo y ni por esas te convences. No sé lo que te ronda por la cabeza, pero esa sensación de inseguridad y baja autoestima te la subía yo de una forma muy poco sutil. Seguro que después no te iban a quedar dudas de que eres perfectamente capaz de ser deseada por un hombre.

<<*De levantar una polla. Porque Oziel ahora mismo la tiene levantada.*>>

Se le notaba la erección a través del pantalón vaquero, aunque era cierto que podía ser causada por la excitación del nuevo juego y no por la idea de ir a separarme las piernas para enterrarse entre ellas. Pero se me antojaba muy factible la primera opción, aunque fuera solamente porque se la ponía dura el reto de levantarle la chica a su amigo otra vez.

Y que le rompieran la nariz… otra vez.

— Vale. Lo llevo fatal. No me ha dicho que me quiere y encima ayer me comentó que estaba deseando terminar el día para olvidarse de que había existido. ¿Estás contento?

Lo dije saltándoseme las lágrimas, con un nudo horrible en la garganta y un vértigo que si no llego a estar sentada habría hecho que acabara en el suelo. Lo dije avergonzada, sabiendo que no era la mejor confesión que podía hacerle a un hombre que sabía aprovechar muy bien las debilidades, pero necesitando decirle a alguien lo mal que me había sentado todo aquello, lo mal que había dormido y lo mucho que me dolía que Víctor hubiera deseado olvidar que había dicho que me quería.

La vida era muy complicada.

— No, eso es incumplir las reglas del juego antes incluso de firmar el contrato —me dijo, con rostro serio pero extrañamente dulce—. Habíamos quedado en que yo no te acosaba y tú no llorabas.

Se sentó a mi lado y no pude reprimir las lágrimas. Sabía que era una tontería, pero me sentía demasiado vulnerable en ese momento como para poder aparentar ni un atisbo de serenidad. Comencé a llorar como una niña pequeña, dolida por el rechazo de Víctor, por las peleas con mis padres y por estar allí sola, sin mi familia, ni mi amiga, viviendo una vida que me parecía que no era la mía. Lloré, hipé y gemí cuando me acunó entre sus brazos, rodeándome con ellos, transmitiéndome una calidez que no habría pensado que pudiera desplegar. Aunque era verdad que el rostro dulce de hacía unos instantes tampoco me lo esperaba, y allí había estado.

— Pues me vas a obligar a incumplir también mi parte — susurró, levantándome el mentón para mirar mi rostro enrojecido y mojado.

Y acto seguido me besó, con esa intensidad con la que lo hizo el primer día, aquella noche cuando entre nosotros sólo había un par de Gin Tonics y la invitación de Víctor para que me manchara un par de bragas. Me besó con prisa, por si a mí me daba por apartar los labios y escaparme de su gesto. Como si pretendiera dejar impronta en unos instantes, como si el beso luego me fuera a parecer eterno. Me devoró las entrañas con cada movimiento, y ya no me importó más si tenía ganas de llorar o de echarme encima de él. Era horriblemente delicioso sentir que alguien quería poseerte por lo que era y no porque no podía evitar dominar lo que sentía.

Como Víctor.

<<Bah. Oziel quiere besarme sólo por Víctor. Tal para cual.>>

Conseguí separarme antes de que él tuviera intención de hacerlo. Se me habían quitado las ganas de llorar, y casi sin darme cuenta me había visto, por un instante, respondiendo al beso de Oziel. Sólo por sentirme consolada. Sólo porque me veía perdida.

Sólo porque era gilipollas.

— No vuelvas a besarme —le dije, casi a punto de darle un bofetón por su osadía. Sabía que no hacía nada por poner distancia entre el abogado y yo y eso me hacía sentir culpable a rabiar. Le había prometido a Víctor que no me dejaría tocar por su amigo, y allí estaba él, besándome para apartar las lágrimas de mis berrinches sin sentido—. No vuelvas a besarme.

Entrecruzó los dedos y los dejó sobre la rodilla, un gesto de buena voluntad.

— Pues no vuelvas a llorar —respondió él, arreglándose el cuello de la camisa—. Te avisé de lo que pasaría si volvía a verte pesimista.
— No me vuelvas a venir con esas. Tú todo lo arreglas con sexo...
— La mejor medicina que conozco. Seguro que a ti también te sienta de miedo.
— Pero con otro, Oziel. Contigo...
— Conmigo también, pero no quieres decepcionarte con el sexo que tienes con Víctor, entendiendo que es peor que el que podrías tener conmigo.
— ¡Eres insufrible! —le grité, levantándome del sofá y volviendo a poner distancia—. No me puedo creer que todo esto sea por esa mujer con la que se acostó.
— Virginia...
— ¡Verónica! ¡Se llama Verónica!

Oziel rompió a reír, doblándose sobre el abdomen para abrazarse las piernas por debajo de las rodillas. Cuando volvió a incorporarse para mirarme seguía riendo, de forma completamente inadecuada. Me volvieron las ganas de abofetearlo.

— Tú guárdame el secreto —me pidió, guiñándome el ojo—. Si todo fuera sencillo no sería tan divertido.
— ¡No soy capaz de seguirte, Oziel! Eres demasiado complicado para mí...

Y era verdad. Al menos, con las emociones e intenciones de Víctor podía tratar de lidiar. Mal, pero lidiaba. A Oziel es que había llegado a no saber por dónde cogerlo. No sabía lo que quería, no sabía lo que iba buscando ni los derroteros por los que iba a caminar hasta llegar a destino. Me daba por vencida.

— Pues no pienses... —me pidió el abogado, levantándose y acudiendo a mi encuentro. Caminó lentamente para no espantarme, analizando cada paso que daba en mi dirección, como si tuviera claro que en cualquier momento echaría a correr en dirección contraria para que no volviera a besarme—. No te hace falta. Sólo déjate llevar...

— No puedo. Si me dejo llevar otra vez acabaré de nuevo entre tus brazos y tu boca... Y no puedo controlarlo.

— Ya te lo he dicho. No llores y no volveré a hacerlo. Sólo quiero renegociar las condiciones de nuestro juego.

— ¿Sin Víctor?

— Sin Víctor.

— No le va a gustar un pelo.

<<Pero con eso ya cuenta. Por eso es divertido.>>

— No tiene por qué enterarse.

— ¿Y qué gano yo con todo esto? —me pregunté, más para mí que para él, pero dándome cuenta de que lo había dicho en voz alta.

— Mi ayuda para que te confiese de una vez por todas que te quiere y que no eres el mayor error de su vida.

El mayor error de su vida sonaba peor de lo que me había imaginado escuchándoselo decir a él.

— ¿Y cómo piensas conseguir eso?

— Como he ido consiguiendo todo desde que me metí por medio, muchachita. Siendo un incordio.

— ¿Y qué es lo que quieres que haga yo?

Oziel se relamió, ya al lado mío, haciéndome sentir la presa más estúpida a la que ese hombre había devorado. Se lo ponía demasiado fácil. Me dejaba hacer como una marioneta. Y no sabía decirle que no.

— No es lo que quiero que hagas. Es lo que quiero que me permitas que haga yo —respondió, con voz perversa, sacando a la luz por fin sus oscuras y malévolas intenciones—. Quiero mirar...

Cuadragésima parte.
La polla que por fin me llamó

Por suerte, cuando se me había quedado nuevamente cara de lela delante de Oziel, sonó mi teléfono.

¿Qué me acababa de decir? ¿Qué quería mirar? ¿El qué?

Mi mente no andaba bien, tenía que ser eso. Mientras huía como un asesino poco avispado del escenario de un crimen en el que todo había salido muy mal —y peor para el muerto— tropecé con la pata del sofá y creo que me rompí el quinto dedo del pie. Ese que siempre se lleva todos los golpes. Ese que por ser tan chiquito nos empeñamos en torturar contra todas las esquinas. Pegué un grito y me fui contra el sofá, muerta de dolor, llevando las manos al pie para asegurarme de que no se me había desprendido de mi cuerpo.

<<¡Exagerada!>>

Pero dolía horrores, cosa que aprovechó Oziel para, sin preguntarme siquiera si me encontraba bien o si necesitaba ayuda, adelantarme e ir directo a mi dormitorio, donde imagino que encontró el móvil vibrando en la cama. No quise ni imaginarme si se pondría a revisar las sábanas como había hecho en su día yo con las de Víctor, pero lo que sí supe es que de inmediato había contestado al teléfono, y lo escuché saludar de forma jovial como si estuviera acostumbrado a responder todas mis llamadas.

— ¡Hombre! ¿Qué es de tu vida?

Víctor. Tenía que ser Víctor. Y había respondido Oziel. El peor escenario posible para aquella llamada. Dejé de quejarme e incluso de respirar mientras trataba de escuchar lo que Oziel iba diciendo, con toda la malicia que podía soltar por esa boca.

— No, ahora mismo Bea no puede ponerse. Está un poco… indispuesta
— ¡Oziel, déjame el móvil! —le grité desde el salón, tratando de incorporarme. Si me repetía lo suficiente las palabras "no hay dolor, no hay dolor" seguro que se me pasaba—. ¡Ven aquí y dame el teléfono!
— Sí, es ella. Pero es que no está en condiciones de ponerse, tú hazme caso.
— ¡Oziel!

El abogado apareció en el salón cuando yo ya había conseguido ponerme de pie. Esperaba no tener nada roto, y si lo tenía… mala suerte. La idea de tener que estar en reposo con el pie en alto no me parecía mala opción en ese momento, teniendo en cuenta que Víctor probablemente en cuanto regresara me fuera a castigar sin salir del dormitorio para que no tuviera la posibilidad de encontrarme con Oziel.

— Ten, pesada —me dijo, pasándome el móvil con la llamada en curso—. Encima de que te hago un favor…

Me sacó la lengua, se dio elegantemente la vuelta y enfiló hacia su alcoba, como si de verdad quisiera darme cierta intimidad con Víctor. No me pegaba en él, ya que hasta hacía un momento lo que me había pedido a cambio de su ayuda era, asombrosamente, mirar…

<<¿Pero mirar el qué?>>

Tenía miedo de acertar en la respuesta, ya que la única que se me ocurría era tan obscena que no podía ni decirlo en voz alta. Ni permitirme pensarla siquiera.

Porque me excitaba. Tenía que reconocerlo. Todas sus perversiones me excitaban.

— Hola —saludé, con un hilo de voz, sin saber el talante que me encontraría al otro lado del hilo telefónico.

— Hola —respondió él, con voz suave también, como si no acabara de preguntarle de malas formas a Oziel por mí, como si no se hubiera enfurecido al responder él y no yo.

Aunque, tal vez, no le había importado lo más mínimo.

<<*No hay que ser paranoica.*>>

— ¿Qué tal ha ido?

— Seguro que te lo imaginas —respondió, sin saber que podía imaginármelo con tanto lujo de detalles como si en verdad hubiera estado presente. Cosas de tener una mente precavida y desconfiada y una amiga infiltrada sin una pizca de decencia, también—. Hemos tenido conversaciones mejores.

— ¿Te han desheredado o algo? —bromeé, tratando de hacer que esa voz suave recobrara un poco de cuerpo, porque sonaba bastante desanimada—. Porque si no es el caso tal vez no haya ido tan mal.

Conseguí una pequeña risa que duró apenas un segundo.

— Ya, que lo que tú estás deseando es heredar el Veinticuatro Horas de tus padres, seguro —comentó él, pensando en lo que me perdía si llegaba a ser yo la que resultaba apartada de la titularidad en el testamento de mis padres—. El sueño de tu vida al acabar la carrera. Atender a un montón de jovenzuelos que buscan la borrachera barata el fin de semana.

Resoplé. Estaba claro que Víctor no envidiaba tampoco la suerte de sus padres.

— No sólo sirve para eso —repliqué, algo molesta con su comentario. Al final la tienda nos había permitido seguir pagando las facturas y era como burlarse de la vida de mis padres. Y ya bastante teníamos con reírnos por las comidas de mi madre. Aun así, entendí que no lo había dicho con mala intención y preferí no seguir enfadada con el mundo. Con él. Conmigo—. También van mujeres a comprar tampones a las dos de la mañana cuando se dan cuenta de que no hay en casa.

— Lo dicho —respondió, con una voz un poquitín menos apagada—. El sueño de tu vida.

Si llega a estar a mi lado lo habría abrazado, me habría besado y probablemente habríamos acabado revolcándonos en la cama, arrancándonos la ropa del cuerpo. Pero, como estaba a más de cuatro horas de trayecto en coche, los dos habíamos dormido fatal y casi que nos habíamos despedido discutiendo, sólo nos restaba aceptar la distancia y tratar de relajarnos lo más posible. Si había posibilidades entre ambos lo más duro tal vez no lo habíamos vivido, así que lo mejor era intentar no parecer una mujer despechada por el hecho de que quisiera olvidar que me había dicho te quiero. Sin sentirlo. Posiblemente, lo que quería olvidar era que había tenido que mentirle a mis padres y a los suyos. Y, como bien decía Oziel, estaba haciendo un drama por un problema de inseguridad que él quería quitarme de encima.

Con sexo.

— ¿Están ellos bien?
— Sí, imagino que sí. Ahora volveré a casa. Laura ya ha subido. Hemos ido a desayunar juntos y estoy en la calle esperando a ver si me entran ganas de volver a entrar.

Lo de encontrar ganas para hacer las cosas nos era esquivo a los dos.

— ¿Te arrepientes?
— ¿De?
— De haberles mentido...

<<No les he mentido, Bea. Como decía Oziel, es lo que me gustaría que pasara en un futuro no muy lejano. Cuando termines la carrera y encuentres trabajo, cuando llevemos tiempo y tengamos la relación asentada, cuando hayas tenido tiempo de pensarte si de verdad

quieres pasar el resto de tu vida conmigo, que te saco diez años y puede que hasta me encuentres aburrido...>>

Una respuesta maravillosa. Lástima que la realidad nunca fuera tan alentadora.

— No me gusta mentirles, Bea, pero no me arrepiento —respondió, como un jarro de agua fría—. Sé que es una de las formas de acelerar el proceso y asumí que iba a ser duro desde el principio. No me apetece que vayas a pasar mucho tiempo alejada de tus padres, ya te lo dije, así que si con esto conseguimos el objetivo bienvenida sea la mentira.

La mentira.

<<Alejada de mis padres. Volver a casa. Apartarme de él.>>

Sí, era duro escucharle llevar la contraria a Oziel, más que nada porque su verdad era mucho más agradable que la de Víctor. Me mordí la lengua antes de decirle que se podía ir al infierno con su mentira y la mía, pero me tuve que recordar que lo mío no iba a ser llegar y triunfar con Víctor. Que para que un hombre como él se enamorara había que llevar su proceso y no podía ir adelantando acontecimientos sin más.

Ya me había visto hasta casada.

Pero no sabía hacerlo. Estaba a punto de cumplir veinte años y no podía decir que la paciencia fuera una de mis virtudes. Antes sí, que vivía resignada, cuando la polla de Víctor no andaba rondándome por la cabeza y no tenía esperanzas de ir a probar una que resultara mínimamente apetecible.

Pero todo era diferente desde que se había metido bajo mi piel, y circulaba por mis venas como si formara parte de mi sangre. Ya no sabía vivir de otra manera, sin su olor o su presencia, y me iba a resultar muy duro si al final no había eso. Un buen final.

<<Siempre negativa.>>

— Pues esperemos que tus esfuerzos se vean recompensados — comenté, con tranquilidad, respirando hondo y contando hasta diez antes de decir alguna barbaridad—. Los sacrificios tienen que merecer la pena.

— Nuestros sacrificios —me corrigió, rápidamente—. No te olvides de que estamos juntos en esto.

Y ojalá lo hubiéramos estado más, pero sólo me sentía una pequeña parte de un todo que ocupaba él casi por entero. En su cabeza.

— ¿Y ahora?

— Pues si no lo sabes tú que estás con el maníaco que tuvo esta buena idea…

— Creí que lo vuestro incluía actuar como dos machos alfa y dejar a la hembra fuera del plan. A mí no se ha acercado mucho, salvo para tratar de molestarme con su presencia —le solté, dando a entender algo que él ya sabía. Que Oziel no se daba por vencido fácilmente, y menos cuando Víctor no estaba allí para defenderme o interponerse—. No sé cuál es su malévolo plan a tres bandas. Pensé que eso ya lo tenía parlamentado contigo.

<<*No puedo decirte que quiere seguir jugando. Solo conmigo.*>>

No podía decirle que lo que le apetecía era mirar.

Cuadragésimo primera parte
La polla que quería mirar

Las intenciones de Víctor, tras el éxito obtenido con sus padres, se resumían en pasar el día con ellos, dormir en su antigua habitación, hablar un poco con Laura para dejar claros los conceptos sobre qué hombres podían resultarle o no interesantes a su hermana, y regresar por la mañana. Esperaba lograr normalizar un poco los sentimientos de su familia, y si se marchaba en ese momento sólo conseguiría más resentimiento y malestar por su parte.

También me dijo que Laura estaba deseando llamarme.

Entre una cosa y otra pasamos más de una hora hablando, yo en la ventana del salón y él en la puerta frente al portal de su edificio. Sentí a Oziel rondar a mi espalda, tratando de captar lo que decíamos al teléfono, pero no se atrevió nunca a acercarse demasiado, o si lo hizo yo no me percaté de ello. Cuando colgué no había rastro de él, pero sabía que no podía andar lejos. Teníamos una conversación pendiente y no se podía posponer demasiado.

— Te llamaré esta noche —me aseguró Víctor, con voz segura. Parecía que le había sentado bien lo de hablar conmigo, desahogarse y ponerme al corriente de lo que había hablado con sus padres—. Trata de mantenerte apartada de ese amigo mío que no tiene ninguna vergüenza.

Ese amigo nuestro… pero no lo corregí.

Sonreí, dándome cuenta de que lo consideraba mejor de lo que imaginaba.

— Tranquilo, por la cuenta que le trae se mantendrá él apartado de mí —le respondí, sabiendo que era una mentira como una casa—. Seguro que hoy ni se deja ver.

— Ya. Por eso ha contestado al teléfono por ti.

Era raro que no hubiera hecho ningún comentario hasta ese momento sobre ese tema.

— Contestó por mí porque yo estaba en el sofá doblada de dolor ya que me machaqué un dedo del pie contra la pata de algo. Y porque le encanta molestarte. Y como consigue molestarte sigue en la misma línea —comenté, sabiendo que no le estaba descubriendo la pólvora—. Así que lo que mejor le sentaría a la posible úlcera de estómago que te vas a hacer por los nervios es relajarte y confiar en mí.

— Lo sé. Pero en quién no puedo confiar es en él.

— Raro para ser tu amigo…

— También lo sé.

Creí que ahí terminaría todo. Un hasta la noche y a otra cosa. Yo a enfrentarme a Oziel y él a sus padres. Pero todavía me tenía guardada una última petición.

Ya había que tener en cuenta que las cosas siempre empeoraban.

— Sería buena idea que fueras a ver a tus padres —me sugirió, como si me estuviera invitando a ir de paseo a la playa. Un paseo de lo más agradable. Un plan magnífico.

Volví a resoplar. Prefería enfrentarme a un examen sorpresa en la facultad.

— Sería buena idea que mis padres vinieran a verme a mí —comenté, molesta. Eran ellos los que siempre ponían el grito en el cielo por todo, de modo que el acercamiento debía de iniciarse de su parte a esas alturas.

Nosotros habíamos dejado la puerta abierta. El entrar era cosa de ellos.

— ¿Y si no van a verte no piensas ir tú nunca?

— Tal vez.

— No seas intransigente, Bea. Un adulto siempre trata de enfrentarse a los problemas y resolverlos.

— ¿Me estás llamando mocosa? —le pregunté, indignada—. Y ellos también son adultos, ¿no? Debieran enfrentarse también. Y te recuerdo que fuiste tú el que durante meses trataste de huir de lo nuestro, sea lo que sea. Que también eres un adulto.

— Estamos saliendo —afirmó, tratando de dejar atrás esa expresión mía—. Lo de sea lo que sea creí que ya lo habíamos aclarado...

— Pues yo no lo veo tan claro...

— ¿Vives conmigo y eso no lo ves claro tampoco?

Ciertamente era patético.

— Probablemente tengas razón.

— ¿Probablemente?

— También Oziel ha tratado de explicármelo...

— ¿Oziel tiene que explicarte nuestra relación?

Ciertamente, nuevamente patético.

— Iré a ver a mis padres, ¿vale? —le respondí, cambiando de tema. Fue la única forma que encontré para evitar que Víctor comenzara a elevarse en la escala de mala leche, y ya había subido unos cuantos peldaños desde que habíamos nombrado a mis padres—. Me pasaré esta tarde después del almuerzo.

— No me vengas con esas, Bea. Estábamos...

— Tú estás haciendo tiempo también para no subir y encararte a tu padre —le respondí, a la defensiva—. Lo sabes, ¿no?

Lo dejé sin palabras y yo me permití el lujo de no buscar más que usar en su contra. Como arma arrojadiza. Tenía muchas cosas que decirle y sabía que no iba a ser capaz de hacerlo nunca con la voz. Por la cabeza me empezaba a rondar la idea de una carta, una muy muy larga, en la que le dijera de todo, para luego desaparecer y no sentir la inmensa vergüenza de que me mirara a los ojos mientras la iba leyendo.

<<*A Venus, por ejemplo.*>>

"Querido Víctor:

Sólo quería decirte que me duele mucho estar enamorada de ti, estar pensando en compartir el resto de mi vida contigo y que tú no seas capaz de amarme".

Creo que empezaría de esa forma, aunque tal vez sería mejor ir primero por las ramas.

"Querido Víctor:

¿Sabes que siempre quisimos tener un perro? Para nosotros dos solos, para criarlo y malcriarlo, aunque también para envenenarlo con la comida de mi madre. Pues de esa misma forma en la que me veía educando a un perro ahora me veo educando hijos..."

No, tampoco así.

— Hablamos luego, ¿vale?
— Como quieras —me respondió, imagino que dolido.

Y colgué con ganas de arrojar el teléfono por la ventana.

— Él nunca lo haría —me dijo Oziel, entendiendo mis intenciones de hacer estrellar el móvil contra el pavimento de la acera. Imagino que se refería al anuncio que se había usado para tratar de conseguir que no se produjeran abandonos de animales en las carreteras al llegar el verano.

Nunca te desprendas de tu teléfono móvil. Sólo él sabe lo que es darte cariño. Y nunca va a fallarte, salvo cuando se quede sin batería y con cientos de mensajes que leer en el whatsapp. Entonces sí que te fallará.

— ¿Puede saberse cómo estás siempre pendiente de todo lo que hago? —le pregunté—. No estabas aquí hace apenas un segundo

A Oziel se le daba de miedo mirarme como si de repente estuviera viendo a un fantasma.

— No. Tú no estabas aquí hace apenas un segundo. Estabas con Víctor y te daba igual dónde estuviera yo.

Y era difícil rebatirle eso, porque era cierto que estaba pensando en cómo empezar a escribirle una carta a ese hombre en la que le dijera que me dolía mucho que no me quisiera. Aunque no me hubiera dicho que no me quisiera. Pero no decirlo no implicaba que no lo sintiera.

<<*Igual que el decir "te quiero", tonta del culo.*>>

— Vale, tú ganas. Pero tienes en las venas algo de gato. Fijo.
— Por lo de nocturno, por lo de cascabelero y pendenciero, por lo de las siete vidas...
— Siete vidas te van a hacer falta como sigas enfrentándote así a Víctor —le comenté, sabiendo que si yo también las tenía estaba arriesgando unas cuantas al tratar de esa forma con él.
— Una sola vida vivida sin emoción sería tremendamente aburrida —respondió, alzando la mano como si estuviera pidiendo la vez—. Arriesguemos seis...
— Arriesga tú. Yo nunca caeré de cuatro patas. Seguro que me rompía el espinazo al llegar al suelo de espaldas.
— Yo sí que te ponía a cuatro patas...
— ¡Oziel!
— Bea, me lo has puesto a huevo —se disculpó él, mostrando la mejor de sus sonrisas. Aunque al final acabó riendo a carcajadas. Cuando terminó consiguió seguir con el hilo de la conversación, aunque yo lo había perdido—. Le pido mil perdones a su única vida aburrida y sin emoción. Se te están pegando demasiadas cosas de ese novio que tienes—. Se le

daba de miedo meterse con Víctor—. Pero esperaba que fueras a concederme la licencia de arriesgarte conmigo.

— ¿A caer de cuatro patas?

— Simplemente a caer... Yo me ocupo de que tu espinazo siga intacto por la mañana.

Casi entraban ganas de decir que sí a todo lo que propusiera. Lo de caer, lo de mirar, lo de creerme que Víctor me quería, lo de caer...

<<He pensado dos veces en caer. ¡Mierda!>>

Fui hasta la cocina y me serví un vaso de agua. Después de hablar una hora por teléfono estaba seca, y más seca me iba a dejar la conversación pendiente con Oziel. Lo presentía. También era la excusa perfecta para poner nuevamente distancia entre el abogado y yo, ya que su proximidad se llevaba la humedad de mi boca para depositarla en otro sitio.

<<Sí, puedo decirlo, que nadie me escucha. A las bragas.>>

Aunque nadie me escuchara Oziel sí que podía verme ruborizarme, por lo que no era una buena estrategia, que dijéramos. Seguí tragando agua y me puse de espaldas para evitar que el sonrojo le fuera demasiado evidente, pero poco tardó en acompañarme en la cocina.

— ¿Continuamos negociando las condiciones del juego?

— Tú un día vas a acabar conmigo.

— No, preciosa. Mi intención es que acabes con Víctor—usando el juego de palabras—. Si no... no gano.

— Y luego, ¿qué? —le pregunté, exasperada—. ¿Me haces caer, como tú dices? ¿Me pego el mamporro? ¿Me quedo sangrando mientras Víctor se aleja de mí porque fuiste demasiado capullo como para no dejar las cosas en su sitio?

— No entiendo el orden natural de las cosas, así que no me meteré con tus prioridades —respondió, sentándose en uno de los taburetes de la cocina, tratando de parecer menos agresivo de lo que sabía que yo lo sentía—. Pero sé que hay gente ordenada en este mundo. Víctor es uno. Meticuloso y predecible. Y eso no es malo. Simplemente es...

— ¿Aburrido?

Levantó las manos como si lo estuviera encañonando con un arma cargada.

— No seré yo el que diga tal cosa. Sólo que...
— Eres más divertido
— Soy más atrevido
— Eso no siempre es bueno.
— Tampoco el ser siempre conservador.

¿Cómo rebatirle sus argumentos, si una de las cosas que más me gustaban y odiaba de Víctor era lo correcto que se mostraba siempre para todo?

<<Menos cuando robó mis bragas y le limpió la corrida de la boca a la tal... ¿Cómo coño se llamaba?>>

Al final, de tanto confundir los nombres, había acabado olvidándolo yo también. ¡Era de locos!

— ¿Sabes por qué se acostó Víctor con tu chica? —le pregunté, viendo un resquicio legal al que podía agarrarme para demostrar que no siempre era aburrido y recto el condenado arquitecto. Si tenía que contarle una de las noches más vergonzosas de mi vida se la contaría, con tal de que entendiera que no siempre éramos tan conservadores.

<<¿Conservadores? Pero si nos pilló a los dos medio desnudos en mi cuarto. ¡Eso no es ser conservador!>>

— Sorpréndeme —me pidió, apoyando la cabeza sobre la mano y el codo en el pasaplatos de la cocina.
— Porque me había robado unas braguitas.
— ¿Eso no fue para su cumpleaños? —preguntó, bostezando, como si el hecho de que me robara bragas estuviera aburriéndolo por pasado de moda.

— La primera vez que lo hizo fue esa noche, o tal vez días antes. No le pongo alarmas a la ropa interior para enterarme de cuándo alguien saca una por la puerta.

Se recolocó en la silla.

— Entonces ni siquiera ese autoregalo del que me sorprendí fue original. ¡Qué chasco! Resulta que tenemos a un pervertido que disfruta robando braguitas.

— Resulta que lo que quería era mancharlas.

Volvió a recolocarse. Era como hablar con un muñeco de trapo que estaba siempre en precario equilibrio cuando se sentaba. Era nervioso hasta escuchando. Imposible que tuviera un poco de paz en esa cabeza suya, llena de ideas y planes maquiavélicos.

— Eso ya me resulta más interesante —comentó, torciendo la sonrisa—. Continúa, por favor.

— Pues eso —seguí, sintiendo por una vez en aquella mañana que tenía la sartén por el mango y que lo que yo tenía que decir era más interesante que escucharlo a él disertar sobre ser o no ser arriesgado en la vida. Y sobre mirar, eso también—. Que necesitaba cogerlas para mancharlas, pero como no se atrevía a hacerlo directamente usó a...

— Valeria...

— ¡No, Valeria no! ¡Verónica! —lo reprendí, recordando por fin el nombre de la susodicha.

— Si tú lo dices...

— Usó a la tal Verónica —continué yo, gruñendo por su interrupción, ya que con cada una de ellas me sentí un poquito menos segura de conseguir contar lo que quería, y de la forma en la que quería hacerlo. Temía que fuera a perder el valor en alguna de ellas—. Víctor se corrió en su boca y luego le hizo escupir sobre mis braguitas—. Oziel se quedó tieso en la silla, como si no fuera capaz de encajar lo que acababa de contarle. Sin ganas de moverse. Eso era nuevo—. Creo que el problema era que no se atrevía a correrse sobre ellas directamente. Lo consideraría pecaminoso, obsceno o denigrante para mí, y hacerlo de esa forma le resultó mucho más sencillo.

— ¿Tú crees?

— Sí, creo. No es una hipótesis que haya podido contrastar. No es que a Víctor le encante hablar de ello, y menos después de enterarme cómo me enteré…

<<Hablaste demasiado, muñeca.>>

— No veo a Víctor contándote lo que hizo y no creo que Vanesa te conozca…

— ¡Verónica!

— … Así que voy a presuponer que te enteraste de otra forma de que hizo eso con tus braguitas —siguió hablando, sin darle importancia a que lo hubiera tenido que corregir de nuevo.— ¿Cómo fue?

Tragué saliva. Era lo que tenía ser una bocazas.

— Lo grabaron todo en vídeo.

— ¿Y cómo llegó a tus manos?

<<Esto va a doler.>>

— Porque lo envió al ordenador de Víctor.

— ¿Y cómo lo viste?

— ¿Pero hacen falta todos los detalles?

Sacó una nueva sonrisa a sus labio y los ojos le llamearon.

— ¿De verdad te hace falta que responda a eso?

— No, de acuerdo —me resigné yo, sabiendo que había sido más vergonzoso que Víctor me pillara que contárselo ahora a Oziel—. Llevaba un año viendo porno en el ordenador de Víctor. Sabía dónde guardaba las películas y cuando llegó el correo estaba… me estaba… Estaba delante del ordenador, y saltó el mensaje. Sé que no debí abrirlo ni reproducirlo, pero soy de carácter curioso y…

— Espera, espera un momento —me pidió Oziel, conteniendo la risa a duras penas—. Estabas viendo porno en la habitación de Víctor mientras nosotros salíamos de copas, llegó el mensaje y lo abriste. ¿Te seguiste masturbando con el vídeo de esos dos o te dio tanta rabia que se estuviera follando a otra que tuviste ganas de matarlo?

Me puse roja como un tomate. Dicho por la voz del abogado la cosa sonaba mucho peor.

— ¡La virgen! —exclamó, ya sin poder contener la carcajada—. ¡Te masturbaste con el vídeo de Víctor! ¡Y yo que pensé que lo de hacer que te tocaras mientras te hablaba de él era lo más morboso que habías hecho en la vida. Voy a tener que emplearme a fondo para superar eso.

Oziel se golpeó un par de veces los muslos mientras continuaba soltando risas por esa boca pecaminosa. Esa que prometía tratar de ser mucho más lasciva la próxima vez para conseguir impresionarme.

— De verdad, Bea. Has conseguido impresionarme —me confesó, cuando logró contener nuevamente la risa pero las lágrimas le surcaban las mejillas—. Eso me hace pensar que Víctor no es tan tontorrón como aparenta, ni tú tan santa. Y me hace sentir un poco menos capullo por haber pretendido meter la mano debajo de la sábana para meterte un par de dedos en el coño mientras te masturbabas para mí.
— ¿No dijiste que me masturbaba para relajarme y poder dormir? —le pregunté, volviendo a encenderme como una bombilla.
— ¿Y te lo creíste?

Gruñí por tonta, ingenua y confiada. Porque, aunque me lo suponía, me había dicho a mí misma que también me serviría para dormir mejor.

<<También. Esa es la palabra. También.>>

— Ahora tengo muchas más ganas de mirar...

— Esa parte vas a tener que explicármela.

Oziel se inclinó sobre la butaca, acercando su cuerpo lo más que pudo al mío sin llegar a levantarse. Se relamió los dientes sin dejar de mirarme a los ojos, como si fuera imprescindible no perder el contacto visual.

— A ti lo que te hace falta es que te lo enseñe...

Cuadragésimo segunda parte.
La polla que me llevó a ver a mis padres

— Si Víctor quiere… iremos.

Me revolví de su brazo, que en ese momento me sujetaba del mío para que no saliera sola por la puerta del piso. Había perdido la sonrisa y él la suya. Habíamos perdido los dos las ganas de estar juntos aquella tarde.

Bueno, en verdad la había perdido yo. Que a Oziel parecía no acabársele la cuerda nunca.

— Víctor no quiere que vayamos los dos juntos —dije, pronunciando el "juntos" de forma muy marcada, haciendo el gesto de las comillas con los dedos de ambas manos—. Quiere que vaya yo. No te nombró en ningún momento.

<<En verdad sí, para pedirme que me mantuviera alejada de él.>>

Pero no podía decírselo. Si se lo confesaba más ganas le entrarían al otro de comportarse como el niño chico que era o tras el que se escondía con excusas para que todo el mundo le dejara jugar. Era lo que le hacía falta. Un aliciente en forma de Víctor enfadado para que a su amigo le resultara muchísimo más interesante seguir con el juego.

No podía entender esa relación que se traían entre manos.

Después de conocer todos los detalles del acoso y derribo al que había sometido a Víctor y que había desembocado en que acabara acostándose con Verónica, había llegado a afirmar que podía plantearse la posibilidad de entender al arquitecto y dejar correr esa "ofensa" a la que lo habían sometido.

Los dos.

- Pero sólo planteármelo —terminó diciendo, con una sonrisa maliciosa mientras se retorcía las manos de placer—. La información es el arma más poderosa de todas las que hay o conozco —aclaró, reconociendo que tal vez sus conocimientos en armamento eran limitados—, y es importante saber dominarla. El mejor juego del mundo.
- Muy considerado—. Estaba irritada nuevamente, convencida de que, aunque sabía que necesitaba desahogarme y compartir con alguien aquellas anécdotas de mi vida, darle demasiados datos a Oziel siempre iba a resultar contraproducente para mi salud.
- Pues lo estoy siendo —respondió, sonriente—. Y créeme, me necesitas para discutir con tus padres.
- ¿Para qué?
- Para que admitan que no les parece tan malo lo de que llegues a casarte con Víctor.
- Para eso tendría que ser verdad que Víctor quiera casarse conmigo —volví a quejarme, dolida.
- Entiendo; de esa parte del asunto ya nos encargaremos esta noche. Y no me refiero a la de convencerte de que quiere, sino de subirte tu autoestima.
- No, gracias —rechacé, con un gesto de mano, de cabeza y de contradicción en la boca. Todo junto. Muy negativa—. Que ya sé cómo trabajas tú la autoestima.
- No, Bea. No lo sabes. Si lo supieras ni te plantearías negarte a compartir una sesión conmigo.
- ¿De sexo?
- No seas vulgar... De autoestima.

Si no lo abofeteé fue porque me entraron unas enormes ganas de volver a reír. Estaba tan nerviosa ante la perspectiva de ir a volver a enfrentarme a mis padres que cualquier cosa podía hacerme llorar o carcajear, incluso casi al mismo tiempo las dos cosas. Era cierto, no quería ir sola. Pero si había una persona a la que odiaban mis padres a muerte después de a Víctor era a Oziel. Y eso que no lo habían escuchado referirse a mí de la forma en la que lo habían oído hacerlo los de Laura.

Por suerte.

Por desgracia... seguramente se lo habían contado entre ellos.

"¿Sabes cómo la llamó mientras estuvo en casa cenando con nosotros?

No. ¡Cuenta! Que lo mato..."

— No hay forma de evitar que me acompañes, ¿cierto?

Arqueó una ceja, interrogándome. Estaba claro que eso quería decir que le asombraba que lo preguntara. Para algunas cosas era muy predecible.

— No sabes las ganas que tengo de decirle a tu madre que tiene que buscar tus braguitas...
— ¡No te atreverás! —le solté, alarmada por la insinuación. Era tan desvergonzado y buscapleitos que podía ser que tratara de liar aún más las cosas para que explotara mi vida. Ya luego sólo tendría que recomponerla a su imagen y semejanza. Si era redonda... él buscaría la manera de hacer que quedara cuadrada.
— No me hagas ir detrás de ti mientras tú vas caminando o en autobús a la tienda —comentó, en plan vengativo. Movía los dedos presionando cada yema contra la del dedo de la otra mano, en gesto maquiavélico. Le iba perfectamente bien el papel de extorsionador—. Si no me obligas... no te obligo.
— ¿A qué no me obligas?
— A dar explicaciones.

Resoplé y dejé caer los hombros. Oziel volvía a ganar por el mero hecho de no saber si se atrevería a hacer algo que nadie en su sano juicio haría. No podía afirmar que aquel abogado estuviera en sus cabales. Y como no era capaz de arriesgarme con él, básicamente porque siempre iba a hacer exactamente lo contrario a lo que yo pensaba, me vi asintiendo con la cabeza para que me hiciera el favor de llevarme a ver a mis padres.

No se puso a dar saltos de alegría en plan niño, ya que adquirió un porte majestuoso de vencedor en una lucha titánica, pero en sus ojos brilló ese pequeñajo que quería empezar a exclamar "¡chincha rabiña, he ganado!". Cogió las llaves de su coche, sujetó la puerta mientras yo salía al descansillo y cerró con cuidado detrás de él.

Siempre tratando de no hacer demasiado ruido para que no saliera ninguna de las vecinas del piso de enfrente.

Pero en esa ocasión no hubo buena suerte y en cuanto nos dimos la vuelta la puerta se abrió y aparecieron cinco de las muchachas, con cara sonriente y con unos helados en la mano. Reconocía a Lorena, Naitora, Pilar, Maribel y Cristina, que fue la primera en salir y llegar hasta nosotros.

— Muy feo lo de que andes últimamente siempre tan ocupada que no te pases a tomar un café con las vecinas —me dijo ella, lamiendo el helado de forma casi obscena. Aunque probablemente se lo estaba diciendo también al abogado—. Los buenos compañeros de rellano al menos se saludan para prestarse un poco de sal o de azúcar.
— ¿Necesitas azúcar? —preguntó Oziel, con cara de pillo—. Porque de eso creo que tenemos, además de vecinas con poca vergüenza...

Lo dijo guiñando un ojo, por lo que las chicas no se dieron por aludidas ni le pusieron mala cara. Bueno, todas menos Maribel.

— ¡Mira quién fue a hablar! —exclamó, adelantándose hasta llegar a su lado—. El hombre que necesitaba un favor y que todavía no nos ha invitado a almorzar.

Estaba claro que no necesitan tampoco sal.

— ¿Juntas o por separado?

Un dato importante para saber gestionar bien su agenda.

— ¿Podemos elegir? —preguntó Pilar, que era tal vez la única que le hacía menos ojitos a Oziel que a Víctor, pero que se controlaba desde que le había dicho que ni se le ocurriera acercarse al arquitecto—. Elijo en grupo, que así molesto a Maribel y a Naitora en su cita.

— Serás...

Todos reímos, aunque intuí que a Maribel no le había hecho ni pizca de gracia. Lo de tener una cita a solas le parecía mucho más tentador.

— Hacemos una cosa —sugirió Oziel, que estaba ese día bastante más organizador y conciliador que de costumbre con ellas—. Aprovechando que el aburrido de mi compañero de piso no está esta noche podemos montar una cena en casa en plan picoteo. Seguro que agradece que no me vaya a quedar a solas con su chica y me perdona que meta a gente en el piso.

A mis antiguas compañeras de penurias creo que les hicieron los ojos chiribitas. Ya las veía yendo a rebuscar en los cajones de la ropa interior de Oziel para llevarse una prenda de recuerdo —porque delante del cajón de la de Víctor pensaba plantarme yo como un perro de presa, enseñando dientes— escondida en el bolso.

<<O puesta en la cabeza, que veo a alguna capaz de hacerlo.>>

— Pues creo que no tenemos planes para esta noche —comentó Naitora, mirando en el grupo a ver si a alguna se le ocurría la absurda idea de desmentirla. Aunque tuvieran los planes más organizados del mundo para aquella noche todo se podía posponer. Incluso la boda de una de ellas. Ya, si eso, para otro día—. Así que si hace falta nosotras podemos comprar la bebida.

Y me dio por pensar que sería interesante ir a comprarla a la tienda de mis padres, para que vieran que era una chica responsable y madura, que compraba alcohol para hacer sus primeras fiestas con sus amigas universitarias. A mi madre podía darle algo y mi padre me daría con una de las botellas de ron en la cabeza.

Y más si se enteraba de que la organizaba Oziel. Entonces me dejaría atada en la trastienda.

— De acuerdo. Ahora a la vuelta pasamos por alguna cafetería a comprar algunas cosas para la cena —avisó él, echándose la mano al bolsillo trasero del pantalón como si quisiera asegurarse de que llevaba la cartera y la tarjeta de crédito para asumir los gastos de la fiesta—. Os avisamos cuando regresemos, ¿vale?

A ninguna se le iba a ocurrir llevarle la contraria, por descontado. Como si llegábamos a la una de la mañana con una bolsa de carbón dulce diciendo que tenían que comerse cada una de las piedras. Ellas abrirían la boca y empezarían a morder como si les fuera la vida en ello.

Si me lo decía a mí Víctor haría exactamente lo mismo.

<<Y Oziel, no me engaño.>>

Se escuchó un escándalo de risas y festejos en cuanto nos metimos en el ascensor y comenzaron a cerrarse las puertas. Oziel mostró los colmillos, mirándome con intensidad, como si se dispusiera a devorarme ahora que estábamos a solas y que nadie podía prestarme auxilio. Sin embargo, no dio un paso en mi dirección. Se miró en el espejo de la pared, retocándose un poco el peinado, y acto seguido metió las manos en los bolsillos y se encogió de hombros.

— Un grupo interesante el que forman tus compañeras de piso.
— A las que elegiste tú, por cierto...
— Si llegan a ser hombres también habrías acabado viviendo allí entre ellos una temporada.
— ¿Hombres? ¿Así supones que ibas a conseguir que Víctor me viera como una mujer adulta? ¿Rodeada de chicos a los que tener ganas de partirles la cara? ¿No le basta ya contigo?

Las puertas se abrieron y me dejó paso para que saliera. De pronto me vi a oscuras en el pequeño espacio que hacía de cortafuegos entre el garaje y el ascensor cuando se volvieron a cerrar y no encontré el interruptor de la luz en la pared. Sentí a Oziel a mi espalda un instante después, pasando la mano sobre mi boca para empujarme contra la pared y amortiguar el golpe que me podía haber dado en los dientes si no llega a interponer sus dedos. Me dejó sin habla, bloqueada contra su cuerpo tenso a mi espalda, escuchando su respiración fuerte justo al lado de mi oreja izquierda.

Gimiendo...

Metió dos dedos en mi boca y no supe qué hacer con ellos. En verdad sí sabía lo que tenía ganas de hacer pero no me atrevía porque estaba convencida de que en el preciso momento en el que cerrara mis labios sobre ellos Oziel habría ganado y no podría detener su avance, su verga tiesa presionando contra mis nalgas y sus manos arrancándome la ropa, aun a riesgo de que nos encontrara cualquier vecino dejándonos llevar por el deseo y la necesidad. Jadeé contra ellos, segura de que Oziel sabía perfectamente lo que sentía en ese momento.

Anhelo.

— Víctor no habría tenido absolutamente nada que objetar al hecho de que te fueras a vivir con una horda de chicos universitarios —me susurró, presionando su pelvis para que me quedara bien claro lo que crecía en su entrepierna. Y lo que sentía era muy duro y excitante. Y peligroso—. El único hombre por el que se siente amenazado Víctor soy yo. Tú no caerías con otro hombre si no caes conmigo...

Gemí nuevamente. Presionó más y casi pude sentir el calor que desprendía su polla a través de las telas de ambos pantalones vaqueros. Era de locos pero sabía que llevaba razón. Víctor sólo tenía que preocuparse por uno, y era por el más peligroso de todos.

— Tienes suerte de que hayas accedido a dejarme mirar—. Pronunció cada sílaba entre jadeos, con voz ronca—. Porque de lo contrario no tendría reparos en hacerte entender la diferencia que hay entre tu novio y yo. Aquí y ahora.

A la cabeza me vino una protesta, la idea de decirle que no era mi novio, pero tenía poca capacidad para razonar y tampoco tenía muy claro que Víctor no fuera exactamente eso, mi novio. Estábamos saliendo, y eso con veinte años sí era ser mi novio. Pero con treinta de su parte no lo tenía nada claro.

Sin embargo, al final la queja que me salió fue bien distinta.

— No he accedido a que puedas mirar porque aún no sé de qué va ese juego.
— Ni falta que te hace saberlo —me susurró, pasando los dedos por mis labios y acariciándolos con las yemas, impregnándolos de mi saliva—. Tú sólo mantendrás la boca cerrada y los ojos bien abiertos cuando pase. Porque me gustará que me mires cuando yo miro...
— ¿De qué coño hablas, Oziel? —conseguí gemir contra sus dedos, mientras seguía apretando su polla contra mis nalgas y su mano se había enroscado en mi cintura—. Aunque no te lo creas lo de ver el vídeo de Verónica y follar con Víctor son las cosas más excitantes que he hecho en la vida.

<<Y lamer sus sábanas, pero eso no pienso confesártelo.>>

— Soy voyeur, Bea. Me encanta mirar... Pero también soy algo exhibicionista, y me fascina entregar... para que otros miren.
— ¿Y exactamente qué es lo que quieres mirar?

Conocía la respuesta pero necesitaba escucharla de sus labios.

Oziel aspiró el aroma de mis cabellos y me dejó sin aire al apretarme con toda la fuerza que pudo contra la pared. No pude ni gemir. Y lo habría hecho con gusto.

— Me muero por ver eso a lo que llegué tarde la primera vez, cuando os sorprendí en la casa de tus padres.

Cuadragésimo tercera parte.
La polla que quería hablar con mis padres

"Que sepas que voy de camino a ver a mis padres. Esa es la buena noticia. La mala es que voy con Oziel".

Me parecía correcto poner en antecedentes a Víctor, y más teniendo en cuenta que era algo que podía perfectamente molestarle. No había tenido noticias de él tras el almuerzo, aunque sí había sabido a través de Laura que las tiranteces con sus padres habían mejorado un poquitín gracias a que su hermano se había mostrado bastante predispuesto a encajar las palabras duras, y luego parecía que se habían aburrido de meterse con él.

De tratarlo como a un pervertido.

— Dudo mucho que se hayan aburrido —le comenté yo, poniendo en entredicho la suposición de mi amiga—. Probablemente lo que les ha dado es algo de pena.
— Pues no te voy a decir que no, que desde luego a mí me la da.
— Ya, pero tú estás de su parte. Es normal que te dé pena.
— Aunque no estuviera de su parte, viendo cómo lo está tratando mi padre, sería imposible que no me enterneciera.

La llamada había sido corta pero intensa. Laura no había querido permanecer demasiado tiempo al teléfono puesto que le interesaban sobremanera todas las palabras que se dirigían el resto de los miembros de su familia. Yo le había agradecido el que se arriesgara para mandarme la grabación y ella le había restado importancia.

— Al final fue muy sencillo —comentó, como si estuviera acostumbrada a hacer trabajo de espionaje todos los días—.

Estaban tan concentrados en fulminarse con la mirada los unos a los otros que nadie se dio cuenta de que dejaba por allí el móvil, sospechosamente en medio de todo. Es una pena que no vinieras con él. Te habría gustado escucharle decir a mis padres que te quiere.

Los ojos se me fueron a salir de las cuencas.

— No lo dijo.
— Sí lo dijo.
— Pues en esa grabación no está.
— Pues puede que lo dijera más tarde, en el almuerzo o tras el desayuno —comentó ella, como si tal cosa.

Para Laura tenía que ser bastante obvio que yo sabía que Víctor me quería, y quizás por eso lo comentaba con total naturalidad. Pero, para mí, que lo más cerca que había estado de decirme algo así era la vez que se lo había dicho a mis padres y las veces que me lo había recordado Oziel —alguna incluso delante de él— era un dato muy importante.

<<No más que el hecho de que se lo dijera también a mis padres.>>

— Pues nada, que fue muy bonito.
— Pues nada, que es una pena que no lo haya escuchado.

Ya estaba metida en el coche, tras el calentón que me había provocado Oziel en la salida al garaje, cuando quise avisar a Víctor de nuestros planes mandándole un mensaje. Y no tardó en responder ni cinco minutos; tal vez porque estuviera ocioso después de una nueva bronca con sus padres o tal vez porque no se despegaba de su teléfono, de mala leche por haberme dejado a solas con Oziel.

"Me parece bien que te lleve a ver a tus padres. Pero si no quieres que les dé a alguno de ellos un infarto yo no dejaría que entrara en la tienda".

Resoplé por la nariz, viendo como avanzaba el BMW por la calle atestada de coches. Habíamos escogido una hora mala, al parecer, para salir de casa.

"Pues a ver quién es el guapo que le dice a Oziel que no puede salir del coche".

— ¿Con Víctor?

La pregunta me recordó demasiado a la que me había hecho Laura en su momento, cuando estaba descubriendo el verdadero centro de mis pasiones en el hotel.

"¿Víctor? ¿Con Víctor?"

— Sí, poniéndolo al día.

De pronto mi teléfono comenzó a sonar y la fotografía de primer plano de Víctor en mi pantalla me sacó de mis recuerdos, que no eran demasiado lejanos. Miré a Oziel y éste sonrió, divertido. Le encantaba una provocación más que comer.

— Responde, ¿no?

Y eso hice. Víctor, con voz suave, me pidió que le pusiera el manos libres al teléfono para poder hablar directamente con Oziel. Lo que me llamó la atención fue que no me pidiera que me tapara los oídos mientras le gritaba.

Sin embargo, ninguno de los dos gritó.

Lo de ser tan protector se le estaba pasando con la lejanía, al parecer.

— ¿De verdad sabes lo que haces? —le preguntó el arquitecto a su amigo, que ya estaba buscando aparcamiento cerca de la tienda de mis padres.

Oziel miró por el espejo retrovisor y luego me dedicó una tranquilizadora sonrisa.

— ¿Cuándo no lo he sabido? —respondió el otro, que no podía decirse que tuviera un pizco de modestia en ese cuerpo perfecto.

— No quiero que Bea lo siga pasando mal por culpa de sus padres...

— Víctor —lo interrumpió él, cuando estaba a punto de hacerlo yo. Se le había quebrado la voz de forma muy emotiva—. Va a terminar y pronto. Estamos trabajando en ello.

Y a mí, que de lo que me daba la sensación era de que Oziel me estaba trabajando a mí en vez de trabajar para conseguir un objetivo común con su amigo, casi me entró la risa floja.

— Hablamos luego —se despidió Oziel—. Me estás dejando en evidencia delante de Bea y así no puedo intimidarla. Ni seducirla

— Serás...

Aparcó el coche a unas manzanas de la tienda, no excesivamente lejos teniendo en cuenta que parecía que toda la ciudad se hubiera echado a la calle aquella tarde. Me había quedado mirando la pantalla como una tonta, pensando en las últimas palabras que me había dedicado cuando quité el altavoz y volvimos a ser él y yo en vez de Oziel y él, y conmigo en medio porque no me podían sacar fuera del coche.

— Confía en él.

Sin palabras. Ahora debía confiar en Oziel porque me lo pedía, cuando me había repetido por activa y por pasiva que no me acercara a menos de un kilómetro de él. Y tras demostrarme el abogado que era el hombre más peligroso para mí ya que mi cuerpo no era capaz de poner límites a su avance. Tenía ganas de gritar pero estaba claro que no era el lugar apropiado para hacerlo, así que esperé hasta que el coche estuviera completamente parado para mandarle un último mensaje a Víctor.

A ver si después de eso era capaz de seguir pensando en lo mismo.

"Por cierto, ha montado una fiesta esta noche en casa con las queridas vecinas. Sólo por si quieres ir matándolo por adelantado".

Apagué el teléfono, molesta con tantos giros argumentales de la historia, y metiéndolo en el bolso dejé que el abogado me ayudara a salir del coche. Caminamos en silencio las calles que nos separaban de mis padres; yo porque estaba enfadada y él porque, imagino, iba tramando algo que no valía la pena descubrir antes de tiempo.

<<*El alegato final de un abogado siempre es la guinda en todas las películas.*>>

Sin darme cuenta estábamos ya en la puerta de la tienda. Sin darnos cuenta habíamos cruzado el umbral. Sin darnos cuenta mis padres nos escrutaban con tanto asombro como yo a ellos.

Sin darnos cuenta.

— Hola —musité, y sin darnos cuenta descubrí otra cosa más. Que Oziel no había entrado conmigo. Sin darme cuenta. En singular.
— ¿Cómo estás, Bea? —se apresuró a preguntar mi madre, saliendo de detrás del mostrador para llegar hasta mí y darme dos sonoros besos y un abrazo que duró horas. Me echaba tanto de menos como yo a ella—. ¿Has venido sola?
— En verdad no —respondió la voz de Oziel, pero sin dejarse ver—. Sólo estoy tratando de dar cierta intimidad.

Mi padre reconoció su voz al instante, y lo que había sido asombro se transformó de inmediato en furia. Como de costumbre, aquello no deparaba nada bueno. No había manera de que se calmaran los ánimos por más acercamiento maduro que tratara de dar. Allí la única que se comportaba como una adulta estaba claro que era yo.

— ¿Y qué cojones haces ahí en la puerta? —preguntó, casi gritando—. ¿No tiene esta mocosa un capullo por prometido para poder traerla a ver a sus padres?

Mi madre se volvió para tratar de tranquilizarlo con un gesto, poniendo sus manos sobre su pecho agitado, pero estaba claro que mi padre continuaba demasiado encendido como para ceder algo de terreno. Y mi madre ya no hacía de efecto balsámico.

— Sí que lo tiene, aunque más que un capullo diría un estúpido por prometido, pero cada uno cataloga a la familia como buenamente siente y puede.

— Por encima de mi cadáver veré yo a ese hijo de puta convertido en familia mía —escupió mi padre, mientras comenzaban a hinchársele las venas del cuello. Me miró la mano y descubrió que seguía llevando el anillo que Víctor me había puesto en el dedo en señal de compromiso, e imagino que se le revolvió el estómago porque de pronto estaba estremeciéndose y sujetándose al mostrador.

Dispuesto a salir corriendo al baño para vomitar y no ensuciar el suelo de la tienda.

— Pues vaya a tener cuidado no fuera a ser que tengamos un susto y no pueda conocer a sus nietos.

Desde luego, si lo que Oziel pretendía era conseguir que a mi padre le diera un infarto el plan estaba yendo de maravilla. Se había puesto verde y luego amarillo, y por último había perdido el color, quedándose pálido como una hoja de papel.

— También eso será por encima de mi cadáver. No toleraré que ese hijo de perra le ponga la zarpa encima a mi hija.

<<Tarde. Ya sabes que llegas tarde para eso, papá.>>

— ¿Sabe la madre de Víctor que utiliza apelativos tan cariñosos para referirse a ella?

Mi padre hirvió de rabia.

— Si Víctor ha salido con tan poca vergüenza es porque esa mujer no supo criarlo de forma correcta.

— ¡Ya está bien! —le gritó mi madre, ofendida por el hecho de que mi padre no fuera capaz de contener la lengua, ni siquiera con una amiga de toda la vida—. O lo dejas estar de una vez o tendré que mudarme también a su casa. En esto hemos tenido la culpa los cuatro. Ninguno hemos sabido criar a nuestros hijos por lo que se ve.

Me di cuenta de que no había vuelto a decir nada después del saludo inicial, por lo que no se me estaba dando demasiado bien eso de ir a ver a mis padres para limar asperezas. Estaba claro que lo que necesitaba era una lima de esas que se metían en los bocadillos de los presos y que servían para serrar barrotes y huir de la cadena perpetua. Nada de usar una para las uñas. Esas no podían hacer efecto ninguno en las emociones alborotadas de mis padres.

Fue el momento en el que Oziel aprovecho para hacer su entrada triunfal en la tienda, esas que me había enseñado a hacer pero que sin duda no dominaba tan bien como él. Habría sido delicioso observarlo ocupar todo el espacio, irradiando seguridad, pero estaba a punto de llorar y no tenía la cabeza para dejarme deslumbrar por el abogado.

Y no era porque lo tuviera demasiado visto.

— ¿Sabe? Víctor debe de querer a Bea como nadie la ha querido nunca para hacer el esfuerzo tan grande de tragarse toda esta mierda que le echan encima, sin protestar y sin levantarle la mano para revirarle la cara por hablar así de Bea y de su madre. De la misma forma, debe de quererla mucho para haberse ido solo a enfrentarse a sus padres, evitándole a su hija el malestar y la vergüenza que le han causado ustedes a él—. La voz de Oziel nunca había sonado tan correcta, tan seria y formal, tan de abogado de película a punto de ganar el caso de su vida—. Podía haberla llevado a ver a sus padres, para que les lloviera a los dos el chaparrón, pero hay cosas que se deben afrontar de forma adulta, y él lo sabe. No le gusta ver sufrir a Bea, y tampoco os debería de gustar verla llorar. Yo, por lo menos, no lo soporto.

Contuve el aliento, dejándome hipnotizar por sus palabras mientras seguía con su disertación. Mientras mis padres no se atrevían a interrumpirlo y él estaba tan en su salsa que me sentí como si pensara que yo no estaba allí. Que me había marchado de camino al coche, o lo que era peor, de camino a la parada del autobús.

— ¿Cuándo van a demostrar que él no es la única persona madura de esta historia? —terminó diciendo, cruzando los brazos sobre el pecho—. Bueno, exceptuando a Bea, que también se está comportando como tal.

Cuadragésimo cuarta parte.
La polla que siempre acertaba

Con la misma que habló se marchó. Me hizo una señal con las llaves del coche en la mano, indicando que me dejaba a mi bola el tiempo que quisiera con mis padres. Él ya había dicho lo que tenía que decir y no le apetecía quedarse para escuchar despotricar a mi padre y llorar a mi madre —de forma predecible, aunque de momento se habían quedado sin palabras. Eso ya no era buen plan. Eso ya no resultaba divertido.

— Os gustará poco Oziel —les dije, cuando había salido por la puerta llevándose su aroma, su contundente presencia y sus ganas de seguir jugando—. Pero los dos sabéis que dice la verdad.

Yo era la única que no lo sabía, pero no estaba dispuesta a decirlo en voz alta.

<<Quiero que sea verdad, pero todavía no me lo ha dicho.>>

— Bea, nadie te quiere más que nosotros...
— En ningún momento me he cuestionado que no me quieras, mamá. Lo que pasa es que vosotros no aceptáis que a mí me pueda querer también él —respondí, cruzada de brazos, apoyándome contra la pared. Casi dejo la huella de mi zapato contra la pared al ir a apoyarlo también, en plan chica mala enfadada con el mundo—. Primero nos vimos obligados a guardar silencio porque sabíamos lo que iba a pasar cuando os enterarais de lo nuestro. Luego me tuve que mudar para no aguantar vuestro mal humor, y ahora casi se ha visto obligado a pedirme que me comprometa con él para que

entendáis que lo nuestro es serio. Que puede no funcionar, que puede que en un par de meses se nos vayan las ganas de seguir juntos por el desagüe, pero que a día de hoy tenemos ganas. ¿De verdad siempre supiste que ibas a casarte con papá? ¿De verdad piensas que no se puede torcer la cosa en cualquier momento?

Mi madre miró a su esposo —mi padre, aunque en ese momento no estaba muy convencida de que me sintiera su hija— y luego a mí. Era el momento de hacer lo que había dicho Víctor. Acercarnos. No estaba allí para discutir con ellos, al menos no con mi madre. Mi padre entraría o no en razón algún día, pero la que tenía que hacerlo ese día era mi madre.

— Eres muy joven para cometer esta locura...
— ¿Joven para estar con Víctor o para casarme? Porque te recuerdo que contamos que la idea de comprometernos era con vistas al futuro, que lo de casarnos sería para más adelante, para cuando se pueda, para cuando yo sea independiente.
— Para las dos cosas. Víctor es mucho mayor que tú. No tiene sentido.
— No, mamá. No tiene sentido porque no lo puedes ver como a una pareja viable para mí, pero si él se ve estando conmigo, eso es lo importante. Diez años tienen sentido si yo llego a tener diez y él veinte, pero no ahora. En verdad, cuando eso pasó Víctor no me aguantaba. ¿No te acuerdas?
— Ha pasado todo demasiado rápido —se quejó ella, amargada.
— Dicen que los hijos crecen sin darse uno cuenta.

Mi madre salió de detrás del mostrador y en tres pasos estuvo a mi lado. Sin mediar palabra me abrazó con fuerza y yo me dejé llevar, porque no tenía ninguna gana de continuar con aquel enfado absurdo. Quería a mi madre aunque me peleara con ella cien veces. La quería aunque tratara de envenenarme con sus comidas todos los días. La quería aunque hubiera tenido que crecer sin ella.

— Si tú estás bien, yo estoy bien, Bea. Si te quiere y le quieres yo os querré a ambos. De verdad que lo haré.

<<Te prometo, mamá, que yo le quiero. Pero no puedo prometerte que él lo hace de la misma forma.>>

— Le quiero, mamá. Y no te preocupes, en serio. No hay embarazo, no hay prisa por casarse, no hay nada. Sólo queremos que nos aceptes. Para mí es suficiente.

— Pues ni se te ocurra hacerme abuela antes de tiempo, ¿me has oído?

— Alto y claro —respondí, regocijada con su comentario.

— Pues nada. Puedes traer a Víctor a cenar mañana a casa. Veremos qué puedo cocinar cuando llegue.

— Ya si eso compramos algo en un chino —le sugerí, divertida.

Estaba convencida de que mi madre no conocía nuestra verdadera opinión sobre su comida, pero iba a tener que desengañarla poco a poco. La idea de Oziel de comprarle una Thermomix íbamos a tener que contemplarla seriamente.

— El problema es que no sé a qué hora va a llegar Víctor mañana, mamá —le comenté, sabiendo que lo de organizar una cena era, cuanto menos, precipitado—. Se ha ido a ver a sus padres para informarles de todo.

Enarcó una ceja, y mi padre hizo lo mismo.

— ¿Con todo te refieres a lo del compromiso?

¿Siempre todas las explicaciones iban a resultar tan complicadas?

— No hay más todo —le dije, tranquilizándola. Se le había erizado la piel al pensar que todavía le quedaban más sorpresas. Recordaba un videojuego con el que habíamos perdido horas hacía un par de años, en el que la expresión "se avecinan curvas" salía muy a menudo, pero no recordaba el nombre. Tendría que preguntarle a Víctor.

— Bueno, pues si llega muy cansado lo dejamos para el fin de semana próximo —comentó, algo aliviada de poder posponerlo hasta que mi padre estuviera de mejor talante—. Tendré que llamar a su madre, para enterarme de cómo se lo han tomado por allí.

— Pues más o menos como os lo tomasteis por aquí. Según parece la única que está feliz es Laura.

— Bueno, a ver si llamándola puedo hacer que se le pase un poco el disgusto. Imagino que deben sentirse peor por nosotros que por ellos mismos.

Mi padre no dijo nada. Lo de llamar a sus amigos no parecía hacerle ni pizca de gracia, ya que consideraba que todo aquello nos lo podíamos haber ahorrado si no llegan a tener que enviar a su hijo a vivir con nosotros.

Aproveché para comprar unas cuantas cosas para la fiesta de esa noche, diciéndole a mi madre que sólo teníamos una cena. Nada de alcohol, nada de los pensamientos lujuriosos que seguramente iban a llevar las vecinas al entrar por la puerta, nada de las perversas intenciones que se asomaban a los ojos de Oziel cada vez que lo miraba...

Sólo una cena de amigos, aprovechando que al día siguiente no había que madrugar.

Dos paquetes de patatas, algo de embutido cortado y unas cuantas bolsas de pan tostado más tarde, salía por la puerta tratando de recordar la calle en la que habíamos aparcado el coche. Mi padre no me había dejado pagar pero tampoco me había echado más la bronca por nada. Parecía que ver feliz a mi madre suavizaba su mal humor, por lo que dejó que las aguas se calmaran mientras seguía charlando tranquilamente con ella.

Feliz.

Sabía que todavía les quedaba mucho trabajo mental que hacer hasta que pudieran normalizar ese sentimiento de aceptación, básicamente porque yo también había tardado lo mío, al igual que Víctor. Pero volvían a dar otro paso, uno muy importante, y me alegraba horrores que el arquitecto no se hubiera equivocado. Y que tampoco lo hubiera hecho Oziel. Por muy incómoda que me hicieran sentir sus métodos tenía que reconocer que eran muy efectivos.

— Me gustaría que volvieras a casa —me dijo mi madre, cuando ya iba saliendo por la puerta—. Entiendo que vayas a pasar tiempo en casa de Víctor, y que de vez en cuando no regreses a dormir, pero todavía eres nuestra pequeña, estás estudiando, y hemos contratado a Jaime para que haga los turnos de noche.

Levanté la vista y me giré para enfrentarme a su petición de frente.

— Volveremos a ser una familia normal —aseguró mi padre, rodeando los hombros de mi madre—. Cenas delante de la tele, preguntarte por los exámenes directamente y no por teléfono...

— Juramos que no iremos a arroparte ni a contarte cuentos cuando te vayas a la cama —bromeó ella, sacándome una sonrisa.

Lo tenían todo planeado. Habían tenido que hablar mucho sobre la forma de encarar la sugerencia de que regresara a casa. Incluso, por un leve instante, se me ocurrio que ya lo tenían todo acordado con Víctor de antemano. Él conseguía que yo llegara hasta allí para hacer las paces y ellos intentaban que regresara a vivir bajo su techo, en mi antigua cama, sintiendo la ausencia de mi extraño compañero de piso. De ambos.

Pero no, ninguno de los dos se hubiera prestado a tenderme esa trampa.

<<¿Seguro?>>

— Sabes que eres muy joven para estar viviendo sola. Dentro de unos cuantos años las cosas serán diferentes, pero de momento tu sitio está en casa, con nosotros. Víctor será bienvenido.

— Y yo trataré de no matarlo —aseguró mi padre.

<<*Bromea. Tiene que estar bromeando.*>>

Me estremecí ante la idea, pero sabía que lo de irme de casa había sido sólo una de las estrategias del juego de Oziel, que había dado muy buenos resultados. Siempre había tenido intenciones de volver. Lo que pasaba es que, por algún extraño motivo, no me veía regresando.

Sobre todo... después de que estaba viviendo bajo el mismo techo que Víctor. Si llego a estar de hotel en hotel con Oziel o con las vecinas no me habría molestado tanto la idea, seguramente.

— Lo sé —les respondí, sacando a mis labios una sonrisa—. Lo pensaré. Supongo que no hay ningún motivo para que no regrese si vais a tratarme como a una adulta.

Quedaron satisfechos con la respuesta. Era, probablemente, mucho más de lo que esperaban obtener de mis labios al sugerirme que regresara a casa a la primera de cambio. Me vieron con cariño salir de la tienda y yo me aferré a las bolsas de la compra mientras comenzaban a temblarme las piernas.

Era lo normal regresar a casa.

Pero, entonces, ¿por qué me entraban ganas de llorar cuando me imaginaba volviendo a hacer las maletas?

Cuadragésimo quinta parte.
La polla que quería una fiesta

Conseguí llegar al coche. Oziel no estaba ni dentro ni fuera, o al menos no lo vi cerca. Saqué el móvil para llamarlo y me respondió al cuarto tono. Se había ido de compras, haciendo exactamente lo mismo que había hecho yo. Ahora teníamos cuatro paquetes de patatas, bastante más embutido y, por suerte, no habíamos repetido en lo del pan. Se había decantado por unas aceitunas, unos canapés fríos rellenos de cangrejo y gambas, y de postre había comprado bombones. Muchos.

Tantos que parecía que quisiera sustituirlos por el sexo que querían tener con él todas las vecinas.

— ¿Cuánta gente te crees que viene a la cena?
— Mejor que pierdan el hambre de al menos una de las dos cosas que vienen a comerse.

Sí, a ingenio no le ganaba nadie, desde luego.

— ¿Qué tal ha ido la conversación? —me preguntó, tomando mis bolsas y colocándolas en el portaequipajes—. ¿Habéis llorado los tres?
— Ni una lágrima —aseguré.
— Estoy perdiendo la esencia —se quejó, chascando la lengua—. En otro tiempo habríais derramado un río con ese discurso.
— Los he visto mejores…

Torció la sonrisa, mirándome de reojo.

— Lo dudo.

Cerró el maletero y me miró a los ojos, desafiante. Yo, que tenía muchas ganas de darle las gracias por toda su implicación en la historia —aunque al final tuviera sus motivos ocultos, oscuros y obscenos detrás— decidí que la mejor forma de hacerlo era dándole un beso. Uno muy cerca de la comisura, que lo dejara descolocado, con ganas de desviar el rostro apenas un centímetro.

Uno muy rápido. Por si acaso.

— Te habría gustado dármelo en los labios —me dijo con voz juguetona, en cuanto me retiré y volví a mirarlo a los ojos.
— Te habría gustado más a ti.
— Yo los besos no suelo darlos en esos labios…

Y otra vez me dejó sin palabras, descolocada. Jugar a medirme con él nunca me salía bien, tenía que reconocerlo. Pero me había llevado mi merecido por molestarlo, aunque en verdad no parecía alterado en absoluto. Abrió mi puerta para que entrara en el coche y cuando se sentó en su asiento y se abrochó el cinturón, dibujó una perversa sonrisa.

— A ti los labios te servían para hablar, ¿no? —comentó, ante mi ausencia de palabras.
— A veces…

<<¡Fuerte respuesta más interesante!>>

— A veces… —repitió él, alargando la última sílaba—. ¿Y sabes hacer algo más con ellos?
— No pienso hablar si no es en presencia de mi abogado —respondí, tratando de ser imaginativa al hacerlo, pero sabiendo que seguía usando un tópico tras otro.

Oziel arqueó una ceja, preguntándose si de verdad era la misma chica a la que había dejado hablando con mis padres. Esa que parecía una adulta. Esa que estaba, de pronto, derretida ante la idea de tener a Oziel bajando hasta el botón de la cremallera, apartando los pantalones y las braguitas que había pagado, y metiendo la lengua entre los pliegues que se me habían mojado al escucharle decir que sus besos eran de otro estilo.

— ¿De verdad no besas en los labios?
— A veces… —me remedó, burlándose de mi falta de locuacidad—. ¿De verdad consideras que, por el momento, no soy tu abogado?
— Del diablo…
— Los mejores. El diablo no contrata a cualquiera.

El coche nos llevó hasta una cafetería que tenía muy buena pinta. Allí, sin detenerse a pensar mucho en lo que pedía, Oziel fue eligiendo entre los sándwiches variados que llenaban los expositores. La camarera fue rellenando varias bandejas con su pedido, preguntándose si tenía que dar de comer a un regimiento al llevarse tal cantidad de comida.

— A ti te gustan gorditas, ¿no? —le pregunté, con malicia, después de contar unas setenta unidades, cada una con mejor pinta que la anterior. O iba a sobrar mucha comida o a Oziel le gustaba follar encima de un colchón recubierto de pan de molde.
— Depende de para qué…
— Para besarlas en la boca no, imagino.

Estalló en una carcajada y la dependienta nos miró como si fuéramos a espantar a toda la clientela. Por suerte, después de ir a llevarnos casi todo lo que tenía en el expositor bien podía cerrar la cafetería por falta de existencias, habiendo llenado la caja registradora.

— Por suerte de pronto la lengua vuelve a funcionarte.
— ¿No eran los labios a los que les daba poco uso?

Me llevó un elegante dedo a ellos, rozándolos con suavidad, llevándose la humedad que había en ellos. Promesa de la que había también bajo la tela de encaje que aguardaba con ansiedad también sus atenciones.

<<*O me controlo o la noche va a acabar muy mal.*>>

O demasiado bien.

— Tengo muchas ganas de comprobar cómo los usas... junto con la lengua.
— ¡Cómo si no me hubieras besado ya!
— Tesoro, no me refiero a ese tipo de atenciones. Tus labios están pidiendo polla.

La camarera carraspeó, haciéndose presente al entregarnos las bandejas con la comida y la tarjeta de crédito de Oziel. Lo miraba con rostro escandalizado, sonrojada ante las palabras que le acababa de escuchar a mi acompañante. Me miraba como si no entendiera cómo era posible que le permitiera a un hombre decirme de esa forma que tenía ganas de llevarme su polla a la boca, y yo la miré, altanera, como si me preguntara cómo podía ser que ella no tuviera ganas de hacerlo.

<<Sí, bonita. Si se la sacara de la bragueta te pondrías de rodillas. Fijo que sí.>>

Salimos por la puerta y no tardamos nada en hacer el trayecto hasta casa. Le fui contando a Oziel, a grandes rasgos, cómo había ido la conversación con mis padres y él fue asintiendo con cada nueva información que le daba. Parecía muy satisfecho hasta que llegó el momento de decirle que mis padres me habían pedido que regresara a casa.

— ¿Y qué piensas hacer? —me preguntó, con verdadera curiosidad.
— Supongo que lo normal sería que volviera a casa —respondí, con mucho pesar—. Mis padres tienen razón. Si ellos aceptan que esté con Víctor y no le impiden venir a verme al piso o que yo vaya a verlo al vuestro no hay motivo para que no regrese.

<<Menos sexo, eso sí, que bajo el mismo techo que mis padres no podríamos follar tanto.>>

— ¿Eso te han dicho?

Asentí con la cabeza, retorciéndome las manos.

— ¿Sabes que pensé que te habías confabulado con ellos para llevarme hasta la tienda y hacer que me perdonaran para que luego ellos me dijeran que regresara a casa?
— ¿Yo? —preguntó él, señalándose el pecho mientras conducía, llegando a la entrada del garaje del edificio—. ¿Y qué gano yo con eso? ¿Qué tiene de divertido?
— Pues no lo sé. Tal vez te resulte interesante estirar un poco más la cuerda a ver si al final acabo rompiéndome. No tengo ni idea…
— Una mujer rota sirve para bien poco.
— Un hombre al que le gusta romper muñecas acaba rompiendo mujeres.
— Yo no rompía muñecas —comentó, confundido.
— Cachis… —respondí, bromeando—. La siguiente seguro que acierto.

No estaba de humor para seguir profundizando en mis miedos ni tampoco para explicarle a Oziel que temía que hubiera sido Víctor el que lo había planeado todo para que regresara con ellos, alegando que mi lugar estaba con mi familia. Al fin y al cabo, él era sólo el que tenía una relación conmigo, el que estaba conmigo, el que salía conmigo.

El que me había dado el anillo que llevaba en el dedo, pero era tan falso como sus "te quiero" a nuestras familias. Temblaba de miedo porque lo tenía y no lo tenía, y era lo peor que me había imaginado, después de desearlo tanto y conseguir que fuera mío.

Después de ser tan suya.

— Buen intento, preciosa —soltó, aparcando por fin el coche—. Pero no logras despistarme. Soy perro viejo. Desembucha. ¿Qué te pasa?

Se volvió hacia mí y apagó la luz del interior del vehículo, dejándonos a oscuras, sin el sonido de fondo de la radio, donde hasta hacía nada escuchaba a Thalía cantar "Desde esa noche". Sentí el aire moverse hacia mi rostro por su respiración, pero no supe si se había acercado al reclinarse contra mí o si permanecía inmóvil, en su asiento, tratando de hacerme imaginar el momento en el que caería sobre mí y de devoraría la boca. Era como si pudiera sentir ya su sabor en mis labios. El sándalo lo llenó todo y me retiró la capacidad de decidir, de elegir con cordura.

<<Confía en él.>>

Víctor estaba loco si pensaba de verdad que una mujer se podía fiar de semejante depredador. Que yo me podía fiar de él. Si no sabía de lo que era capaz tendría que llevarlo a que se graduara la vista, porque lo estaba mirando con otros ojos.

<<No. Víctor le teme. ¡Le teme, joder! Siempre me lo ha dejado claro. ¿Por qué quiere que me fíe de él?>>

Tal vez sólo pretendía que confiara en él cuando se trataba de hablar con mis padres, pero en cuanto la cosa se volvía íntima necesitaba que pusiera tierra de por medio. ¿Podía ser tan sencillo? Entonces, ¿por qué no me lo decía así de claro?

<<Bea, cuando se trate de Oziel con gente, déjate llevar. Si es Oziel a solas… corre.>>

Y yo tendría que haber salido corriendo de ese coche en cuanto se detuvo. Era una locura permanecer allí, oliéndolo, dejando que su aliento me acariciara la boca, como preludio de lo que iban a hacer sus labios en cuanto obtuvieran las respuestas que quería de ellos.

<<Sal corriendo.>>

— No sé a qué te refieres…
— ¿De verdad piensas que Víctor o yo queremos que vuelvas a casa?
— ¿Tan raro te parece?

Una mano se posó en mi muslo y ascendió sin pedir permiso. Instantes después estaba llegando a mi cintura, serpenteaba por mi torso y llegaba a mi pecho. Y se aposentaba apoderándose del pezón, que apretó con deliciosa malicia.

Gemí, y el aire exhalado se lo tragó al aspirar para empezar a reír con suavidad. Compartir el aire era inmensamente erótico. Sin verlo, sin saber cómo me miraba... pero sabiendo exactamente cómo lo estaba haciendo.

— Si te vas a casa de tus padres dejará de ser divertido. Allí no puedo tenerte a mi merced. Allí no puedo hacerte caer. Allí no puedo mirar...

Tal vez, precisamente por eso, Víctor sí quería que me marchara.

Cuadragésimo sexta parte.
La polla que me tapó la boca

Sentí sus labios de pronto sobre los míos. Me sobresaltó su peso, su anhelo, el vicio con el que de pronto quería tomarlos y hacerlos suyos. No me lo esperaba.

Quise gritar pero su boca impidió que saliera alguna queja de la mía.

Estaba en la cama, donde me había ido después de que Oziel decidiera seguir la fiesta con alguna de las vecinas. O con todas ellas. ¡Qué más daba! Se había pasado gran parte de la cena coqueteando con todas y cada una, picando de allí y agasajando allá, como si fuera un harén y estuviera decidiendo con cuál de sus mujeres retozaría entre las sábanas con él al terminarse el alcohol que habían traído.

Y era mucho.

Casi más que los sándwiches de Oziel.

— Te veo tensa —me susurró en una de las ocasiones en las que se acercó hasta mi taburete, donde intentaba protegerme emocionalmente de lo que sentía y de lo que veía. De lo que quería sentir y de lo que no podía permitirme sentir—. Creí que esto era lo que querías.
— ¿Una fiesta?

Mi respuesta le gustó, al igual que a mí su sonrisa.

— Que no estuviera provocándote constantemente —terminó él, soplándose el flequillo de encima de los ojos, donde había caído de forma desordenada después de la ajetreada cena.

Ya casi no quedaba nada de comer y eso que no me había fijado mucho en si se comía o no se comía. Yo había probado todo lo que había llegado a mis manos, ya que las bandejas habían circulado sin ton ni son desde el primer minuto. Creo que Oziel también tuvo la boca bastante ocupada, pero siempre no fue la culpable la comida.

También habló...

Y besó más.

Hacía tiempo que se habían abierto los paquetes de bombones y era lo único que se llevaban a la boca desde las doce de la noche, junto con las copas cargadas hasta arriba de hielo y el líquido venenoso que hacía que todas lo manosearan de forma impúdica.

<<No, eso no lo hace el alcohol. Ya eran así antes de estar borrachas.>>

Y yo también, tenía que reconocerlo. Cuando se me fueron a ir una vez las manos a sus nalgas, cuando ya llevaba tres copas de algo que no había bebido en la vida pero que más tarde me dijeron que se llamaba vodka, dejé de beber.

Pero las manos seguían queriendo ir detrás de esos pantalones que tan bien se pegaban a sus nalgas. Maldito deseo insatisfecho el mío.

— Me parece bien que respetes nuestro no acuerdo.
— ¿No acuerdo? —preguntó, intrigado, con su sempiterna sonrisa maliciosa adornando ese perfecto y anguloso rostro, reflejo del más obsceno de los pecados—. ¿Estás borracha?

No podía ser que lo viera tan guapo desde que había empezado a beber. Ser tan atractivo tenía que estar prohibido.

— Bien sabes que sí. Tú mismo te has encargado de rellenarme la copa —me quejé, mirando la superficie del pasaplatos, donde había dejado la última, a medio tomar—. Pero no, la frase está bien construida, o eso creo. Es un no acuerdo porque yo no he acordado nada. Tú has dicho que me respetarías si te dejo mirar y yo no he contestado nada.

— El que calla… otorga.

— El que calla tal vez lo hace porque piensa que las dos opciones son demasiado horrendas.

Bebió un trago de su copa, donde se fundía lentamente un cubito de hielo en un mar líquido de un color dorado intenso. Tan intenso que parecía denso. Pensé que si metía el dedo en la copa encontraría resistencia, como se encuentra cuando se presiona la gelatina.

<<¡Vaya pedo llevo!>>

Me la ofreció al ver que no dejaba de mirarla, aunque tal vez lo que estaba haciendo era desearla. Desear esos labios que se acercaban al cristal, que rozaban con su lengua y que dejaban pasar el oro líquido al interior de la boca, donde desaparecía. Meneé la cabeza para apartar la imagen de sus labios saturando todas las funciones de mi cerebro.

La acepté porque era tonta y no sabía decirle que no.

No supe lo que era, al igual que no supe lo que estaba bebiendo yo.

— Ninguna de las dos opciones te parece horrenda —sentenció el abogado, apoderándose nuevamente de su copa e inspeccionando la mía con la mirada—. Tiemblas de deseo ante las dos, confiesa.

— Confieso… ¡tus ganas!

— Audaz —comentó, volviendo a tragar—. E infantil —me atacó, por último—. Pero mentirosa.

Sonreí, sabiendo que no tenía sentido rebatirle su afirmación, y menos borracha. No sabía cuántas copas podía haberse bebido Oziel, pero seguro que habían sido bastantes más y estaba mucho más entero que yo. O tal vez sólo lo aparentaba y no sabría dominarse por mucho que le interesara mantener nuestro acuerdo a flote. Nuestro no acuerdo, para ser exactos. Y eso era sumamente peligroso. Aunque no tenía datos sobre la tolerancia a la bebida de Oziel y podía ser que sólo estuviera aparentando mucha más entereza que yo también tenía que recordar que había conseguido tumbar a Víctor con la bebida y arrebatarle una apuesta donde lo que se jugaban era un beso mío. Mejor me valdría tener la boca cerrada.

— Tu público te reclama —lo avisé, viendo que a su espalda se empezaban a arremolinar las chicas, esperando que volviera a dedicarles sus atenciones.

Maribel me miraba con ojos asesinos, como queriendo recordarme que como se me ocurriera cambiar a Víctor por Oziel era mujer muerta... o tal vez que se encargaría de follarse a Víctor tantas veces y de tantas formas diferentes que no iba a poder recordar que hubo una chica llamada Bea que se acostó con él durante una corta temporada. Daba miedo esa mirada.

— ¿Quieres saber lo que se siente? —me preguntó de pronto, tras volverse y comprobar que no le estaba mintiendo para deshacerme de él. Que tenía un público abnegado esperando su vuelta al escenario.
— ¿Con qué?

Me enseñó todos los dientes, apretados con fuerza. Los que usaría para despedazar mis carnes si le daba la más mínima oportunidad. Esa que estaba deseando.

— Mirando.

Me estremecí de la forma más infantil que se podía una estremecer tras nombrarse el sexo. Imaginé a Oziel tomando de la mano a cualquiera de de las chicas —o a varias— e indicándome que los siguiera. Me imaginé yendo detrás, como un corderito que persigue al rebaño de camino al matadero, sin saber que de un momento a otro comenzaría el olor a sangre a reinar en el ambiente.

Con la diferencia de que a lo que iba a oler aquella habitación iba a ser a sexo.

Mucho sexo.

Oziel desnudando a la vecina. Oziel lamiendo por entero a la vecina. Oziel follándose sin piedad a la vecina... Entrando y saliendo de ella, con necesidad, apremio y perverso exhibicionismo. ¿Cómo me había dicho que le gustaba? Disfrutaba mostrando el cuerpo a otros para que lo adoraran, pero el de las mujeres a las que se follaba. Exhibir a las mujeres que compartían sudor y otras esencias con él. Tal vez antes... o tal vez después. Cuando su corrida sobre la piel la vistiera como un encaje extrañamente confeccionado.

Y yo mirando.

Sacudí esa imagen de mi cabeza pero en mi rostro ya lucía el sonrojo. Y Oziel lo había notado. Era imposible disimular el enrojecimiento de unas mejillas alteradas. Y las mías debían de estarlo mucho.

— Lo sabía —me susurró, cerca del oído—. Te excita. Me va a encantar hacer que me lo enseñes...
— ¿Que te enseñe qué?
— Ya veo que te gusta que te lo repita —me dijo, con sus ojos clavados en los míos—. Eres mucho más morbosa de lo que quieres aparentar. Lo supe desde el momento en el que accediste a masturbarte mientras te hablaba. ¿Te excita escucharme decir que quiero ver cómo te folla Víctor? ¿Te excita escuchar mi voz mientras imaginas cómo sería tenerme allí, parado en la puerta de vuestro dormitorio, mientras él se pone encima de ti, te separa las piernas y empieza a recorrerte con su lengua?— Gimió contra mis cabellos sueltos, tal vez soñando con aferrarlos para hacerme arrodillar y meterme la polla en la boca. Probando los placeres de mis labios Empujando contra mi cabeza. Haciendo que otros me miraran—. Te mojas cuando piensas en que, sin quitarte los ojos de encima, soy yo el que empieza a masturbase, con la imagen que me ofrece tu cuerpo estremecido por sus juegos entre tus pliegues.

Traté de no jadear mientras me hablaba pero perdí la partida al aire que se escapaba, de forma ruidosa, de mi boca.

— Estás deseando fijar la mirada en mi mano, moviéndose de arriba abajo sobre mi verga, mientras gimo en silencio para que Víctor no nos descubra.

— Te equivocas —conseguí decir, al cabo de un rato, cuando la sangre volvió a circular hacia mi cerebro y a mí dejó de perturbarme la imagen de Oziel aferrando con una mano su polla erecta y venosa. Recorriéndola, lentamente. Tal y como lo había descrito el abogado. Rítmicamente, mientras silenciaba sus gemidos apretando los labios para no ser descubierto por su amigo. ¿Cuántas veces habrían practicado los dos ese juego? —Lo que pasa es que no termino de creerme que seas tan pervertido.

— Tesoro… —susurró, volviendo a refugiar su rostro entre mis cabellos—. Todavía no has visto nada.

Bebí más, y él también. No recuerdo la hora que era cuando un par de ellas lo rodearon con claras intenciones de no dejarlo escapar. Ya habían jugado bastante a meterle mano, a besarlo y a ser besadas y estaban empezando a impacientarse. Y Oziel se dejó hacer. Me miró mientras se abalanzaba sobre la boca de la primera y metía la mano bajo la falda de la segunda. Sin reparo. Sin que al resto le importara que esos dedos no estuvieran recorriendo el propio cuerpo, como si supieran que ya les llegaría el turno si tenían paciencia. Oziel no se iba a ninguna parte y ellas tampoco. Y tenía cuerda para rato.

Cuando me quise dar cuenta lo estaban empujando hacia la puerta de entrada y me hizo una clara invitación a seguirlos. Como en mi fantasía.

<<*Ven a mirar. Ven a aprender. Disfruta siendo una pervertida…*>>

No sé cuántas salieron por la puerta.

Lo que sí sé es que yo fui corriendo en dirección contraria, para refugiarme en la tranquilidad de mi cama vacía. Respiré hondo y traté de tranquilizarme, porque el corazón estaba demasiado acelerado como para que resultara sano. No soportaba la idea de desear algo de una forma tan poco sana. Y querer ver cómo Oziel se la metía a todas esas universitarias no podía catalogarse de sano, de ninguna de las maneras. Me desnudé en silencio, tratando de no verter ninguna lágrima por ninguna de las emociones que me atenazaban el pecho. Rabia, necesidad, desesperación, envidia... Todo se unía en la boca del estómago, subía hasta mi garganta y me hacía tener ganas de gritar.

Por encima de todo... estaba triste. Porque me sentía perdida, sin entender el juego de los adultos. O el juego de aquel adulto, que se había propuesto convertir mi vida en un infierno donde consumirme una y mil veces. Aprovechando mi inexperiencia y mi deseo poco satisfecho. Mi deseo por Víctor.

Echaba terriblemente de menos al maldito hermano de Laura. Odiaba enormemente a Oziel. Y los deseaba irremediablemente a los dos. Sabía que eso no tenía que ser necesariamente malo, pero tenía claro que tampoco era bueno. No podía serlo. Debatirse entre tantas emociones nunca permitía pensar con claridad, y a mí ya me costaba bastante pensar sin ellas.

Con ese dolor en el estómago y en el pecho, pensando en que en breve tendría que marcharme de la casa para volver al piso de mis padres, me metí bajo la sábana. Volver a ser una niña cuando ya no sentía que perteneciera a ese lugar. Pero tampoco al que me aferraba. Aquel trío era enfermizo. Víctor y yo no éramos dos. Éramos tres por obra y gracia del atrevido y perverso Oziel, que necesitaba hacerse patente en cada uno de los pasos que dábamos, como un apéndice que se alimentara de nuestras emociones y que necesitara de ellas para seguir viviendo.

Lo odiaba y lo deseaba.

— Te quiero, Víctor.

Escucharlo decir en voz alta me ayudaba a calmar la ansiedad. Me lo repetí un par de veces, no para creérmelo sino para relajarme con la idea. El amor era una pasión mucho más aceptable que el odio a las tantas de la mañana, con otras tantas copas de alcohol revolviéndome los sándwiches y los bombones que me había llevado a la boca para no llevarme los labios de Oziel al mismo sitio. O a labios diferentes.

Respiré otra vez lo más hondo que pude y ya no recuerdo cuánto tiempo más estuve despierta.

Hasta que llegaron sus labios a despertarme.

Hasta que llegó su cuerpo a abalanzarse sobre mí, atrapándome contra el colchón. Fui a protestar pero por Dios que no me salieron las palabras por la presión que ejerció sobre mi boca. La habitación estaba completamente a oscuras por lo que no pude mirar a los ojos a Oziel, para rogarle que parara, mientras se disponía a hacerme caer de la forma menos imaginable. Nunca pensé que al final me asaltaría en mi cuarto, en plena noche, aprovechando que estaba borracha e indefensa.

No le gustaban borrachas.

No pensé que le gustara forzar a nadie.

Sin apartar la boca comenzó a apartar las sábanas de la cama, buscando liberar mi cuerpo. Me había acostado desnuda, ahora lo recordaba. Cansada, borracha y rabiosa. Un punto menos para Bea, que no había tenido dos dedos de frente para proteger mínimamente lo que se suponía que no debía tocar nadie salvo Víctor. Fui a forcejear para evitar que esas manos me llevaran a un estado del que sabía que me sería imposible volver, pero cuando lo intenté Oziel me aferró por las muñecas y me llevó las manos por encima de la cabeza. Apenas había sábana interponiéndose entre nuestros cuerpos y había conseguido encajarse entre mis piernas.

Y había empezado a presionar.

— Por favor, Oziel —gemí, cuando por fin se apartó para coger un poco de aire—. No quiero…
— ¿Qué coño dices, Bea? ¿Estás borracha? —me preguntó… la voz de Víctor.

Cuadragésimo séptima parte.
La polla que confundí con otra polla

— Un poco —le respondí, sonriendo por primera vez desde que me había despertado—. Pero eso ya has tenido que notarlo. ¿Qué haces aquí?

Víctor volvió a besarme, pero esta vez sin la pasión y el ardor que había mostrado instantes antes. Y yo me dejé llevar, sin miedo y sin remordimientos, completamente diferente a como lo había hecho cuando pensaba que el que me asaltaba era Oziel.

De pronto se abrió la puerta de la habitación y los dos miramos hacia ella, sobresaltados. La luz del pasillo iluminó un pequeño sendero delante de la cama y la silueta de Oziel —o alguien que se le parecía mucho, que a contraluz no era posible reconocerlo del todo— se recortó bajo el dintel de la puerta.

— ¡Bea! ¿Estás bien?

Sí, era la voz de Oziel. No me parecía que hubiéramos gritado ninguno de los dos cuando por fin fui capaz de usar la boca para otra cosa que no fuera dejarme besar por el asalto de Víctor —que vergonzosamente creí de Oziel— pero al parecer ninguno de los dos había guardado mucho las formas en un piso compartido o, tal vez, Oziel era de sueño muy ligero.

<<O no había llegado a dormirse todavía.>>

Cuando me fui a la cama no estaba en el piso y estaba segura de que tardaría en regresar a la casa. Por respeto, imagino, había llevado la fiesta a otra parte, pero eso no implicaba que fuera a quedarse a

355

dormir en una habitación que no fuera la suya. Al igual que decía que no besaba en la boca tal vez tampoco dormía sobre otro colchón que no reconociera su silueta.

<<*¿Por respeto? ¿De verdad esa es la única explicación para que Oziel fuera a follar a otra parte?*>>

Dio dos pasos y encendió la luz del dormitorio, descubriendo a Víctor encajado entre mis piernas y a mí desnuda debajo. Se estaba convirtiendo en un hábito que ese hombre tuviera buenas visiones de mis pequeñas tetas.

O de nosotros en actitud poco decorosa.

Era normal que le hubiera picado la curiosidad y quisiera mirar...

— Sí, Oziel. Bea está bien.
— ¿Cuándo cojones has regresado?
— ¿Te enteras de que estoy en el dormitorio pero no que abro la puerta de la entrada? —protestó, molesto con la poca seguridad que ofrecía Oziel en la casa—. Menudo perro guardián estás hecho.
— Vigilo lo que me interesa —respondió él, devorándome con los ojos sin que Víctor se hubiera percatado de la buena perspectiva que tenía de mi cuerpo desnudo mientras él se levantaba un poco para poder mirarlo parado en la puerta—. Si se quieren llevar el televisor que se lo lleven. No voy a arriesgar mi lindo pellejo por un trasto que ni usamos. Pero te dije que iba a proteger a Bea y eso estoy haciendo...
— ¿Dando una fiesta en casa? —le reprochó el otro, alterando el tono.
— No acostándome con ella. Me fui a la cama con otra...
— Con otras —lo interrumpí yo, tapando por fin mi cuerpo de forma parcial con la sábana.
— Pues eso. Con otras —reconoció él, muerto de risa ante la escena que tenía delante. Precisamente la que quería. La que me había pedido. Mirando—. ¿A que no eras ninguna de ellas?

Se me quedó la cara contraída en una mueca. Víctor agachó la cabeza para mirarme al darse cuenta de mi silencio. Me clavó los ojos, escrutando en los míos el motivo por el que, de pronto, volvía a estar sin habla.

— ¿Qué? ¿No ves que estoy aquí? Oziel se fue y yo me vine a la cama como una niña buena.

<<Aunque mi mente se fue con él. ¡Mierda!>>

Víctor no dijo nada. Volvió a mirar a Oziel con cara de pocos amigos. El abogado ya había empezado a acercarse a la cama, como si alguien le hubiera invitado a quedarse. A los dos se nos quedó cara de pocos amigos viéndolo acercarse, como si lo de sentarse a nuestros pies fuera lo más natural del mundo cuando a mí me faltaba toda la ropa y a Víctor se le notaba a la legua que no le costaría deshacerse de la que le cubría el cuerpo.

— Oziel, a tu habitación. ¡Maldita sea! —gruñó el arquitecto.— ¿No tienes vergüenza?
— ¡Cómo te pones! —protestó, sin perder la sonrisa—. Sólo quería asegurarme de que Bea estaba bien. Me pareció escucharla gritar mi nombre, y cuando una mujer grita mi nombre es por dos motivos... y a ella no la tenía debajo con la polla...
— ¡Ahora mismo! —bramó, interrumpiendo su discurso.

Saltó de la cama y Oziel retrocedió dos pasos. Víctor iba con los puños en alto, amenazándolo tras la desfachatez del otro. Yo me tenía que ver bastante roja después de imaginarme a Oziel encima de mí, encajado entre mis piernas, con su verga presionando para entrar en mi sexo húmedo y necesitado de atenciones. Las que fueran. Entrando y saliendo con horrenda lentitud y con perversa rapidez, alterando el ritmo cada vez que le entraba en gana. Torturándome.

<<Piensa en otra cosa, por el amor de Dios.>>

— Sigo pensando que estás sacando las cosas de quicio —le soltó Oziel, que continuaba riéndose a mandíbula batiente, aunque retrocedía de espaldas, sin perder de vista los piños de su amigo—. Sólo venía a ayudar.

Víctor lo cogió por la camiseta, se la dejó hecha un cromo y lo empujó fuera de la habitación. Tal vez cayó de culo pero no puedo asegurarlo porque desde la cama no se veía. Cerró de un portazo contundente y se paró en la entrada a mirarme, con la respiración agitada y los ojos llameantes.

— ¿Pero qué tiene de malo que me dejes mirar? —gritó desde el otro lado de la puerta, donde continuaba riéndose—. ¡No seas egoísta, Víctor! Que la he cuidado por ti.

Se volvió a mirar nuevamente la puerta, con los puños cerrados y la cabeza encogida entre los hombros. Lo imaginé contando hasta diez para tratar de serenarse… y después hasta cien. Me fui incorporando poco a poco en la cama, mientras dejaban de escucharse las risas del otro lado de la puerta. De pronto la casa estuvo en silencio y lo único que se oía era la respiración agitada de Víctor, que continuaba de espaldas a mí.

Abrió los puños y estiró las palmas.

Gruñó.

Y se lanzó sobre la cama como si hiciera meses que no me veía, que no me besaba, que no se enterraba en mis carnes latentes. Sus labios fueron directos a mi cuello, donde me mordió y lamió mientras se despojaba a toda prisa de su ropa, que no sabía si se componía de un pantalón vaquero y una camisa o un chándal con camiseta de deporte. No me había dado tiempo a fijarme en lo que llevaba puesto mi maldito y deseado arquitecto.

— Ya te echo la bronca después —me amenazó, alzándome de la cama y apoyándome contra el cabecero, de cara a la pared, mostrándole mis nalgas—. Ahora mismo no puedo pensar en otra cosa…

Gemí contra la pared mientras recorría mis redondeces con las palmas de sus manos, amasándolas con apremio. Me retorcí y restregué contra ellas cuando lo sentí apoyar la polla en mi culo. Estaba duro y caliente, como el resto de su cuerpo. Temblaba mientras me separaba las nalgas y se deleitaba con las vistas de mi cuerpo expuesto. Me aferré al cabecero y contuve la respiración, tensa como me quedé pensando en lo que estaba insinuando.

— Tampoco te han follado el culo, ¿verdad, Bea?

<<*Claro que sí, no me dejaba tocar el coño, pero el culo todos los días.*>>

— ¿De verdad piensas…?
— Estaba bromeando —me susurró, inclinándose sobre mí y buscando mi cuello. Mordió mi nuca, en la unión con la espalda, como hacía un gato para inmovilizar a la hembra antes de embestirla—. Sé que estoy estrenando cada uno de tus agujeros.

Se restregó nuevamente contra mis nalgas y me estremecí cuando llevó las manos a mi entrepierna, rodeando mi cintura con ellas. Separó mis pliegues buscando ese punto que tan bien conocía y manejaba. Me dejé masturbar mientras mi cuerpo pugnaba contra el suyo, deseando que me la clavara hasta los huevos y dejara de importarme lo mal que lo había pasado pensando en que no me quería, en que todo era una farsa para conseguir que mi familia me perdonara y que, después, nunca más volvería a verlo. A besarlo. A sentirlo dentro.

Víctor me deseaba de veras.

También quería apartar la sensación que se había apoderado de mí y que no abandonaba mi cuerpo después de creer que era Oziel el que iba a follarme. Sin permiso. Y, probablemente, sin pedir perdón después. Porque, por descontado, ¿para qué iba a pedirlo si todas las mujeres estaban deseando que las follara? No estaba acostumbrado a disculparse.

359

— Por favor… —supliqué, sintiéndome vacía, más necesitada que nunca—. Por favor…

— ¿Por favor… qué? —me preguntó él, lamiendo mi hombro con lentitud mientras seguía torturándome el clítoris con sus dedos y las nalgas con su polla—. ¿Qué es lo que quieres que haga?

Gemí contra la pared, aturdida.

— No lo sé…

<<Pero haz algo de una puñetera vez…>>

— ¿Que te haga correr, por ejemplo? —me sugirió, estirando y pellizcando allí donde tenía perdidos los dedos—. ¿Que te folle? —preguntó, volviendo a restregar la polla de forma completamente obscena—. ¿O estás deseando descubrir lo que se siente si la meto por aquí?

De pronto, una de sus manos no estaba en mi entrepierna. La había llevado a la separación de mis nalgas y un martirizador dedo se había quedado sobre la entrada de mi culo. Presionó un poco y me tensé ante su avance, asustada y excitada a partes iguales.

Volví a gemir, a punto de correrme con sólo pensar en la idea de tenerlo allí, empujando.

— ¿Qué es lo quieres?

— ¡Y yo qué sé! —exclamé, con los nervios a flor de piel, alterada por la sensibilidad que se había despertado en cada parte de mi cuerpo—. Sólo hazlo…

— ¿El qué? —volvió a preguntar, apoyando la frente en mi espalda, arqueando la suya. Estaba disfrutando con el juego. Eso lo había aprendido de Oziel

Suspiré.

— Todo…

Víctor volvió a gruñir y me frotó con rabia la entrepierna, a la vez que empujaba con fuerza contra mi ano, haciéndolo ceder lentamente.

— Te voy a rellenar de carne, Bea.

— ¡Oh, por Dios! —exclamé, al sentir su dedo introducirse deliciosamente en mi interior, no sin cierta resistencia. Pero a Víctor no pareció importarle encontrarla y yo no hice ningún comentario mientras comenzaba a hacer pequeños círculos para dilatarme.

Cuando se separó de mí y sentí que dejaba caer saliva sobre mi culo me aferré al cabecero con todas mis fuerzas.

— Gime para mí, Bea —me pidió, regresando a mi espalda—. Me vuelve loco...

Y mientras sus dedos obraron magia allí donde ya no tenía toda la atención puesta, su polla se colocó en la entrada de mi culo y empujó con determinación, haciendo que mis carnes cedieran nuevamente. Rodeó mi clítoris con diligencia y el escozor que se había apoderado de la zona trasera de mi cuerpo dejó de ser tan irritante. Estallé con el orgasmo más raro que recordaba haber sentido, mientras él terminaba de enterrarse en mí, gimiendo de gusto y pidiendo que dijera más fuerte su nombre. Y yo lo hice porque no se me ocurría qué otra cosa gritar mientras me corría, ya que todas las expresiones que había aprendido en las películas porno estaban en inglés y no me veía emulándolas.

El orgasmo duró lo que estuvo empujando él contra mi culo. Una eternidad.

Cuando perdí tono y fui a desmadejarme sobre la cama Víctor me mantuvo en el mismo sitio, empalándome sin piedad.

— Ahora... aguanta —me susurró, sabiendo que Oziel se había enterado de todo y que podía estar pegando también la oreja para escucharlo a él. Si no le permitíamos mirar bien podía tratar de escucharnos. Y masturbarse con nuestros gemidos—. Que voy a follártelo.

Y eso hizo. Se retiró con lentitud y volvió a entrar con la misma parsimonia. Conteniéndose en cada embestida. Conteniéndose para no hacer que me desmayara. Porque tenía la sensación de que lo haría. Cada vez que entraba o salía se me erizaba toda la espalda, haciéndome sentir como nunca había sentido con sus anteriores embestidas. La molestia había desaparecido y en su lugar se había instalado un ardor intenso que, increíblemente, crecía con cada movimiento. Cada vez que entraba y salía. Cada vez que se enterraba y me abandonaba.

— ¡Joder, Bea! —gimió contra mi espalda—. Dime que aguantas si te follo más fuerte…

No conseguí decirle que sí —aunque tampoco estaba segura de ser capaz de hacerlo— pero mi cabeza hizo todo el trabajo, asintiendo, deseando saber a qué se refería Víctor con más fuerte.

La siguiente vez que me la metió me despejó las dudas. Me empotró tan fuerte contra el cabecero de la cama que se me escapó un grito y a él un largo y obsceno jadeo que llenó toda la habitación. Oziel se tenía que estar masturbando a gusto con tanto escándalo. En su habitación tenían que resonar perfectamente nuestros gritos.

<<Y en la casa de las vecinas.>>

No me había recuperado de la impresión de la primera cuando llegó una segunda con la misma fuerza, y una tercera nada más despegarse nuevamente. Le encantaba el sexo rudo y me encantaba que no se cortara conmigo. Que no me considerara demasiado niña para aguantarle el ritmo, para soportar cada uno de sus movimientos.

Se quedó clavado a la cuarta y empujó con fuerza una vez dentro, como si pensara que podía conseguir introducirla algo más. Se aferró al cabecero de la cama y con la siguiente me despegó las rodillas del colchón lo justo para que me sintiera en el aire. Cuando volví a posarme sobre las sábanas se desplomó contra mi espalda y entendí que se estaba corriendo. Mi cuerpo cayó de bruces y él conmigo, pero siguió presionando mientras los gruñidos se sucedían, llenando mi cabeza.

Nunca se había abandonado así, sin importarle si nos escuchaban, dónde se corría o la fuerza de las embestidas. Cuando comprobó que era capaz de soportarlas no le importó nada. Sólo follarme. Sólo hacerme suya.

Sentí su polla vibrar en mi interior y sus manos aferrarme los hombros para seguir empujando. Creo que así estuvo un largo minuto, empalándome sin dejar de hacer fuerza contra mi cuerpo, incluso cuando dejó de gruñir y la habitación quedó en silencio siguió empujando.

— Creo que necesito follarte otra vez antes de echarte la bronca, muchacha.

Cuadragésimo octava parte.
La polla que regresaba temprano por mí

— No hace falta que lo jures —murmuró, con voz queda.
— ¿El qué? —le pregunté, cuando me rodeó con sus brazos, tras una segunda sesión de sexo en la ducha. Me podía aficionar a hacerlo bajo la cascada de agua, sin duda alguna. El sonido del chapoteo mientras su pelvis chocaba con mis nalgas era demasiado excitante como para que no se me encharcara la entrepierna.
— Que estás borracha...

Resoplé, recordando vagamente que me había preguntado de primeras, cuando grité el nombre de Oziel —o lo susurré, que no recordaba haber gritado, aunque Oziel se había enterado— que si había bebido demasiado. Como si mi aliento no me delatara...

<<Sí, Víctor. Estoy borracha. He bebido una barbaridad para olvidar que no me quieres.>>

— ¿Cuántas copas te has tomado?
— ¿Y yo qué sé? —me reí contestando, feliz de que no fuera ni un sueño ni una pesadilla el hecho de que estuviera por fin allí, tras aquel largo y odioso fin de semana. Era normal que quisiera olvidarlo.

Un mal sueño. Porque no lo era, ¿cierto?

Me acurruqué sobre su pecho y dejé que me adormilara nuevamente el sonido de los latidos de su corazón, que por fin comenzaban a tranquilizarse desde que regresara a casa. Desde que echara a Oziel de la habitación. Desde que me follara. Dos veces.

Que una le había sabido a poco.

— ¿Cómo demonios estás aquí? —le pregunté, cerrando los ojos y relajándome de forma muy agradable.
— En cuanto me dijiste que Oziel daba una fiesta me despedí de mis padres y cogí el coche. He tenido que parar un par de veces porque no estaba tan fresco como en el viaje de ida y necesité descansar un rato para no tener un accidente —me explicó, volviendo a saborear mis labios de forma suave, pasando la lengua sobre ellos, como si los compensara del trato que habían recibido momentos antes. O lamentándose de no haberlos usado para restregar su polla contra ellos.
— Podías haberme avisado de que venías.
— Podía... pero tenía miedo de hacerlo. No sabía si te parecería una tontería.

¿Miedo? ¿Cómo podía Víctor tener miedo de lo que pudiera pensar yo sobre si volvía o no a casa? ¿Porque debía dedicarle más tiempo para que sus padres aceptaran lo nuestro? ¿Porque pensaría que no se fiaba de mí y que caería con Oziel si había alcohol y música de por medio?

<<*Precisamente por eso.*>>

Gruñí, como había gruñido él horas antes, al llegar a casa.

— Sí, está claro. Si no llegas a regresar estaría durmiendo en brazos de Oziel en vez de en los tuyos...
— No lo pintes de esa forma.
— No lo pinto yo, lo haces tú —respondí, apartando de mis ojos las ganas de dormir. Me había despertado de golpe.

Volvió a besarme, saboreándome con la lengua, apartando mis sentidos de la ensoñación en la que me había ido detrás de Oziel para participar en sus juegos perversos. En la que lo odiaba porque no se fiaba de mí. En la que todo terminaba mal para nosotros.

— Ya has tenido que soportar muchas cosas malas estos meses —me dijo, separando levemente los labios—. Y es responsabilidad mía haber metido a Oziel en tu camino. Me fío de ti mucho más de lo que te imaginas, y aunque no lo puedas entender… me fío de Oziel. Pero él es así, y no dejará de molestarte por mucho que lo amenace. Por muchas veces que le rompa la nariz. Y no tienes ninguna necesidad de estar esquivando sus intentos de hacerme rabiar. Es sólo entre él y yo. Trato de evitarte más quebraderos de cabeza.

— ¿Siempre vas a tratar de protegerme? —le pregunté, relajando un tanto la mandíbula. Estaba agotada de tanta tensión y no me gustaba nada.

La respuesta de Víctor me valía. Cualquiera que, en verdad, explicara mínimamente esa sensación de miedo y pesar que le notaba. Cualquiera que no lo hiciera parecer cobarde. Cualquiera que indicara que no le tenía miedo a Oziel, a mis padres o a los suyos, o a nuestra extraña relación. Cualquiera valía, porque necesitaba al menos una.

— Dudo que se me vaya a quitar esa fea costumbre — respondió, acariciándome el cabello—. Aunque no se lo admita a tus padres sigues siendo mi mocosa.

— Cuidadito con lo que dices —lo amenacé, clavándole un dedo entre dos costillas—. Que no te escuche tratarme como a una niña que me busco enseguida a alguien que me haga sentir mujer…

— Y que te folle como yo lo hago, ¿no?

Su sonrisa dulce y pícara me dejó sin palabras que llevar a la boca, aunque a la mente me fueron un par de réplicas que, por suerte, no pude articular.

<<*Oziel asegura que es mejor. Oziel me haría sentir mujer. Oziel se parte la cara por mí…*>>

Y no me salió decirlo porque tampoco me lo creía. Enamorada hasta las trancas. Con Víctor allí era imposible caer con Oziel porque no surtía efecto su embrujo. El arquitecto era el antídoto para el veneno que nublaba mi mente cuando el diablo se acercaba a hablarme con la voz del abogado. Porque sabía camelarme, era cierto, pero yo tenía claras mis prioridades.

<<Cuando estoy con él. Si no estuviera iría de culo.>>

— No me trates como a una niña, ¿vale? —le pedí, apartando de mi boca todas las réplicas que se me ocurrían—. Si quieres protegerme... hazlo. Pero no porque sea una niña.

Silencio en la alcoba. Corazón nuevamente acelerado. Sabor salado en el sudor que le probaba de la piel del pecho.

— ¿De verdad piensas que te considero una niña?
— Hasta hace un par de semanas era así...
— Escucha, Bea —me dijo, encendiendo la luz de la mesilla de noche para que pudiera mirarlo mientras me hablaba. Eso se ponía serio—. Hace mucho tiempo que dejé de verte como a una renacuaja. Ojalá fuera mentira pero noté el cambio en cuanto se produjo. Pero no era conveniente que te dieras cuenta de eso —confesó, con voz tensa y contenida—. Más que nada, porque tú sí que seguías viéndote como tal y eso me ayudaba horrores. Las braguitas que te desaparecían no se las tragaba misteriosamente la lavadora. Llevo muchos años robándote ropa interior.

Iba a tener que patentar mi cara de asombro. Tenía que ser un cuadro.

— ¿Años? —repetí, saturadas mis emociones por la confesión.
— En su mayoría con imágenes de dibujos animados, de esas que disfrutaba comprándote tu madre. Me ayudaba a verte como a una niña. Me consolaba saber que estaba haciendo lo correcto apartándome de ti.
— ¿Que llevabas años robándome bragas porque me deseabas?
— Suena mejor en mi cabeza —respondió, azorado, reconociendo que entonces yo sí era una menor e ilegal que pensara en hacerme suya. Tanto mis padres como los suyos podían haber optado por llevarlo directo a la cárcel—. Pero conseguí mantenerme a raya, aunque cuando tus amigas empezaron a incordiar tanto por casa comprendí que la

tranquilidad me iba a durar más bien poco. Era sólo cuestión de tiempo que tú me vieras como me miraban ellas. Y un fatídico día, después de verte lamer mis sábanas, en tu cajón aparecieron las braguitas de adulta que tuve que usar para...

— ¿Tuviste?

— ¡Mierda, Bea! Dejé de verte como a una niña mucho antes de que fueras adulta. Antes de que intentaras besarme en tu cumpleaños. ¿Qué querías que hiciera? Aquellas bragas me mataron. Entre tu osadía de los últimos días, que cada vez que te cruzabas conmigo por los pasillos lo hacías meneando el culo como si yo no te estuviera viendo... —Se llevó la mano a la frente y se apartó los cabellos rubios, que de pronto le daban mucho calor. Estaba sudando—. Y sí que lo hacía. Te veía todos los puñeteros días, ¡joder! Dormir, bañarte, comer... Por no hablar del beso en tu cumpleaños... ¿Crees que no sé que ibas a mi habitación a ver porno? ¿Crees que no cambié la clave que usaba durante años por desgana? Mientras te masturbaras con eso no pensabas en ningún chico... ni en mí—. Fue agradable y vergonzoso enterarme de que Víctor había tratado de mantenerme alejada de cualquier polla, la suya y la de otros, por celos o porque creía que tenía que seguir protegiéndome. Pero volví a ponerme roja—. Y sí, hice mal al coger tus braguitas y mancharlas. ¡Estaba a punto de explotar! Repróchame lo que quieras. Pero con eso gané unos días...

— ¿Ganaste?

Me di cuenta de que mis preguntas estaban siendo absurdas, pero era que no daba crédito a lo que le escuchaba. Muchas braguitas mías habían ido a parar a su cajón, sin atreverme a cuestionar el fin al que las había destinado. Rogué para que no las hubiera marcado también. Y de pronto a él se le habían desmoronado todos sus esquemas defensivos porque habíamos comprado unas braguitas sin dibujos animados en la tela.

Así había odiado tanto las que me compró Oziel. Se había visto manchándolas en cuanto las sacó de la bolsa. Iba a tener a un fetichista de lencería por amante y no me había enterado hasta el momento.

<<*Como amante no; como novio. Aunque él aún no lo sabe.*>>

¿Cuándo iba a dejar de llevarme sobresaltos como aquellos?

> — Me he sentido culpable desde el preciso instante en el que puse mis ojos sobre ti, en el mal sentido de la palabra. Me he follado a todas las mujeres que he podido desde que cumpliste tus malditos dieciocho años, pero antes… ¡Dios! Antes fue peor. Al menos siendo mayor de edad no tenía que estar constantemente pegado a tu trasero, vigilando lo que hacías. Antes…

Víctor me había dejado sin palabras y él tampoco era capaz de reconocer todas las que necesitaba pronunciar para aliviar la culpa.

> — Nunca te perdonaré que te compraras esas braguitas…
> — Nunca me perdonarás que me haya hecho mujer.

Aferró mis cabellos para hacerme la cabeza hacia atrás y poder mirarme a los ojos.

> — No, Bea. Eso es lo único que infinitamente agradeceré, hasta el día en que me muera —sentenció, con voz solemne—. Que te hayas hecho mujer.

Cuadragésimo novena parte.
La polla que me acompañaba a cenar

— ¿Estoy bien?

— Tú siempre estás estupendo —le respondí, cuando lo vi con aspecto preocupado delante del espejo—. Mis padres te han cambiado pañales. No hay necesidad de intentar dar buenas primeras impresiones. Nosotros ya las hemos dado, y han sido pésimas.

— Ojalá tu padre no vaya a intentar pegarme otra vez —comentó, como si estuviera formulando un deseo a un espejo mágico, mientras probaba si abotonarse o dejarse abierto el último enganche de la camisa.

— Te vas a asfixiar —le dije, quitándole las manos del cuello y dejando un poco abierta la prenda—. Mis padres no te van a querer menos por enseñar un poco de piel.

— Tus padres no me quieren.

— Mis padres sí te quieren, al igual que los tuyos. ¿Acaso tu padre te ha retirado el saludo? Que mi padre al final fuera a golpearte no implica que vuelva a repetirse. O que tuviera que hacerlo tu padre...

— Mi padre me golpeó también.

— ¿Pero qué coño les pasa a los hombres que todo los solucionan a golpes?

Víctor se encogió de hombros y miró hacia el suelo, decaído. No me había contado nada y pensé que si no llego a comentarlo en ese momento nunca me habría enterado del percance. ¡Ni siquiera Laura me lo había dicho! ¿Por qué Laura no había abierto la boca?

— ¿Vas a hablar o voy a tener que sacarte la información con tenazas?

— Creí que dirías a golpes —bromeó él, usando para la ocasión el chiste fácil.

— Cuando me salga polla...

— Espero que eso no pase nunca —volvió a bromear, acercándome a su cuerpo aferrando mis caderas. Frotó la suya contra mi pelvis y me encendió de inmediato. Demostrando que la de él siempre estaba presente—. Con una creo que hay suficiente.

— Ahora es cuando yo debería hacer el chiste fácil...

Apresó mi labio inferior entre los dientes y mordió suavemente, pero con la promesa de poder hacerme mucho daño si seguía por ese camino.

— No me busques las cosquillas...

— Por eso me callo —respondí, con fingida inocencia, pronunciando mal porque no me había devuelto la titularidad de mi labio—. Venga, dime qué pasó.

Terminamos de arreglarnos para la cena con mis padres. Ninguno de los dos tenía demasiado altas las expectativas pero Víctor dijo que bajo ningún concepto rechazaría una invitación de mi madre. Le comenté que ella le había parecido bien él posponerlo para que mi padre se relajara y entrara en razón pero la respuesta fue sencilla. No. Mi padre no iba a entrar en razones si no nos veía juntos, si no interiorizaba nuestra relación en vez de oponerse a ella. Así que nos habíamos puesto el estómago de las cenas de mi madre, ese que guardábamos en la caja fuerte, sumergido en "Almax" y "Omeprazol" para las ocasiones especiales en las que era imposible escaparse de la comida de mi madre, y llorando por no habernos hecho aún con un perro salimos de casa.

No sin antes tener que atender la urgente necesidad de Oziel de hacerse notar.

Un maldito niño grande. Un diablillo.

— ¿De verdad no me lleváis con vosotros?

— De verdad. Ya tenemos bastante con la que nos espera como para también querer cuidar de ti —respondió su amigo, buscando sus llaves.

— Me cuido solito, Víctor...

— Lo dudo.

— Espera que te lo demuestro.

Víctor me empujó hacia la puerta y cerró detrás de mí, dejándome fuera. Cuando me vi sola en el rellano y con esos dos discutiendo en el interior, me llevaron los demonios. Fue el momento perfecto que aprovecharon mis vecinas para abrir la puerta —¿cómo se podían pasar todo el día vigilando por la mirilla?— y salir a preguntarme cómo había ido todo.

— Pues parece que su padre le pegó, pero me ha dicho que me lo explica todo ahora en el coche.

— Anoche tenías cara de perro —comentó Pilar, haciendo alusión a mi mal humor por culpa del comportamiento de Oziel y por la ausencia de Víctor.

— Anoche era un perro —soltó Fina, sorprendiéndome con su comentario—. No te ofendas. Si no llega a ser por Oziel la fiesta habría sido un desastre.

— No os hacía falta nadie más para pasarlo bien —les reproché, entendiendo que desde luego la cena no se había organizado para reunirnos a nosotras sino para que lo manosearan a él— . Por cierto, ¿al final con cuál de vosotras se acostó?

— ¿No te ha contado nada? —preguntó Maribel, sonrojándose.

Me entraron ganas de preguntarles si no tenía ninguna de ellas algún plan para la noche del domingo, porque seguían saliendo vecinas del piso. O ninguna había dormido algo aquella noche y estaban demasiado rendidas para aprovechar el domingo fuera de casa o se habían enterado de que Oziel estaría solo en su casa y querían volver a probar suerte.

Probándolo a él.

<<*Por favor, que no se las haya follado a todas.*>>

Pero… ¿a mí qué más me daba?

— Mejor que te lo cuente él —sugirió Betsy, y me dejó temiendo lo peor.

Cuando la puerta se abrio nuevamente y salió Víctor por ella se topó de bruces con nosotras, haciendo corrillo. Se le quedó cara de pasmo, seguramente porque después de discutir con su amigo no le apetecía para nada luchar con las babas de las vecinas. Que seguro que dejaban mancha y él había tardado mucho en ponerse guapo.

Pero para eso estaba yo.

Oziel apareció debajo del dintel de la puerta y se quedó disfrutando de la escena. Ocho mujeres para él. No quería ni imaginármelo.

— Nosotros nos vamos, chicas —comentó Víctor, mirándolas a ellas y al abogado alternativamente—. Pero Oziel se queda. Y muy solito, por lo que me ha dicho. Creo que le hace falta compañía.

Y diciendo eso, arrojó las llaves de casa al aire, hacia el grupo, y recordándome a la novia que lanza el ramo para que se peleen por él las invitadas a la boda. Y eso hicieron, lanzarse a por ellas como si les fuera la vida en ello. Al final llegaron al suelo y las chicas con ellas, hechas un revoltijo de brazos y piernas.

— Te la debía —se despidió de Oziel. Entendí que era su forma de vengarse por haberme facilitado a mí una copia de las llaves del piso. Que, por suerte, tenía guardada en mi monedero, porque estaba visto que si no… no íbamos a poder entrar en casa.
— Empatados. Ya sabes que me gusta jugar —lo desafió el otro, encajando el golpe con deportividad.

Ya en el ascensor lo miré otra vez para seguir interrogándolo, por dejarme fuera del piso y por no haberme dado aún ninguna información sobre la pelea con su padre.

— A Oziel sólo le he agradecido que cuidara tan bien de ti —me mintió, guiñándome un ojo—. Y lo de mi padre fue el día que se enteraron de que estaba contigo, en casa, y no en este viaje.
— ¿Que tu padre te golpeó hace semanas y no me habías dicho nada? —grité, muy enojada. Con ganas de ser la siguiente en partirle el labio.
— No había nada interesante que contar. Y parecía que te estaba molestando ver a la gente enfadarse conmigo, y pegarme... así que obvié un par de detalles.
— Menudo detalle para omitir, Víctor.
— No fue nada, Bea —me aseguró, tomando mi mejilla y acercando su rostro al mío, para depositar un beso de esos que apenas si sientes de lo suaves que son.

<<Como si entendiera mucho de besos.>>

— Eso lo decidiré yo —protesté—. Habla.
— Cuando les confesé que era yo el que salía contigo mi padre tampoco lo encajó bien. Más por sentirse burlado que por el hecho de estar contigo. Eso a ellos les ofende un poco menos. Les molesta que les haya faltado el respeto y haya abusado de la confianza de tus padres, pero la diferencia de edad no les estresa tanto. Pensaban que nos estábamos cachondeando de ellos. Que lo de usar a Oziel para joderles la paciencia era lo más feo que podía haberles hecho, según sus palabras. Al final una cosa llevó a la otra y cuando me quise dar cuenta mi padre me había soltado un bofetón. Dolió más la vergüenza que sentí por recibirlo que el golpe en sí —me confesó, llevándose la mano a la cara y simulando que se daba uno en la mejilla—. Por eso me marché de casa y no volví a aparecer sino para llevarlos a la estación.
— Laura no me dijo nada... —musité, molesta por el silencio de mi amiga.

Me revolvió el cabello, como tantas veces antes había hecho. Como si volviera a ser la mascota que tanta falta nos hacía para aquella cena, escondida debajo de la mesa, esperando a que le pasáramos las viandas.

— No te enfades con ella. Le prohibí expresamente que lo hiciera. No quería que te enteraras.

Nos subimos en el coche y guardé un rato silencio, midiendo mucho mis palabras. Estaba muy molesta por enterarme tan tarde de las cosas, cuando Víctor siempre quería saber todo lo que pasaba en mi vida. Y por mi cabeza. No me gustaba que me dijera que no me consideraba una niña y que después me tratara como tal.

— Que sepas que voy a dejar de contarte las cosas. Lo de jugar en las mismas condiciones me parece una regla muy importante.
— Lo del juego déjaselo a Oziel —me pidió—. Nosotros no estamos jugando.

Me dio un vuelco el corazón, ilusionado por su afirmación.

— ¿Y si no es un juego... qué es?
— Te encanta ponerle etiquetas a todo.
— Dicen que a mí edad es normal. La inexperiencia, ya sabes.
— Sí, ya sé.

Pero no respondió.

El trayecto se hizo tremendamente corto, e imagino que a él le pasó lo mismo. Llevábamos toda la mañana discutiendo sobre la cena con mis padres; que si había que dejarlo para más adelante, que si había que coger el toro por los cuernos... Al final, hasta Oziel acabó opinando, dejando claro que era mucho más entretenido que lo lleváramos a él para que pudiera presenciar el momento en el que mi padre volviera a cruzarle la cara a Víctor.

— Eso no va a pasar —le aseguré yo, dejando claro que no veía necesario que por ese motivo tuviera que comerse la comida de mi madre—. Ellos quieren un trato. No apartan a Víctor de mi vida si yo accedo a vivir con ellos, ¿recuerdas?

Oziel se rio mientras que el arquitecto me interrogara con la mirada. Por el desconcierto que leí en sus ojos no era algo que hubiera negociado con anterioridad. Y si Oziel tampoco lo había sugerido en ningún momento tenía que admitir que mis padres me la habían jugado buena.

— ¿Volver a casa, dices? —preguntó, como si de pronto estuviéramos a solas, sin la interferencia que podía suponer el abogado en la conversación—. ¿Eso te han dicho?

Asentí, dando a entender que no me apetecía hablar de eso de momento. Pero él no parecía ser de la misma opinión.

— Supongo que es lo normal.

Desde entonces, con mi alma por los suelos, había empezado el tira y afloja sobre la cena. Tenía miedo de que no me dejaran salir de casa si íbamos esa noche a verlos, y de que Víctor se pusiera de su parte. La impresión que me daba era que le parecía correcto que me quedara después allí, aunque no podía estar del todo segura. En sus ojos brillaba algo que no comprendía, pero por lo que me daba mucho miedo preguntar.

— Podemos dejarlo para más adelante. Cuando estés más descansado y mi padre no ande de tan mal humor.
— Podríamos, pero no me apetece. Tus padres necesitan esto, y supongo que nosotros también.
— Pero podríamos...

Enarcó una ceja, mandándome a obedecer con ella. Por lo menos no me había tratado de mocosa caprichosa al no querer ir a cenar. Hice el intento de anularlo por lo menos en tres ocasiones más, pero la respuesta siempre fue la misma. Y, al final, tuve que darme por vencida. Víctor quería ir a toda costa, y podía ser por el motivo por el que a mí me horrorizada la idea de hacerlo.

Por tener que quedarme allí después.

Pero Víctor no volvió a mencionarlo y yo no quise sugerir la posibilidad en voz alta. Ya me veía haciendo de nuevo la maleta para llenar el ropero de mi cuarto, donde me esperaban mis pegatinas de los Osos Amorosos y mi edredón con un arco iris. Mis tardes a solas estudiando y mis noches con mi renovada familia. Más cenas con mis padres. Más cenas comiendo una comida horrible con mis padres. Mi estómago no lo resistiría.

Ni mi corazón tampoco. Estaba desolada.

Y, sin poder organizar mis emociones, Víctor había aparcado el coche, habíamos caminado hasta el portal de casa y habíamos llamado al telefonillo.

Y, sin poder organizar mis emociones… ya estaba mi padre abriéndonos la puerta de casa.

Quincuagésima parte.
La polla que tenía novia

Para nuestra sorpresa mi madre había pedido comida. Como había comentado, no había tenido demasiado tiempo para organizar algo decente en domingo y tampoco había encontrado algo que mereciera la pena en la tienda, por lo que la opción más sensata había sido encargar un par de cosas a un restaurante de comidas para llevar.

Víctor trató de comportarse con ellos de la misma forma que antes, y mi madre intentó hacer lo mismo. Incluso mi padre estuvo un poco más relajado, imagino que porque estaba en juego el hecho de que regresara al hogar.

— ¿Y cómo va el trabajo, Víctor? —preguntó de pronto mi padre, tratando de iniciar una conversación con la que diera a entender que lo de haberlo golpeado era agua pasada.
— Pues bastante bien para ser un novato en la empresa. Le he caído en gracia al jefe de mi departamento y no me está encargando trabajo de becario.
— Eso está bien. Me alegro mucho por ti —aseguró mi madre, poniendo los platos en la mesa.
— ¿Y cuánto ganas?

La nueva pregunta de mi padre nos dejó a todos rumiando en un incómodo silencio. Estaba claro por dónde iban a salir los tiros de la conversación; la cuestión era apostar por el tiempo que tardaría en lanzar el dardo que estaba preparando.

Envenenado, de todas todas.

— ¡Eduardo! Esa es una pregunta muy personal. No te importa su sueldo.

— Claro que importa —se explicó él, mirando nuevamente a los ojos de Víctor, que se había tensado en la silla—. Si Bea va al depender de él económicamente hasta que encuentre trabajo habrá que saber si tu hija va a malvivir o a tener ciertas comodidades.

— Bea no va a necesitar que Víctor la mantenga porque para eso estamos nosotros, ¿no te parece?

— Depende. Si no va a regresar a casa alguien va a tener que pagar sus estudios, la comida que come y la ropa que viste. Y sus caprichos, claro.

Ahí estaba, la bomba incendiaria. No había tardado mucho en dejarla caer, desde luego. Se me había quitado el poco apetito que había conseguido reunir al enterarme de que no había cocinado mi madre.

— Gano lo suficiente como para mantenerla a ella con comodidad, Eduardo. Por eso no tengas preocupación alguna. De momento sobrepaso los dos mil euros sin contar los incentivos y las comisiones. Y aspiro a ir aumentando progresivamente de aquí a diez años, por lo que si los gastos se elevan podremos ir haciéndoles frente.

— ¿Y qué gastos esperas que aumenten, si puede saberse?

— ¡Papá! —grité, dándome cuenta de que no estaba respetando la tregua en ninguno de sus apartados—. ¿No habíamos hablado ya de eso?

Como no, volvía a aparecer el tema de un posible embarazo. Y a mí se me caía la cara de vergüenza mirando a Víctor, pidiéndole perdón en silencio por el comportamiento de mi familia.

Su familia.

— De todos modos, Bea y yo teníamos que hablar de ese asunto. Hoy estoy bastante cansado después del viaje de ida y vuelta y apenas si hemos podido conversar con tranquilidad.

Sí, teníamos que hablar. Él me diría lo que tenía que hacer y yo le obedecería tras rechistar durante un par de horas.

— No creo que haya mucho de qué hablar cuando lo normal es que regrese con nosotros.
— Entonces no veía necesidad de darle detalles de mis ingresos económicos si no pensaba que podía existir la posibilidad de que Bea no regresara de momento —respondió, usando ese tono distante que imagino que les dolía a los dos. A todos.

<<No regresar. De momento.>>

— Aquí está la cena —les interrumpió mi madre, dejando las fuentes con pollo y algo de verdura encima de la mesa—. Venga, que se enfría la comida.

Aunque Víctor no parecía ofendido y mi padre tampoco puso mala cara mientras se hacía con un trozo de carne, el ambiente se había enrarecido. Parecía que habían quedado demasiado atrás los momentos en los que nos reuníamos en torno a la mesa para comer y hablar sin resentimiento ninguno. No íbamos a volver a reírnos de ninguno de mis profesores, del proyecto de fin de carrera de Víctor o de la gente tan rara que iba a comprar sal a las tres de la mañana a la tienda. Se nos había pasado la oportunidad de ser la familia unida que habíamos aprendido a ser, y ahora mis padres ya no sabían cómo mirarnos a ninguno de los dos.

<<Aprenderán. No pueden mirarnos como antes porque no somos los mismos.>>

Mi madre nos sonrió, tratando de disculparse por mi padre, pero sin conseguirlo. Nos dolía demasiado que no nos aceptara; por mucho que nos dijera que si regresaba a casa todo mejoraría no parecía que fuera a ser verdad. La cosa mejoraría cuando Víctor se apartara de mí y se me olvidara lo que era estar enamorada de un hombre diez años mayor que yo. Estaba claro.

Para mi sorpresa, y viéndome abatida, el arquitecto me tomó de la mano para que supiera que estaba allí conmigo, por mí, a pesar de todo. Y supongo que con ese gesto consiguió al fin ganarse a mi madre, aunque a mi padre le fue a dar un pasmo.

Yo, simplemente, no pude apartar una sonrisa de boba de los labios.

<<Sí, está aquí. Aguantando.>>

— Pues el pollo está casi igual de bueno que el que preparas normalmente, Ana —comentó Víctor, tratando de apartar el tema de conversación de su sueldo o de la relación que teníamos—. Empezaba a echar en falta la comida casera, la verdad. En casa no cocinamos mucho.
— Dos hombres viviendo solos no suelen ser muy dados a la cocina —respondió ella, aceptando como válido que su pollo era mejor. Yo no podía recordar la última vez que me había llevado algo de pollo cocinado por ella a la boca—. Bueno, dos hombres y tú, Bea. Pero tampoco cocinas mucho.

Una nueva sombra en el rostro de mi madre. Le iba a doler siempre el que yo prefiriera vivir con dos hombres y mancillar mi buena reputación a estar viviendo con ellos en casa.

— No te creas. Oziel cocina muy bien, y yo he aprendido a hacer algunas cosillas en casa.
— No me lo puedo creer. ¿Ya cocinas?

Podía haber respondido que había tenido que aprender a hacer algunos platos a la fuerza para sobrevivir sin morir envenenada pero ya tenía a mi madre de nuestra parte —y más ahora que nos había visto cogidos de la mano y no se había desmayado de la impresión— y no quería que un comentario en broma —aunque con base fundamentada— pudiera enturbiar las cosas.

— Básicamente, arroz, pasta y huevos.
— El arroz le queda muy bueno —me apoyó Víctor, volviendo a cogerme de la mano.
— Mientras no me digas que son los huevos los que maneja bien…

A mí madre se le descolgó la mandíbula con el comentario de mi padre, y a mí me entraron ganas de llorar.

— Se acabó, Eduardo —sentenció Víctor, poniéndose en pie—. No sé para qué querías que viniéramos si era este el comportamiento que tenías preparado. Pero ni yo tengo ya ganas ni Bea se lo merece. Si la idea era seguir insultándonos sin arreglar las cosas podías haberlo hecho por teléfono.

Mi padre se levantó casi al mismo tiempo y nos dejaron a las dos solas sentadas una frente a la otra, con miedo a ir a entorpecer una nueva pelea. Mi madre no había estado presente en ninguna de las dos, sólo en la que Víctor me dejó en casa, y allí simplemente nos había mirado mal y lo había echado. Yo, por el contrario, tenía muy claro lo mal que podían terminar las cosas.

— No era yo el que estaba deseoso de sentarnos todos a comer.
— Eduardo, si tu hija se marcha enfadada te juro que…

Mi madre no llegó a terminar la frase. Del bolsillo de la chaqueta Víctor sacó un par de fajos de billetes que dejó sobre la mesa. Todos nos quedamos mirando cómo rebotaban al dar contra la madera. Luego, buscamos su mirada para entender de qué iba la cosa.

— Al igual que os debí la explicación también os debo el coche. Visto lo visto no vamos a terminar bien y es un regalo demasiado caro como para que no trate de saldarlo ahora que trabajo. No sé qué cantidad de dinero puso cada uno para poder costearlo, pero creo que está todo. Ahora que vais a necesitar más dinero para pagar el sueldo del nuevo empleado del turno de la noche y pasar más tiempo en casa, dedicándolo la familia.
— No me hace falta tu dinero para poder volver junto a mi familia por las noches —dijo, escupiendo cada sílaba con asco—. Lo pagamos y punto.
— Pues a mí no me hace falta para mantenerla a ella, y tal vez ahora le viene bien un coche a Bea.

Mi madre cogió el dinero y se lo tendió a Víctor.

— Es tuyo, y de Bea nos podemos encargar nosotros sin problemas ya.

Los billetes se menearon de arriba abajo entre sus dedos.

— No hace falta que se encargue nadie de mí.

Ya estábamos los cuatro de pie, alrededor de la mesa, con la comida casi sin tocar. Enfriándose sin remedio.

— Todo mejorará cuando vuelvas a casa, pequeña —me dijo ella, haciendo pucheros—. Deja que pase el tiempo y nos hagamos a la idea. Quédate en casa.

Víctor agachó la cabeza, fastidiado.

— Tal vez sea lo mejor...

Odiaba que Víctor se pusiera de esa forma de su parte, aunque tenía que tratar de entenderlo. Aunque lo odiaba de igual modo.

— Tal vez tengamos que hacer todos un esfuerzo para que esto funcione —volvió a sugerir mi madre—. Tal vez...
— Bea, te quedas en casa —ordenó nuevamente de forma tajante mi padre—. Recoges tus cosas, mañana vas a la facultad conmigo y ya vamos ajustando los horarios. Puede que sea una buena idea que tengas carnet de conducir, es cierto. Y podemos buscar un coche pequeño.

¿Mi padre estaba tratando de comprarme para que regresara? Llevaba un año pidiendo la oportunidad de ir a la autoescuela, pero me había resignado entendiendo que no había dinero para todo, y que la autoescuela y comprar un coche era demasiado desembolso económico para mi familia.

— Pues ahí está. Usad el dinero para que Bea pueda tener su propio coche y ser independiente. No es una niña.
— No será una niña pero no es una mujer.

Aparté la silla de malos modos y se calló hacia atrás, golpeando sonoramente el suelo.

— Lo dejamos aquí. ¿Vale? —protesté, zanjando el asunto. Fui hacia la puerta para coger mi chaqueta.

— Bea, ¿te vas? ¿Sin cenar?

— ¿No estáis todos de acuerdo en que tengo que volver a vivir aquí? Voy a recoger mis cosas y a tratar de ser una niña buena. A ver si los adultos cogen ejemplo.

Y salí por la puerta, enfadada con el mundo, con mis padres y con Víctor. Y conmigo, por no sentirme sino como un juguete que se disputaban los tres. Estaba a punto de echarme a llorar delante del ascensor cuando volvió a abrirse la puerta y Víctor salió para acompañarme, con cara de pocos amigos. No fue capaz de encarar mi mirada y yo no traté de que lo hiciera. Volvía a sentirme perdedora en un mundo adulto en el que el único que me comprendía era Oziel.

Y eso era, cuanto menos, preocupante.

El ascensor se abrió y los dos pasamos dentro. Yo me quedé mirando mi reflejo en el espejo, pegada a él, mientras él marcaba el bajo en la botonadura y se ponía en marcha. Me clavó los ojos desde encima de mi cabeza, ya que no me había puesto tacones, y su altura hacía que me sacara poco más de dos palmos.

Puso las manos sobre mis hombros y los apretó con fuerza. Con rabia. Con pesar. Todas esas emociones afloraron a su rostro y me quedé perdida en ellas, sintiéndolas con él. De pronto, me giró para poder estamparme un beso que me dejó sorprendida y desesperada a partes iguales.

— Si, es verdad. Es lo mejor, que vuelvas con ellos… —me dijo, empujándome contra el espejo y sacándome por encima de la cabeza la camiseta—. Pero no quiero.

Y bloqueó el avance del ascensor con el botón de parada.

Quincuagésimo primera parte.
La polla que no quería dejarme marchar

Era la locura más excitante que habíamos cometido. Mucho más que cualquiera de las veces que nos habíamos dejado asaltar por las ganas en casa, o en la suya. Mucho más que la idea de dejarnos llevar en el coche en plena calle. Si a mi padre le daba por salir detrás de nosotros se encontraría el ascensor bloqueado. Y era imposible que no fuera a imaginarse lo que estaba pasando, quién estaba dentro del ascensor y lo que estábamos haciendo.

— No te voy a dejar marchar —gruñó, contra mi boca, mientras sus manos se erigían las dueñas de mis pechos y sus piernas comenzaban a ejercer presión contra mi pelvis—. Me da igual que sea lo correcto. Me da igual que tus padres no me perdonen. Si no quieres volver te quedas conmigo.

Gemí a través de sus besos, de la piel caliente de su rostro que dejaba a mi alcance cada vez que iba en busca del lóbulo de mi oreja y me mordía.

— Eres mía, ¿de acuerdo? No más juegos de Oziel, no más dejar que tus padres o los míos decidan por nosotros. No pienso permitirlo—. El pantalón se escurrió piernas abajo y al momento tampoco estaba el suyo—. Mía...

Me dio la vuelta y me apoyó contra el espejo, colocando en pompa mi trasero para tener mejor acceso. No dije nada. Hacía tiempo que me había quedado sin palabras, pero con las de él me bastaban y no me importaba no tener otras. Las de Víctor eran perfectas.

El ascensor tembló cuando empujó contra mi cuerpo y se introdujo en mi coño con fuerza. Gimió sin miedo y sin vergüenza, sin importarle un pimiento si algún vecino nos descubría o si mis padres lo escuchaban.

Yo también perdí la vergüenza.

— Llevo mucho tiempo siendo tuya —le contesté, entre jadeo y jadeo, entre embestida y embestida—. Pero tú no me reclamabas.
— No te equivoques. Lo he hecho cada vez que no puedo contenerme a tu lado.

Y recordaba que estaban siendo muchas.

Giré la cabeza para mirarlo directamente y no a través del espejo.

— Eso es necesidad...
— ¿Y conoces una sensación más intensa que la necesidad? —me preguntó, volviendo a empalarme y quedándose bien dentro—. Que te necesite tanto como para estar dispuesto a renunciar a todo quiere decir que eres lo más importante en mi vida.

Me mordió la espalda y me estremecí, más por sus palabras que por tenerlo tan dentro, tan duro, tan mío.

Aunque por eso... también.

— ¿Eso quiere decir que de verdad me quieres?

Se quedó rígido a mi espalda. Tiró de mis cabellos para alzarme la cabeza y hacerme mirarlo a través de nuestros reflejos en el espejo. Estaba serio, estaba agitado, estaba confundido.

Frunció el ceño y a mí se me abrió la boca. Jadeé.

— ¿Eso quiere decir que lo dudas?
— Quiere decir que no me lo has dicho nunca...

Me giró al mismo tiempo que sacaba la polla y dejaba mi cuerpo pegado al suyo, subido contra sus caderas. Como la primera vez que me hizo suya. Como la primera vez que me sentí de él.

— ¿Y dónde has estado cada vez que lo he dicho?
— Escuchándotelo decir a otras personas... pero no a mí.

No quise decirle que podía ser una farsa, que había pensado que tal vez lo decía por decir, por parecer correcto delante de las personas a las que se lo decía. Para aliviar la pena de ellos. Para que pensaran que no me quería sólo para follarme. No quería volver a parecer infantil, poco segura de mí misma o cualquiera de esas cosas que Oziel decía que se quitaban con una buena sesión de sexo.

Buen sexo ya estaba teniendo y no se me iba la idea de la cabeza. Yo sabía cómo se me iban a quitar a mí.

Con un te quiero...

Se introdujo con calma entre mis pliegues y se me fue la cabeza hacia atrás al sentirlo entrar con lentitud, con calma, con la contención que la mayoría de las veces le faltaba.

— Pues mírame, Bea, porque imagino que después de tanto tiempo escuchándomelo decírselo a otros es lo que más necesitas ahora mismo —me pidió, y mi cabeza volvió a su posición y sus labios me robaron los míos antes de seguir hablando—. Si no soporto la idea de que vuelvas a casa es porque te quiero. Si no soporto la idea de que nuestros padres nos separen es porque te quiero. Si no soporto la idea de que Oziel juegue contigo es porque te quiero. Y ahora, Bea, que ya te lo he dicho... —terminó con otro delicioso beso, mientras volvía a moverse en mi interior haciéndome jadear casi a la vez que llorar de la emoción— escúchalo otra vez. Te quiero.

Quincuagésimo segunda parte.
La polla que me quería

— Víctor me ha sugerido sutilmente que me busque otro sitio para vivir —me comentó Oziel, que había ido a buscarme a la hora del almuerzo para que no comiera sola. Por la tarde yo tenía clases y a Víctor le había salido una reunión de última hora con uno de los contratistas de la obra que tenía a su cargo y el abogado se había enterado.

Tal vez porque se lo había contado él, pero en verdad no importaba el motivo.

Disponía de una hora para el almuerzo y allí que se había presentado el abogado para ofrecerse a llevarme a un sitio interesante.

— Me lo esperaba después de todas las trastadas que le has jugado —le comenté, saliendo del coche delante del restaurante de su hermano, en el que al parecer había reservado para comer—. No puedes jugar con fuego y no pretender quemarte.
— Me gusta quemarme, es lo más divertido —comentó, abriendo la puerta de cristal donde aparecía el nombre serigrafiado del local. "Come…". Sugerente nombre para un restaurante, sin duda alguna—. El calor a veces es agradable.
— ¿El calor o el dolor? —me burlé yo, sonriendo ante la frase que se veía escrita en varias de las paredes del comedor, a modo de trapantojo. "¿Un último bocado?"

Era uno de esos restaurantes de autor, con un enorme cristal dividiendo la zona de la cocina de la reservada para los comensales. Detrás de esa enorme vitrina trabajaban un par de cocineros en ese momento, con unos simpáticos gorros de chef de diferentes colores y unos delantales a juego que se entallaban de forma muy sugerente. Asombroso que un uniforme como aquel pudiera llegar a resultar sexy.

El hermano de Oziel se presentó en cuanto nos sentamos en la mesa. Era bastante mayor que él, ya con algunas canas sobre todo en las patillas pulcramente marcadas, y tremendamente atractivo. Le calculé unos cuarenta años pero ciertamente no era muy buena a la hora de ponerle edad a nadie. Yo siempre había aparentado mucho menos y la gente no acertaba ni de lejos la mía.

— Imagino que es otra de tus novias, ¿no, canalla? —le dijo, a modo de saludo—. Y tú —me dijo, señalándome con el dedo— no te dejes manipular por este capullo, que se las sabe todas. Tienes cara de buena chica. No entiendo qué haces con él.
— Y no lo entiendes porque no está conmigo —le respondió Oziel, levantándose de la silla para darle un abrazo—. Es la novia de mi mejor amigo. Estoy tratando de hacer un trío con ambos pero la cosa pinta fea.
— Si fuera yo tu amigo ya te habría partido la cara —le respondió, demostrando que era mucho más serio que el demente de su hermano.
— Tranquilo, que él también me la ha partido ya en varias ocasiones. Tiene un sentido del humor parecido al tuyo.

Llegó mi turno para saludarlo y el rostro de Denis —que así me dijo que se llamaba— se suavizó un tanto.

— Pareces muy joven como para estar saliendo con el mejor amigo de un pervertido como Oziel —comenzó diciendo, apartándome un mechón de la cara—. O mi hermano empieza a tener amistades que no conozco o te estás metiendo en un terreno farragoso, muchacha.

Otro que iba a darme lecciones de moralidad. O que iba a velar por mi integridad física para que no abusaran de mí.

— El que se está metiendo en esos terrenos eres tú, queridísimo hermano —respondió Oziel, saliendo en mi defensa—. Ya tiene suficiente con sus padres para que le den sermones de ese tipo.

— Si yo fuera su padre...

— ¿Qué tal los niños, por cierto? —volvió a interrumpirlo, haciendo que el tema de conversación dejara de girar en torno a mí—. ¿Las relaciones con la madre siguen siendo tan hostiles?

Denis le lanzó una mirada furibunda que podría haber atormentado a Oziel, pero el abogado parecía siempre capaz de reponerse a cualquier cosa, a estar siempre dispuesto a meterse con todo el mundo. Lo único que no soportaba eran las lágrimas de una mujer. Me había quedado muy claro.

— Como dices, siguen siendo hostiles, por no hacer mención de que es una hija de la gran puta.

Según me había puesto en antecedentes, Denis estaba en trámites de divorcio de su esposa, después de que los pillara —uno de esos días en los que había conseguido cerrar el restaurante temprano, por una vez— a ella y a su amante disfrutando de la intimidad de la cama de matrimonio. Su cama. Tenían dos bebés que no llegaban al año, a los que apenas había visto desde entonces. Ella había alegado malos tratos y Denis lo estaba pasando muy mal para sobreponerse. Había cerrado el restaurante que tenía y había abierto ese nuevo de la mano de otros tres cocineros con los que se había asociado.

— Ya sabes que en cuanto quieras puedo empezar a representarte —le recordó Oziel—. Entiendo que no estoy especializado en divorcios ni custodias de hijos pero seguro que lucho con mucha más pasión que el abogado que lleva el caso ahora.

Denis asintió y se sentó un momento con nosotros.

— No habías terminado la carrera cuando necesité de un abogado, Oziel. No me hagas sentir culpable como si no confiara en ti. No es el caso.

— Sé que no es el caso, pero son mis sobrinos. Me gustaría poder verlos crecer también y decirme a mí mismo que tuve algo que ver en ello. Me mata la idea de no poder plantarle cara a esa arpía.

— Ya hablaremos, ¿vale? —le respondió, dándole a entender que no era ni el momento ni el lugar para sacar el tema y debatirlo—. ¿Os dejáis aconsejar por el chef?

— Haz los honores —aceptó Oziel—. Estoy seguro de que no nos vas a sacar peor comida de la que nos hayan dado en otras ocasiones.

Entendí qué se refería a la comida de mi madre y no encontré forma alguna de defenderla. Denis asintió, se despidió de nosotros y regresó tras el enorme cristal que separaba los olores de la cocina del comedor. Conté tres cocineros, además del hermano de Oziel. A cada cual más atractivo. ¿Qué tenían los hombres guapos que les estaba dando a todos por ponerse delante de mí?

<<*Va a ser que a mis hormonas les da por encontrarlos a todos irresistibles.*>>

— Así que al final tú no vuelves a tu casa y al que expulsan es a mí —volvió a retomar el tema el abogado—. No me parece justo.

— Ya, y en verdad lo siento mucho —me disculpé, sabiendo que había llegado para hacerle la vida un poco más difícil a todos. También a Víctor—. Le dije que era mejor que nos mudáramos los dos. Buscar algo más pequeño, que nosotros no necesitamos dos habitaciones. Pero no me respondió. Veo que no ha tenido en cuenta mi sugerencia.

Se quedó callado un momento, buscando una respuesta válida que darme.

— Si os fuerais los dos yo también me mudaría, y él lo sabe. Tampoco necesito una casa con dos dormitorios. Supongo que se aferra a ese supuesto.

— Pues no tiene sentido —solté, algo irritada—. Entiendo que Víctor no te quiera al lado pensando en que puedes estar maquinando el siguiente plan para meterte debajo de mi falda, pero confía también en ti…

Parpadeó un par de veces, encantador.

— No debería.

— Y yo también —seguí diciendo, sin hacerle demasiado caso a su advertencia.

— Tampoco deberías.

— Lo sé. Ya me lo has dicho —seguí divagando, sacándole la lengua—. Pero hay cosas que después de todo no importan tanto.

La sonrisa de Oziel se volvió maliciosa.

— ¿Qué ha cambiado para que de pronto no tengas miedo de caer conmigo?

— Tal vez… un "te quiero".

El abogado se inclinó sobre la mesa y entrecruzó los dedos debajo del mentón.

— La fuerza del amor… con la que el sexo nada puede — comentó, divertido—. Ya sabía que al final se decidiría a sacarte de esa angustia.

— Estabas muy seguro de ello.

— Es que sé cuando alguien cercano está enamorado — contestó, descargando el peso de la cabeza en una sola mano—. Fíjate en mi hermano. Hoy tiene un brillo nuevo en la mirada. O ha empezado a follarse ya a alguien o está pensando en hacerlo. Tú eres un libro abierto. Se te ve a la legua que estás loca por Víctor. Y a ese loco desquiciado se le notaba desde el principio. Que me rompiera la nariz por mirarte las tetas fue sólo confirmatorio… y bastante doloroso.

— Doloroso porque quisiste, que no había necesidad.
— Ya, pero a Víctor le hacía falta pegarle a alguien, con lo estresado que lo tenía la tensión sexual.

<<*Lo normal. Dejarse usar como saco de boxeo por una buena causa.*>>

— Y ahora… ¿qué? ¿Se acabó el juego? —le pregunté.

Los objetivos estaban cumplidos, o al menos en su mayor parte. Víctor me quería. Me lo había demostrado con hechos desde hacía tiempo pero con palabras todo sonaba mucho mejor. Mis padres y los suyos estaban en vías de aceptar la realidad, que no era otra que yo había crecido y que Víctor probablemente había contribuido mucho a ello. Y que por mucho que se opusieran no nos iban a separar. Nos obligaría a ello la vida, si se ponía demasiado pesada y antipática, pero sus perretas no.

— El juego se acaba cuando nosotros queramos, que yo todavía no te he visto follando con Víctor.

Era obvio que el tema iba a salir a flote tarde o temprano. Y a Oziel no le quedaban demasiadas noches en casa como para disponer de tiempo para posponer su deseo insatisfecho de voyeur. Y parecía que lo de oírnos en vez de vernos no le servía.

— ¿Y no podemos intercambiar eso por otra cosa?
— Sorpréndeme —me pidió, volviendo a dejar la espalda reposando en el respaldo de la silla. No dejaba de moverse y no podía creer que fuera porque estuviera nervioso.
— No tengo mucho con lo que negociar, ya lo sabes…

Se relamió y visualicé la imagen que se le estaba pasando por la cabeza. Y me estremecí.

— No me quiero quedar sin saber lo que ha cautivado a Víctor, además de tu osadía y poca vergüenza. E inexperiencia. Eso también te envuelve en un aura deliciosa.

Era imposible no ruborizarse. Y le di el gusto porque precisamente era eso lo que pretendía.

— Me muero por meter la cabeza entre tus piernas y escucharte gemir mi nombre... como cuando lo hiciste en el hotel mientras te masturbabas para mí.
— Me masturbaba para poder descansar —protesté.

<<Que sí, que yo también me lo creo.>>

— Si eso te consuela... —comentó, con una sonrisa de lo más sensual.— Cuando te masturbaste y gemiste mi nombre en vez del de Víctor. ¿Mejor así?
— Suena igual de mal —susurré, agachando la cabeza y elevando los ojos para conseguir mirarlo.
— A mí me sigue pareciendo delicioso... —confesó, volviendo a pasar la lengua por el labio inferior, para después atraparlo con los dientes—. Hacerte correr contra mi boca, mientras gimes mi nombre. Te lo cambio por eso. Me lo debes —terminó diciendo, recordándome que gracias a su intervención estaba en la posición más cercana a la ideal que podía haber soñado en la vida. Sin él nunca me habría atrevido a hacer todo lo que recordaba haber hecho desde que entró en juego el perverso abogado.
— ¿Y si no puedo darte eso tampoco?

Sabía que incluso Víctor había accedido a cumplir su parte del trato con su amigo, dándole el beso que tanto deseaba. Podía haberle dado otro guantazo y haber apelado a la falta de sobriedad cuando cerraron el acuerdo, al igual que podía aferrarme yo a la falta de experiencia a la hora de cerrar acuerdos con Oziel. Pero no había pecado sólo de incauta. Había pecado de curiosa, porque era eso lo que me había llevado hasta allí.

— Mi lengua bajando de tus labios a tu pecho derecho, apresando el pezón para rodearlo con los dientes y chuparlo con lentitud. Mi lengua dejando un reguero de saliva hasta llegar al pubis, saboreando el sudor de tu piel encendida.

Separar tus piernas con las manos desde las rodillas, dejarlas caer por el interior de los muslos hasta rozar con los nudillos tus pliegues. Separarlos para soplar sobre ellos. Verlos brillar antes de que mi boca los cubra de caricias...

En ese punto ya sudaba, jadeando con la boca abierta, buscando aire fresco que enfriara mi garganta. Suerte tenía de estar en un sitio donde Oziel no se atrevería a llevar la mano a ninguno de los lugares que había mencionado.

¿O sí?

— ¿No gemirías mi nombre? —preguntó, con voz ronca y sensual.

Gruñí, molesta por la respuesta que sabía que era la verdadera.

— Sí...

Se levantó de la silla y temblé en cuanto lo tuve al lado. Se inclinó sobre mí y me di cuenta del error. Por muy público que fuera el restaurante Oziel no tenía nada que perder, y menos vergüenza que yo a la hora de provocar. Probablemente su hermano lo había echado muchas veces de sus restaurantes por escándalo público.

Cuando sentí sus labios en mi mejilla, muy cerca de la oreja izquierda, estaba preparada para recibirlos en la boca. Por bocazas...

<<*Me pierde esta lengua mía.*>>

— Gime.

Suspiré.

— Oziel...

Rio suavemente contra mi oreja. Abrí los ojos y vi su cuadrada mandíbula moverse por el efecto de una suave risa.

— Si alguna vez Víctor llega a cometer la idiotez de dejarte marchar… avísame —me pidió—. De momento, y sin que sirva de precedente… —me susurró, volviendo a su asiento y cruzando las largas piernas— me doy por satisfecho con el cambio. Te perdono la deuda.

Epílogo.
Mi polla...

Vimos salir a Oziel de casa una semana más tarde. Se hizo de rogar, poniéndose de rodillas delante de Víctor para que le permitiera quedarse y ver lo felices que éramos. Incluso sacó dinero para chantajearlo, alegando que tenía mucho más en el banco.

— No seas cruel — le dijo el abogado—. Gracias a mí estás con ella y ahora me expulsas de mi propia casa.
— Te aburrirías enormemente ahora que todo va sobre ruedas —le respondió Víctor en una de sus protestas—. Tú sólo disfrutas cuando hay problemas.
— ¿Y te parecen pocos que aún vuestras familias no os rían la gracia de estar juntos?

Ahí le había dado.

Una semana después sólo mi madre había ido a vernos a casa. Mi padre habría preferido quedarse viendo un partido de fútbol en la tele, alegando que hacía mucho tiempo que no disfrutaba de una tarde de hombres solitaria, haciendo cosas de hombres. Fútbol y cerveza. Gran plan en vez de partirle la cara al novio de su hija

— No te estreses. Ya no le entran arcadas cuando se nombra a Víctor en casa —me comentó ella, antes de marcharse. Oziel le rio la ocurrencia, ya que se imaginó que las arcadas sólo las podía producir la comida de mi madre, y Víctor tuvo que dar gracias por la cuenta que le tocaba.

Y allí estaba Oziel en ese momento, con la maleta hecha y los ojillos a punto de echar alguna lagrimilla en el instante de la despedida.

— ¿Sabes a qué sitio horrible se muda? —me preguntó Víctor, ignorando la cara de perrillo abandonado de su amigo—. Al piso de enfrente, que al parecer se les ha quedado una cama libre. La que ocupabas tú, creo.

— ¿Te marchas con las chicas? —pregunté, asombrada.

— Me sacrificaré por la causa —respondió, echándose el bolso al hombro—. Es que no soy capaz de alejarme demasiado. Sé que os voy a hacer falta...

— Claro, para que hagas la cena.

Cuando cruzó el dintel de la puerta me guiñó un ojo con total descaro, aún a riesgo de llegar sangrando a su nueva casa.

— Ya lo sabes, Bea. Cuando quieras que te folle un hombre de verdad, avisa. Tienes la llave del piso, sólo has de seguir el aroma.

— Y apartar al enjambre de mujeres que va a estar haciendo cola para que se la metas —replicó Víctor.

Me imaginé a Oziel intentando meter a otra mujer en aquella casa y a las chicas tratando de tirarla por la ventana. Con lo voluble que era el abogado iba a durar bien poco viviendo entre tanta mujer que se le ofrecía sin reservas. Ese juego iba a aburrirle pronto.

<<O le iba a encantar verlas pelearse por compartir su cama.>>

— Por cierto —le comentó Víctor—. Sé que Verónica estaba preguntando por ti. ¿Quieres que le dé tus nuevas señas?

— ¿Estás loco?

— ¿No era la mujer de tu vida?

— Tengo demasiadas V en mi agenda. ¿Quién dices que era?

Cuando Víctor y yo estuvimos a solas lo acorralé contra la puerta. Huyó hasta la salida del salón, con una sonrisa en los labios, y yo lo perseguí, dando saltitos. Cuando lo encontré estaba al lado de la cama, desnudándose.

El conjunto de lencería que había comprado Oziel para mí estaba a los pies de la cama, extendido.

— ¿Cómo que has sabido de la tal Verónica?

— No la he vuelto a ver, pero quería ver la cara de Oziel al nombrarla.

Se había quitado ya la camiseta y los pantalones bajaron un instante después, mostrando una exultante erección debajo del calzoncillo negro.

— ¿Y eso de desnudarte ahora?

— Creo recordar que una vez te dije que me iba a dejar hacer lo que quisieras… pero las cosas se complicaron y no habíamos tenido la oportunidad. ¿Lo recuerdas?

— ¿Cómo olvidarlo? —pregunté a mi vez, teniendo muy presente la noche en la que hablé con Laura. Víctor y Oziel se habían emborrachado y me los había encontrado durmiendo. Y yo no había podido llevarme su polla a la boca, degustándola a voluntad.

El arquitecto se tumbó en la cama, cuan largo era, con la verga por fin liberada de la cárcel del calzoncillo. La aferró entre los dedos, subiendo y bajando la mano, mostrándola brillante y enrojecida, ofreciéndola sin reservas.

Me quité la ropa a los pies de la cama, mientras él me observaba con curiosidad, como si esperara que de un momento a otro empezara a bailar para él como una chica en un local de alterne.

— ¿Y qué vamos a hacer si Oziel tiene razón y nuestros padres no aceptan nunca nuestras condiciones?

Víctor atrajo mis labios hasta su boca y me besó con lengua hambrienta. Aferró mi cabello con su puño y condujo mi cabeza hasta su entrepierna, donde le di un par de tímidos lametones.

— Mis padres me han preguntado hoy que si estábamos bien. Eso ya es un comienzo.

Ciertamente lo era.

Abrí la boca y me introduje el capullo sonrosado completamente, aferrándolo con los labios y dedicándole las atenciones de mi lengua mientras succionaba, como tantas veces había visto hacer a las actrices porno en las películas de Víctor. Ahora sabía que había borrado todas las que le podían recordar a mí, para evitar tentaciones. Por eso no había ninguna en la que la chica pareciera demasiado joven para el actor de turno. Ningún profesor con su alumna. Ningún maduro enseñando a una virgen.

Tampoco quería darme demasiadas ideas dejando las pelis que sabía que veía.

Lo mal que lo había pasado Víctor mientras me deseaba en silencio…

— ¿Y si mi padre no llega a aceptarte nunca?

Me clavó la polla en la boca apretando mi cabeza contra su entrepierna, dejándome sin aire. A esas alturas yo ya tenía el coño encharcado, deseando que el arquitecto quisiera ir a meter sus dedos entre mis pliegues.

— ¿No te estás saltando las normas del acuerdo? —le recordé, cuando me dejó respirar otra vez, reprendiéndole por no dejarme hacer a mí sobre su polla.
— Es verdad, lo siento —se disculpó, llevando las manos debajo de la cabeza, alejándolas de mi cuerpo. Si el cabecero hubiera sido de forja habría buscado uno de sus cinturones para amarrarlas y asegurarme que no volviera a hacerlo. Su polla era mía, ahora y siempre.

Mi polla…

— ¿Y bien?

Sonrió.

— Pues, sintiéndolo mucho por ti… tendrás que comerte sola la comida de tu madre los domingos —respondió, con una sonrisa que se convirtió en gemido cuando volví a apresar el capullo entre los labios para torturarlo—. Aquí te esperaré yo, para darte cariño... y para que saques todo lo que hayas podido esconder en el bolso en vez de comértelo y se lo dejes en el plato a Boby. ¿Te gusta el nombre de Boby?

Miré a los pies de la cama, donde el perrillo que habíamos sacado de la perrera había empezado a mordisquear los zapatos de Víctor.

Boby era un buen nombre para cualquier animal que fuera a ser tan bobo como para engullir sin reparos las cenas de mis padres.

Bajé la cabeza y traté de meterme toda la polla de Víctor, como si las manos del arquitecto estuvieran empujándome, haciendo el trabajo de guiarme.

Volví a escucharlo gemir...

...Justo antes de que su polla, mi polla, me llenara la boca de leche.

Y la cabeza se me nublara con la voz de Víctor, gritando mi nombre.

Cogí las braguitas que Oziel me había comprado para martirizar a mi novio en su día y, lentamente, dejé caer el semen sobre ellas, manchando el encaje. No aparté los ojos de los suyos mientras lo hacía, imaginando que me grababa con la cámara del móvil. Como a Verónica. Sonreí cuando acabé. Me terminó de limpiar él después... llevando sus dedos más tarde al interior de mi boca, para que se los lamiera.

Ya si eso, a la noche, Víctor las envolvería en papel de regalo y se las haría llegar como presente.

Ciertamente... mi novio no era ningún santo.

Ya había escrito la nota.

"Sé que te dije que le mancharas unas braguitas a Bea... pero he preferido hacerlo yo por ti. Gracias por tus desvelos. El encaje le queda de muerte".

No quería perderme la cara de Oziel al abrir el paquete.

Volvían a cambiar las reglas del juego.

Y ahora... ¿QUÉ?

¡No me lo puedo creer!

Después de todo este tiempo... ¡Por fin conoces cómo acaba la historia! Pero siempre se le puede dar una vuelta de tuerca más, y he pensado que tal vez te apeteciera un capítulo de regalo donde los protagonistas fueran Oziel y Laura.

¿Te gustaría leerlo?

Mándame un correo a suhermano@magelagracia.com y te suscribiré a mi web, con todas las novedades del mundo Magela Gracia, y te lo enviaré regalo. No te quedes con las ganas.

También puedes unirte al grupo de Facebook "Pervers@s con Magela Gracia". Allí tienes todos los avances de la saga, noticias y fotografías de los personajes de mis historias. ¿Quieres conocerlos mejor? ¿Adentrarte más en los entresijos de la historia? Anímate a ser pervers@. Te estoy esperando.

Hasta pronto. Besos perversos.

Magela Gracia

Acerca de Magela Gracia.

Si es la primera vez que lees algo mío te doy la bienvenida a mis fantasías, a mis realidades, a mis historias.

Soy escritora erótica desde el 2005. Por aquella época los relatos los escribía para mí o como mucho para compartirlos con mi pequeño grupo de amigos. Llegó un momento en el que alguien me incitó a abrir mi primer blog, en el 2011. Se llamó *"Cartas de mi Puta"* y, aunque al principio era un pequeño proyecto, se fue haciendo grande gracias a lectores como tú, que fui atesorando. También, coincidiendo con el inicio de mi incursión en el mundo virtual, fui cambiando el género y del erotismo pasé a algo que podría catalogarse más bien como pornografía con sentido.

No es sólo sexo… pero yo no insinúo nada.

Puedo gustarte, puedo horrorizarte… pero siempre espero que sientas algo con lo que escribo.

En el 2014 lancé mi propia web, con varios blogs que abarcan temáticas tan dispares como el humor o el relato corto, pasando por mi especialidad, el sexo. Te invito a que te acerques al mundo magelagracia.com, una web hecha para olvidarte de todo y volver a lo primario, a los instintos más básicos, a la excitación sin más… aunque no sólo va de eso.

Espero verte por allí y que quieras compartir mis fantasías.

También, en 2014, lancé mi primera recopilación de relatos cortos, *"Una Mancha en la Cama"*, un libro lleno de morbo, contado por una voyeur que imagina sexo allá donde mira, porque tiene la mente perversa. Espero que te animes a manchar las sábanas con este libro, también disponible en Amazon, y que disfrutes al leer sus historias tanto como yo disfruté al escribirlas.

En el 2015 empecé a publicar la saga *"La Otra"*, que verá la luz a finales de 2016 bajo el sello ZAFIRO PLANETA. "Historia de la Amante es el primero de los tres tomos. ¿Querrás probarte la piel de la amante?

En 2015 salió a la venta mi saga *"Su hermano"*, con cuatro libros que ha hecho las delicias de las lectoras estos últimos dos años. Lo tienes también en edición especial de dos libros, por si te decides a pecar con Bea y desear a Víctor. ¿A qué estás esperando?

También en el 2015 escribí otra recopilación de relatos, esta vez centrados en la enfermería. Sí, lo has adivinado: soy de las que se dedica a hacer daño con una aguja —pero sólo a los hombres, tranquila, que las mujeres ya tenemos bastante—. Se titula *"De enfermeras y pacientes… (y algún que otro médico)"* ¿Le das una oportunidad para emocionarte?

Y aquí sigo, siempre con ideas en la cabeza, siempre pensando en tener un ratito para ponerme a escribir palabras sobre un folio en blanco.

Espero que vuelvas a buscarme. Tengo muchas ganas de que lo hagas.

Besos perversos.

Magela Gracia
La autora erótica que nadie reconoce que lee…

¿Otra historia? ¿Más morbo?

¿Quieres conocer a más personajes de Magela Gracia?

Sigue leyendo...

... aunque después no lo reconozcas.

La Otra. Historia De La Amante

Prólogo.

Se me atragantaron sus palabras. Realmente, la sensación fue más como si hubiera recibido una patada en el centro del pecho, impidiéndome la respiración. No me lo esperaba, y más después de los meses que llevábamos juntos.

Dolía...

Mi mente luchó entre la incredulidad del momento, pensando que simplemente era una broma de mal gusto, y la necesidad de no parecer tan descompuesta como me imaginé que se me veía. Tenía ganas de vomitar, pero desde luego no era de las cosas que se podían catalogar como lucir impertérrita. No sabía si debía guardarme el disgusto, o reconocerle que había sido tan cruel que no estaba segura de poder perdonarle.

¿Cómo podía ser tan imbécil? ¿Perdonarle? ¿Estaba loca?

Llevaba saliendo con este hombre casi un año. ¡Doce jodidos meses! Y en ese momento me miraba con ojos caídos, como si en verdad mereciera que le acariciara con ternura el rostro y le dijera que nada había cambiado. Que le quería y que podría superar por él todas las adversidades.

Sabía mentir francamente bien, el muy mal nacido. Si por lo menos no estuviera tan enamorada... Yo no sabía hacerlo tan bien, y lo necesitada en ese momento más que nada en el mundo. Mentir me era tan necesario como respirar.

El que creía mi novio me tomó de la mano y la envolvió entre las suyas. Eran manos gruesas y fuertes, aunque bien cuidadas. Se notaba que habían trabajado poco en la vida, salvo para aferrar el manillar de su pesada Ducatti, trabajar con las mancuernas y manejar mi cabeza mientras me guiaba para que le envolviera la polla con los labios en el interior de la boca. Esas manos, que me habían aferrado tantas veces el cabello para follarme, eran mi perdición. Siempre me había gustado sentir su contacto, y entonces luchaba por rechazarlo, apartar la mía y propinarle el fuerte bofetón que merecía, que le dejara la cara marcada durante lo que restaba de día.

Y con el que la otra le viera mis dedos pintados de rojo, decorándole la mejilla.

Al final logré apartar mi piel de la suya, y aunque de repente se me helaron las manos sabía que era lo correcto. Necesitaba tiempo para asimilarlo todo. La cabeza no paraba de darme vueltas y tomar decisiones sin reposar los sentimientos nunca solía salirme bien. Y a pesar de tener claro que en esa ocasión no habría respuestas acertadas o equivocadas, simplemente porque con los sentimientos nunca las hay, necesité salir del interior del coche. Después de esos largos minutos tras su confesión ya me había convencido que no era una broma, y de que el dolor que sentía en el fondo del pecho iba a durarme mucho más que cualquiera de los golpes que me había dado mi profesor de defensa personal en el gimnasio.

Aquello era real, y mi novio no dejaba de mirarme, esperando, con rostro lastimero.

¡El muy hijo de puta!

El cuero de la tapicería amenazó con hacerme sudar con su contacto en los muslos, donde otras veces tanto lo había agradecido, mientras me aferraba a él en la intimidad de un aparcamiento en penumbra, cuando nos abandonábamos al olor a sexo. Poco importaba si nos retrasábamos con la reserva de la mesa para cenar en esos momentos. Me sentí la tela del vestido pegada a la piel de la espalda, y de repente no me gustó nada la idea de dejarle las marcas en el coche, signo de mi maldita debilidad.

Un año engañada…

Ciertamente necesitaba coger un poco de aire, escabullirme entre el bullicio del tráfico y no parar antes de sentir el dolor punzante del roce de los zapatos nuevos, de un escandaloso charol rojo e imposibles tacones. Me imaginé arrojándoselos a la cabeza si se atrevía a perseguirme con el coche…

Un año era mucho tiempo. Ese dato no podía, sencillamente, pasar desapercibido. En un año se presentaban muchas oportunidades para sincerarse, para tomar la opción correcta, por dolorosa que pudiera ser para ambos, y comportarse como un adulto asumiendo las consecuencias de los actos. En un año habían muchos abrazos en la cama tras las interminables horas de sexo, muchos almuerzos rápidos compartiendo confidencias, y hasta un par de mini vacaciones de un fin de semana, alejados del estrés diario. Incluso un par de días separados por la visita que acababa de hacerle a mi hermana en Navidades.

Un año daba para mucho…

Me estaba asfixiando.

Abrí la puerta del coche y puse los pies en el asfalto. No recuerdo si fui yo la que recordé coger mi bolso o si fue él quien me lo tendió, entendiendo que no conseguiría meterme nuevamente en el habitáculo para hablar. La calle me dio vueltas, y los olores no me lo pusieron más fácil. De pronto estuve al otro lado del suelo asfaltado, en la acera, y lo miré con ojos perdidos, como si lo viera por primera vez.

Era un perfecto desconocido.

Había salido por su puerta y me miraba, sin atreverse a decir nada.

Su imagen recortada sobre el fondo oscuro del coche me evocó el recuerdo de la primera vez que me recogió a la salida del trabajo, hacía ya tantos meses. Entonces el automóvil era otro, él vestía ligeramente diferente y su sonrisa, desde luego, era mucho más excitante que el rictus de incredulidad que le adornaba en ese momento la cara. Teníamos muchas historias a las espaldas, muchos encuentros, muchas emociones.

Mucho sexo…

Lo miré como si lo viera por vez primera, observando al capullo que me acababa de decir que tenía una amante desde hacía un año.

Simplemente no podía creerlo.

Las lágrimas me empezaron a rodar por las mejillas, estropeando el maquillaje de día; ese maquillaje que había esperado descomponer con la saliva de su boca al besarme, con el sudor despertado con sus embestidas y mis lágrimas escapadas por descuido durante un magnífico orgasmo. En la entrepierna aún sentía el escozor de su polla, follándome minutos antes en el cuarto de baño de mi oficina. Olía a corrida apresurada. Ahora podía entender que deseara con tanta ansia empotrarme contra los azulejos del baño, abrirme de piernas mientras deslizaba con rapidez el bajo de mi falda hasta la cadera, para enterrarse de frente aun a riesgo de mancharse los pantalones del traje. La sorpresa de su deseo me había encendido, y no había encontrado resistencia en la decena de embestidas que duró hasta me llenó por entera de leche.

Aún podía escucharlo gemir contra mi cara.

Mi novio tenía una amante.

Me había follado antes de contármelo por si mi reacción acababa siendo precisamente la que había tenido. Quería correrse, simplemente por si era la última vez que conseguía hacerlo dentro de mi cuerpo.

La última vez que obtenía el placer que tanto le gustaba.

En ese momento su leche resbalaba por el interior de mis muslos y no sabía bien qué necesitaba hacer con ella. Mi lado vicioso me decía que podía retener a ese hombre a mi lado, y que lo único que tenía que hacer era comportarme como la puta que había sido siempre en el sexo. Llevarme un par de dedos a los muslos, sin quitarle los ojos de encima, y luego probarlo mezclado con el sabor que desprendía yo. Octavio no podría resistirse a eso, y yo podría olvidar todo el daño que me había hecho en unos insignificantes minutos.

Pero no quería ni pensar en olvidar el daño de doce meses. Eso era muy complicado de asimilar. Bastaba con olvidar lo que acababa de confesarme, sin más...

Hacer como si nada hubiera pasado.

Pero mi lado enojado me arrastraba a bajarme las bragas, limpiarme en medio de la calle con ellas y arrojárselas lo más fuerte posible, tratando de acertarle en la cara. Sabía que estaba demasiado lejos como para que la tela no acabara cayendo en el parabrisas de cualquiera de los coches que circulaban por la calle, y que afortunadamente nos hacían en ese momento de barrera.

Lo odié con todas mis fuerzas...

Empecé a llorar sin poder controlarlo. Y con la poca dignidad que me quedaba conseguí darme la vuelta y empezar a avanzar sin rumbo, con la única necesidad de alejarme de él. No podía apostar si se quedó, mirándome marchar o si volvió al interior de su Audi para alejarse de mí, arrancándome de su vida.

Pero a ese hombre siempre le había encantado mi trasero, y apostaré a que, aunque fuera sólo por si no volvía a verlo, esperó hasta que doblé la primera esquina, donde me derrumbé en el suelo y lloré amargamente durante lo que me parecieron horas.

Mi novio tenía una amante...

Y era yo.

Próximamente podrás encontrar
"La Otra. Historia De La Amante"
en

www.ingramcontent.com/pod-product-compliance
Lightning Source LLC
Chambersburg PA
CBHW031029030726
47497CB00004B/1066